metro

Garry Disher
Stunde der Flut

AF164491

metro wurde begründet
von Thomas Wörtche

Zu diesem Buch

Menlo Beach, ein paar bescheidene Hütten zwischen holprigen Schotterpisten und struppigen Eukalyptusbäumen, Asbest in den Wänden, Meersalz in der Luft. Charlie Deravin ist vom Dienst bei der Kriminalpolizei suspendiert, tätlicher Angriff auf einen Vorgesetzten. Bei seinen einsamen Strandspaziergängen drehen sich Charlies Gedanken stets um den gleichen alten Fall: den seiner Mutter. Verschwunden, vor zwanzig Jahren. Der Hauptverdächtige: sein Vater. Damals freigesprochen, halten sich die Gerüchte hartnäckig, doch Charlie will nicht an die Schuld seines alternden Vaters glauben. Die nagende Ungewissheit treibt Charlie wieder zurück in die kalten Ermittlungen – und in die Abgründe seiner eigenen Familie.

»Disher ist ein Meister der nuancierten Charaktere, der Zwischentöne, der unauffälligen Verzahnungen und Anspielungen.« *Frankfurter Rundschau*

Der Autor

Garry Disher, geboren 1949, wuchs im ländlichen Südaustralien auf. Er schreibt Romane, Kurzgeschichten, Kriminalromane und Kinderbücher. Sein Werk wurde für den Booker Prize nominiert und mehrfach ausgezeichnet, u. a. viermal mit dem Deutschen Krimipreis sowie zweimal mit dem wichtigsten australischen Krimipreis, dem Ned Kelly Award. Garry Disher lebt an der Südküste von Australien in der Nähe von Melbourne.

Im Unionsverlag sind außerdem lieferbar: *Hinter den Inseln; Drachenmann; Flugrausch; Schnappschuss; Beweiskette; Rostmond; Leiser Tod; Funkloch; Kaltes Licht; Bitter Wash Road; Hope Hill Drive* und *Barrier Highway.*

Der Übersetzer

Peter Torberg (*1958) studierte in Münster und in Milwaukee. Seit 1990 arbeitet er hauptberuflich als freier Übersetzer, u. a. der Werke von Paul Auster, Michael Ondaatje, Ishmael Reed, Mark Twain, Irvine Welsh und Oscar Wilde.

Mehr über den Autor und sein Werk auf *www.unionsverlag.com*

Garry Disher

Stunde der Flut

Kriminalroman

Aus dem Englischen
von Peter Torberg

Unionsverlag

Die Originalausgabe erschien 2021 bei
The Text Publishing Company, Melbourne

Im Internet
Aktuelle Informationen, Dokumente und Materialien
zu Garry Disher und diesem Buch
www.unionsverlag.com

Unionsverlag Taschenbuch 1005
© by Garry Disher 2021
Originaltitel: The Way it is Now
© by Unionsverlag 2024
Neptunstrasse 20, CH-8032 Zürich
Telefon +41 44 283 20 00
mail@unionsverlag.ch
Alle Rechte vorbehalten
Die erste Ausgabe dieses Werks im Unionsverlag erschien 2022
Reihengestaltung: Heinz Unternährer
Umschlagfoto: Sergey Zaikov (Alamy Stock Foto)
Umschlaggestaltung: Peter Löffelholz
Lektorat Anne-Catherine Eigner
Satz: Greiner & Reichel, Köln
Druck und Bindung: CPI – Clausen & Bosse, Leck
ISBN 978-3-293-71005-4

Der Unionsverlag wird vom Bundesamt für Kultur mit einem
Verlagsförderungs-Strukturbeitrag für die Jahre 2021–2024 unterstützt.

Auch als E-Book erhältlich

Für Selma und Jonathan

JANUAR 2000

I

An einem Montag im Januar, das neue Jahrtausend war gerade mal drei Wochen alt, fuhr Charlie Deravin in sein Elternhaus, um seine Surfbretter zu holen. Es sollte nur ein schneller Abstecher werden, doch als er an der Kreuzung Bass Street und Tidepool Street das Zu-verkaufen-Schild im verdorrten Rasen stecken sah, hielt er an, stand mit laufendem Motor mitten auf der Straße und verspürte einen merkwürdigen Stich in der Brust. Es war also so weit, keine abstrakte Vorstellung mehr. Das Schild war handgemalt, so als ob sein alter Herr darauf hoffte, dass niemand es ernst nehmen würde, aber es war für alle zu sehen.

Für Charlie geriet alles ins Wanken. Verlor an Konturen oder nahm andere an. Ihm waren die verrosteten Regenrinnen nie aufgefallen, ebenso wenig die verfaulten Fensterrahmen und die Rosettenflechten auf dem Dach. Das war kein Haus mehr, kein Heim, kaum eine Strandhütte. Auf der Veranda fehlten die Topfgeranien seiner Mutter. Und auch sein Vater, der reglos in einem Liegestuhl saß und ihn beobachtete, hatte sich verändert.

Charlie stellte seinen Subaru in die Einfahrt, stieg aus und reckte sich. Aus der Richtung, in der die Tidepool Street in einer Sackgasse endete und der Pfad begann, der durch die Teebäume zum Strand führte, konnte er das Meer hören und riechen. Möwen machten sich nachdrücklich bemerkbar. Komplexe Gefühle ebenso.

Charlie drückte sich seitlich am Holden seines Vaters vorbei, wobei sich sein T-Shirt in den wuchernden Büschen an der Einfahrt verfing, und trat ins Offene.

»Dad.«

»Sohn.«

»Ich dachte, du bist auf der Arbeit«, sagte Charlie.

Detective Sergeant Rhys Deravin, überschattet vom Verandadach, der bevorstehenden Scheidung und der tief sitzenden Enttäuschung, wieder mal eine Lüge schlucken zu müssen, diesmal die seines Sohns, sah ihn an.

Okay, dachte Charlie. Er überquerte den Rasen, wurde kurz von einem Flecken Sonne geblendet und setzte sich seinem Vater gegenüber in einen Liegestuhl. Auf der verbeulten Armeekiste zwischen ihnen, Aufbewahrungsort der Strandschuhe, Schwimmflossen und Badelatschen der Familie, stand dampfend ein Becher Tee.

»Gute Fahrt gehabt?«

Charlie hörte die anderen Fragen heraus: Du hast dir einen Montagmorgen ausgesucht, weil du gehofft hast, dass ich auf der Arbeit bin? Schaust du auch bei deiner Mutter herein? Ist Liam bei dir? Und so fort.

»Ganz okay.«

Sein Vater, der durch ein die Bass Street entlangklapperndes Auto abgelenkt wurde, griff geistesabwesend nach seinem Tee. Er trank einen Schluck, stellte den Becher wieder auf die Kiste und schlug die Beine übereinander – dünn, braun, sehnig, die Beine eines Strandläufers; Radlerbeine in zerlumpten Shorts. In Rhys Deravin staute sich stets geballte Energie, bis sie sich entlud. Körperliche und mentale Energie. Er genoss ein Renommee als Verbrecherjäger, nicht so sehr als Ehemann und Vater. Er war Ende vierzig und sah immer noch gut aus.

Rhys stand auf und schüttete den Tee auf den Rasen. »Na, dann überlass ich dich mal deiner Arbeit.«

»Dad ...«

»Hast du keinen Anhänger mitgebracht?«

»Es geht nur um die Bretter. Da reicht der Dachgepäckträger.«

Ein wenig hilflos merkte sein Vater noch an: »Und dein Bett und der Schrank?«

Charlie verspannte sich. »Heilsarmee, dachte ich.«

Die Stimmung kippte. Sein Vater ließ die Muskeln spielen, fasste sich wieder und sagte: »Du kümmerst dich darum, nicht ich.«

Er donnerte durch die Fliegentür und tauchte sofort wieder auf. »Stell mal dein Auto weg.«

»Mach ich.«

Bis Charlie den Wagen zurückgesetzt und dort abgestellt hatte, wo er den wenigen Verkehr in Menlo Beach nicht behinderte, hatte sein Vater, der nun eine Hose, frisch geputzte Schuhe, ein kurzärmliges Hemd und eine Krawatte trug, seine Aktentasche gepackt und ihm zum Abschied hinter dem Lenkrad zugenickt. Charlie nickte zurück. Er spürte, wie die Anspannung ein wenig nachließ.

Charlie fragte sich, ob man das Leben – einer oder mehrerer Personen – auf ein Haus reduzieren konnte.

Seine Surfbretter lagerten auf einem Gestell im Gartenschuppen, doch er öffnete die Haustür und betrat das Innere; er musste das Gefühl abschütteln, seine Kindheit zu verlieren. Er ging sofort ins Wohnzimmer, ein großer Raum mit einer Küche am Ende, von dort in einen abgewinkelten Flur mit weiteren Zimmern dahinter: sein Schlafzimmer, das von Liam, das seiner Eltern; Badezimmer und Waschküche an der Hintertür. Alles winzig.

Charlie war erschüttert, das Wohnzimmer so entleert zu sehen, nur zwei nicht zusammenpassende Lehnsessel zu beiden Seiten des Couchtischs, den seine Mutter offenbar nicht hatte haben wollen. Auf den Regalen an der Hinterwand standen ein paar wenige Bücher: Enzyklopädien, Krimis von Tom Clancy, Segelhandbücher, Biografien von Kricketspielern und Surfern. Die hatte Charlies Mutter ebenfalls nicht haben wollen. Ein

Kartentisch, wo früher der Esstisch gestanden hatte, ein Stuhl mit gerader Rückenlehne vor einer Schüssel fast aufgegessener Cornflakes und ein leeres Glas mit einem Rest Orangensaft.

Charlie spülte Schüssel und Glas an der Küchenspüle aus, so als wolle er sich an eine solide Gegenwart klammern. So ist das jetzt nun mal, dachte er. Überall in ihrem Leben zeigten sich Lücken, und alle Versuche, sie zu stopfen, waren nur provisorisch. Kein Wunder, dass sein Vater in letzter Zeit nur selten herkam und seine Zeit lieber mit Arbeit und seinem Flittchen aus Prahran ausfüllte. Flittchen war Liams Ausdruck: Ihm war es um die Alliteration gegangen. Charlie mochte Fay eigentlich. Sie hatte nicht versucht, ihn zu beeindrucken – sie sah ihn einfach als den Sohn ihres Freundes an.

Was hielt sie von 5 Tidepool Street? War sie jemals hier gewesen? Charlie ging ins Elternschlafzimmer und suchte nach Hinweisen, dass sie irgendwann hier übernachtet hatte. Er fand nichts. Vielleicht war sie nie hier gewesen. Vielleicht wollte sie mit Rhys Deravin nicht auf einer Matratze voller Erinnerungen schlafen.

Charlie steckte den Kopf in Liams Zimmer: Bis auf vier Klebstoffflecken an einer Wand war es leer. Schließlich ging er in sein eigenes Zimmer – das kleinste, für den jüngeren Sohn. Er würde die Heilsarmee anrufen, die Bett, Matratze, Schrank und Nachttisch holen sollten, aber seine Tennistrophäen und sein Abschlussfoto von 1999, auf dem der Police Commissioner ihm auf dem Gelände der Polizeiakademie die Hand schüttelte, hatte er ganz vergessen. Er nahm sie vom Regal, verstaute sie im Auto, kehrte zurück, um im Schrank und in den Schubladen nachzuschauen, und rechnete schon mit einem alten Konzertticket oder einer Fünf-Cent-Münze.

Nichts.

Bevor er abschließen und die Surfbretter holen konnte, klingelte das Haustelefon. Jess, dachte er, Dad, ein Arbeitskollege, Liam oder Mum. Der Apparat, ein blassgrünes Überbleibsel aus den Siebzigern, stand auf dem Küchentresen neben einer Schale voller Rechnungen, Kassenbons, Umschlägen, Schlüsseln und einer Tube Sunblocker.

»Rhys Deravins Apparat, Charlie hier.«

»Ich bins.«

»Hi, Süße.«

»Traurig?«

»Ein wenig.« Dann schwieg er: Sie hatte mehr verdient. »Ein bisschen unwirklich.«

»Erinnerungen?«

»Erinnerungen und Lücken«, antwortete Charlie und verstummte.

Seine Frau wartete einen Augenblick. Sie lachte und sagte leichthin: »Typisch Charlie; der reinste Wasserfall.«

Nach zwei Jahren Ehe war das zwischen ihnen manchmal so. Öfter. Die Zurechtweisungen eher zärtlich denn grob. Bislang.

»Der Ort wirkt ein wenig verloren«, sagte Charlie.

»Ach, mein Lieber, ich wäre gern dabei gewesen. Emma sagt Hallo. Sag Daddy Hallo.«

Charlie sah seine Tochter in den Armen seiner Frau vor sich und hörte sie leise blubbern und murmeln; er sagte: »Hallo, Baby«, und sie verstummte. Vielleicht hatte sie seine Stimme erkannt und fragte sich, was er in dem Telefon machte. Die Vorstellung amüsierte ihn.

Dann sagte Jess etwas von einer stinkenden Windel, sie legten auf, und Charlie, an dem Vergangenheit und Gegenwart des Lebens zerrten, wollte an die frische Luft.

Auf dem Weg hinaus fiel sein Blick auf einen geöffneten Umschlag, auf dem in der ungeduldigen Handschrift seines Vaters »Asbestüberprüfung« stand.

Der Bericht bestand aus fünf Seiten voller Überschriften und engen Schriftzeilen, und er bestätigte, dass die Faserzementwandplatten des Hauses 5 Tidepool Street Asbest enthielten. Aber das hatten sie schon gewusst. Menlo Beach war ein in den dreißiger Jahren angelegter Strandort auf der Peninsula mit bescheidenen Hütten, die in einem Gitter schmaler, schlaglochübersäter

Schotterpisten nebeneinanderstanden. Die Hälfte der Häuser hier bestanden aus Fiberzement. Preiswerter Wohnungsbau damals, als Dad und seine Kumpel in den späten Siebzigern Ferienhäuser und Wochenenddomizile kauften, die sich später in Familienheime verwandelten. Sechs Polizisten in zehn kleinen Straßen. Rauflustige, ungehobelte Männer, die die Kinder begeisterten und sie zum Lachen brachten; für die ein, zwei Frauen, die aus demselben harten Holz geschnitzt waren, galt das nicht. Alkoholdurchtränkte Barbecues und Strandkricket, Rauferei auf dem Rasen. Segeln, surfen, mit dem Fahrrad Arthurs Seat hinauf und hinunter. Mitreißende Kerle, die einen Feigling schimpften und fertigmachten. Burschen mit großen Herzen und einer düsteren Entschlossenheit, wenn man sie auf dem falschen Fuß erwischte. Eine Bruderschaft, die sich in der Zwischenzeit fast vollständig aufgelöst hatte. Die Frauen waren als Erste verschwunden, als die Kinder noch klein waren. Charlies Mutter war die letzte gewesen, sie hatte gewartet, bis die Söhne groß waren – oder bis ihr Mann sich ein Flittchen zugelegt hatte.

Charlie steckte den Bericht in den Umschlag zurück. Das dürfte wohl die Idee seiner Mutter gewesen sein: Das Richtige tun, potenzielle Käufer vorwarnen. Einen möglichen Rechtsstreit vermeiden, falls ein Heimwerker Löcher in den Zement bohrte und den Asbeststaub einatmete. Die Betuchten zogen nun in Häuser im Flachland, derweil die angrenzenden Straßen am Hügel bereits voller Vorstadtburgen standen, die sich um einen Ausblick auf das Meer stritten. Jemand aus dieser Klientel würde sich diese Hütte, das Kindheitszuhause von Charlie, schnappen, abreißen, irgendeinen feuchten Traum aus Glas und Holz errichten.

Verstört und verdrießlich schloss Charlie, irgendeine protzige Katastrophe vor seinem geistigen Auge, das Haus ab und holte die Surfbretter aus dem Gartenschuppen. Er schnallte sie auf den Dachgepäckträger und spürte, wie die gütige Sonne ebenso Wunder wirkte wie die salzige Luft und das Geräusch der Wellen am Strand. Er hatte vorgehabt, mit dem Auto zum Haus seiner Mutter in Swanage zu fahren, das waren nur fünf Minuten. Aber der Tag war nicht heiß und nicht windig: Warum nicht zu Fuß die vertraute Geografie vergangener Sommer durchwandern? Das dürfte keine Stunde dauern.

2

Charlie ging die Tidepool Street entlang, wich Schlaglöchern aus, und seine Laufschuhe knirschten an diesem windstillen späten Vormittag auf dem Schotter. Sechs Häuser kauerten sich hinter Eukalyptusbäumen und Gestrüpp. Er überquerte den kreuzenden Klippenpfad, duckte sich unter Teebäumen und stieg schließlich die aus Bahnschwellen gesetzten Stufen hinunter. Am unteren Ende gab es einen niedrigen Drahtzaun; auf einem der Holzpfosten stand eine abgewetzte pinkfarbene Kindersandale.

Charlie trat auf den Strand und blieb kurz stehen. Es war Flut, das Wasser ruhig, kaum Wellen, und Kinder spritzten oder liefen mit Eimern herum, so als würde nicht bald der erste Schultag drohen.

»Charlie?« Mark Valente kam aus dem seichten Wasser, Tropfen perlten an seinen Brusthaaren ab, sein riesiger Bauch glänzte, und seine Badehose klebte an Leiste und massigen Oberschenkeln. Er kam herangewatet wie ein Mann, der gegen eine Flut ankämpft, und schüttelte sich das Wasser aus den Ohren.

Mark Valente, Rhys Deravins ehemaliger Kollege: Abteilung Schwerverbrechen. Nun war er Senior Sergeant und Chef der Criminal Investigation Unit, der Kriminalpolizei in Rosebud. Er stieg über die Anspülungen der Flutkante und kam wie ein unaufhaltsamer Bär auf Charlie zu, warf einen riesigen Schatten und streckte die bratpfannengroße Hand aus.

Charlie schüttelte die feuchte Hand, die kurz wie eine Fessel zupackte und ihn spielerisch herausforderte, und Charlie kam sich wieder vor wie ein Junge mit Kricketschläger in der Hand, während Valente von der Seitenlinie aus brüllte: »Behalte den verfluchten Ball im Auge, Charlieboy!«

»Na, einen freien Tag?«

Valente schüttelte den Kopf, und das Wasser spritzte um ihn herum. »Nein, nein. Sechzehn Uhr bis Mitternacht. Warst du bei deinem Dad?«

Charlie nickte. »Hab ihn noch erwischt, bevor er zur Arbeit gefahren ist.«

»Er arbeitet an dem Überfall auf den Geldtransporter«, sagte Valente.

»Aha.« Die Meldung war im Radio gekommen, ein Wachmann war bei einem Überfall auf einen gepanzerten Geldtransporter angeschossen worden, aber Charlie hatte nicht gewusst, dass sein Dad daran arbeitete. Er hatte nie gewusst, in welchen Fällen sein Vater ermittelte; der alte Herr hatte seine Arbeit auf andere Weise mit nach Hause gebracht.

Valente zwinkerte. »Da wird sein ein Heulen und Zähneklappern.« Marks Nummer als Untergangsprophet, die sie als Kinder alle so rätselhaft, aber amüsant gefunden hatten. Soweit Charlie wusste, war der Mann noch nie in einer Kirche gewesen.

Valente besah ihn von oben bis unten. »Hast du Badesachen dabei?«

»Nein. Ich dachte, ich geh mal zu Mum rüber.«

Mark Valente wollte schon etwas dazu sagen, überlegte es sich aber anders. »Sag ihr Hallo von mir.«

»Mach ich.«

Dann gaben sie sich noch mal die Hand, und Charlie sah zu, wie Valente Richtung Stufen stürmte und dabei Luft, Moleküle und spielende Kinder teilte. Nasser Pelz, kleiner Hintern, scharfsinniger Verstand.

Charlie richtete seine Aufmerksamkeit wieder auf das unschuldige Meer und ließ sich von ihm besänftigen – die sanft anrollende Flut, die Luft voller Leben und Versprechungen –, dann ging er auf eine Felsnase zu, an dem die Klippenkante begann und sich Gras und kleine Bäume an den Abhang klammerten. Schilder warnten vor Steinschlag. Eine Frau auf einem zwischen

Felsbrocken und Banksien ausgebreiteten Liegetuch winkte und rief seinen Namen, aber er hatte keine Ahnung, wer sie war. Er winkte zurück und folgte dem Sand, der sich um einen schmalen Streifen Wasser legte, welches von Riffen umklammert wurde und in dem man geschützt schwimmen konnte. Er kam trotz eines Balletts von Seitwärtsschritten durch den Seetang voran und wich dabei den sich hinterhältig nähernden Wellen der Flut aus.

Ach, was solls: Er zog Schuhe und Socken aus und watete fröhlich an der Linie entlang, wo sich das Meer an der Küste brach, und sein Herumgespritze bildete einen Kontrapunkt zum Flüstern des Wassers. Komischerweise fühlte er sich geborgen und weit offen zugleich: Linker Hand war die hohe Klippe mit den Bäumen, rechts ein endloser Horizont. Er kam an einem Paar Sandalen und einem von einem Körper in den Sand gedrückten Handtuch vorbei; im Wasser war niemand zu sehen. Seegras. Tote Qualle. Winzige schlichte, verschlossene Muscheln. Treibholz. Der Boden einer Bierflasche, den der Sand stumpf geschmirgelt hatte. Er steckte ihn ein, entdeckte gleich darauf ein Gewirr aus Angelschnur, Blei und Haken und wickelte es in ein Taschentuch. Am Strandweg in Tulum Court, direkt vor ihm, gab es einen Mülleimer. So etwas tat man, wenn man hier aufwuchs, wenn man hier daheim war.

Um die nächste Biegung herum wich die Klippe mit ihren sündteuren Festungen aus getöntem Glas und verwittertem Holz einem weiteren Wirrwarr aus Ferienhäuschen auf dem Flachland jenseits des Strands und der Vordüne, einem breiten Streifen aus Gras und Sukkulenten einen Meter über dem Sand. An dieser Stelle trieb eine kleine Gruppe Stangen in den Boden, die mit einem Nylonseil verbunden waren. An einer der Stangen hing ein Schild mit der Aufschrift: *Brutplatz der Kappenregenpfeifer. Bitte nicht betreten.*

Mrs Ehrlich winkte. Charlie nickte und ging weiter. Auf halber Strecke um die kleine Bucht herum mündete ein Flüsschen, dann kam der Weg nach Tulum Court und dem Campingplatz.

Charlie verließ den Strand mit dem weichen, schwergängigen Sand und warf seine Treibgutfunde in den Mülleimer.

Dann zurück an den Strand, rund um eine weitere Landspitze hin zu einem weiteren sichelförmigen Familienstrand. Vorbei am Jachtclub Balinoe Beach und dem Gerippe des alten Piers hin zu dem langen, meist wenig bevölkerten Strandabschnitt, wo in der Früh die Rennpferde ausgeritten wurden. Charlie brauchte länger, als er erwartet hatte.

Kurze Zeit später traf er den dritten der alten Polizisten von Menlo Beach an diesem Tag. Noel Saltash, dünn und windhundartig, wo Rhys Deravin eine sehnige Katze und Mark Valente ein Bär war, joggte schnaufend und mit schwirrenden Laufschuhen an Charlie vorbei, und bei jedem Schwung der Arme warf sein ärmelloses Shirt über der Wirbelsäule Falten. Er blickte zu Charlie herüber, grinste schief, sagte: »Charlie«, und war verschwunden. Hundert Meter weiter bog er links ab in die Dünen, wo ein Pfad zum Rückweg entlang Balinoe Creek führte.

Als Charlie endlich die Außenbezirke von Swanage erreichte, drückte er sich am Jugendlager vorbei zur langen Küstenstraße der lang gezogenen Ortschaft und wünschte sich, das Haus seiner Mutter würde nicht am anderen Ende liegen. Ein paar Autos überholten ihn; Kinder auf Skateboards; Freundinnen mit Handtüchern, Körben und breiten Strohhüten auf dem Weg zum Strand. Charlie kam am Geschäft und an der Grundschule vorbei, schließlich nahm er eine Senke und folgte der Straße, die auf der anderen Seite wieder anstieg, bog am Ende des Orts am Wasserturm nach links ab und kam in die Longstaff Street, die letzte Straße vor dem Farmland. Das Haus seiner Mutter, ein verblichenes Schindelhaus, lag auf halber Strecke. Auf der Straße stand ein weißer Mazda: Liam war zu Besuch. Charlie kam näher, er hatte Durst und musste aufs Klo, und es versetzte ihm einen Stich, als er die Geranien seiner Mutter nun auf *dieser* Veranda sah.

Dann ergriff ihn Sorge und Unruhe, als er das Motorrad erblickte, das in ihrem Carport stand.

3

Es handelte sich um eine glänzend schwarze Ducati, die sich auf den Seitenständer gelehnt breit machte, während seines Mutters matter alter Corolla in der Hitze auf der Straße stand. Charlie war verärgert: Das Haus der Mutter, ihr Name auf dem Mietvertrag. Ließ sie zu, dass ihr Untermieter so viel Platz einnahm?

Charlie drückte das schiefe Tor über das verdorrte, ungepflegte Gras hinweg zu. Er fragte sich, warum seine Mutter sich nicht den Rasenmäher aus der Tidepool Street auslieh. Die Antwort fiel ihm sofort ein: Weil das bedeuten würde, mit Dad in Kontakt zu treten.

Er klopfte an die von der Seeluft verzogene Fliegentür. Sie klapperte. Keine Antwort, also trat er in den dunklen Flur in die von der Hitze der letzten Tage schlaffe Luft, in der es nach Cannabis und Aftershave roch. Seine Verärgerung wuchs. Shane Lamberts Motorrad im Carport, sein Gestank im Haus.

Die Küche war ein Durcheinander aus Spanplatten und Brandflecken; Charlie konnte regelrecht die Not darin spüren. Die Hütte in Menlo Beach war nicht gerade ein herrschaftlicher Wohnsitz, aber immer noch besser als das hier. Je schneller sie es verkauften und seine Mutter genug Geld hatte, um sich etwas Hübscheres zu mieten, umso besser.

»Jemand zu Hause?«

Die schäbigen Wände verschluckten seine Stimme und warfen nichts zurück. Er trat an die Spüle, trank ein Glas Wasser und schaute durch das dreckige Fenster hinaus zu seiner Mutter und seinem Bruder, die Schulter an Schulter an einem der Gartentische aus der Tidepool Street saßen. Charlie sah einen Augenblick lang zu und bemerkte das gesenkte Haupt seiner Mutter und Liams gerecktes Kinn, wie er ihr etwas erklärte und dabei ihre Hände hielt.

Charlie warnte sie mit einem Zuschlagen der Hintertür vor und ging über das verdorrte Gras zu dem Tisch. Seine Mutter nahm ihre Hände aus Liams, so als habe sie keinesfalls Geheimnisse mit ihm besprochen. Sie strahlte. »Charlie!«

Er duckte sich hinter Liam, der aufstand, und gab ihr einen Kuss. »Mum.«

Dann standen sich die beiden Brüder, die sich ihre Zuneigung nicht zeigen konnten, gegenüber. Ein qualvoller Augenblick verging. Schließlich gaben sie sich kurz die Hand, ließen los, und Liam nahm nervös wieder Platz. »Warst du zu Hause?«

Charlie wich seinem Blick aus. »Ja.«

»Hast du Dad gesehen?«

»Er war da.«

Ganze Unterhaltungen verliefen so zwischen ihnen, Fragmente voller gemeinsamer Vergangenheit und wachsender Spannungen. Ihre Mutter kannte das schon. Sie ließ ihre Finger auf Liams Unterarm ruhen, bis er sich wieder beruhigt hatte.

Munter sagte Charlie: »Ich bin zu Fuß hergelaufen, wie ein Volltrottel. Hat ewig gedauert.«

»Trotzdem«, sagte seine Mutter, »ein schöner Tag dafür. Hast du jemanden getroffen?«

Noch so eine Stolperfalle für ihn. »Mark. Noel«, sagte er beiläufig, spürte aber Liams wieder einsetzende Anspannung.

»Na, toll«, sagte Liam.

Die Brüder teilten die körperliche Eleganz ihres Vaters, aber während Charlie sich als Kind in Spiele gestürzt hatte – er hatte sich ganz dem Gewinnen und Verlieren verschrieben –, war das Liam, dem besseren Athleten von den beiden, völlig egal. Er ließ sich ablenken und verschwand einfach oder tauchte gar nicht erst auf. Er war zutiefst verwirrt, wenn Mark Valente, ihr Vater oder wer immer sonst das Strandkricket oder Fußballspiel gerade organisierte, ihn deswegen ausschimpfte. Gemeine alte Schwulenhasser nannte er sie heute.

Charlie seufzte schwer. Alle drei starrten auf den Tisch, den Rasen oder die Rückwand des Hauses. Charlie brach das Schweigen und schnitt ein neutrales Thema an. »Und, freut ihr euch schon auf die Schule?«

Sein Bruder unterrichtete an einer Privatschule, seine Mutter war im Staatsdienst, und beide stöhnten unisono. Die Sommerferien waren viel zu schnell vergangen. Schon bald ging es wieder nur um ungebärdige Kinder, Stundenpläne, Schuldirektorinnen und schlimme Eltern.

Wieder machte sich Schweigen breit, doch Liam wollte auf etwas hinaus und rutschte auf seinem Stuhl herum. Schließlich platzte er heraus: »Charlie, Mum hat Schwierigkeiten mit ihrem Untermieter.«

Sie berührte ihn schnell am Handgelenk. »Ach Liam, das ist doch nicht wichtig. Nichts Besonderes.«

Liam drehte sich zu ihr um. »Das hörte sich aber ganz anders an. Es hörte sich an, als ob der Kerl ein Widerling ist.«

Charlie war Lambert noch nie begegnet, aber als er seiner Mutter ins Gesicht schaute, erkannte er, dass Liam recht hatte. »Mum?«

»Du musst dir keine Sorgen machen.«

»Okay, aber warum steht sein Motorrad im Carport, und du musst auf der Straße parken?«

Sie versuchte abzuwinken. »Das ist nichts. Das Haus ist nur gemietet – ist ja nicht so, als wenn es mir gehört. Ich habe ja nicht mehr Rechte als er.«

»Doch, hast du schon«, entgegnete Liam. »Der Mietvertrag lautet auf deinen Namen. Er hat nur ein Zimmer von dir gemietet.«

»Ich will keinen Ärger.«

Charlie drehte sich zu ihr hin. »Warum? Glaubst du, er könnte ausfallend werden?«

»Ich meine nur ...« Sie fiel in Schweigen und suchte nach den passenden Worten.

»Wo ist er jetzt?«, fragte Charlie.

»Er arbeitet beim Holzhandel in Hastings.«

»Aber seine Maschine steht doch hier.«

»Ein Arbeitskollege holt ihn ab.«

Liam unterbrach sie und warf Charlie einen Blick zu: *Können wir zum Thema zurückkommen?* »Mum, er ist ein Widerling, und du steckst den Kopf in den Sand.«

»Das ist nicht fair, Liam«, entgegnete sie bissig, und Charlie erkannte ihren Kampfgeist, ihren Schmerz und ihre Scham. In diesem Augenblick machte sie eine Veränderung durch: Sie war nicht länger seine Mutter, sondern Rose Deravin, eine schlanke, müde Frau, die nichts mit ihm zu tun hatte und die Sport am Westernport Secondary College unterrichtete. Braune Cargohose, weißes T-Shirt, rote Fußnägel. Feines blasses Haar in einem nachlässigen Knoten. Eine kräftige, prüfende Nase. Kompetent, attraktiv; sie bemerkte seinen Blick und erwiderte ihn trotzig. Das verunsicherte ihn.

Mit einem warnenden Blick zu Liam sagte er sanft: »Erzähl uns, was dich an ihm stört, Mum.«

»Er ist nur, ich weiß nicht, ein wenig komisch.«

»Hat er, ähm ...« Charlie spürte, wie er rot wurde. »Hat er versucht, dich sexuell zu belästigen?«

Sie schüttelte den Kopf. »Eigentlich nicht.«

»Mum!«, ging Liam dazwischen. »Was meinst du mit ›eigentlich nicht‹?«

»Meistens schaut er den ganzen Abend nur Schrottfernsehen, aber eines Nachts gab es einen Dokumentarfilm über den weiblichen Orgasmus«, sagte sie und rutschte herum, »und er meinte, ob ich mir das nicht vielleicht mit ihm anschauen wolle. Ich sagte, ich sei zu beschäftigt. Als ich rausging, stellte er lauter.«

»Mum!«

Charlie versetzte seinem Bruder unter dem Tisch einen Tritt. »Was noch?«

Wieder rutschte sie herum, so als ginge sie eine Liste durch, dann purzelte es aus ihr heraus: »Er nimmt keine Rücksicht. Lässt den Klodeckel oben – na ja, das habt ihr Jungs auch immer getan –, aber er ist nicht sonderlich achtsam, wenn du verstehst, was ich meine. Er lässt seine Teller in der Spüle stehen, so als ob ich sie abzuspülen hätte. Eines Tages habe ich ihn dabei ertappt, wie er auf dem Küchentisch irgendwelche Motorteile gereinigt hat. Wir sind übereingekommen, dass sich jeder seine Lebensmittel selbst kauft, aber er hat nie welche – er nimmt sich Eier von mir und Brot und was sonst noch, ohne zu fragen. Ich schließe nachts immer meine Tür, aber manchmal höre ich ihn im Flur, so als würde er dort nur stehen, und einmal habe ich ihn in meinem Zimmer erwischt, wie er sich meinen Nähkasten anschaute. Er meinte, er würde eine Schere suchen, aber, na ja, du weißt schon … Und er schuldet mir eine Monatsmiete. Ich habe ihn danach gefragt, doch er meinte nur: ›Sie sind doch Lehrerin‹, so als müsste ich ihn unterstützen, wenn er mal knapp bei Kasse ist.«

»Mum«, sagte Charlie.

»Aber was soll ich denn machen? Es war eh schon schwer genug, jemanden zu finden, der das Zimmer nimmt. Jetzt muss ich wieder von vorn anfangen, das könnte doch Wochen dauern.« Sie schüttelte den Kopf. »Das kann ich mir nicht leisten.«

Amseln hüpften unter dem knorrigen alten Birnbaum herum und pickten am Fallobst. Jetzt zankten sie sich und tobten auf dem ganzen Hof herum, während die Sonne mild am Himmel hing.

»Würde es helfen, wenn wir mit ihm reden?«

»Und was sollen wir sagen?«, wollte Liam wissen. »Wir schmeißen den Kerl raus, *das* würde helfen.«

»Ich weiß nicht«, meinte ihre Mutter elend.

Doch, das weißt du, dachte Charlie. »Ich glaube, du hast Angst.«

Sie schaute ihn nicht an.

»So zu leben, ist doch nicht gesund, Mum. Wir helfen dir, ihn loszuwerden«, sagte Charlie. Er schaute Liam an: »Und wir helfen dir mit der Miete aus, bis du was Passenderes findest.«

Liam nickte.

Ihre Mutter rieb mit der Daumenspitze über den Handballen der anderen Hand. »Das kann ich doch nicht von euch verlangen.«

»Das hast du ja auch nicht getan. Wir bieten es freiwillig an. Wann kommt er von der Arbeit?«

Die Armbanduhr baumelte ihr locker am Handgelenk. Mit einer Drehbewegung brachte sie sie in Leseposition, schaute drauf und sagte: »Am Nachmittag.«

Es schmerzte Charlie zu sehen, wie Hoffnung in ihr aufkeimte, als sie die beiden Söhne anschaute. »Könnt ihr beide hier sein, wenn ich es ihm sage? Für den Fall, dass es schwierig wird?«

»Wir können noch was ganz anderes«, erwiderte Liam. »Du fährst über Nachmittag zu Oma oder Karen Wagoner. Charlie und ich packen seine Sachen, und wenn er nach Hause kommt, sagen wir ihm, dass er sich eine andere Bleibe suchen muss. Du wirst nichts mehr mit ihm zu tun haben.«

Sie quälte sich damit. »Und was, wenn er zurückkommt, wenn ihr nicht mehr da seid?«

Liam warf Charlie einen Blick zu. »Du hast doch immer eine Uniform im Auto, oder?«

4

Liam fuhr Charlie zu dessen Auto, Charlie folgte ihm zurück in die Longstaff Street, wo sie Shane Lamberts Zimmer ausräumten und seine Habe in Kartons und einen Billigkoffer packten. Charlie hatte mit einem stinkenden Loch gerechnet, doch Lambert war ein Mann, der sein Leben bis auf den Knochen abgefieselt hatte: wenig Habe, zwanghafte Sauberkeit. Ordentliche Kleidung, wenige Hygieneartikel. Keine privaten Unterlagen, bis auf einen Arbeitsvertrag des Holzhändlers aus dem November 1999, eine professionell aussehende Canon in einem abgewetzten Kamerakoffer. Charlie verstand den Mann nicht. Ex-Knacki? Ungebunden, mit einem angemieteten Postfach? Eine kreative Ader: Mochte er es, Sonnenuntergänge, Treibholz, Gesichter auf der Straße zu fotografieren?

Sie schoben das Motorrad aus dem Carport neben die Kartons auf den Gehweg, dann zog Charlie seine Uniform an, und sie setzten sich hin und warteten. Sie wechselten kaum ein Wort; das taten sie nie, was Jess manchmal verblüffte. »Was ist denn nur mit euch beiden los? Ihr seid doch keine Fremden, ihr habt doch eine gemeinsame Basis.«

Fragte sich nur, welche. Jedenfalls nicht genug davon.

Die Zeit verging. Sie tranken Tee, aßen Käsesandwiches und beobachteten die Straße, die Segeltuchbespannung der Gartenstühle knarzte unter ihrem Gewicht, das Verandablech dehnte sich in der durch die Wolken blitzenden Sonne aus. So nah am Farmland, das den Ort an die Küste drückte, gab es nur wenig Verkehr. Die Longstaff Street war eine kurze Straße. Es gab noch eine Handvoll weiterer müder Schindelhäuser, dazu ein, zwei neue eingezwängte Häuser, die sich übermäßig bemühten, wie

Stadthäuser zu wirken, und ein fast leeres Grundstück am Ende der Straße, nur eine Betonplatte und ein paar Rohre, die darauf warteten, dass die Rechnungen bezahlt wurden. Eine totgeborene Straße.

Das war alles, bis ein von der Sonne ausgeblichener weißer Kombi vor dem Haus anhielt. Der Mann auf dem Beifahrersitz besah sich die Kisten und das Motorrad, dann schaute er zu den Brüdern auf der Veranda hinüber, und Charlie stellte sich vor, wie er zu dem Fahrer sagte: »Warte mal kurz, vielleicht brauche ich mit dem Krempel deine Hilfe.«

Der Wagen schlich ein Stück weiter und hielt ein paar Meter entfernt am Straßenrand. Charlie merkte sich das Kennzeichen.

Die Brüder traten von der Veranda auf den Gehweg und warteten, während der Motor rumpelte, ausging und zwei Männer ausstiegen. Der Fahrer, ein dicklicher, verunsichert wirkender Mann, schloss leise die Tür, so als wolle er die Luft nicht aufwirbeln. Der Beifahrer warf die Tür lässig zu. Er nickte und meinte in aller Ruhe: »Hat sie also meinetwegen die Bullen gerufen.«

»Ich bin ihr Sohn«, sagte Charlie.

»Na toll.«

Charlie suchte angestrengt nach Arglist, sah aber nur eine müde Gestalt, die von einer feinen Schicht Sägemehl eingestaubt war. Shorts, ein Arbeitshemd, schmutzige Arbeitsschuhe mit Stahlkappen. Kurze Haare; von der Arbeit schwielige, sonnengebräunte Hände, ein Ohrring.

Mit ausdruckslosem Blick öffnete Lambert die Heckklappe, bat seinen Kollegen: »Hilf mir mal«, und drehte sich zum nächststehenden Karton um. Der Fahrer, schlaff, verwirrt und ungeformt, im Gegensatz zu Lambert, der hart und effizient wirkte, stolperte über die eigenen Füße, als er mit ausgestreckter Hand auf den Gehweg trat. »Kevin-Maberly-freut-mich-Sie-kennenzulernen«, plapperte er, dann starrte er hilflos die Kartons an. Schließlich beugte er sich vor und hob einen davon hoch.

Liam wurde von geradezu surrender Anspannung erfasst, so als würden ihn Lamberts höfliche, ausgeglichene Manieren beunruhigen. Er hüstelte. »Hören Sie, Shane, ich darf Sie doch Shane nennen? Ich hoffe, Sie verstehen, aber unsere Mutter findet es besser, wenn Sie sich eine andere Bleibe suchen. Das hat nicht funktioniert.«

Lambert blieb stehen. Er schien die Wirbelsäule in den Himmel zu strecken, dann nieste er explosionsartig. »Sägemehl.« Er beugte sich wieder vor, hob Kisten, stapelte sie ein, alles in einer sparsamen Choreografie, bei der sein Kollege ins Stolpern geriet.

»Sie verzichtet dafür auf die ausstehende Miete«, fuhr Liam fort. »Und nur, dass Sie es wissen, wir haben Ihnen zwei Nächte im Motel in Hastings gebucht und bezahlt.«

»Dass ich es weiß«, wiederholte Lambert mit düsterem Blick. Er packte den letzten Karton und verstaute ihn. Dann murmelte er mit seinem Kollegen, der Charlie ängstlich ansah und sich hinters Lenkrad setzte. Der Wagen wollte erst nicht anspringen, dann tat er es doch, fuhr los und vollführte unter Auspuffqualm in der engen Straße eine Wendung wie ein träges Schiff. Lambert schaute ihm kopfschüttelnd hinterher. Er setzte seinen Helm auf, stieg auf die Ducati und fuhr in seiner beherrschten Art davon. Als er Sekunden später zur Hauptstraße kam, änderte sich der Motorenklang, und ein Heulen wehte zu ihnen herüber.

Liam sackte in sich zusammen. »Meine Güte, bin ich froh, dass das vorüber ist.«

Auch Charlie ging ein wenig die Luft aus. Aber er kam sich irgendwie schmutzig vor. Die Art, wie er da in Uniform posiert hatte – ziemlich herrisch. Davon hatte er einen schlechten Geschmack im Mund.

5

Acht Tage darauf, in der letzten Januarwoche und der ersten Woche des Schuljahrs, war Charlie wieder zurück in Swanage; er war zusammen mit zwanzig weiteren angehenden Constables oder frisch eingestellten Kollegen aus dem Südosten der Gegend mit dem Bus zum Jugendlager gekarrt worden. Ein Kind wurde vermisst.

Sie hatten keine Zeit zu verlieren. Kaum war er aus dem Bus gestiegen, wurde er angewiesen, sich einer bunt zusammengewürfelten Gruppe von Freiwilligen aus Parkaufsehern und Angestellten des Jugendlagers anzuschließen, die alle unter einem der riesigen Eukalyptusbäume herumstanden. Ein paar Minuten später wies Frances Bekker, leitende Senior Constable aus Rosebud, sie ein. Sie wirkte angespannt, so als würden sie Zeit verschwenden und alles falsch machen. Die Sonnenbrille hatte sie in die Stirn hochgeschoben; ihre roten Haare waren in der feuchten Luft ganz kraus geworden. Sie hielt eine Flasche Wasser in der Hand und schüttelte sie mit Nachdruck.

»Als Nächstes werden wir drei Suchtrupps bilden: einen für den Ort, einen für den Strand in beide Richtungen und einen für den Bachlauf und den Wald zwischen hier und Balinoe Beach.«

Sie wartete ab, so als würde sie damit rechnen, dass irgendein Blödmann mit ihr Haarspalterei betreiben wolle. »Wir suchen nach Billy Saul, neun Jahre. Olivfarbene Haut, dunkle Haare, klein für sein Alter. Er ist hier mit einer Gruppe von Grundschulkindern aus Berwick. Sie sind gestern eingetroffen und wollten zwei Nächte bleiben. Heute Morgen wurde er bei den Spielen am Strand gesehen, und er meldete sich beim Aufrufen zur Mittagszeit, tauchte aber zu den Nachmittagsaktivitäten nicht auf.«

Senior Constable Bekker sah auf die Uhr. »Das war vor zwei Stunden. Es hat eine Weile gedauert, das Lager und den nahen Strandabschnitt zu kontrollieren, erst dann wurde der Notruf informiert.«

Eine hinter ihr stehende junge Frau schien ein wenig in sich zusammenzusacken.

»Das hier ist Miss Jaffe, Billys Lehrerin«, fuhr Bekker fort. »Offenbar wird Billy von den anderen gehänselt, es ist also gut möglich, dass er weggelaufen ist.«

Bekkers Ton schien anzudeuten, dass Billy wohl nicht weggelaufen, von einem Pädophilen entführt oder ins Meer hinausgespült worden wäre, wenn Jaffe ihren Job richtig gemacht hätte. Dann änderte sie den Ton und teilte jeden Einzelnen einem Suchtrupp zu, indem sie auf die Person zeigte und nur sagte: »Strand«, »Ortschaft« und »Bach«. Als sie zu Charlie kam, sagte sie: »Sie kommen mit mir.«

Warum er? Kannte sie ihn? Er kannte sie nicht. Er trat beiseite und wartete, während die Truppleiter bestimmt und konkrete Anweisungen erteilt wurden. Die Sonne sprenkelte den Boden zu seinen Füßen. Er war klamm vor Schweiß. Er hatte kein Wasser dabei, keinen Hut und hörte eine alte Stimme aus der Kindheit: *Du nutzt nicht den Verstand, der dir bei der Geburt mitgegeben worden ist.*

Dann baute sich Bekker vor ihm auf. »Sie sind Rhys Deravins Sohn.«

»Korrekt.« Gott allein wusste, was sie gehört hatte.

»Wie aus dem Gesicht geschnitten.« Sie schwieg. »Mark Valente hat sich lobend über Sie geäußert.«

Charlie konzentrierte sich angestrengt. Valente war Detective, aber Rosebud war kein riesiges Polizeirevier: Da mischten sich Uniformierte und Detectives, es gab Gelegenheiten zum Schwatz am Wasserspender und Gerüchte in der Teeküche. Das erklärte allerdings nicht, warum Charlie zum Gesprächsthema geworden war. Hatte Lambert eine Beschwerde eingereicht: Der Sohn seiner Vermieterin hätte auf dienstlich getan, um ihn rauszuschmeißen? Charlie stieg von einem Bein auf das andere und meinte zu Bekker, er sei erst auf Probe eingestellt.

»Haben Sie Wasser dabei? Eine Kopfbedeckung?«

Charlie druckste peinlich berührt. »Wir hatten nur ein paar Minuten Vorwarnung.«

Jaffe hatte derweil niedergeschlagen dagestanden. »Im Kühlschrank im Speiseraum gibt es Wasser«, bot sie an.

Der leere, hallende Speiseraum war kühl, die Tische leer. Jaffe, die sich anscheinend wieder auf sicherem Terrain befand, eilte zum Kühlschrank hinter der Ausgabetheke und kam mit zwei Flaschen Wasser zurück. »In der Fundkiste findet sich vielleicht eine passende Kopfbedeckung.«

»Gehen Sie voran«, sagte Bekker.

Jaffe führte sie zu einem Flurschrank, wo Charlie sich den größten Frotteehut heraussuchte, den er finden konnte. Er fühlte sich wieder wie ein hoffnungsloser Fall in der Schule. *Zieh deine Socken hoch.* Er war ganz erleichtert, als Bekker meinte: »Also gut, Miss Jaffe, erzählen Sie mir mehr über Billy Saul. Billy oder William?«

»Alle nennen ihn Billy. Nennen Sie mich bitte Melissa.«

Sie ist älter als ich, dachte Charlie, aber nicht sehr, und sie sieht so aus, als würde sie gleich komplett zusammenbrechen.

»Und die anderen Kinder piesacken ihn? Haben Sie das gesehen?«

Jaffe, eine Frau voller Sommersprossen und Leberflecken, wirkte ganz kläglich. Sie schaute an ihnen vorbei und antwortete mit konfuser, überhasteter Stimme: »Er kommt aus einer gemischten ... sein Vater ist Thailänder.«

»Und deshalb wurde er gehänselt?«

»Ich versuche das zu unterbinden, aber ich kann ja nicht jede Minute des Tages bei ihm sein. Er ist nicht sehr groß, und er ist ein wenig ... ein wenig ... er tritt nicht für sich ein.«

Dann schien sie sich selbst zuzuhören, erschrak und sagte: »Aber das ist natürlich kein Grund ... möchten Sie sehen, wo er schläft?«

Sie eilte zur Tür und führte sie über ein Stück pudriger Erde zu einer verwitterten Hütte, wobei ihre Schuhe Staub, Blätter und Zweige aufwirbelten. »Er ist in der Nummer zwei.«

Bekker hielt sie an der Tür zurück. »Ist er heute Morgen gehänselt worden?«

»Am Strand hat es ein ziemliches Geschubse gegeben.«

»Und?«

Jaffe gab auf. Sie zog die Schultern hoch. »Ich habe versucht, dem ein Ende zu machen, aber man kann nicht alles machen, und manchmal geschieht das so heimlich …«

Bekker brummte. »Mal sehen, was fehlt und was noch da ist, vielleicht verrät uns das, was er vorhatte.«

Der Raum war klein und stickig. Ein paar Kojen an einer Wand, eine Kommode, zwei Holzstühle, über denen Strandtücher hingen, zwei große Rucksäcke, aus denen Wäsche quoll. Auf Billy Sauls Rucksack stand mit schwarzem Permanentmarker *Billy* auf der obersten Klappe. Bekker kniete sich hin, nahm den Inhalt heraus und sortierte ihn: Unterwäsche, Socken, eine Jeans, zwei Shorts, zwei T-Shirts, eine Windjacke, ein Paar Turnschuhe und ein Kulturbeutel mit Zahnbürste, Zahnpasta, Sunblocker und einem Stück Seife in einem Ziploc-Beutel.

»Entspricht das der Liste der Sachen, die die Kinder einpacken sollten?«, fragte Bekker.

Sie hat Kinder, dachte Charlie.

»Ja.«

»Wo ist die Badehose?«

»Die hat er wahrscheinlich an: die Jungs machen das so. Boardshorts.«

Charlie folgte Bekkers Blick. Auf jeder Matratze lagen ein Laken, ein Schlafsack und ein Kissen. »Welche Schuhe hatte er am Strand an?«

»Das weiß ich nicht genau. Badelatschen oder Sandalen, vielleicht.«

Bekker warf erneut einen Blick auf die herumliegenden Sachen. »Die Kinder tragen ihre Sachen per Hand zum Strand?«

Jaffe dachte darüber nach. »Sie haben kleine Tagesrucksäcke.«
»Hier ist keiner.«
»Und auch keine Kopfbedeckung und kein Wasser«, fügte Charlie hinzu.
Jaffe zuckte zusammen. »Sie haben recht.«
Die erste Suche war ziemlich panisch verlaufen, nahm Charlie an. Ohne jeden Polizeiverstand. Er befingerte die Strandtücher. Das mit Billys Namen drauf fühlte sich teuer an: dicke Baumwolle, Delphine in einem klaren Meer, ein Goldrand oben und unten.

Bekker sah ihn komisch an. »Also gut«, sagte sie. »Danke für Ihre Hilfe, Melissa. Sie können zu Ihren Kindern gehen. Constable Deravin und ich werden uns noch mal im Lager umschauen.«
»Das ist doch schon durchsucht worden.«
»Das weiß ich, aber wenn wir uns nicht vergewissern, dann muss ich den Kopf dafür hinhalten.«

Sie traten hinaus in die heiße Luft, die nach Eukalyptus und Meer roch, dann kam ein Streifenwagen angeschossen, und die Staubwolke vertrieb den Geruch. Der Fahrer ließ das Seitenfenster herunter. »Springen Sie rein, Fran, wir haben etwas gefunden.«

Charlie setzte sich auf die Rückbank und sah zu Melissa Jaffe zurück, die steif vor Jammer im streifigen Licht unter einem Eukalyptus stand. Sie folgten der Straße die Küste entlang zum anderen Ende der Ortschaft hinaus. Aus Reflex schaute er nach links, so als könne er seine Mutter oder ihr Haus sehen. Er hatte jeden Tag angerufen. »Alles in Ordnung, mein Lieber ... Er ist nicht wieder aufgetaucht ... Kein Muckser ... Alles in Ordnung, Charlie.«

Der Fahrer brachte sie zu einem überfüllten Parkplatz oberhalb des Strandes. Sie stiegen aus und gingen die Stufen hinunter zum Sand und weiter zu einer Handvoll Männer und Frauen hinüber, die um einen auf einem Strandtuch platzierten blauen Tagesrucksack, einen Sonnenhut und eine Wasserflasche standen. Noch zwei Meter, und die Flut hätte sich alles geholt.

Bekker kniete im Sand und öffnete die vordere Tasche des Rucksacks. Ein Portemonnaie – fünf Dollar und ein Schülerausweis auf den Namen Billy Saul. Dann im Hauptfach eine Unterhose, Shorts und ein T-Shirt. Gegenstände, die für Charlie durchaus Sinn ergaben. Das Strandtuch nicht. Abgewetzt, fadenscheinig, zu klein.

Danach hatte Charlie nicht mehr viel mit Bekker zu tun. Nachdem die Suche sich nun auf die Küstenlinie und das Meer konzentrierte, wurde er mit zwei weiteren Polizeianwärtern losgeschickt, um Augenzeugen zu finden. Sie sprachen mit einer Frau, die mit gekreuzten Beinen unter einer Decke saß und ein Kind stillte, dann einem Mann, der ohne große Hoffnung nach Plattköpfen angelte, und zwei Teenagerinnen, die sich um nichts anderes kümmerten, als sich auf ihren Strandtüchern zu sonnen. Keiner von ihnen war seit mehr als einer Stunde am Strand. Keiner hatte Billy gesehen. Und die Mädchen waren erstaunt, wie voll und geschäftig der Strand geworden war, während sie flach auf den Bäuchen gelegen hatten.

Danach stieg das Trio die Stufen hinauf zur Straße oberhalb des Strandes, klopfte bei den Häusern an und notierte sich Autokennzeichen. Bei den meisten Häusern öffnete niemand; auch sonst gab es nirgendwo einen nützlichen Hinweis. Niemand hatte einen Jungen gesehen, der mit einem Rucksack die Straße entlanggelaufen war. »Was hat er angestellt?«, wollten sie wissen. Oder: »Ist mit ihm alles in Ordnung?«

Sie gingen weiter, klopften, gingen weiter. Charlie hörte ein Suchflugzeug und einen Hubschrauber. Er stellte sich vor, wie kleine Boote hinausfuhren und Freiwillige Ausschau hielten nach Seetang, Seegras, Treibgut.

Und die ganze Zeit über spürte er, wie das kleine Haus seiner Mutter in der Longstaff Street, oberhalb der Häuser mit Meeresblick und der langen Straße, die den Ort an die Küste band, ihn lockte. Sie hatte keine Aussicht aufs Meer, nur auf die anderen Häuser, auf ein paar struppige Bäume und den

Wasserturm. Und sie würde bei der Arbeit sein. Charlie schaute auf die Uhr: Du meine Güte, fast achtzehn Uhr. Sie würde schon zu Hause sein.

Sie schlossen sich wieder der Suche an. Die Abenddämmerung breitete sich aus. Gegen einundzwanzig Uhr fuhr Bekker die Aktivitäten herunter. »Wir machen beim ersten Licht weiter.«

Charlie stieg wieder in den Bus und war gegen Viertel vor zehn auf dem Parkplatz des Polizeireviers in Frankston; er war ganz wirr vor Müdigkeit, Sonne und Wassermangel und nicht bereit für die Männer in Anzügen, die ihn aufhielten, bevor er sich hinter das Lenkrad seines Subaru setzen konnte.

»Constable Deravin?«

Charlie kannte sie von den Fluren und der Kantine – Elliott und DaCosta, Detectives der CIU. »Ja?«

Elliott war etwa fünfzig, DaCosta dreißig, zutiefst müde Männer, die an diesem heißen Tag in ihren Klamotten gesteckt hatten, und der Tag war noch nicht vorüber.

»Wir müssen mit Ihnen sprechen«, sagte Elliott. »Drinnen, wenn es Ihnen recht ist.«

Elliott war schlank, hatte aber ein Doppelkinn und eingesackte Schultern, ein Mann, der in seinem Leben den Punkt erreicht hatte, an dem man die Krawatte löste und den obersten Knopf öffnete. Charlie überfiel Panik. »Geht es um meine Frau?«

»Am besten reden wir drinnen darüber«, sagte DaCosta sanft. Er war stämmig und würde in ein paar Jahren dick sein – ein Eindruck, der durch den kahl rasierten Schädel noch verstärkt wurde, über den er nun wie zur Rückversicherung strich.

»Meine Tochter?«

»Den beiden geht es gut, soweit wir wissen«, sagte DaCosta und warf Elliott einen Blick zu, der besagte: *Wir sollten lieber noch mal nachschauen.*

Charlie folgte ihnen in ein heißes, luftloses Besprechungszimmer mit einem langen Tisch, der den größten Teil des Raums einnahm. Er ließ sich am Tischende auf einen Stuhl plumpsen, von wo aus er die beiden Männer mit dem geringsten Aufwand beobachten konnte. »Was ist los? Hab ich was angestellt?«

Shane Lambert hat Anzeige erstattet, dachte er.

»Wo waren Sie heute?«, fragte Elliott.

Er sagte es ihnen.

»Den ganzen Tag?«

Charlie schüttelte den Kopf. »Am Vormittag war ich zu Fuß auf Streife mit Senior Constable Gosling, die Geschäfte in Karingal.«

»Wo waren Sie zur Mittagszeit?«

»In der Teestube. Ich habe dort mit den anderen gesessen, als der Befehl kam.«

»Haben Sie Ihre Mutter gesehen?«

Charlie war verwirrt. »Hier?«

»In Swanage.«

»Heute Nachmittag? Nein, ich war bei den Suchtrupps. Ich habe mich nicht heimlich verdrückt, falls Sie das meinen. Was ist los?«

»Und Sie haben ihren Wagen nicht irgendwo gesehen?«

Charlie überkam eine schreckliche Kälte. »Nein. Warum?«

»Der Schule zufolge ist sie in der Mittagspause nach Hause gefahren, um ein Lehrvideo zu holen.«

»Ich war zu Mittag hier. Wir sind erst am frühen Nachmittag nach Swanage gekommen«, sagte Charlie. Er hielt inne, und die harte Wahrheit senkte sich auf ihn herab. »Sie ist nicht zur Arbeit zurückgekehrt, wollen Sie mir das mitteilen?«

Elliott nickte und sah Charlie an. Nicht gefühllos, eher beharrlich. Er tat nur seinen Job.

Ich bin Polizist, ich habe etwas Besseres verdient, wollte Charlie schon sagen.

DaCosta verschränkte die Arme. »Was ist mit Ihrem Vater? Haben Sie den gesehen?«

»Nein.«

»Ihre Eltern leben in Scheidung, soweit ich weiß?«

»Und?«, entgegnete Charlie.

»Soweit wir wissen, muss das Haus verkauft werden?«

Charlie stand auf und sagte: »Schluss damit. Sie haben etwas gefunden. Sie würden mir nicht die Hölle heißmachen, wenn es nur darum ginge, dass sie nicht zur Arbeit zurückgekommen ist. Ist sie tot?« In der Zwischenzeit war er an der Tür. »Ich fahre jetzt nach Hause, rede mit meiner Frau, meinem Vater und meinem Bruder.«

Er hatte die Hand schon am Türknauf, als DaCosta sagte: »Der Wagen Ihrer Mutter ist heute Nachmittag leer aufgefunden worden.«

Charlie verspannte sich. »Wo? Nur der Wagen?«

»Drüben bei Tooradin. Kennt sie dort draußen jemanden?«

»Nicht, dass ich wüsste.«

»Er ist gegen einen Zaunpfosten gefahren und dort stehen gelassen worden«, sagte Elliott. Er beobachtete Charlie weiter und fügte an: »Blut am Schlüssel, der noch im Schloss steckte, Fahrertür offen, die Sachen aus ihrer Handtasche auf der ganzen Straße verstreut. Lippenstift, leerer Geldbeutel, Taschentücher ...«

Mit ausdruckslosem Blick stellte DaCosta eine Polizistenfrage: »Was können Sie uns darüber sagen?«

DEZEMBER 2019
BIS FEBRUAR 2020

6

Dienstag, Heiligabend; Delfine sprangen im gläsernen Meer.
 Sie bildeten eine gerade Linie zwischen Charlie Deravin, der am Fuß der Stufen stand, und den Buckeln der Nobbies am Ende von Phillip Island. Er schaute zu; sonst rührte sich nichts im Dämmerlicht der aufgehenden Sonne. Für ihn die beste Zeit des Tages. Rosige und graue Farbtöne, windstill und klar, alles wie skizziert, der tiefe Frieden, den er im Leben gerade so sehr brauchte. Alles für ihn allein; der Rest der Welt schlief hinter den mit Weihnachtsgirlanden behängten Türen und mit Lichterketten und Lametta verzierten Verandabalken und bekam nichts davon mit.
 Er ließ sein Handtuch in den Sand fallen, warf die Strand-Crocs von sich und watete ins Meer, das die Waden schockierend kalt umspülte. Er furchte sauber durch das Wasser, tauchte wieder auf und arbeitete sich bis zur Boje hinaus, dann schwamm er parallel zur Küste hin und her, bis er an das Gebiss des unruhigen, hungrigen Grauhais irgendwo unter sich dachte und sich selbst Angst einjagte. Aber bis dahin hatte er schon seinen täglichen Kilometer geschwommen, schätzte er. Er war bereit für den Tag. Er war bereit, war vom Polizeidienst suspendiert und lebte wieder in dem alten Haus der Familie, und seine Tochter schlief in Liams altem Zimmer; sie würde wohl nicht vor Mittag auftauchen. Es war also alles nahezu perfekt.

Charlie watete aus dem Wasser, als sich von rechts ein älteres Paar näherte und mit seinen Stöcken Striche in den Sand zog. Sie kreuzten seinen Weg, bevor er zu seinem Handtuch kam, und sagten unter ihren Sonnenhüten Hallo. Die Welt verlor ihre scharf gezeichnete Stille und wurde wieder zu einem geschäftigen, asymmetrischen, an den Rändern aufgeweichten Ort. Charlie lebte jetzt seit einem Monat hier und hatte die beiden jeden Morgen gesehen. Keine Ahnung, wo sie wohnten.

Emma hatte an dem Pfosten, auf dem der Briefkasten stand, ein handgeschriebenes Schild angebracht: »Sagt Nein zur AGL«, aus Protest gegen die Pläne des Energieversorgers, hier eine Anlegestelle für Gastransportschiffe zu errichten. Charlie strich es glatt. Emma hatte einen Aufkleber mit der Aufschrift *Rettet Westernport* ins Heckfenster seines Skoda geklebt, dazu einen weiteren an der Hausschiebetür; auf ihre wütende Art war sie enttäuscht von ihm: »Lippenbekenntnisse reichen nicht, Dad.«

Seine morgendliche Routine war wie folgt: Schwimmen bei Sonnenaufgang, Frühstück unter dem blühenden Eukalyptus vor dem Haus – seine Müslischale stand auf dem verzogenen, alten Tisch ganz schief –, dazu schnarrten die ABC-Sieben-Uhr-Nachrichten aus dem Radio neben seinem Ellbogen. Dann eine Fahrt den Strand entlang zum Zeitungskiosk in Balinoe oder gar bis zum Gemischtwarenladen in Swanage, um sich die *Age* zu kaufen. Nach Hause zum Morgenkaffee: Sport, Nachrichten, Kreuzworträtsel, dann Dusche und Rasur. So lief sein Leben ab – doch diesmal war Emma zu Besuch. Und er hatte ermutigende Neuigkeiten: Shane Lamberts zweite Cousine in Dromana hatte auf Facebook gepostet, dass sie im neuen Jahr ein Familientreffen organisieren wolle.

Halbwegs ermutigend zumindest. Vielleicht war sie in Kontakt mit Lambert. Vielleicht nahm er daran teil.

Im Laufe der Jahre hatte es eine Handvoll solcher Spuren gegeben, und Charlie hatte jede einzelne davon verfolgt. Niemand sonst schien sich dafür zu interessieren, wer seine Mutter entführt hatte.

Lambert war es nicht gewesen. Die Polizeiunterlagen zeigten, dass er an dem Tag wegen Trunkenheit in Rosebud verhaftet und über Nacht eingesperrt worden war. Aber warum hatte man ihn zwanzig Jahre lang nicht zu Gesicht bekommen? Wusste er etwas? Hatte er etwas gesehen, was er nicht hätte sehen sollen? War er gewarnt worden, ja wegzubleiben? Vielleicht war er tot. Falls nicht ... Charlie wollte nur mal mit ihm reden.

Er klammerte sein Handtuch an die Plastikleine, die er zwischen zwei Bäume gespannt hatte, zog die Crocs aus, wusch sich die Füße unter dem Gartenanschluss ab und ging ins Haus. Er betrat die Aura seiner schlafenden Tochter. Sie veränderte die Atmosphäre. Man spürte förmlich ihre Wärme, die sich unsichtbar ausbreitete und jedes der Zimmer erfüllte, die inzwischen für mögliche Feriengäste modernisiert worden waren. Später, wenn er Emma zum Zug gebracht haben würde, würde das Haus sie vermissen.

Charlie öffnete den Kühlschrank. Weintrauben, eine Mango, irgendeine ausländische Biersorte: Emma war also letzte Nacht mal wieder beim Aldi in Hastings containern gewesen. Er gab Müsli, Blaubeeren, Joghurt und Sojamilch in eine Schale, goss Saft in ein Glas und frühstückte unter den Bäumen. Er trug seinen Buschhut, die Boardshorts waren bereits wieder trocken. Das Vogelbad war leer. Charlie füllte es auf, setzte sich wieder an den Tisch und beobachtete die Prachtstaffelschwänze bei ihrer wilden Poolparty, wie sie das Wasser überall hinspritzten, während ABC von den Buschbränden berichtete.

Nachdem er gefrühstückt hatte, schaltete Charlie das Radio aus und schaute sich den Newsfeed auf seinem Handy an. SBS berichtete von einem Virus, das aus China stammte und möglicherweise tödlicher als SARS war ... der *Sydney Morning Herald* schrieb über die zunehmenden Verwüstungen durch die Buschbrände ... 7News faselte etwas von einem Zwei-Dollar-Lifehack, der die Reinigungskosten im Bad halbieren sollte.

So war die Welt, genau so.

Charlie verlor sich in Tagträumen, während die Welt rings um ihn erwachte. Mrs Ehrlich nebenan köpfte die Rosen. Margie und ihr Mann auf der anderen Straßenseite schimpften sich gegenseitig an. Alby, der Klimaanlagen reparierte, schnallte eine Leiter auf seinem Pick-up fest und schob klappernd eine Werkzeugkiste über die Ladefläche.

Sie hatten alle schon hier gelebt, als Charlies Mutter verschwand; Charlie fragte sich, ob sie jemals daran dachten. Ob sie irgendetwas wussten. Ob sie über Rhys Deravin nachdachten, der damals hier gewohnt hatte, und ob sie ihn immer noch für den Mörder hielten.

Andere taten das nämlich. Die meisten, so kam es Charlie vor. Und dieser Verdacht hatte seinen Vater davongejagt – zumindest nahm Charlie das an, denn Rhys weigerte sich, über die Vergangenheit zu sprechen. Und weil Liam fand, dass sein Vater dafür verantwortlich war, hatte Charlie nur selten Gelegenheit gehabt, mit irgendjemandem über das Schicksal seiner Mutter zu reden. Ein zwanzig Jahre altes Tabu. Jedenfalls konnte – oder wollte – Rhys das Haus in der Tidepool Street nicht verkaufen, also wurde es zwanzig Jahre lang als Ferienhäuschen angeboten, bis vor ein paar Wochen für Charlie alles falsch gelaufen war und Rhys ihm die Schlüssel ausgehändigt hatte. »Es gehört dir, Sohn.«

Charlie wusch sein Frühstücksgeschirr, putzte sich die Zähne und setzte Fahrradhelm und Sonnenbrille auf, bevor er sein Rad über den markerschütternden Schotter und die Schlaglöcher der Tidepool Street schob. Das Laub dämpfte den Lärm ein wenig, während er das Rad durch die Banksien und Teebäume lenkte. Er kam zu den Stufen, trug das Rad nach unten auf den Sand. Erst dann entschied er, die Zeitung aus dem Laden in Swanage zu holen, nicht am Kiosk in Balinoe. Er stieg auf, strampelte los, und die Reifen knirschten trocken auf dem Sand.

Da waren die Delfine wieder. Charlie stieg ab und zückte sein iPhone. Er zoomte heran, machte ein Foto und schickte es Anna. Ihre Beziehung war noch ganz frisch, doch er wusste, dass ihr Handy nie weit weg war. Und tatsächlich antwortete sie eine Minute später: *Wäre ich doch dabei gewesen xxx.*

Statt wieder aufzusteigen, schob er das Rad und holte schließlich eine Frau ein, die drei sehr alte Hunde an der Leine führte, einer klein und kläffend, einer mittelgroß und nervös, einer ein altes schwerfälliges Wrack. Charlie war sich ziemlich sicher, dass die Frau und ihre Hunde schon damals in Menlo Beach gewohnt hatten, als er noch ein Kind gewesen war, also sah er sie von der Seite an und lud sie so zum Smalltalk ein. »Ein schöner Tag.«

Sie blieb stehen. »Ja, ein guter Tag für einen ordentlichen Spaziergang«, bestätigte sie und sah auf die Hunde hinunter, die sich erschöpft auf den Hinterläufen ausruhten. »Wie Sie sehen, bin ich in dieser Hinsicht ein wenig eingeschränkt.«

Charlie dachte schon daran, sich vorzustellen. Sie standen Schulter an Schulter und sahen über das Wasser zur Phillip Island hinüber, bis über das sanfte Meer und den Wind hinweg das sich abmühende Geräusch eines kleinen Motors drang. Charlie schaute zu der Biegung hinüber, hinter der sich der nächste Strandabschnitt verbarg. »Der Aufseher?«

»Oh ja«, antwortete die Frau schuldbewusst.

Ein kleines Allradfahrzeug mit fetten Reifen und einem zitternden Sonnenschutz kam auf sie zugedampft; Noel Saltash saß am Lenkrad. Er trug vage offiziell wirkende Shorts und ein Hemd mit Schulterklappen, beides Khaki. Das quenglige Gas erstarb zu einem qualmenden Rattern, und er blieb ein paar Meter entfernt stehen. Der unter seiner Last gebeugte Mann stützte den Unterarm aufs Lenkrad, und die Frau murmelte zu Charlie: »Es tut mir leid, dass ich das sagen muss, aber ...«

»Pat? Was habe ich gesagt? Zu dieser Jahreszeit zwischen neun Uhr früh und sieben Uhr abends keine Hunde am Strand. Es tut mir leid, dass ich das sagen muss, aber Vorschrift ist Vorschrift.«

Gleichzeitig warf Saltash Charlie Blicke zu, und undurchschaubare Regungen huschten über sein Gesicht. Er hat mich erkannt, er weiß, warum ich hier wohne, dachte Charlie. Jetzt ist es zu spät, mich richtig zu grüßen. Er kommt sich in seinem kleinen Strandbuggy albern vor. Er weiß, dass die Frau namens Pat ihn nicht respektiert; er befürchtet, dass sie nicht die Einzige ist.

Würde er einen Strafzettel ausstellen? Wieder sah Saltash Charlie an, und heftige Selbstzweifel schienen ihn zu erfassen. »Hören Sie, Pat, ich bin gewillt, über diese ... diese Ordnungswidrigkeit hinwegzusehen, aber bitte, halten Sie sich an die Order. Das ist ein Familienstrand. Kleine Kinder ...«

Und dann schauten sie alle hinunter auf die hechelnden zahnlosen Köter, die dort saßen und von Kissen und lang verlorenen Knochen träumten. »Ich verstehe«, sagte Pat.

Saltash fuhr einen weiten Bogen und tuckerte den Weg zurück, den er gekommen war. Pat sah säuerlich den Strandbogen entlang zu einer niedrigen Graskante oberhalb der Hochwassermarke. Dort war der Sand weich, ein paar Personen lagen auf Strandtüchern in der Sonne oder saßen im Schneidersitz in Strandmuscheln. Eine Teenagerin cremte sich mit Sunblocker ein und war ganz in die Bewegungen ihrer Finger versunken. Ihr Freund oder Bruder lag neben ihr flach auf dem Rücken.

»Schätze, da hat mich ein braver Bürger verpfiffen«, meinte Pat.

Charlie bezweifelte das. Offenbar waren Noel und Pat schon öfter aneinandergeraten. »Er scheint Sie zu kennen«, fuhr sie fort.

Charlie wollte nicht ins Detail gehen und über seine Kindheit berichten, die beherrscht worden war durch die Familie, die Streitereien oder die enge Gemeinschaft der Polizisten in Menlo Beach. »Ich bin hier aufgewachsen.«

»Wissen Sie, dass er früher mal Polizist war?«

Ein Sergeant, um genau zu sein, Waffenausbilder an der Polizeiakademie, aber die Botschaft war klar: Alte Gewohnheiten sterben nicht aus, und Noel Saltash war noch immer ein arroganter Despot. Charlie machte ein nichtssagendes Geräusch, beugte sich vor, rieb jedem Hund mit den Knöcheln über den Kopf, stieg aufs Rad und verabschiedete sich.

Die Reifen wisperten über den feuchten Sand, wichen Felsspitzen aus, umfuhren Seetang, eine säuberlich verknotete Hundekotplastiktüte, die im Sand hockte wie ein schlappohriges schwarzes Kaninchen. Ein paar Weihnachtsferien-Frühstarter gingen spazieren, andere schwammen, und ein Blechboot zog eine weiße Kiellinie durch das flache Wasser. Dann war Charlie auf dem letzten Abschnitt nach Swanage und ließ den Jachtclub Balinoe Beach und den von Pferden aufgewühlten Sand hinter sich.

Als er am Ortsrand zum Jugendlager kam, blieb er stehen, hob das Rad auf eine Schulter, trug es zur lang gestreckten Hauptstraße und stieg wieder auf. Hier durfte man nicht schneller als fünfzig fahren, aber niemand hielt sich daran: Charlie spürte den Wind von drei überholenden Fahrzeugen und roch die in der Luft hängenden Abgase. Zwei mit dicken Strichen handgemalte Schilder standen ein paar hundert Meter weit auseinander: *Koalas queren – langsam fahren.* Eine Art von Gemeindeaktivismus, den es in seiner Kindheit nicht gegeben hatte.

Im Gemischtwarenladen kaufte er sich die *Age,* nickte den Leuten zu, die auf dem Sonnendeck Kaffee und Croissant genossen, und weil er nun mal hier war und eine Spur von Shane Lambert gefunden hatte, fuhr er durch den Ort zur alten Straße seiner Mutter in der Nähe des Wasserturms. Er fragte sich, was dabei wohl in ihm vorgehen würde. Er bog in die Straße ein, fuhr sie entlang und spürte seine Mutter nirgendwo. Eine Lücke, eine Leerstelle, mehr nicht.

Damals hatte er die Longstaff Street mehrmals aufgesucht – mit den Ermittlern, mit Liam, mit seinem Vater. Dann, auf Drängen des Hausbesitzers, der sich vielmals entschuldigte, um ihre Sachen auszuräumen. Seitdem war er nicht wieder hier gewesen und konnte die Veränderungen sehen. Viele Hütten gab es nicht mehr: Auch hier waren die alten Ferienhäuschen aufgetakelt oder ersetzt worden. Die Bäume waren höher und dichter; Vorderzäune waren Gesträuch gewichen, das in die Natur hinauswucherte. Audis, Hybridfahrzeuge und kleine SUVs, keine knarzenden, von der Sonne verbrannten Corollas mehr. Aber die Straße war noch immer nicht geteert worden, und Charlie ruckelte am alten Haus seiner Mutter vorbei.

Frisch gestrichen, größere Fenster, ein Regenschirmbaum auf einem kurz geschnittenen grünen Rasen, ein aufgesetztes Halbgeschoss. Charlie fuhr bis zum Ende der Straße. Die Bodenplatte auf dem unbebauten Grundstück war immer noch da, und bevölkert: Ein Mann mit einem gelben Helm und einer Signaljacke verglich die Bodenplatte mit einem Bauplan auf einem Klemmbrett, ein anderer wühlte mit einem Bobcat den Boden auf, und ein dritter hatte sich mit dem Rücken an die Motorhaube eines Transporters mit dem Logo eines Bauunternehmers gelehnt.

Sie unterbrachen die Arbeit und starrten ihn an. Er salutierte, wackelte zur Hauptstraße zurück und rollte bis in die Senke hinunter, stellte sein Rad an einem Zaun ab und ging die Stufen hinunter zum Strand, wo Billy Saul ertrunken war. Billy Saul: Der Name fiel ihm sofort wieder ein.

Auch andere hatten ihn nicht vergessen. Auf halber Strecke hatte jemand ein Kreuz in den Sand gesteckt, zwei von der Sonne ausgebleichte Stöcke mit einem verblichenen Band der Berwick Ballet School daran, daneben frische Blumen in einer trüben kleinen Vase und eine Tafel, an die Weihnachtskarten geheftet waren. Wie schickt man denn einem toten Kind Weihnachtsgrüße? Er war nie gefunden worden. Vielleicht gibt es jemanden, der immer noch hofft, dachte Charlie, den es reizte, die Karten zu lesen.

Mit wirren, unausgegorenen Gedanken stieg er weiter nach unten auf den Sand. Hier hatte sich in zwanzig Jahren kaum etwas verändert. Dieselbe kleine Mondsichelbucht, verwitterte Bootsschuppen, hinter den Banksien, Kiefern und Stützmauern brüteten Häuser und Geld. Kein Strand, um wilde Partys zu feiern, fand er. Ein verschlossener, abweisender Ort, ein guter Platz zum Ertrinken.

Zeit, nach Hause zu fahren. Die Flut stand hoch und schloss ihn rechts und links ein, also fuhr er durch den Ort zurück und nahm die Straße nach Balinoe, von dort am Strandgeschäft in Balinoe Beach vorbei nach Tulum Court. Hier parkte die übliche Mischung an Fahrzeugen: ansässige, hochpreisige SUVs; ein alter Kombi mit Kennzeichen aus South Australia und einem Aufkleber, auf dem stand: *Besuchen Sie Coober Pedy: ein sonniges Loch im Boden.* Charlie trug sein Rad wieder an den Strand und fuhr dann über den schmalen Streifen festen Sand zurück.

Die Seeluft erfüllte ihn, die Sonne stand hoch. Viele Menschen waren unterwegs. Ein großer Kerl mit Hippiebart und Metalldetektor, in seiner Jeans viel zu sehr bekleidet; im Wasser Kinder, Eltern und Großeltern, alle beschäftigt mit Eimern, Türmchen und Burggräben. Charlie schaute einem alten Knacker mit löchrigen Shorts und explodierten weißen Haaren zu, der einem kleinen Mädchen dabei half, Muscheln in Sandburgmauern zu drücken, und dachte sofort: »Pädophiler«. Woher kam das? Veränderungen, die ihm die Polizeiarbeit aufgedrängt hatte und ihn zwang, jeden als Verdächtigen zu sehen. Er bemerkte den Blick des Mannes, sagte: »Die Arbeit eines Großvaters hört nie auf«, und bekam ein zustimmendes Brummen dafür.

Der Job und all die Fehler, die er darin gemacht hatte. Man würde ihn wieder einsetzen, vielleicht zur Verkehrspolizei irgendwo draußen im Buschland verdonnern. Oder rausschmeißen. Oder er kündigte. Im Augenblick leckte er sich nur die Wunden und wartete ab. Und er suchte nach Shane Lambert, seit zwanzig Jahren. Der Faden, an dem noch keiner gezogen hatte. All die Spuren, die im Sande verlaufen waren …

Und wenn er Lambert nicht aufspürte, wenn Lambert nicht helfen konnte, wenn es keine neuen Entwicklungen gab, dann würden die Menschen weiter annehmen, dass sein Vater schuldig sei. Obwohl nie eine Leiche gefunden worden war. Obwohl es nie eine Vorgeschichte von häuslicher Gewalt gegeben hatte – noch nicht mal Streitereien. Seine Eltern waren sich aus dem Weg gegangen und hatten abgewartet, dass die Scheidungsangelegenheit durch die Instanzen ging. Und Rhys hatte an jenem Tag in der Sache eines Überfalls auf einen Geldtransport ermittelt. Es gab nur ein paar Stunden, für die er keine Zeugen hatte, denn wie er damals gesagt hatte: »Ich wusste ja nicht, dass ich ein Alibi brauche.«

Trotz alledem wimmelte es nur so vor Theorien. Rhys Deravin hatte Rose Deravin umgebracht, weil er das Haus verkaufen und ihr die Hälfte des Erlöses abgeben musste. Oder er hatte den Kopf verloren und sie im Affekt umgebracht. Oder er hatte sie umgebracht und gehofft, dass Verdacht und Schuld auf ihren schwierigen Mieter Shane Lambert fallen würden. Keine dieser Theorien konnte erklären, warum ihr Fahrzeug mit verbeulter Front in der Nähe von Tooradin gefunden worden war, mit offener Fahrertür und ihrer auf der ganzen Straße verteilten Habe ... Es sei denn, Rhys Deravin, der listige Fuchs, hatte einen wirren, verwirrenden Tatort konstruiert, denn wie jeder bestätigen konnte, der mit ihm vertraut war, war er zu gerissen, um irgendwelche offenen Fragen zu hinterlassen.

7

Charlie war an der letzten Biegung abgestiegen und schob sein Rad durch die Felsen, und da war Mark Valente, der sich das Meerwasser aus den haarigen Ohren schüttelte, so vital wie vor zwanzig Jahren. Er war im Ruhestand; Charlie hatte von Mrs Ehrlich gehört, dass er den Winter oben an der Gold Coast verbrachte und den Sommer hier auf der Peninsula. Das Beste aus beiden Welten.

»Hab schon gehört, dass du zurück bist«, sagte Charlie.

»Hab schon gehört, dass *du* wieder zurück bist«, entgegnete Valente.

»Tja nun ...«

»Hast deinem Inspector einen verpasst.«

»Hab ich nicht.«

»Na gut – hast ihm einen freundlichen Stupser gegeben, der ihn aus den Schuhen gehoben hat.« Valente grinste. »Gott hat die Ruchlosen und Bösen verlassen.«

»Ja, ja, ja«, meinte Charlie. Er rechnete schon damit, ausgequetscht oder kritisiert zu werden, doch der alte Polizist hatte das Interesse an der Geschichte verloren und sah sich abfällig am Strand um. Familien mit Strandmuscheln und Bollerwagen, Frisbees, Teenager auf Handtüchern: Selbst Charlie konnte sehen, dass sich der Ort verändert hatte. »Nichts bleibt, wie es ist, Mark«, wollte er schon sagen.

Valente schüttelte seine miese Laune ab und sah Charlie unter von Wasserperlen durchzogenen Augenbrauen an. »Was hast du morgen vor?«

Weihnachten meinte er damit, und Charlie erkannte eine gewisse Leere an dem alten Detective. Er war schon lange geschieden, hatte keine Kinder, keine Freundin. Er würde zu Weihnachten allein sein, und bitte mich jetzt um Himmels willen nicht darum, Heiligabend auf ein Glas vorbeizukommen, dachte Charlie.

»Werde den Tag mit Dad und Fay verbringen«, antwortete er.

»Und Liam?«

»Bei dem schaue ich morgen Abend vorbei«, log er.

»Und dein nettes Mädchen?«

Damit meinte er nicht Jess. Und von Anna wusste er wahrscheinlich nichts. »Emma? Die ist ein paar Tage bei mir.« Charlie schaute auf die Uhr. »Schläft wahrscheinlich noch«, fügte er hinzu und wusste, dass er den alten Kraftmeier damit entwaffnen würde.

Valente kicherte. »Typisch Teenager. Ist sie Weihnachten bei dir?«

Charlie schüttelte den Kopf. »Da ist sie bei Jess. Ich bringe sie heute Nachmittag zur Bahn.«

»Die schöne Jess«, sagte Valente. »Keine Ahnung, was in dich gefahren ist, sie einfach gehen zu lassen.«

Am liebsten hätte Charlie gesagt: »Scheiße, was weißt du denn schon? Sie hat *mich* einfach stehen lassen.« Aber er zuckte nur mit den Schultern.

Bevor er sein Rad zu den Stufen schieben konnte, um es hinaufzutragen und nach Hause zu fahren, meinte Valente noch: »Ach übrigens, pass auf, mit wem du in den nächsten Tagen sprichst.«

»Was?«

»Da sind ein paar nette kleine Schnüffler unterwegs und klopfen überall an. Sie würden einen Podcast machen, sagen sie.«

»Worüber?«

»Ach«, meinte Valente und rührte mit einer Pranke in der Luft herum, »Ortsgeschichte.«

»Ortsgeschichte.«

Ein paar von Valentes harten alten Manieren brachen hervor. »Pass auf, was du denen sagst, Charlieboy.«

So war es früher immer gewesen. Mark Valente, das Alphatier, der ultimative Vater all der Polizistenkinder damals, als Charlie noch klein war und einen Ball herumkickte. Werfen, fangen, schlagen, laufen ... sich unterordnen.

Charlie ging neugierig davon. Mit dem Rad auf der Schulter stieg er die Stufen hinauf und dachte: Was hat Mark Valente da Angst eingejagt?

Zu Hause stellte er das Rad auf der hinteren Veranda ab und betrat das Haus durch die Waschküche. Seine Tochter saß auf einem Küchenstuhl und tippte auf ihrem Handy herum. Toastrinden; Kaffeereste in einem angeschlagenen Becher.

Charlie machte viel Aufhebens darum, auf die Uhr zu schauen. »Erstaunlich. Noch keine zehn Uhr.«

Emmas Gesichtsausdruck änderte sich nicht: leicht verschlafene Selbstzufriedenheit, Ironie und Zuversicht. Sie kannte seine Nummern. »Der Kaffee ist noch frisch.«

Charlie setzte sich und goss sich Kaffee ein. Emma lehnte sich herüber, stieß ihn mit der Schulter an und wischte weiter über ihr Handy: Der Fahrplan der Linie Frankston für den 24. Dezember.

Sie zeigte auf etwas. »Es gibt einen Zug um fünfzehn Uhr dreißig. Ist das genug Zeit für dich, um mich abzusetzen und pünktlich zu deinem Termin zu kommen?«

Er hatte um sechzehn Uhr einen Termin bei seiner Therapeutin. Eine Viertelstunde vom Bahnhof nach Mount Eliza ... »Perfekt.«

Emma hatte sich nicht für seinen Termin interessiert. Die klassische Kluft zwischen Kindern und Erwachsenen. Ihre Welt bestand aus Universität, Mitbewohnern und Freundinnen: enttäuschte Freundschaften, gefestigte Freundschaften. Ihre Fingernägel und Haare. Klimawandel. Instagram. Nicht Facebook. Blöde Männerbekanntschaften und möglicherweise gute; nichts Ernstes. Blöde Jobs als Verkäuferin. *Schitt's Creek.* Das Innenleben ihres alten Herrn kam darin nicht vor – noch nicht mal sein Außenleben.

»Wo du gerade da bist …«, sagte Charlie, stand auf, ging ins Schlafzimmer und kehrte mit einem Päckchen zurück, das er mithilfe seiner Daumen und zweier linker Füße in schönes Papier eingewickelt hatte. Er stellte es neben ihrem Ellbogen ab und sagte: »Frohe Weihnachten, herzallerliebstes Töchterlein. Ich hoffe, du hast ein schönes Fest und ein gutes neues Jahr noch dazu.«

Sie strahlte ein wenig und schubste ihn wieder mit der Schulter an. »Ach, ist es schon so weit? Einen Augenblick.«

Charlie wartete. Aus ihrem Zimmer drangen Geräusche zu ihm: Knistern, das Schnippschnapp von Papier, Schere, Klebeband. Dann tauchte sie wieder auf, und Charlie sah, dass es sich um ein Buch handelte. Wenn es um ihren alten Herrn ging, wusste sie, dass sie mit einem Buch nicht falschlag.

»Oh prima, ein Tennisschläger.«

»Den vom letzten Jahr hast du doch schon abgespielt.«

»Deine Verpackungskünste sind ein klein wenig besser als meine«, sagte er. Er versuchte, das Buch auszupacken, ohne das Papier zu zerreißen; seine Tochter hingegen packte ihr Geschenk mit gieriger Freude aus.

»Dad!«

»Ein Neoprenanzug«, sagte er lahm.

»Das sehe ich.«

»Für den Frühling.«

Er sah hinaus auf den sonnendurchglühten Vorhof, so als wolle er sich und sie vergewissern, dass die Sommertage nicht immer so heiß blieben.

»Perfekt, Daddyo.« Sie schaute auffordernd auf das halb ausgepackte Buch in seiner Hand. »Jetzt du.«

Charlie bekam das Papier ab. »He!«, sagte er und freute sich tatsächlich: ein Vogelbuch. »Das hast du gut gemacht.«

»Du hast gesagt, als du hierher zurückgekommen bist, hast du als Erstes die Vögel bemerkt; die Hälfte davon kanntest du nicht.«

»Ich weiß. Klug von dir.«

Danach ging Charlie in den Garten und werkelte vor sich hin, hörte sich die Nachrichten um zwölf Uhr an, aß ein Sandwich und las draußen am Tisch die Zeitung. Er war gerade beim Kreuzworträtsel angekommen, als Emma auftauchte, ihm einen Kuss gab und mit einem Handtuch über der Schulter, einem Strohhut und Sachen in einem Einkaufsnetz zum Strand ging.

Er schaute ihr nach. Ihre Selbstbeherrschung. Die Anmut, die sie von ihrem Großvater geerbt hatte, der ... nun, sie sah ihn ab und an mal, aber wann hatte sie das letzte Mal Weihnachten mit ihm verbracht? Und davon mal abgesehen, wann hatte *Liam* das letzte Mal Weihnachten mit Rhys Deravin verbracht?

Kummer überkam Charlie und drückte ihn schwer. Die Verpflichtungen und Annehmlichkeiten der Feiertage. Er selbst hatte nicht eine Weihnachtskarte geschrieben und selber nur ein halbes Dutzend bekommen – inklusive der seines Autohändlers. Er hatte niemanden angerufen, war bei niemandem mit einer Flasche Wein hereingeschneit.

Er schaute nach, wie gut der Empfang war, und machte seinen ersten Weihnachtsanruf: Susan Mead, seine alte Vorgesetzte.

Sie war reserviert. »Charlie.«

»Ich wollte nur kurz anrufen und frohe Weihnachten wünschen.«

»Ihnen auch.« Sie hielt kurz inne. »Wie gehts denn so?«

Die Frage klang ehrlich gemeint. »Gut. Ich drehe hauptsächlich Däumchen.«

»Aber am Strand.«

»Stimmt.« Jetzt war es an Charlie, kurz zu schweigen. »Sue, wenn Sie zwischen jetzt und Neujahr Zeit haben, kommen Sie doch mal vorbei.«

Ihre Antwort kam prompt. »Ich kann nicht, Charlie. Ich habe Don und den Kindern versprochen daheimzubleiben. Und Kesslers neuer Prozess fängt auch bald an.«

»Okay.« Charlie hörte die spitze Bemerkung aus dem zweiten Satz heraus. Schließlich war es zum Teil auch Charlie Deravins

Schuld gewesen, dass Kesslers erster Prozess wegen Vergewaltigung geplatzt war. »Viel Glück damit«, sagte er.

»Danke. Hören Sie, ich muss los, schön, dass Sie angerufen haben, und ich hoffe, Sie haben morgen einen schönen Tag.«

»Sie auch.«

Das wars bereits mit Charlies pflichtschuldigen Weihnachtsanrufen. Wer wollte überhaupt etwas von ihm hören? Eine Frage, die er sich schon gestellt hatte, bevor er alles vermurkst hatte, als er noch glücklicher Ehemann und Vater gewesen war. Was hatte er denn den Mitmenschen zu bieten? Ein hässliches, defätistisches kleines Trauma – vielleicht ein *großes* Trauma –, und vielleicht sollte er das der Therapeutin beichten. Vielleicht konnte ihm diese Dr Fiske Wege aufzeigen, wie er damit leben konnte.

Vielleicht auch nicht. Warum sollte er ihr überhaupt etwas erzählen? Er hatte Informationen schon immer für sich behalten, das war seine Grundhaltung. Und warum arbeitete sie an Heiligabend, was das anging? Weil sie in Urlaub fahren wollte und deshalb alle Termine aus dem Weg räumte? Weil Typen wie er eher dazu neigten, an Weihnachten Selbstmord zu begehen als an irgendeinem anderen Tag? Um Charlie Deravin musste sie sich keine Sorgen machen: Schon seine Entrüstung darüber, sie aufsuchen zu *müssen*, bewies doch, dass er sie gar nicht zu konsultieren *brauchte*, oder? Reine Formalität, die Polizei wollte sich nur absichern.

Charlie saß da und bemerkte, wie sich nebenan etwas bewegte: Scharren, Rumpeln, leise Flüche. Ein Mann stellte eine Leiter an Mrs Ehrlichs Seitenwand auf. Wollte er für sie die Regenrinne säubern? Charlie schaute zu: Der Mann stieg nicht auf die Leiter; vielmehr warf er seinen Werkzeugkoffer auf den Boden, sodass sich Schraubenschlüssel, Zangen und Schraubendrehen in einem Bogen ergossen, gab einen Schmerzensschrei von sich und verpasste der Leiter einen heftigen Schubs. Sie kratzte an der Wand entlang, nahm Schwung auf und fiel krachend zu Boden. Dann warf sich der Mann auf den Boden, rollte stöhnend herum und trommelte mit den Fersen gegen die geschindelte Wand, bis Mrs Ehrlich angerannt kam.

Charlie konnte sich den Text im Kopf aufsagen:

»Ach herrje, was ist passiert, haben Sie sich was getan?«

»Ich weiß nicht. Ich bin ausgerutscht.«

»Haben Sie sich was gebrochen?«

Charlie hört, wie der Bursche erneut aufstöhnte. »Ich weiß nicht. Ich war ziemlich weit oben.«

»Bleiben Sie still liegen, ich rufe einen Krankenwagen.«

»Warten Sie, ich merke gerade ... ich kann Finger und Zehen bewegen.«

»Und innerlich?«

»Ich weiß nicht. Eine Zerrung? Das dauert, bis es abgeheilt ist.«

»Ach herrje, hören Sie, am besten, Sie rühren sich nicht, sonst machen Sie es nur schlimmer.«

»Mir tut alles weh.«

»Ich finde wirklich, wir sollten einen Krankenwagen rufen.«

Der Bursche ging gar nicht darauf ein, sondern stöhnte weiter. »Schauen Sie sich meine Hose an. Das Hemd ist ruiniert ...«

Mrs Ehrlich zögerte, so als habe ihr jemand einen Rettungsring zugeworfen. »Ich kann sie Ihnen flicken.«

Der Bursche fand, dass es an der Zeit war, seiner Stimme etwas Empörung zu verleihen. »Der Boden hier – der ist zu weich. Das hätten Sie mir sagen müssen.«

So hart wie Beton, fand Charlie, wenn er so ist wie in meinem Garten.

»Das tut mir leid«, sagte Mrs Ehrlich. »Das habe ich nicht gewusst.«

Der Bursche stöhnte, drehte sich auf eine Hüfte und stützte sich auf den Ellbogen. »Die Leiter ist wohl hinüber. Der Werkzeugkasten ...«

»Die bezahle ich Ihnen«, sagte Mrs Ehrlich. Dann zögerte sie: »Sind Sie sicher, dass Sie keinen Krankenwagen brauchen?«

Der Mann schien nach einer Lösung zu suchen, die für beide vorteilhaft war. »Haben Sie eine Haftpflichtversicherung? Andererseits, besser nicht, sonst verlieren Sie vielleicht Ihren Schadenfreiheitsrabatt.«

Charlie schob die Büsche auseinander und trat auf einen Rasen, der in einem besseren Zustand war als der seine. »Schönen Nachmittag, Mrs Ehrlich. Kann ich behilflich sein?«

Ihre graue Frisur wippte. »Ach, Charlie, dieser arme Mann ...«

Charlie beugte sich vor, hielt dem Burschen eine helfende Hand hin und schenkte ihm ein breites, leeres Grinsen. »Mann, Sie können froh sein, dass Sie sich nicht das Genick gebrochen haben.«

Der Bursche hob mürrisch eine weiche, schwielenlose Hand. Er war etwa dreißig, tätowierte Unterarme, raspelkurze Stoppeln, fleckige Khaki-Arbeitshose und Hemd. Er kam mit Charlies Hilfe auf die Beine und gab ein theatralisches leises Stöhnen von sich.

Ein Kerl, der auf Risiko spielt, fand Charlie. Er hofft darauf, dass ich es Mrs Ehrlich nicht ausrede, ihm ein paar Dollar zu geben.

Der Bursche klopfte sich ab und murmelte: »Danke.« Dann beugte er sich steif vor, hob einen Schraubendreher auf und reckte seinen dürren Hintern hoch; Charlie verpasste ihm einen Tritt, nicht sehr hart.

Der Bursche wusste Bescheid. Er drehte sich gar nicht erst um, sondern machte ein paar Schritte, zog die Schultern hoch und rechnete mit mehr.

»Charlie!«

»Das ist ein Trick, Mrs Ehrlich. Der Kerl wollte Sie reinlegen.«

»Wollte ich nicht«, murmelte der Bursche, nervös wie ein Schuljunge.

»Mann, ich habe Sie beobachtet. Ich habe gesehen, wie Sie die Leiter umgeworfen haben.«

»Was?« Verschiedene Gefühle huschten über Mrs Ehrlichs Gesicht. Verwunderung, erwachender Zorn, Verlegenheit. Sie war klein, drahtig – taff –, aber direkt. Kampfbereit trat sie einen Schritt vor. »Für wen halten Sie sich eigentlich? Sie sind eine Schande.«

»Ach, fickt euch doch, ihr beide.« Der Bursche warf ein paar Werkzeuge zusammen, schnappte sich die Leiter und ließ sie hinter sich herschleifen.

»Schau mal, wie er davonrennt, Charlie«, sagte Mrs Ehrlich mit bitterer Befriedigung. Dann rief sie ihm nach: »Das ist ein Polizist, Sie Blödmann!«

Charlie zuckte zusammen. Die Anwohner wussten wohl, dass er Polizist war, aber wussten sie auch, warum er nicht arbeitete? »Alles in Ordnung? Kann ich Ihnen irgendwie helfen?«

»Ach, die Regenrinne kann warten.«

»Ich bin die nächsten paar Tage beschäftigt, aber vielleicht Anfang nächster Woche?«

»Nein, nein, das ist nicht nötig, Charlie.«

»Kein Problem«, sagte Charlie und trat schließlich wieder durch die Lücke in der Hecke. Zwei Stunden später, als er sich gerade für seinen Termin bei der Therapeutin anzog und darauf wartete, dass Emma vom Strand zurückkam, klopfte es an der Tür.

Er wusste, dass es sich um Valentes Schnüffler handelte: das Podcast-Team. Hipster, ein Mann und eine Frau in ihren Zwanzigern, gekleidet für die Sydney Road, nicht für Schotterpisten und Strandhütten. Sie trug eine Heftmappe; er hatte einen Alukoffer bei sich. Aufnahmegerät? Auf der Straße stand ein gelber VW.

Die junge Frau reckte ihr kleines Kinn, um ihm in die Augen schauen zu können; sie hatte nichts zu verbergen, sie lächelte breit und leer. »Mr Deravin?«

»Kommt darauf an.«

Das irritierte sie. Ein winziges Runzeln auf ihrer makellosen Stirn. »Wie bitte?«

»Mit welchem Mr Deravin möchten Sie sprechen?«

»Charles. Sind Sie Charles?«

Charlie sah keinen Sinn darin, lange mit ihnen herumzualbern. »Das bin ich. Worum geht es?«

Der Kerl antwortete. Er war der Zyniker im Team. Er hatte Charlie bereits begutachtet und abgehakt. »Wir machen einen Podcast. Dazu möchten wir Ihnen ein paar Fragen stellen.«

»Worüber?«

»Über die Vergangenheit«, sagte die junge Frau. Sie war kaum älter als Emma und sah ihr in gewisser Weise ähnlich. Creolen in den Ohren, saubere Haut, klare Augen, endlose Beschwingtheit.

Als sie weitersprach, klang allerdings etwas von einem Raubtier aus ihr: »Über Ihren Vater und seine Kumpel und das, was sie getan haben.«

8

Diese Gier der beiden, diese Selbstzufriedenheit. Sie hielten Charlie eine Visitenkarte hin: Sie hieß Ashleigh Deamer, er Will Nadal, und gemeinsam waren sie MalPod – *Unzufriedene, entschlossen, Übeltäter aufzuspüren.*

»Niedlich«, sagte Charlie.

»Wenn wir uns mit Ihnen hinsetzen und darüber unterhalten könnten, wie es für Ihren Bruder und Sie war, hier aufzuwachsen«, sagte Deamer und ließ ihre Zähne aufblitzen.

»Ich glaube nicht.«

»Sonst haben wir nur einen Teil des Gesamtbilds.«

Als Erstes dürften sie Dad aufgescheucht haben, nahm Charlie an, und der wird ihnen gesagt haben, dass sie sich verpissen sollen. Und Liam hätte niemals mit diesen beiden Knalltüten gesprochen, trotz der Tatsache, dass er von der Schuld seines Vaters überzeugt war. Mark Valente hatte bestimmt nicht mit ihnen gesprochen. Noel Saltash würde sicherlich auch schweigen. Aber vielleicht waren die beiden von Tür zu Tür gezogen und hatten ein paar Geschichten aufgeschnappt.

»Und um welches Gesamtbild handelt es sich hier?«

»Wo sollen wir anfangen?«, fragte Deamer und breitete die Arme aus. »Vielleicht bei dem bewaffneten Überfall auf eine Zweigstelle der Staatlichen Krankenversicherung Medicare?«

Also nicht das Verschwinden seiner Mutter? Charlie ließ sie seine Verwirrung erkennen, doch bevor er noch nachfragen konnte, kam Emma vom Strand zurück, leicht gebräunt, sandig und mit einem strahlenden Lächeln auf den Lippen. Schon als kleines Kind hatte sie das Unerwartete auf diese Weise begrüßt. Der Anblick von Fremden an der Tür bedeutete Abenteuer.

»Hi!«

Deamer und Nadal drehten sich um, aber Charlie ging sofort dazwischen und rief zu seiner Tochter: »Spring unter die Dusche, Tochter, wir müssen los.« Und zu den beiden: »Tut mir leid, aber Sie haben sich einen schlechten Zeitpunkt ausgesucht. Ich fürchte, ich kann Ihnen nicht behilflich sein.«

Voller Neugier ging Emma zum Gartenwasseranschluss und wusch sich den Sand von den Füßen, Deamer und Nadal wichen zurück, nickten, lächelten, taxierten sie von oben bis unten.

»Lassen Sie von sich hören, Mr Deravin«, sagte Deamer. »Sie können uns jederzeit anrufen.«

»Worum ging es denn?«, fragte Emma, während die beiden in ihren gelben Beetle einstiegen und davonklapperten.

Charlie schüttelte den Kopf. »Ich habe nicht die leiseste Ahnung.«

Um sechzehn Uhr befand er sich in einem Beratungszimmer in Mount Eliza und gab Dr Fiske die Hand, die ihn daraufhin zu einem gepolsterten Stuhl mit dem Rücken zur Tür wies. Charlie vollführte eine saubere Pirouette, umtanzte die Ärztin und setzte sich auf den anderen Stuhl. So konnte er die Tür beobachten, den Schreibtisch, das Fenster dahinter, die gerahmten Urkunden zwischen den Bücherregalen.

Und er konnte den anderen Stuhl im Auge behalten, auf den sich Fiske nun mit einem kleinen Lächeln setzte. »Sie sind nicht der erste Polizist, der diesen Stuhl gewählt hat, und Sie werden wohl auch nicht der letzte sein.«

Charlie wollte schon einen Witz reißen. *Ein- und Ausgänge zu beobachten, gehört wohl zum Berufsbild* oder *Wir leiden alle an Verfolgungswahn*, aber er befürchtete, damit nur weitere Fragen über seinen Gemütszustand auszulösen. Er wartete geduldig – worauf, das wusste er nicht. Dieser Termin war von der Abteilung angeordnet worden; es wurde von ihm erwartet, dass er ihn wahrnahm.

Fiske war etwa fünfzig, schlank, trug einen einfachen dunklen

Rock, ein einfaches weißes Top und eine leuchtend blaue Brillenfassung an einer Kordel um den Hals. Plötzlich warf sie ihre Schuhe von sich, was Charlie erst reizvoll, dann befremdlich fand. Hatte sie das unbewusst getan, oder um ihn zu entwaffnen? Um mich zu entwaffnen, nahm er an. Eine Therapeutin – erst recht eine mit einem Doktortitel – würde wohl kaum irgendetwas ohne Bedacht tun.

Sie hatte seine Akte auf dem Schoß liegen und sagte: »Wir können einfach mit dem Anfang beginnen, Senior Constable Deravin. Oder darf ich Sie Charles nennen?«

»Charlie.«

»Charlie. Fangen wir von vorn an. Wissen Sie, warum Sie hier sind?«

»Wenn man bedenkt, dass Heiligabend ist?«

Sie legte den Kopf zur Seite – fragte sie sich, ob er ein Witzbold war? »Wenn man bedenkt, dass ich versuche, einen Rückstand abzuarbeiten, bevor ich einen wohlverdienten Urlaub antrete. Also, wie lautet Ihre Geschichte?«

Charlie lachte. »In Ordnung. Ja, ich weiß, warum ich hier bin, und obwohl Sie das ebenfalls wissen, möchten Sie, dass *ich* es Ihnen sage.«

»Lassen Sie uns nicht so anfangen, Charlie.«

Sie hatte eine tiefe, warme und präzise Stimme, aber sie klang müde. »Ich habe einen Inspector geschubst, er ist zu Boden gegangen und hat sich dabei das Handgelenk verknackst«, sagte er.

Sie verriet keinerlei Anzeichen. »Würden Sie mir sagen, warum Sie das getan haben?«

Charlie war angespannt, und er fragte sich, ob in jedem ihrer Sätze eine Falle steckte. »Er hat es verdient.«

»Lösen Sie Ihre Konflikte immer so?«

Jetzt war Charlie verärgert. »Ich bin der friedliebendste Mensch, den es gibt. Ich habe mein Lebtag noch nie jemanden geschlagen, nicht mal in den Zeiten als Streifenpolizist, wenn irgendein Betrunkener mich anrempelte.«

»Aber irgendetwas hat Sie dazu gebracht, einen Vorgesetzten so hart gegen die Brust zu stoßen, dass er über seinen eigenen Schreibtisch fiel. Vor mehreren Kollegen.«

»Ja«, antwortete Charlie und wartete.

Fiske wartete ebenfalls. Schließlich sagte sie: »Wenn dieser Schubser so gar nicht Ihrer Art entspricht – und nichts in Ihrer Akte deutet darauf hin –, können Sie mir dann sagen, warum das nicht Ihrer Art entspricht?«

Beim Sprechen hatte Fiske die Brille aufgesetzt, und die Kette bildete nun zu beiden Seiten des Kopfes zwei große Schlingen. Sie wirkte professionell und verwirrt zugleich, und Charlie suchte nach einem anderen Augenmerk. Das Zimmer war luftig, wurde von der untergehenden Sonne erhellt, und man hätte wohl auf die Port Phillip Bay hinausschauen können, wenn der Himmel nicht von den Anwesen auf Mount Eliza und den Bäumen verstellt worden wäre, die sich zum Strand hinunter erstreckten. Wieder schaute er Fiske an. Die Therapeutin hatte den Kopf gesenkt und las in seiner Akte. Wir spielen beide ein Spiel gegen einen unvertrauten Gegner, dachte er. Sie lupft einen Ball, ich schlage ihn zurück und umgekehrt. Und dann beobachten wir beide den Return und versuchen, die Bedeutung dahinter zu erkennen.

»Und was steht in der Akte?«, fragte Charlie.

Fiske setzte die Brille ab. »Nur das Allernötigste, Charlie. Ich muss wissen, was Sie damals dabei gefühlt haben. Was Sie jetzt fühlen. Damit wir über diese Gefühle sprechen können.«

»Gefühle. Mein Gefühl sagt mir, dass ich vom Dienst suspendiert worden bin und man mir gesagt hat, ich solle eine Therapeutin aufsuchen«, sagte Charlie.

Und selbst wenn er nach ein paar Terminen bei Fiske wieder seine Arbeit aufnehmen konnte, wäre das noch nicht das Ende der Geschichte. Er sah noch weitere interne Disziplinarmaßnahmen vor sich: Leistungskontrollen, Versetzungen, Degradierung ...

»Charlie, Sie haben eine Tatsache beschrieben, keine Gefühle. Ich bin hier nicht der Feind. Ich bin hier, um zuzuhören. Ich biete Gesprächstherapie an, die Chance für Sie, über Arbeit und persönliche Fragen zu sprechen. Sie zu klären und Möglichkeiten zu erkunden, Strategien zu entwickeln, bewusster zu machen«, sagte Fiske und fügte hinzu, »blablabla.«

»Sie machen sich über Ihren eigenen Beruf lustig?«

»Das soll schon vorgekommen sein. Charlie, ich bin zu völliger Neutralität, ja Undurchsichtigkeit verpflichtet. Das hier ist keine Befragung, ich habe nicht vor, Suggestivfragen zu stellen, meine Aufgabe besteht darin, Ihnen Raum zum Sprechen zu geben. Abgesehen davon arbeite ich schon sehr lange mit Polizisten, und ich finde, ich kann ihnen am besten helfen, wenn ich nicht immer neutral oder undurchsichtig bin. Aber wir respektieren einander bei jedem Schritt.«

Sie bemühte sich; also würde er das ebenfalls tun. Er holte tief Luft. »Also gut. Okay, Folgendes ist die Welt, so wie ich sie kenne, in Ordnung?«

Sie nickte. »Natürlich.«

»Die Vergewaltigung von Gina Lascelles …«

Fiske wartete, und Charlie ging auf, dass sie von ihm erwartete, die ganze Geschichte so zu erzählen, als wisse sie nichts darüber. »Also. Vor ein paar Monaten vergewaltigte ein junger Footballspieler namens Luke Kessler eines Nachts seine Freundin auf dem Parkplatz vor dem Clubraum seines Teams. Sie schmissen eine Party, und Gina beging den Fehler, mit einem anderen Burschen zu reden; Luke wollte ihr eine Lektion erteilen, nahm sie mit nach draußen, klemmte ihren Kopf im Seitenfenster seines Wagens ein und sodomisierte sie dann. Bitte fragen Sie mich nicht nach meinen Gefühlen.«

Spannung flackerte in Fiske auf. »Fahren Sie fort.«

»Meine Einheit ermittelte. Meine eigene Rolle dabei war nur marginal, deshalb wurde ich nicht als Zeuge bei dem Prozess aufgerufen. Meine Aufgabe bestand darin, die Aussagen seiner Teamkollegen aufzunehmen, das war alles. Und alle erklärten durchwegs: ›Er ist ein toller Typ, die Schlampe lügt.‹«

Fiske nickte.

»Der Punkt ist, Kessler geht auf eine Privatschule, seine Eltern sind reich, er sieht gut aus und ist beliebt. Er kommt herum. Man munkelt, er könnte es in die Australian Football League schaffen; die Clubs haben schon ihre Späher ausgeschickt.« Charlie hielt inne. »Schlecht für Gina und für die Sache von Recht und Gerechtigkeit, denn ein Haufen Leute interessiert sich für nichts anderes als Football. Leute unter den Geschworenen, zum Beispiel. Und ein paar meiner Kollegen.«

Fiske kam Charlie ziemlich neutral vor. »Manche Leute interessieren sich also eher für den Ruf eines Footballers als für das Vergewaltigungsopfer.«

Polizeibefragungstaktik, einem Verdächtigen oder einem Zeugen die eigenen Worte zurückzuspiegeln. Die Absicht dahinter war, eine Aussage zu klären, einen Gedanken, eine Meinung. Und vielleicht noch weitere Einzelheiten herauszulocken. Charlie wartete kurz und sagte dann: »Ja. Aber wir bekamen Kessler durch die Beweisaufnahme und brachten ihn vor einen Richter und die Geschworenen im Bezirksgericht. Leider waren nicht alle glücklich darüber.«

Charlie schwieg. Hatte er zu viel gesagt? War sie eine Spionin der Abteilung?

Fiske spürte das Zögern. »Charlie, nichts verlässt diesen Raum. Erzählen Sie mir von dem Inspector, den Sie geschubst haben.«

»Sein Sohn spielt im selben Club.«

Fiske beobachtete Charlie. Falls sie irgendwelche Schlüsse wegen Allardyce zog, würde er wohl der Letzte sein, der davon erfuhr.

»Um ehrlich zu sein, hat er sich wegen eines Interessenskonflikts von den Ermittlungen abziehen lassen, und ich glaube wirklich, wenn Kessler verurteilt worden wäre, hätte er wohl *Schwamm drüber* gesagt. Es war einfach nur so, dass die Stimmung im Gerichtssaal zugunsten von Kessler kippte. Die Anklage war schwach, es gab eine ganze Reihe an starken Zeugen zum Charakter des Angeklagten, und die Verteidigung machte Hackfleisch aus der armen Frau. Gina.«

Charlie schwieg kurz. »Und dann wurden die Geschworenen entlassen und ein neuer Prozess anberaumt.«

»Erzählen Sie mir darüber.«

Charlie holte tief Luft. »Wir erhielten einen Anruf von einer ehemaligen Freundin von Kessler – sie war Zeugin der Verteidigung, sagte zu seinem guten Charakter aus, er sei ihr gegenüber nie gewalttätig geworden, und so weiter und so fort. Sie berichtete uns, dass sie von einer der Geschworenen belästigt worden sei. Ich wurde mit den Ermittlungen beauftragt.«

Er schwieg und zögerte, fortzufahren. Bei der Geschworenen handelte es sich um Anna Picard, er hatte sich in sie verliebt, und nun sahen sie sich ab und zu. Und das wollte er auf jeden Fall für sich behalten.

»Charlie?«

»Entschuldigung, ich war in Gedanken. Es kommt ja nicht selten vor, dass Geschworene anfangen, selbst zu ermitteln, aber um es kurz zu machen, statt diese Geschworene dem Gericht zu melden, um sie auswechseln zu lassen, habe ich mir angehört, was sie zu sagen hatte. Es war verstörend. Sie meinte, im Geschworenenzimmer habe eine Atmosphäre der Opfer-Schuldzuweisung geherrscht, und sie sei gedrängt worden, auf nicht schuldig zu plädieren.«

Anna zufolge sei die Hauptjurorin eine Tyrannin gewesen und die Jury hätte zum Großteil aus älteren Frauen bestanden, die kein Verständnis für junge Frauen hatten, die sofort Vergewaltigung schrien, wenn sie mal in Schwierigkeiten gerieten. Sie sagten Dinge wie: »Wir wissen ja alle, was die feine Dame so am Wochenende treibt.« Und den alten Klassiker: »So sind die Männer nun mal.«

Fiske sah ihn an. »Wenn ich recht verstehe, ist Opfer-Schuldzuweisung kein unbekanntes Phänomen.«

»In diesem Fall«, erwiderte Charlie, »machte die Verteidigung einen Riesentanz darum, wie viel Gina getrunken hatte und was sie trug.«

Anna hatte Charlie Formulierungen der Verteidigung zitiert,

wobei ihre Stimme vor Abschätzigkeit nur so triefte: »Ich behaupte, dass Sie von Natur aus unanständig sind«, und »Ich behaupte, Sie haben deswegen keinen BH angezogen, damit sich Ihre Brustwarzen abzeichnen«. Der Richter hatte Kesslers Anwalt von Zeit zu Zeit ermahnt, es aber bei milden Worten belassen, so als würde ihm die ganze Show gefallen.

»Und wie hat die Jury reagiert?«, fragte Fiske.

»Offenbar war die vorherrschende Stimmung: Sie hat es nicht anders gewollt.«

»Offenbar?«

»So hat man es mir erzählt«, antwortete Charlie.

Vielleicht hielt Fiske die Antwort für unzulänglich? »Was können Sie mir über die Geschworene sagen?«, hakte sie nach. »Was tut sie so?«

»Sie ist Archivarin«, sagte Charlie so beiläufig, wie er nur konnte.

Er spürte, wie Fiskes Blick sich in ihn hineinbohrte. Er rutschte ungemütlich umher und sagte: »Es kommt noch mehr. Sie hat einen anonymen Anruf erhalten, in dem sie gewarnt wurde, sich anzupassen und auf ›nicht schuldig‹ zu plädieren. Das tat sie nicht, sie schlug die andere Richtung ein – sie hat tatsächlich Kesslers Ex-Freundin infrage gestellt und ein weiteres Opfer gefunden –, und ich habe ihr geholfen, ob zu Recht oder Unrecht. Ich habe ein paar Telefonate geführt, ein paar Systemanfragen gestellt, die ich nicht hätte stellen dürfen, solche Dinge. In der Zwischenzeit waren die Geschworene und ich zusammen gesehen worden, es wurde gegen mich ermittelt, der anonyme Anruf geriet in die Ermittlungen, was alles dazu führte, dass der Richter die Jury entließ und es zu einem neuen Prozess kommen wird. Das Team war sauer, weil sie jetzt alles wieder von vorn aufrollen müssen, und manche von ihnen, darunter auch Inspector Allardyce, fürchteten, eine andere Jury würde Kessler für schuldig erklären.«

Schläfst du mit der Schlampe?, hatte Allardyce gesagt. *Hat sie dich so weibstoll gemacht, dass du hinter unserem Rücken herumschnüffelst?*

Vielleicht hätte Charlie ihm doch eine reinhauen sollen, statt ihn nur zu schubsen.

Fiske beobachtete ihn weiter. »Und nun sitzen wir hier. Ist die Geschworene zurechtgewiesen worden, wurde ihr eine Geldstrafe aufgebrummt?«

»Keine Geldstrafe – schließlich hat sie einen Drohanruf erhalten. Man wedelte streng mit dem Finger.«

»Und Sie? Glauben Sie, dass man Sie feuern wird?«

»Das ist meine Befürchtung, ja.«

Fiske nickte. Die Sonne schien von der unsichtbaren Bucht herüber. »Lassen Sie uns über Furcht sprechen, Charlie. Würden Sie sich als ängstliche Person bezeichnen?«

Bislang war Charlie brav gewesen, er hatte auf ihre Fragen reagiert, doch diese Frage machte ihn sauer. »Ich habe Angst beim Herrenausstatter.«

Sie nahm die Antwort ernst, das musste man ihr zugutehalten. »Woher kommt das, was meinen Sie?«

Charlie ging auf, dass er sich tatsächlich beim Einkaufen fürchtete. »Die Kleiderstoffe sind schrecklich – komisch steife, künstliche Materialien. Überall stehen Markennamen drauf, selbst wenn man nur etwas Schlichtes will. Nichts passt richtig. Nichts fühlt sich gut an.«

»Und doch sind Sie vollständig bekleidet hier.«

»Secondhand-Läden sind meine Freunde«, sagte Charlie. Er hob einen Finger: »Entscheidend dabei ist die Tatsache, dass alles, was sie verkaufen, bereits von jemand anderem für gut befunden wurde.«

»Nun machen Sie aber auf Klugscheißer, Charlie. Das ist an und für sich schon bemerkenswert.«

Charlie schaute kurz finster und fing sich wieder. »Also gut. Stellen Sie Ihre Fragen.«

»Danke, aber hier geht es nicht um Fragen und Antworten. Ich schlage anfänglich womöglich ein paar Themen vor, aber das Ziel lautet, dass wir uns unterhalten und mal sehen, wohin uns das führt. Sie sollten Ihre Grenzen als durchlässig betrachten.

Noch mal: Was macht Ihnen Angst – oder was macht Sie verletzlich und unsicher?«

»Folgendes zur Antwort«, entgegnete Charlie. »Ich war heute Morgen am Strand und sah dort einen alten Mann, der mit einem kleinen Mädchen, vermutlich seiner Enkelin, eine Sandburg baute. Und mein erster Gedanke lautete: Pädophiler. Na los: Fragen Sie mich, wie ich mich dabei gefühlt habe.«

»Wie haben Sie sich dabei gefühlt?«

»Dass ich den falschen Beruf habe oder schon zu lange in diesem Job bin. Ich sehe keine Ehrlichkeit, keine Unschuld mehr, ich sehe nur verborgene Motive und Schmutz. Vielleicht spüren Sie das auch in Ihrem Beruf? Wenn Sie die Straße entlanggehen, denken Sie dann: Ach, da ist ein glücklicher Mann mit Frau und Kindern, oder denken Sie, da ist ein Haustyrann, eine Frau, die Pillen schluckt, ein misshandeltes Kind?«

Dr Fiskes Gesichtsausdruck verriet leichte Zustimmung. Bei sich ebenso wie zu Charlie antwortete sie: »Das lässt sich nur schwer abschalten.«

»Ja.«

»Erzählen Sie mir mehr darüber, das hat Sie ja schon in der Vergangenheit belastet und tut es heute immer noch.«

»Ich stecke in einer Art Schwebezustand«, sagte Charlie. »Ich warte, was an sich schon schlecht ist. Aber damals im Job hat die Arbeit niemals nachgelassen: Mails, Textnachrichten, Anrufe. Zu jeder beliebigen Tages- und Nachtzeit.« Er zuckte mit den Schultern. »Als Angehöriger der Abteilung Sexualdelikte habe ich meine Nummer ständig an Opfer und Informanten weitergegeben. Das gehört zum Job, man gibt ihnen das Gefühl von Zugehörigkeit, sie können einen erreichen, wenn sie es nötig haben. Aber es gibt Menschen, die das ausnutzen.«

»Sie haben festgestellt, dass die Arbeit nie aufgehört hat.«

Charlie rutschte auf dem Sessel herum. Die Polsterung war zu bequem; das passte nicht zu dem, was er sagen wollte. Er brauchte einen Holzstuhl mit harter Rückenlehne. »Der Mist, den die Menschen sich gegenseitig antun, vor allem Kindern.

Ich konnte nicht mehr schlafen. War immer müde und grimmig. War auf der Hut vor der nächsten Katastrophe. Manchmal geriet ich fast in Panik«, fügte er hinzu und schaute sie besorgt an. Er wollte nicht, dass sie ihn an einen Spezialisten überwies, der ihn mit Medikamenten vollstopfte.

Fiske nickte nur geduldig. »Eine Art Überwachsamkeit.«

»Ich habe diesen Stuhl ja aus einem bestimmten Grund ausgewählt«, sagte Charlie.

»Ja, das haben Sie. Würde es Ihnen helfen zu erfahren, dass über dreißig Prozent Ihrer Kollegen und Kolleginnen an einer diagnostizierten psychischen Erkrankung leiden?«

»Wollen Sie damit sagen, ich gehöre dazu?«, platzte es aus ihm heraus – zu eilig?

»Nein, das sage ich nicht. Aber Sie sind hier. Vielleicht hilft Ihnen folgende Statistik: Neunzig Prozent Ihrer Kollegen haben schon mal einen arbeitsbedingten Burnout erlebt.«

»Klingt nach mir«, sagte Charlie.

Sie sagte nichts darauf. »Noch eine Statistik: Die meisten davon bitten nicht um Hilfe.«

Charlie wusste warum. Aus Angst davor, verhöhnt, in Pension geschickt oder an den Schreibtisch verbannt zu werden. Lohnausgleich konnte man eh vergessen. Psychische Probleme zuzugeben, war für jeden Angehörigen der Polizei ein konfliktträchtiger Albtraum. Die Dienststelle würde alles Mögliche anstellen, um Entschädigungen zu vermeiden.

Das behielt er alles für sich. Fiske wusste das sicherlich schon. »In meinem Fall bin ich aufgefordert worden, um Hilfe zu bitten.«

»Ja.«

Sie wartete. »Das ist eine Polizeitaktik«, sagte Charlie. »Man zwingt den Verdächtigen dazu, die Stille auszufüllen.«

»Es scheint ja zu funktionieren.«

»Bin ich ein Verdächtiger?«

»Ich weiß nicht, sind Sie das?«

»Verdächtigt eines für einen Polizeibeamten unwürdigen Verhaltens.«

»Erzählen Sie mir darüber.«

»Je mehr ich in diesem Vergewaltigungsfall ermittelte, desto stärker kam ich zu der Überzeugung, dass Kessler schon andere Frauen vergewaltigt hatte und dass mindestens eine der Zeuginnen, die über seinen Charakter ausgesagt haben – diejenige, mit der Anna hatte reden wollen –, bestochen worden war.«

Zu spät ging ihm auf, was ihm da herausgerutscht war, denn Fiske fragte nach: »Anna. Die Geschworene?«

Charlie rutschte herum.

»Möchten Sie über sie sprechen?«

All die Dinge, die er nicht sagen konnte. Die Art, wie ihr Haar im Sonnenschein aufflammte. Ihre halbgeschlossenen Augen nach der Liebe.

»Wir sind liiert.«

Charlie sagte nicht, dass Anna zu einem Zeitpunkt in seinem Leben aufgetaucht war, als er einsam darauf hoffte, seine Zukunft möge endlich beginnen. Er hatte im Einsatzraum gesessen, als der Anruf von Kesslers Ex-Freundin hereinkam, eine der Geschworenen würde sie belästigen, aber er war dort nicht allein gewesen, es war also reiner Zufall gewesen, dass Sergeant Mead ihn losgeschickt hatte, um nachzuschauen. Er hatte das Revier ganz aufgebracht darüber verlassen, dass eine Geschworene einfach loszog und den Prozess gefährdete, und war gewillt, ihr deswegen die Hölle heißzumachen. Als er beim Haus der Ex-Freundin in Hampton eintraf, waren allerdings bereits andere Polizisten vor Ort: zwei Uniformierte vom örtlichen Revier, die mit der Geschworenen – Anna – auf der vorderen Veranda stritten, während Kesslers Ex-Freundin hinter der Fliegentür Beleidigungen ausstieß.

Charlie hatte nur danebengestanden und darauf gewartet, dass sie zum Ende kamen – und hatte sich dabei ertappt, wie er sie anstarrte und inwendig eine Erschütterung, einen Hüpfer verspürte. Anna war groß, rotbraune Haare in einem festen Knoten, Sommersprossen auf der Nase. Sie hatte Tränen in den Augen – aus Wut oder Angst. Dann hatte sie seinen prüfenden Blick gespürt, ihre Blicke hatten sich gekreuzt, und sie hatte ihm eine winzige hoffnungsvolle, unsichere, zögernde Andeutung eines Lächelns geschenkt.

Er hatte weggeschaut. Sie mühte sich weiter mit den beiden Uniformierten ab, war in dem einen Augenblick wütend und im nächsten übernervös, dass man sie verhaften könnte.

Kesslers Ex-Freundin hatte weiter herumgebrüllt. Charlie handelte: Er bahnte sich einen Weg ins Haus und brachte sie zum Schweigen.

Als er wieder das Haus verließ, wurde die Geschworene in einen Streifenwagen verfrachtet. »Ich komme nach«, sagte Charlie. »Ich werde ihr noch ein paar Fragen stellen müssen.«

»Tun Sie, was Sie nicht lassen können.«

Anna wurde auf dem Revier Bayside abgefertigt und dann in ein Verhörzimmer gesteckt. Sie redete, Charlie hörte zu – und zwischendrin schauten sie sich immer mal wieder in die Augen.

Daher rührte ihr Gründungsmythos. »Ich konnte den Blick nicht von dir wenden«, sagte Anna. »So als hätte ich dich überall gesucht und endlich gefunden.«

Und Charlie erwiderte: »Du hast mich angelächelt, und ich war verloren.« Wenn man den beiden so zugehört hätte, wäre einem schlecht geworden. Aber niemand hörte zu. Das war Bettgeflüster, ihre Haare lagen auf dem Kissen ausgebreitet, die Augen schläfrig, wenn nicht gerade spielerische Intelligenz aufblitzte.

Fiske holte ihn in die Gegenwart zurück. »Sie sind liiert ...«

Sie lud ihn ein, ausführlicher zu werden. Er hätte ihr die Ereignisse an jenem ersten Tag beschreiben können, seine Gefühle, wie er Anna dazu überredete, das Gericht darüber zu informieren, dass sie unter Druck gesetzt und bedroht worden sei, doch er nickte nur.

Nach einem kurzen Augenblick seufzte Fiske. »Ein andermal dann.«

Die Sitzung war vorbei. Er würde anrufen und sich einen neuen Termin für das kommende Jahr geben lassen, sagte er zu Fiske, dann verabschiedete er sich und machte sich auf die Jagd.

9

Für Charlie waren die Jahre sehr ereignisreich gewesen – Heirat, ein Kind, Streifendienst, der Wechsel zu den Ermittlern der CIU, Betrug, Mord und Sexualdelikte –, also ermittelte er im Fall des Verschwindens seiner Mutter in der Freizeit. Ein Abend hier, ein Sonntagnachmittag dort, mit der unvermeidlichen Scheidung zwischendrin. Die Spur war von Anfang an kalt: Keine der Freundinnen seiner Mutter wusste irgendetwas; Lambert hatte kurz nach ihrem Verschwinden gekündigt. Kevin Maberly, der Kollege, der ihn damals nach Hause gefahren hatte, meinte, Lambert sei maulfaul und ein wenig unheimlich gewesen. Niemand habe gewusst, wer seine Freunde waren. Er hatte nicht über die Familie gesprochen, wo er früher gearbeitet hatte oder was er als Nächstes vorgehabt hatte. »Wie ein Gespenst«, hatte er vor vielen Jahren zu Charlie gesagt, und ein Ausdruck der Überraschung war ihm übers Gesicht gehuscht, als sei ihm das erst in dem Augenblick aufgegangen.

Nur in mancherlei Hinsicht ein Gespenst. Bei seinen Recherchen bekam Charlie heraus, dass er in Hastings aufgewachsen und auf eine weiterführende Schule gegangen war und Ausbildungen zum Schlosser und Techniker für Sicherheitssysteme absolviert hatte. Er hatte ein paar Jahre in der Sicherheitsbranche gearbeitet, bis er wegen ein paar kleinerer Diebstähle und Betrügereien drei Monate einsaß. Danach hatte er sich einen Job nach dem anderen gesucht. So kam er zum Holzhandel, dachte Charlie. Keine bekannten kriminellen Verbindungen, keine Familie, bis auf eine Cousine zweiten Grades und zwei Paar Pflegeeltern, die er nur selten besuchte.

»Passt uns gut«, meinte ein Pflegevater.

»Warum?«

Der Mann hatte sich in beide Richtungen an der Straße umgeschaut und gemurmelt: »Ein bisschen abseitig, wenn Sie verstehen, was ich meine.«

»Abseitig.«

»Ja, abseitig. Leer.«

Charlie suchte weiter, die Jahre vergingen, und seine Ehe scheiterte. Oder wie Jess es ihm zu sehen empfahl, ihre Ehe war an ihr Ende gelangt. Sie drückte sich höflich aus: Er war unaufmerksam gewesen. Er liebte sie, aber seine Gedanken waren stets anderswo. In den letzten Monaten meinte sie: »Du verbringst mehr Zeit damit, Shane Lambert zu finden, als mit Emma oder mir.«

Was sie damit meinte, war die Tatsache, dass Ehen und Beziehungen einer Art fortwährender Pflege bedurften. Das begriff Charlie nun, wo es zu spät war.

In der Zwischenzeit war er besser darin geworden, Spuren zu verfolgen. Die Erfahrung im Beruf hatte ihm gezeigt, dass man zum Beispiel nicht notwendigerweise nach einem Mann namens Shane Lambert suchen musste, sondern nach Arbeitskollegen, Freunden, Mitbewohnern; mit wem hatte er sich zerstritten, mit wem war er in die Schule gegangen. Und falls einer dieser Kontakte in der Zwischenzeit verstorben war, im Gefängnis gelandet, die Arbeit gewechselt hatte, in ein anderes Bundesland gezogen war oder geheiratet hatte, inwiefern hatten diese sich immer weiter ausdehnenden Kreise mit Lambert zu tun? Charlie telefonierte geduldig herum, beobachtete Häuser von der Rückbank seines Autos aus, kontrollierte Autokennzeichen, klopfte an Türen und lauschte in Pubs, in der Hoffnung, dass irgendein Arbeitskollege, Bekannter oder Freund einen Namen fallen ließ oder einen Ort nannte.

Ein paar dieser Personen fand er auf Facebook und Instagram. Lambert hatte keinen eigenen Internetauftritt, aber seine bestätigten und vermutlichen Bekannten schon, und alle liebten es, Fotos zu posten: Geburtstagspartys, Wiedersehensfeiern, Urlaubsreisen. Doch Charlie hatte Lambert nur ein einziges

Mal auf einem geposteten Foto entdeckt, und zwar auf der Facebook-Seite eines Mannes, mit dem er vor Jahren in einer Pflegefamilie gewesen war. Lambert hatte mit anderen an einem Esstisch gesessen, aber er hatte einsam, argwöhnisch, fluchtbereit gewirkt. Daraufhin war Charlie unter Verwendung seines Dienstausweises von Tür zu Tür gegangen. So konnte er zwar die Kontaktliste erweitern, kam aber nicht auf Lamberts Spur. Dem Pflegekontakt zufolge hatte es sich bei dem Essen um eine Wiedersehensfeier gehandelt, die lange vor Lamberts Zeit in der Longstaff Street stattgefunden hatte. Und die Gäste am Tisch, von Charlie in mühseliger Kleinarbeit identifiziert, erzählten dieselbe Geschichte: Lambert war ein Rätsel.

»Das war das erste Mal, dass ich ihn seit Jahren wiedergesehen habe«, sagte eine Frau. »Ich habe nicht mal herausgefunden, ob er Frau und Kinder hat, eine Freundin oder einen Freund, nichts«, meinte eine andere.

Lambert war tatsächlich ein Gespenst. Keinerlei Dokumentenspuren: Er besaß kein Auto, kein Haus oder Grundstück. Sein Name tauchte auf keinen Mietverträgen auf. Die Adressen, die er vor dem Januar 2000 seinen Arbeitgebern genannt hatte, waren entweder falsch, schon lange nicht mehr aktuell oder nur Postfächer. Und seine letzte Verhaftung – er hatte eine Nacht in Rosebud in Verwahrung verbracht – war vor zwanzig Jahren gewesen, an dem Tag, als Rose Deravin verschwand.

Heute war Charlies Ziel auf dem Heimweg nach der Therapie ein Haus in Dromana, etwas weiter die Küste entlang. Einerseits dachte er: Lass es gut sein, Charlie, es ist Weihnachten, aber er hatte die Fährte aufgenommen. Wenn er jetzt nicht handelte, verlor er Lambert vielleicht wieder.

Auf dem Weg zum Nepean Highway stellte er fest, dass alle Welt unterwegs war. Einkäufe in letzter Minute, vorweihnachtliche Cocktailanlässe, zu denen man hinfuhr oder die man gerade verlassen hatte. Keine Alkoholkontrollen, aber ein Streifenwagen hatte auf dem Highway in der Nähe des Beleura Hospital einen Allrad angehalten, und Charlie spürte gesteigerte Emotionen in der Luft, einen Drang der Menschen, etwas zu essen, zu trinken, zu streiten, zu schwelgen. Er verließ den Highway und nahm die ruhigere Küstenstraße, kam durch Mount Martha und Safety Beach und erhaschte hier und da einen Blick aufs Meer, das flach und silbrig dalag. Ach, jetzt surfen gehen.

Bei den Geschäften in Dromana dirigierte Google Maps ihn nach links zum Anstieg von Arthurs Seat, dann nach rechts in eine Gegend voller kleiner Häuser an ungeteerten Straßen. Das Haus 26 Grace Avenue war klein, aus roten Ziegeln, mit einer Veranda über dem Carport und einer Aussicht über Eukalyptus und Hausdächer. Im Wohnzimmerfenster stand ein Weihnachtsbaum mit blinkenden Lichtern; Lametta glitzerte am Briefkasten; drei Autos standen auf dem Rasen.

Charlie nahm ein Fernglas aus dem Handschuhfach, konzentrierte sich auf die Fahrzeuge und notierte die Kennzeichen. Dann die Veranda: Fünf Personen saßen um einen Tisch, auf dem weißen Tischtuch Flaschen und Gläser. Traf man sich heute, weil am Weihnachtstag keine Zeit dafür sein würde? Eine Hand wedelte nachlässig mit einer Zigarette herum, und Charlie erkannte die Frau von ihrem Facebookprofil: Maeve Frome, Shane Lamberts Cousine zweiten Grades. Er hatte sie schon vor Jahren aufgestöbert, aber damals hatte sie nie etwas gepostet – keine Kommentare, keine Fotos, keine Freundeslisten. Er hatte ihre Seite weiter beobachtet und gehofft, dass sich das bezahlt machen würde, und plötzlich hatte es letzte Woche einen ganzen Schwung an Aktivitäten gegeben: Dutzende von Fotos, die Jahrzehnte zurückreichten, Bitten an Freunde und Familie, sich zu melden. Sie organisierte ein Familientreffen. Man hätte den Eindruck haben können, dass sie sich zu definieren, zu verorten suchte, bevor das Leben über sie hinwegging.

Er erkannte die beiden jungen Männer, ihre Söhne, und die jungen Frauen waren wohl deren Partnerinnen ... Frome erstarrte und stand auf. Sie hatte Charlie entdeckt.

Charlie warf den Wagen an. Er wusste eigentlich nicht, was er hier suchte oder was er als Nächstes vorhatte. Er war nie sicher, was er wohl tun würde, wenn er auf Lambert stieß. Er wunderte sich nur, warum Lambert sich derart rar machte. Was hatte er zu verbergen? Wo verbarg er sich? Wenn an der Theorie etwas dran war, dass bei der Erstellung eines Profils auch die Geografie von Bedeutung war, dann war Lambert, der auf der Peninsula aufgewachsen war, nicht weit weg. Aber er war nicht unter den Männern auf der Veranda von Maeve Frome.

Als Frome am Fuß der Treppe angelangt war, fuhr Charlie los. Er sah, wie sie die Kippe auf den Rasen schnickte, und gab Gas. Heiligabend: Was zum Teufel machte er hier und ruinierte jemandem die Party? Im Rückspiegel sah er, wie Frome wieder die Stufen hinaufging und den Kopf schüttelte, so als würde die Welt sie unablässig enttäuschen.

10

Weihnachtsmorgen.

Charlie war um Viertel nach sechs am Strand. Alle anderen auch, zumindest die älteren Ortsansässigen, von denen Charlie viele seit seiner Kindheit nicht mehr gesehen hatte. Alle bewegten sich auf freundliche, träge Weise, grüßten den Tag und alle anderen. Das Murmeln und die Stille; die diesigen Farben am Horizont und das makellose glasartige Wasser. Charlie wollte es nicht aufwühlen, also ging er auch nicht ins Wasser, sondern stand einfach nur mit seinem Handtuch da. Der Strand ist eine Kathedrale, dachte er. Morgengebete und Danksagungen. Normalerweise verband man mit dem Strand Verlust: verlorenes Kleingeld, verlorener Schmuck, verlorene Unschuld, verlorenes Leben. Sandburgen, Fußabdrücke und Hüpfekästchen, die bei Flut weggewaschen wurden.

Dann watete die alte Frau aus der Spray Street ins Wasser, die Welt warf Wellen und Charlie wachte wieder auf. Er ließ sein Handtuch fallen, folgte ihr und schwamm seinen Kilometer, bis die Muskeln brannten. Als er wieder aus dem Wasser kam, hatte sich der Strand geleert, alle waren nach Hause gegangen, zum Frühstück, zu den Kindern, Enkeln und Geschenken. Charlie vermisste in diesem Augenblick ganz stark die Vergangenheit: Jess und Emma am Weihnachtsmorgen ...

Zu Hause in der Tidepool Street wusch er sich den Sand von den Füßen, aß am krummen Gartentisch und hörte sich die Nachrichten an. Pünktlich um zehn nach sieben, nach dem Wetterbericht, rief Anna an. Sie kannte seine morgendliche Routine.

»Fröhliche Weihnachten. Oder frohes Fest, was immer dir lieber ist.«

»Allgemeine Freude«, sagte Charlie. »Wie gehts der Familie?«
»Gut. Noch sind sie sich nicht gegenseitig an die Kehlen gegangen.«

Bei der fraglichen Familie handelte es sich um ihre Eltern und ihre Geschwister mit deren Familien; Anna war vor langer Zeit mal kurz verheiratet gewesen und hatte keine eigenen Kinder. Sie hatte Charlie eine Menge über ihre Nichten und Neffen erzählt, über die verschiedenen Bruchkanten, an denen die Familientreffen zu zerbrechen drohten, aber bislang hatte er noch niemanden von ihnen kennengelernt, konnte sich also nicht vorstellen, wie ihr Tag später verlaufen würde oder was sich in der Vergangenheit abgespielt hatte. Dieses Jahr waren sie alle in Sydney, wo ihre Großeltern lebten, wodurch das Ganze in noch größerer Entfernung lag.

Plaudern half, das zu überbrücken, und das taten sie, bis Charlie an ihrem Ende das Gezeter von Kinderstimmen hörte.

»Ich muss auflegen, liebe dich, bye!«, sagte Anna.

»Liebe dich«, hatte sie gesagt und aufgelegt, bevor er darauf reagieren konnte. Bevor er das verarbeiten konnte. Die Worte klangen ihm im Kopf nach: »Liebe dich.« Nicht: »Ich liebe dich« oder »Ich bin in dich verliebt«. Sagte man so etwas, wenn man auf dem Weg zur Liebe war? Manchmal spürte Charlie, wie Anna sich zurückzog, während sie sich näherte. Im Augenblick kam er sich wie ein Teenager vor, übersteigerte Gefühle flatterten in ihm auf. Er griff nach Strohhalmen und hoffte, daraus ein Haus bauen zu können.

Er ging hinein. Das einzige Heilmittel für sein Gefühl waren eine Dusche und eine Rasur. Er putzte sich für das Weihnachtsessen heraus.

Anna würde bis Mitte Januar fort sein, und Charlie hoffte bei Gott, dass sie nicht vorhatte, durch vom Buschbrand bedrohte Gegenden zurückzufahren. Als sie gestern anrief, um zu sagen, dass sie angekommen sei, hatte sie weinerlich und erschüttert geklungen über das, was sie unterwegs gesehen hatte, all die Asche und die schwarzen Baumstümpfe. Die Welt käme an ihr Ende, meinte sie, und genau diesen Eindruck hatte Charlie schon seit Wochen, wenn er mit Grauen die Abendnachrichten schaute. Die Brände waren katastrophal. Größer als alles, was er je gekannt hatte. Und in all seiner Machtlosigkeit war er wütend. Die Leugner des Klimawandels waren an der Macht, die Brände nur ein Fototermin für Politiker.

Ein paar Stunden später fuhr Charlie, der Chinos trug und die Ärmel seines Leinenhemds aufgekrempelt hatte, in seinem mit Geschenken vollgepackten Skoda in die Stadt. Als die Familie vor zwanzig Jahren auseinanderfiel, hatte Liam den Nachnamen der Mutter angenommen, Chivell. Jetzt lebte er mit seinem Partner in einem Schindelhaus in einer baumgesäumten Straße in der Nähe des Westgarth Cinema in Northcote. Als Charlie klopfte, öffnete Ryan. Er war ein paar Jahre älter als Liam, untersetzter, strahlte die Vitalität eines Ringers aus. Sie hatten sich an der Melbourne High School kennengelernt, wo Liam Englisch unterrichtete und Ryan Sport. »Wir bringen die Arbeit nie mit nach Hause«, sagten sie immer.

Eine Umarmung und ein Kuss an der Tür, dann gingen sie in die Küche, ein Ort voller tiefer Porzellanspülbecken, leiser weißer Schubladen und Schranktüren. Charlie stellte eine Flasche Montalto Pinot Grigio, Mince Pies, einen Strauß Schwertlilien und eine nicht sonderlich geschickt verpackte Vase auf den Tisch, ging zu Liam hinüber, der an der Spüle Garnelen pulte und ihm die glatte Wange hinhielt. Charlie gab ihm einen flüchtigen Kuss. »Einen schönen Tag«, sagte er.

»Einen schönen Tag, ein gutes Jahr«, erwiderte Liam.

Liam war schlank, trug Shorts, T-Shirt und nichts an den Füßen. Bei der Arbeit bewies er eine muskelspielende Straffheit. »Bin sofort fertig«, sagte er.

»Lass dir Zeit.«

»Schampus?«, fragte Ryan, mit geschmeidigem Lächeln.

»Nur einen Schluck, ich muss noch fahren«, antwortete Charlie.

Er bemerkte, wie Liam ganz kurz erstarrte – *Charlie fährt zu Dad* –, und setzte sich an den Tisch. Liam hätte sagen können: »Richte ihm meine besten Wünsche aus«, aber das tat er nicht. Er tat die gepulten Garnelen in eine große Schüssel, legte ein großes Geschirrtuch darüber, stellte die Schüssel in den Kühlschrank, wusch sich die Hände und setzte sich auf den dritten Küchenstuhl – Signal für Ryan, sich in seiner kraftvollen Art zu erheben, aus der Küche zu verschwinden und mit einem in dickes, silbriges Papier eingewickelten und verschnürten Päckchen zurückzukehren. »Lasset die große Enthüllung beginnen«, sagte er und stellte es vor Charlie ab.

»Fast zu schön, um es auszupacken.«

Liam berührte ihn kurz am Unterarm. »Wo wir gerade von Auspacken sprechen, wenn wir das Papier recyceln könnten …«

»Klar«, sagte Charlie, löste das Geschenkpapier und stieß auf einen Standmixer. »Also, das ist ja sehr nützlich.«

Ryan und Liam hatten nur selten eines der Häuser besucht, in denen Charlie gewohnt hatte. Sie hatten keine Ahnung, was er hatte und was nicht. Diesmal hatten sie es aber gut getroffen.

In der Zwischenzeit hatte Ryan die Vase ausgepackt. »Gar nicht mal so hässlich.«

»Na, vielen Dank. Wann habe ich euch jemals etwas Hässliches geschenkt?«

»Noch nie, wenn ich es recht bedenke«, antwortete Liam.

Unser Geplänkel an Weihnachten, seit Mum gestorben ist – verschwunden ist –, dachte Charlie. Er reckte den Kopf in Richtung Vase und fand, dass er es ganz gut gemacht hatte. Sie war schlank, einen halben Meter hoch, die Glasur perlweiß. Er schaute zu, wie Liam sie mit Wasser füllte und die Schwertlilien arrangierte.

»Hab den Schampus vergessen!«, sagte Ryan, schob den Stuhl nach hinten, steckte den Kopf in den Kühlschrank und zog klappernd eine Flasche heraus, während Liam die Schwertlilien zur Anrichte im Esszimmer trug.

Charlie entdeckte den Weihnachtsbaum in einer Ecke des Esszimmers, unter dem liebevoll verpackte Geschenke lagen, dazu ein wenig Lametta am Gaskamin. Charlie passte hier nicht hinein. Das Leben der beiden Männer hatte eine eigene, säuberliche Choreografie angenommen. Sie waren seit neun Jahren zusammen. Sie unternahmen Urlaubsreisen, gingen zu Konzerten und engagierten sich in der Schwulenszene. Szenen? Vielleicht waren sie auch nur ein Vorstadtpärchen mittleren Alters. Er sah sie nur selten, rief manchmal an, sie riefen ihn an. Zumindest Ryan.

Zwei Minuten später, als sie an kleinen Gläsern Moët & Chandon nippten und Liams Rumkugeln aßen, fragte Ryan: »Wie geht es eurem Dad? Und Fay?«

Liam zuckte nicht zusammen. Er würde sich wahrscheinlich später auch nicht mit Ryan darüber streiten. Alle wussten, dass Ryan der Friedensstifter war. Vielleicht schaffte er es sogar eines Tages, die Männer der Familie Deravin miteinander zu versöhnen.

11

Am späten Vormittag traf Charlie in Warrandyte ein, einer auf einem Hügel gelegenen Ortschaft, die das glatte Gegenteil von Menlo Beach war. Steile bewaldete Flanken ohne jedes Gewässer, mal abgesehen vom Yarra und einigen kleinen Dämmen zwischen sich endlos wiederholenden Rinnen. Keine verwohnten Hütten oder Wochenendhäuschen. Keine geflickten oder dreckigen Boardshorts, salzverkrusteten T-Shirts oder abgelatschten Crocs; keine von der Seeluft zerfressenen Rostlöcher; alle fünfhundert Meter ein Gartencenter.

Der pensionierte Senior Sergeant Rhys Deravin und seine zweite Frau lebten in einem Haus auf einem Hügel mit Blick auf die Haarnadelkurven. »Damit ich sehen kann, was auf mich zukommt«, sagte Rhys immer.

Das Paar war in den vergangenen zwanzig Jahren ziemlich weit herumgekommen. Erst hatten sie in Fays Haus in Prahran gewohnt, dann in East Bentleigh, Williamstown und sogar in Portland im hintersten Westen des Bundesstaats – wohin Rhys' Arbeit ihn auch immer versetzt hatte. Meist Verwaltungskram statt Verbrechensbekämpfung. Um ein Auge auf ihn zu haben, angesichts der Umstände bei dem Verschwinden seiner Frau. Charlie hatte sie besucht, wann immer die Umstände ein Treffen erforderten: Weihnachten, Ostern, ein Geburtstag. Manchmal begleitete Emma ihn, meist aber nicht. Liam hatte nicht ein einziges der Häuser gesehen und war bei keinem der Treffen dabei gewesen.

Charlie kam herein mit einem Schinken, Bier, Champagner und schlecht verpackten Geschenken – einem Kochbuch von Nigella Lawson für Fay, einem Buch von Gideon Haigh für seinen Vater und belgischer Schokolade für Fays Schwestern und ihre Partner. In der Zwischenzeit war es Mittag geworden, und Rhys scheuchte alle aus der Küche. »In einer Stunde gibt es Essen«, sagte er.

Die Küche war groß und luftig, mit langen steinernen Arbeitsflächen und europäischen Armaturen. Wasserflecken dort, wo Rhys Kartoffeln und Möhren gewaschen hatte; auf dem Schneidebrett lagen drei Messer nebeneinander. Rhys war Traditionalist: Truthahn, Gemüse, Plumpudding. »Hinaus«, befahl er, »fort mit euch allen.«

Die Energie in ihm wirkte heute gezwungen, fand Charlie; ihm fiel auf, dass sein Vater nicht mehr so gepflegt und durchtrainiert war. Sein graues Haar wurde schütter, die Knochen unter der trockenen Haut wirkten knubblig. Und er war müde. Krank?, fragte sich Charlie.

»Komm, ich helfe dir beim Schneiden, Dad«, sagte er und sah zum Fenster über der Spüle hinaus auf die Baumwipfel, zwischen denen die Ziegeldächer wie Inseln schwammen.

»Hinaus, hab ich gesagt.«

Fay zupfte sanft an Charlies Unterarm. »Lass den Meisterkoch seine Wunder vollbringen.«

Sie führte ihn in den Flur und an der Tür zum Esszimmer vorbei, wo ihre Schwestern den Tisch deckten, in das Arbeitszimmer an der Vorderseite des Hauses. »Setz dich einen Augenblick, mein Lieber, ich muss mit dir reden, bevor uns der Tag entschwebt.«

Sie trug eine Cargohose, ein ärmelloses Top, Creolen und leichtes Augen-Make-up. Charlie hatte sie schon immer gemocht – ihr Aussehen, ihre Wärme und Tüchtigkeit. Sie war sechzig, sah aber aus wie fünfzig. Sein Vater war dreiundsechzig, sah aber aus wie dreiundsiebzig.

»Über Dad?«

»Dir ist sicher aufgefallen, dass er ziemlich viel abgenommen hat.«

»So geht das schon das ganze Jahr.«

Eine Weile schwieg Fay in dem kleinen, nichtssagenden Raum; Charlie hatte sich schon immer gefragt, was sie wohl darin taten. Bücherregale, ein Lesesessel, ein Schreibtisch mit Laptop und Drucker, aber Lebensspuren hatten sich nicht hineingeritzt. Mails verschicken, dachte er. Das ist alles.

»Er wird schnell müde. Er hat ein wenig von seinem Schwung eingebüßt. Heute strengt er sich an, aber später wird er noch ein Nickerchen machen.«

»Untersuchungen?«

»Oh, jede Menge davon. Vergrößerte Prostata, aber das ist in seinem Alter nicht anders zu erwarten.«

Sie drehte die Ringe an ihren Fingern. Sie wird ebenfalls alt, dachte Charlie, der ihre dürren Fingerknöchel wahrnahm. Sie bemerkte seinen Blick und legte ihre beiden Hände übereinander in den Schoß. Ihre Augen waren feucht. »Ein Großteil hat einfach mit der ständigen Belästigung zu tun. Er hat in den zwanzig Jahren nicht einen Augenblick Ruhe gehabt.«

»Welche Belästigung?«

»Anrufe mitten in der Nacht. Gelegentlich Mails und Briefe. Alles anonym.«

»Aber nicht durch die Polizei?«

»Oh, manchmal auch die«, entgegnete Fay gereizt. »Es handelt sich ja schließlich um einen ungelösten Fall. Irgendein Opportunist gräbt alle paar Jahre die Akte wieder aus. Aber hauptsächlich geht es um die Anrufe und Briefe. Der neueste kam gestern, es steht faktisch dasselbe drin wie in allen anderen, nur mit dem Hinweis, dass es sich um den zwanzigsten Jahrestag handelt.«

Sie saß in dem Bürodrehstuhl am Schreibtisch, drehte sich herum, stand auf und nahm einen Pappkarton vom obersten Regalbrett. Sie stellte ihn auf Charlies Schoß. »Schau dir das mal an.«

Ein Haufen Briefe und Mail-Ausdrucke. »Könnte eine Weile dauern.«

»Lies nur eine Auswahl. Dann weißt du schon, worum es geht.«

Charlie nahm einen Stapel heraus, legte ihn sich auf den Schoß, stellte den Karton auf dem Boden ab und las überfliegend. »Die handgeschriebenen Briefe sehen aus, als würden sie von ein und derselben Person stammen – dieses süße kleine Kreuzchen anstelle des Punktes über dem i ...«

»Immer dasselbe«, sagte Fay. »Sie haben sie umgebracht und verscharrt. Das wissen alle. Tun Sie das einzig Anständige, gestehen Sie. Und so weiter und so fort.«

In dem ersten Brief, den Charlie in die Hand genommen hatte, stand dies fast Wort für Wort so. Er las ihn, dann noch einen, war sicher, dass sie von einem Mann geschrieben worden waren – von einem Mann, der sich wahrscheinlich ein neues Leben zurechtgelegt hatte, aber immer noch an starken alten Gefühlen festhielt.

»Merkwürdig«, sagte er. »Nicht wirklich bösartig – irgendwie flehend.«

Fay war es irgendwie peinlich. »Versteh mich nicht falsch, der Himmel weiß, dass ich mir kein Urteil erlauben kann, aber es gab Gerüchte, dass Rose einen anderen hatte.« Sie hob abwehrend die Hände. »Ich weiß nichts darüber, es geht mich ja auch nichts an, aber ich habe mich oft gefragt: Wenn es wirklich einen anderen gab, könnte das derjenige sein, der anruft und schreibt? Tut mir leid, das zu erwähnen.«

Charlie winkte nur ab. »Schon in Ordnung.« Er schwieg kurz. »Aber du bist dir nicht sicher, dass sie einen anderen hatte?«

»Nur ein Gerücht. Wenn da etwas Wahres dran ist, dann vielleicht jemand, mit dem sie unterrichtet hat?«

»Jedenfalls nicht ihr Untermieter, so viel steht fest«, sagte Charlie.

»Der komische Kerl? Den Liam und du verjagt habt? Unwahrscheinlich. Und wie ich schon sagte, nur ein Gerücht.«

Trotzdem möchte ich gern mit Lambert reden, dachte Charlie, ihn fragen, wen Mum besucht hatte oder wer zu Besuch gekommen war. Dann richtete er seine Aufmerksamkeit wieder auf die Blätter auf seinem Schoß. Eine Reihe von Mails, die man wahrscheinlich nicht zurückverfolgen konnte. Das meiste waren handgeschriebene Briefe. Nicht bedrohlich, bis auf ihre Anonymität und Hartnäckigkeit.

»Das macht ihn fertig«, sagte Fay.

»Ich bin nicht sicher, ob ich irgendetwas unternehmen kann«, sagte Charlie. »Wie du weißt, gelte ich bei der Victoria Police gerade als unerwünschte Person.«

Sie berührte seinen Handrücken mit ihren warmen Fingern. »Vielleicht hilft es dir zu wissen, dass dein Dad Inspector Allardyce für, Zitat, ein komplettes Arschloch hält.« Dann lehnte sie sich zurück. »Tut mir leid, vergiss es, ich verstehe schon, dass du nichts unternehmen kannst. Ich wollte es dir nur sagen, das ist alles. Es schien mir wichtig.«

»Ich bin froh, dass du das getan hast.«

Sie lächelte und stand auf. »Auf ins Gefecht, bevor meine Schwestern und ihre besseren Hälften noch deinen Vater belästigen.« An der Tür drehte sie sich zu ihm um. »Haben wir dir gesagt, dass wir im neuen Jahr eine Kreuzfahrt machen? Asien. Japan, Hongkong, Vietnam und Taiwan, hauptsächlich.«

»Mir erzählt niemand etwas«, sagte Charlie – und hörte sofort die Stimme seiner Ex-Frau im Kopf: »Nein, Charlie, man erzählt es dir schon, du hörst nur nicht zu.«

»Wir schicken dir Fotos«, sagte Fay. »Und wir skypen.«

12

Zwischen Weihnachten und Neujahr ging Charlie schwimmen, surfen, wanderte, fuhr Rad. Emma kam zu Besuch: Er bekam sie kaum zu Gesicht. Rhys und Fay flogen nach Japan. Zwei Tage später trudelten auf WhatsApp die ersten Fotos ein. Das Bild eines Kreuzfahrtschiffs, das in Yokohama angelegt hatte, ihre Kabine, die Küste nach der Abfahrt, eine Reihe von Tischen, die unter der Last von Meeresfrüchten und Wein ächzten.

Daneben sprach er mit Anna – sehnte sich nach Anna. Jeden Nachmittag Telefonate, jeden Morgen und Abend Messenger. *Ich wünsche dir einen guten Tag* oder *Süße Träume,* danach eine Reihe von Küssen. Oder ein Foto, zusammen mit ein wenig gutmütigem Gefrotzel. Oder einfach nur ein Foto: Charlies Füße in seinen besten oder seinen Alltags-Crocs – er wusste, dass sie beide Paar Schuhe hasste. Noch mehr Delfinfotos, auf die sie antwortete: *Nettes Treibholz.* Am Weihnachtstag hatte sie ihm einen ganzen Stapel Fotos geschickt – ihre Eltern, Großeltern, Geschwister, Nichten und Neffen, die unter ihren Papierhüten alle wie irre grinsten. Eines Tages würde er ihre Namen kennen und welchen Platz sie in Annas Leben einnahmen – wenn sie denn nächstes Jahr, übernächstes, in fünf Jahren noch mit ihm redete.

Er fragte sich, was an der Sache er wohl vermasseln würde. Er hatte ein ausgezeichnetes Gespür für kriminelle Lebensarten, Verbindungen und Verhaltensweisen, doch schien er völlig zu versagen, wenn es um das Verständnis des Gefüges unter Unschuldigen ging.

Das hatte Jess völlig verrückt gemacht. »Ich hab dir doch gesagt«, meinte sie mit zusammengebissenen Zähnen, »das ist der, der früher mit meiner Schwester ausgegangen ist.«

»Ach so, jetzt hab ichs«, erwiderte Charlie, aber meistens stimmte das nicht.

Doch was ihm am meisten auffiel, jetzt, wo er nicht nach Vergewaltigern, Blitzern, Stalkern, Sittenstrolchen und Perversen fahndete, war die Tatsache, wie lang die Tage waren. Während der Arbeit hatte er nie genug Zeit gehabt, jetzt gab es zu viel davon. Und er war das Zivilleben, die zivile Denkweise nicht gewohnt. Jetzt konnte er einfach seinem Instinkt folgen und sein Netz weit auswerfen, ohne sich Vorgesetzten, Partnern, der Staatsanwaltschaft gegenüber zu verantworten. Er musste keinerlei Einsatzbesprechung durchführen, keine Erlaubnis einholen, keine Spesen oder Überstunden beantragen. Regeln und Vorschriften bei der Beweisaufnahme betrafen ihn nicht mehr. Er musste keine Angst mehr haben, dass jeder Schritt, den er tat, jede Aussage, die er aufnahm, jede Notiz, die er sich machte, von einem Vorgesetzten eingesehen und kritisiert oder vor Gericht gegen ihn verwendet werden konnte.

Er war frei. Aber er fühlte sich nicht frei. Er hatte keine Lizenz als Detektiv. Er hatte keine Unterstützung, keinen Partner, nur feindlich gesonnene ehemalige Kollegen. Er hatte keinen Zugang zu Telefonunterlagen, Steuer-, Bank- und Fahrzeugeinträgen. Und was die ungelösten Fälle betraf, niemals würde er Zugang zu irgendwelchen Akten bekommen, die im Fall von Rose Deravins Verschwinden Teil der Ermittlungen waren. Und damals dürften die Häuser oder Geschäfte in Swanage keine Überwachungskameras gehabt haben. Mobilfunkmasten waren noch selten gewesen. Dashcams unbekannt. Und Kameras oder Mautaufzeichnungen an den Freeways gab es nicht – Eastlink und Peninsula Link waren da noch Wunschträume gewesen.

Ich trete auf der Stelle, dachte er. Doch Fays Bemerkung, seine Mutter könne einen anderen gehabt haben, ließ sich nicht abschütteln, also beschloss er eines Samstags Anfang Januar, seine Ermittlungen über Rose' Leben und möglichen Tod wieder aufzunehmen. Es gab zwei Fragen: Wer war seine Mutter und was wusste Lambert? Wenn er ihn denn aufstöbern konnte.

Als Erstes Rose. Ihre beste Freundin zum Zeitpunkt ihres Verschwindens war Karen Wagoner gewesen, eine Kollegin, die zusammen mit Mann und Kindern manchmal zu den Barbecues in Menlo Beach eingeladen war. Jahre später hatte Charlie sie in Cowes auf Phillip Island aufgestöbert, aber sie musste zugeben, dass sie nicht allzu viel über das Privatleben seiner Mutter wusste, über ihre Gedanken, Sorgen oder Hoffnungen. »Nach allem, was passiert ist, musste ich einfach weg«, hatte sie damals gesagt. »Um den Erinnerungen zu entkommen, verstehen Sie?«

Vielleicht war sie diesmal entgegenkommender, erinnerte sich an mehr, war weniger von traurigen Erinnerungen belastet.

»Danke, dass Sie mich noch einmal empfangen«, sagte er an jenem Nachmittag.

»Gern geschehen. Der Schmerz vergeht nie, oder?«

Darauf gab es zahlreiche Erwiderungen, die meisten davon banal. Charlie nickte, trank einen Schluck wässrigen Kaffee aus der Stempelkanne und fragte sich, woher denn ihr Schmerz rührte.

Ihr Haus in einer Seitenstraße bot Ausblick auf einen von Hitze geplagten Garten und durchhängende Seitenzäune, aber wenn sie nur bis zu den Läden, der Mole und dem Strand ging, konnte sie übers Wasser bis nach Swanage schauen, wo ihre Freundin zum letzten Mal lebend gesehen worden war. Vielleicht liebte sie es, den Dingen eine dramatische Wendung zu geben, fand Charlie. Vielleicht war das auch nötig; sonst wäre sie wohl nur ein träger Klumpen auf dem Sofa gewesen.

Er griff nach einem bleichen Keks auf dem klobigen Couchtisch, der das klobige Zimmer teilte. »Unterrichten Sie noch in Inverloch?«

Sie nickte. »Noch ein Jahr etwa.«

»Und die Kinder?«

Karen Wagoner schien größer zu werden. »Geoff ist in Perth, hat einen ziemlich hohen Posten bei der Commonwealth Bank.«

»Und Hazel?«

Wagoner sackte wieder in sich zusammen und grub ihre kissenförmigen Schultern in die pralle Polsterung. »Meine Tochter war eine Weile verheiratet.«

Dann schwieg sie. »Okay«, sagte Charlie und dachte: komische Reaktion.

»Sie ist Lehrerin in Geelong«, fügte Wagoner an. Und nach einer Pause: »Ist in einer gleichgeschlechtlichen Beziehung.« Die Worte klangen recht gepresst.

Charlie nickte verständnisvoll, dann strahlte Wagoner wieder. »Aber Ash, meine Enkelin, ist mein Sonnenschein. Sie ist beim Fernsehen.«

Vorsichtig fragte Charlie: »Sind Sie noch in Kontakt mit Alan?«

Sie runzelte die Stirn. »Eigentlich nicht.«

»Tut mir leid, geht mich ja nichts an.«

»Ach, das ist es nicht, Charlie. Eine Scheidung stand immer im Raum. Als Rose … das war wirklich der Auslöser.«

Auslöser. Aber wovon? Während Wagoner weitersprach, erinnerte Charlie sich an Alan, den Ehemann, ein freundlicher, stämmiger Kerl, der Wasser ausfuhr, Schornsteine fegte, Zaunpfosten setzte, mit einer Planierraupe Gärten anlegte und sogar bei den Hobbyfarmern auf der Peninsula Schafe schor. Ein ungebildeter Mann, der eine gebildete Frau geheiratet hatte und sich einfach nur an ihrem Verstand und guten Aussehen erfreute – dürftigem Verstand und Aussehen, fand Charlies Vater.

Charlie nickte weiter, und als er sicher war, dass sie zum Punkt gekommen war, sagte er: »Wie ich ja schon am Telefon sagte, habe ich versucht, weiterzuforschen und herauszufinden, was mit Mum passiert ist.«

Wieder runzelte sie die Stirn. »Ich weiß nicht, ob ich dazu etwas beitragen kann, aber Sie sind doch bei der Polizei, Sie haben alle Quellen zur Verfügung, oder? Oder gibt es irgendwelche Einschränkungen, in was Sie Einblick nehmen dürfen?«

Sie war nicht auf den Kopf gefallen. »Ich bin vorübergehend nicht im Dienst«, sagte er, um keine Missverständnisse aufkommen zu lassen. »Würde es Ihnen etwas ausmachen, wenn wir die alten Geschichten noch einmal durchgehen?«

»Wie ich schon sagte, weiß ich gar nicht, was ich noch hinzufügen kann. Aber ich helfe gern.«

»Worüber hat die Polizei damals mit Ihnen gesprochen?«

»Ich glaube nicht, dass sie groß mit mir gesprochen haben. Sie kamen in die Schule, das weiß ich noch, und befragten alle nach Rose' Tagesablauf, mehr nicht.«

»Und was ist mit Detectives, die ungelöste Fälle bearbeiten?«

»Bei mir war niemand.«

»Haben Sie eine eigene Theorie, was ihr wohl zugestoßen sein könnte?«

»Jener Mann in ihrem Haus.«

»Shane Lambert.«

Sie zuckte mit den Schultern. Vielleicht hatte sie seinen Namen noch nie gehört. Behutsam fügte Charlie hinzu: »Wir haben festgestellt, dass er an dem Tag in Haft saß. Im Übrigen scheinen alle anderen zu glauben, dass Dad etwas damit zu tun hat.«

Sie wurde rot. »Lächerlich. Ihr Dad würde keiner Fliege etwas zuleide tun.«

Eine heftige Reaktion. War zwischen ihnen etwas gewesen? Charlie versuchte sich an die Untertöne zu erinnern, die bei den Barbecues, Picknicks und Dinners geherrscht hatten. An das Spiel aus Blicken und Berührungen. Doch alles, was er erkannte, war nur sein Vater, der seiner Frau zuliebe die Anwesenheit der Familie Wagoner hinnahm.

»Wenn es nicht Dad oder der Untermieter waren, gab es da noch jemanden, der ihr übelwollte? Einer der Lehrer? Eines der Schulkinder? Ein Freund, von dem wir nichts wissen? Ging sie mit jemandem aus?«

»Wenn Sie damit meinen Ex meinen, vergessen Sie es. Alan mag zwar ein wenig grobschlächtig sein, aber er ist sanft wie ein Lamm.«

Interessant, fand Charlie. Vielleicht hatte sie Dad gemocht und gedacht – gehofft? –, dass ihr Mann meine Mutter mochte.

Ein netter kleiner Tausch. Nur, dass alle verloren hatten und sie nun hier seit zwanzig Jahren in Boshaftigkeit und Elend hauste.

»Ich habe niemand Speziellen im Sinn«, sagte Charlie.

»Sie hat mal zu mir gesagt, kaum habe sie sich von ihrem Mann getrennt, seien alle möglichen Widerlinge angekrochen gekommen.«

»Widerlinge?«

Karen Wagoner rutschte herum, um es sich bequemer zu machen, kämpfte gegen die weiche Vereinnahmung des Sofas von Rücken und Oberschenkeln an und machte eine beiläufige Geste. »Andere Ehemänner. Ein paar von den Lehrern. Sogar ein Mann im Postamt.«

»Hat sie mit irgendjemandem davon Zeit verbracht?«

»Mit einem. Eines Tages ist er ihr gegenüber handgreiflich geworden, hat sie erzählt.«

Warum hast du mir nicht schon vor Jahren davon berichtet?, fragte sich Charlie. »War sie verletzt?«

»Ich habe keine blauen Flecken gesehen, wenn Sie das meinen. Aber ich habe ihr das geglaubt, sie war keine Lügnerin wie so manch andere Frau. Die warten ein, zwei Jahre, in welche Richtung der Wind weht, und kommen dann an und machen Anschuldigungen.«

Männer betrügen Frauen, dachte Charlie. Aber herrje, Frauen taten das ebenfalls. Charlie brauchte Luft. Er wollte in seinen Wagen und davonfahren. Das Zimmer war zu blond, zu gepolstert, die Decke zu niedrig. Nichts an Karen Wagoners Haus hieß die Bewohner willkommen, von Gästen ganz zu schweigen. Es war zu sehr auf Hochglanz poliert, zu steril.

»Hat sie aufgehört, sich mit diesem Mann zu treffen?«

»Ja.«

»Wissen Sie, um wen es sich handelt?«

Charlie sah, wie Karen Wagoner gierig all die Schlechtigkeit der Welt aufsog. Es war ein schrecklicher Anblick. »Ich bin mir nicht sicher«, sagte sie, »aber ich glaube, es handelte sich um einen der Englischlehrer. Drew Quigley.«

13

Ich hatte eine Schwäche für Ihre Mutter«, sagte Alan Wagoner. »Eine entzückende Dame.«

Er war einer dieser altmodischen Männer, die das Wort Frau nicht in den Mund nahmen. Eine Dame war respektabel. Eine Frau war unabhängiger. Also komplizierter.

All das ging Charlie durch den Kopf, während Wagoner zwei Dosen Lager öffnete, die Zellophanhülle einer Packung Cracker aufriss und den Inhalt auf einen Teller schüttete. Zwanzig Stück? Ein Freiluftmensch, der es mit kulinarischem Raffinement nicht so hatte.

»Eine echte Schande«, fuhr er fort. »Wenn man sich mal überlegt, all die Jahre, und noch immer weiß man nicht, was passiert ist.«

Es war noch am selben Nachmittag, und es war nicht schwer gewesen, Karen Wagoners Ex-Mann zu finden. Ein abgewohntes Holzhaus am Ortsrand von Tyabb, totes Gras anstelle eines Gartens, ein halber Hektar, auf dem ein krängender Wohnwagen namens Loserbago, sein alter Kipplaster, ein Radlader und ein Pick-up standen – auf beiden Türen stand in Gold Wagoner's Wagon. Im Nachhinein wäre es sinnvoller gewesen, erst den kurzzeitigen Liebhaber seiner Mutter aufzuspüren, aber es wurde spät, und Alan Wagoner wohnte nur fünfzehn Minuten von der Tidepool Street entfernt.

»Das versuche ich seit zwanzig Jahren herauszufinden«, sagte Charlie. »Und jetzt habe ich ein wenig Zeit, deshalb rede ich noch mal mit allen, die sie damals gekannt haben.«

Wagoner zog die Schultern hoch, als sei er von einem Scheinwerfer erfasst worden. Er wirkte noch immer sehr stämmig und hatte Charlie gesagt, dass er selbst gerade erst nach Hause gekommen sei. Schmutz und Dreck nur oberflächlich abgewaschen, ein leichter Schweißgeruch, und noch immer trug er Shorts, ein blaues Unterhemd und ölfleckige Arbeitsschuhe mit Stahlkappen. »Ich glaube, da sollten Sie besser mit Karen reden. Sie kannte Ihre Mum besser als ich.«

»Ich komme gerade von ihr.«

Wagoner sagte nichts, rührte sich nicht, ließ aber den darunterliegenden Schmerz erkennen. Er nahm einen kleinen Schluck Bier aus der in seiner riesigen Pranke winzig wirkenden Dose und sagte: »Wie geht es ihr?«

Charlie konnte zu diesem Mann ja schlecht sagen: »Gut« oder »bestens« oder »träge und verbittert«, also nickte er nur einvernehmlich und sagte: »Sie war hilfsbereit, tappt aber genauso im Dunkeln wie alle anderen.«

Wieder dieser Schmerz in Alan Wagoners Augen, der sofort wieder verschwand. Wenn Charlie das richtig deutete, dann hatte der Mann sein Leben nur teilweise wieder in den Griff bekommen, seit Karen ihn vor zwanzig Jahren verlassen hatte.

Wie zur Bestätigung knarzte in diesem Augenblick das Haus, als ein nachmittäglicher Wind über das Watt hereinkam, und die Spanplatten der Schranktüren und Stoßleisten waren dunkel und aufgequollen, so als seien sie nie zum Schutz vor dem nassen Schlag eines Scheuerlappens lackiert worden. Dabei war Wagoner recht reinlich: kein Staub, kein Gerümpel, keine dreckigen Teller, nur die Ordnung eines Mannes, der sich noch immer mühte, sein häusliches Leben in den Griff zu bekommen.

»Sie hat mir erzählt, was Geoff und Hazel so machen. Ich hab sie schon seit Ewigkeiten nicht mehr gesehen«, sagte Charlie.

Wieder huschte ein Gefühl über Alans Gesicht. Ungebildet, aber kein Dummkopf, denn plötzlich sah er in Charlie hinein und durch ihn hindurch und suchte nach der Wahrheit. »Charlie, ich habe keine Ahnung, was Ihrer Mutter zugestoßen ist. Ich gehörte eigentlich nicht zu dem Freundeskreis.«

Charlie wurde rot. »Sorry. Ich wollte damit nicht andeuten,

dass ich irgendwelche Zweifel habe. Ich buddle nur. Sonst kümmert sich ja niemand darum.«

»Ich hoffe, es zahlt sich aus«, sagte Wagoner. »Ganz ehrlich.« Dann setzte peinliche Stille ein, die Wagoner sehr bedrückte. »Ich habe eine Freundin«, erklärte er plötzlich. »Ich bin glücklich.«

Charlie griff nach einem der Cracker. »Das freut mich zu hören.«

»Möchten Sie etwas zum Drauflegen? Ich habe ein paar Scheiben Käse im Kühlschrank.«

Er nimmt sich die Zeit, den Rest zurechtzulegen, fand Charlie. »Nein, danke.«

»Karen. Na ja, Karen hat mir das Leben zur Hölle gemacht.«

Charlie schob mit der Zunge einen Crackerkrümel von den Zähnen. »Okay.«

»Wissen Sie was? Eine ganze Weile habe ich geglaubt, sie würde mit Ihrem Vater schlafen. Das soll keine Beleidigung sein.«

Charlie wollte davon nichts wissen. Die alten Zeiten waren eh schon unbehaglich genug. Er rutschte auf dem Küchenstuhl herum.

»Eigentlich weiß ich nicht, wer es war«, fuhr Wagoner fort. »Ihr Dad nicht, aber einer von denen.«

Er meinte die Bullenmafia von Menlo Beach, dachte Charlie und sah einen schüchternen, zurückhaltenden Mann, der von einem ganzen Schwung an schnelleren, sorglosen Menschen beiseitegeschoben wurde. »Haben Sie sich deswegen getrennt?«

»Ja. Die Scheidung hat mich faktisch ruiniert. Wir hatten ein hübsches Haus, wie Sie sich erinnern.«

Nicht hübsch, aber groß, ein ausladendes, ziegelverblendetes Anwesen an der Henderson Road. »Ich erinnere mich.«

»Sie hat die Kinder mitgenommen, aber das ging nicht lange gut. Sie sprechen kaum noch mit ihr. Keine nette Frau, Charlie.«

Wagoner nahm sich einen Cracker. Er zerbrach, die Stücke rollten ihm wie bei einem Münztrick um die klobigen Finger, und er runzelte die Stirn. »Blödes Ding.«

»Karen meinte zu mir, sie sei weggezogen, weil Mums Verschwinden sie so mitgenommen hat.«

»Das hat alle mitgenommen«, meinte Wagoner und leckte sich das Salz von den Fingern.

»Es hat ihr Angst gemacht, meinte sie.«

»Es gibt solche Angst und solche Angst«, meinte Wagoner nur und schaute dann Charlie an.

Über den Wind hinweg hörte Charlie einen Wagen über den Schotter knirschen, bremsen. Er wurde ausgeschaltet. Dann schlug eine Tür. »Wie meinen Sie das?«

Doch Wagoner hatte einen Wandel vollzogen. Ruhe, Erleichterung, simple Freude. »Das dürfte meine Herzensdame sein«, sagte er.

Charlie schüttelte einer kleinen, forschen, lächelnden Frau die Hand, fuhr nach Hause und dachte über Karen Wagoners Angst nach. Er war davon ausgegangen, dass sie eine allgemeine namenlose Angst meinte, doch Alan Wagoner schien etwas Spezielleres angedeutet zu haben. Hatte sie Angst vor der Meute in Menlo Beach? Vor wem? Warum?

Als er nach Hause gekommen war, wollte er nur noch am Strand spazieren gehen, als Linderung für die Ereignisse des Tages und als Mittel, seine Gedanken zu ordnen. Es half, über den Sand zu gehen und die ewig gleichen Leute die ewig gleichen Dinge tun zu sehen. Es half sogar, Noel Saltash dabei zu sehen, wie er einen Hundehalter verwarnte, und den Typ mit dem Metalldetektor zu entdecken, der alte Hippie, der dort suchte, wo die Urlauber vielleicht Münzen, Handys und Rolex-Uhren verloren hatten. Charlie sah zu, wie er stehen blieb, sich vorbeugte, suchte, einen Kronkorken inspizierte und wegwarf. Heb ihn auf, du Blödmann. Steck ihn ein. Oben an den Stufen ist ein Mülleimer.

Charlie ging weiter und traf eine klare Entscheidung: Er wollte nicht erneut zu Karen Wagoner gehen, um mehr über ihre Angst zu erfahren. Natürlich ging es bei der Polizeiarbeit meist darum, altes Terrain zu sondieren, doch er wollte nur voran und auf neues Gebiet vordringen. In diesem Fall Drew Quigley, der Lehrer, der vielleicht der Liebhaber seiner Mutter gewesen war.

Zu Hause machte er sich an die Suche und brauchte fünf Sekunden, um Quigley zu ergoogeln. Er war Schuldirektor an einer weiterführenden Schule in den Dandenongs; Quigleys Facebook-Likes reichten vom Carlton Football Club über eine Mikrobrauerei in Mornington bis zu einem Badeort in Queensland. Verheiratet, zwei Kinder. 326 Freunde. Er las Raymond Carver, schaute *The Wire* und hörte sich Chris Smither an.

So weit ganz in Ordnung.

Aber Quigley musste warten. Es waren Ferien – und Facebook zufolge waren die Quigleys in Neuseeland.

Was nicht warten konnte, war ein Anruf bei Charlies altem Sergeant: Luke Kesslers Prozess sollte bald beginnen.

Susan Mead war kurz angebunden. »Charlie.«

»Ich wollte Ihnen nur viel Glück für nächste Woche wünschen, Chef.«

»Glück ist nicht das, was wir brauchen«, entgegnete sie.

Das brachte Charlie in die Defensive. »Ist doch gut, dass Sie ein zweites Opfer in den Zeugenstand rufen können.«

»Warten wirs ab. Vor allem, wie gut sie mit den Fragen zurechtkommt, Charlie. Sie ist ein wenig unsicher.«

So als sei das allein Charlies Schuld, dass es einen zweiten Prozess gab und ein zweites Opfer, das auf den Prozess eingestimmt werden musste. »Sorry«, sagte er.

Zum Glück kam Anna morgen wieder nach Hause.

14

Der folgende Tag. Sein Wohnzimmer, kurz nach dem Mittagessen.

Sie befanden sich noch immer in dem verrückten Anfangsstadium des blitzartigen Entflammens, und erst, nachdem sie träge ineinander verknotet auf dem Teppich lagen, fragte Anna: »Charlie?«

»Anwesend.« Er drückte die Lippen in ihre feuchte Schulter.

»Glaubst du, Kessler hat es auf mich abgesehen?«

Er erstarrte in ihren Armen und war sofort hellwach. »Wie kommst du denn auf diese Idee?«

Sie zuckte mit den Schultern, und ihre Haut strich über die seine. »Nur so ein Gedanke.«

»Er sitzt im Gefängnis.«

Luke Kessler hatte einen Gerichtsbeamten niedergeschlagen und den Richter angebrüllt, als dieser die Geschworenen entließ und einen neuen Prozess anberaumte. Die Kaution war aufgehoben worden.

»Seine Familie nicht«, meinte Anna. »Und seine Freunde auch nicht.«

»Die wären doch nicht so verrückt, irgendetwas Derartiges zu versuchen«, sagte Charlie, fragte sich aber gleichzeitig, ob das stimmte. Nach den Fernsehnachrichten zu urteilen, wirkten die Kesslers und ihre Freunde während des ganzen ersten Prozesses aggressiv und anmaßend. Sie gaben Erklärungen auf den Stufen des Gerichts ab; sie gestikulierten in die Kameras; sie schubsten Reporter beiseite.

Charlie stützte sich auf einen Ellbogen, was für Anna das

Zeichen war, sich auf den Rücken zu legen und zu ihm hinaufzuschauen. Er war sonnengebräunt, sie blass, und in diesem Augenblick faszinierte Anna dieser Kontrast, und sie hob den Kopf, um sich die verschiedenen Flächen und Schwellungen ihres Körpers anzuschauen, während seine Finger umfassten, strichen und drückten. Sie ließ sich mit einem sanften Stöhnen zurückfallen.

Nach einer Weile kam ihre Stimme aus weiter Ferne: »Als ich von Sydney nach Hause kam, hatte jemand auf meine Haustür gesprayt: *Pass gut auf, du Schlampe.*«

Wieder erstarrte Charlie. Er lag mit ihr da und drückte sich fest an sie. »Himmel, Anna. Hast du das bei der Polizei gemeldet?«

»Noch nicht. Ich wollte nur hierherkommen.«

Charlie küsste sie. »Jemand will es dir heimzahlen und gibt dir die Schuld, dass es zu einem neuen Prozess kommt?«

»Möglich.«

Die Tatsache, dass die Anklage ein zweites Opfer präsentieren konnte, das bereit war, gegen Kessler auszusagen, auch wenn Sue Mead die Frau für zu unsicher hielt, um eine gute Zeugin abzugeben, mochte Anwälte und Unterstützer beunruhigen. Zweifellos würde man auch über diese Frau schlecht reden und sie abfällig titulieren, wie Gina Lascelles. Charlie wusste, dass es sich dabei um einen alten Trick der Verteidigung handelte, die moralische Integrität eines Vergewaltigungsopfers zu attackieren, gleichzeitig die des Angeklagten über den grünen Klee zu loben und gar nicht weiter auf die Umstände des Verbrechens einzugehen – so als könne man den Fall einer Vergewaltigung, bei der der jungen Frau der Kopf in einer Seitenscheibe eingezwängt wird, als einen Fall von Aussage gegen Aussage betrachten.

Doch diesmal würde die Jury womöglich nicht überwiegend aus Hausfrauen mittleren Alters bestehen. Sie waren ein Gottesgeschenk für die Verteidigung gewesen – anders als Krankenschwestern, die womöglich den Opfern beistehen würden, oder Lehrerinnen, die womöglich links und feministisch waren. Ein Rechtsanwalt hatte Charlie das mal erklärt: »Die ältere Hausfrau hat Erfahrung, hat schon eine Menge gesehen, lässt sich nicht leicht beeinflussen, schreckt nicht davor zurück, an den Mitmenschen zu zweifeln. Und mit etwas Glück hat sie selbst Töchter großgezogen, die sich um alles in der Welt niemals in eine solche Lage gebracht hätten.« Mit anderen Worten, Töchter, die stets nüchtern waren und sich konservativ kleideten. Die nicht vergewaltigt wurden, und wenn doch, die ihren Angreifer nicht gekannt hätten. Die sich gewehrt hätten, Mut bewiesen hätten, statt einfach zu erstarren, wie das viele Frauen taten. Die sofort zur Polizei gegangen wären, statt einen Tag zu warten, eine Woche, ein Jahr. Die sich also emotional auf eine Weise verhalten hätten, die Beistehende für angemessen halten würden.

Charlie war beim ersten Prozess nicht dabei gewesen, hatte aber das Geschwätz am Wasserspender mitbekommen. Der Staatsanwalt war unerfahren und nicht sehr effektiv gewesen. Die Verteidigung war schlagkräftig und überzeugend rübergekommen. Sie hatte einen örtlichen Geschäftsmann, einen Arzt, eine Ex-Freundin und andere Zeugen präsentiert, die den guten Charakter Kesslers bezeugten. Sie hatte das Opfer als haltlose, unglaubwürdige, womöglich geldgierige Schlampe dargestellt.

»Ich hatte den Eindruck, als sei ich die Einzige, die sich während des Prozesses Notizen gemacht hat«, hatte Anna an dem Tag gesagt, als sie sich kennengelernt hatten. »Und als wir anfingen, uns zu beratschlagen, sind die einen eingenickt oder haben Witze gerissen. Und wann immer ich etwas sagte, rollten sie mit den Augen – angestachelt durch die Vorsitzende, die mich andauernd unterbrach und allen mitteilte, was ihrer Meinung nach tatsächlich passiert war und wie wir abstimmen sollten. Das Ganze wirkte wie abgesprochen. Als ob ich die einzige Person sei, die sich der Schwere unserer Aufgabe bewusst war – wenn das jetzt nicht zu pathetisch klingt.«

Charlie hatte bei seiner Arbeit noch nicht allzu viele Menschen getroffen, die Prinzipien hochhielten. Das bedrückte ihn.

Im Geschworenenzimmer war es heiß und eng gewesen, fuhr Anna fort. »Keine Fenster, schlechter Kaffee. Mein Stuhl war äußerst unbequem, und jedes Mal, wenn jemand auf die Toilette ging, schlug die Tür dagegen. Ich hatte die ganze Zeit über Ginas Familie vor Augen, wie sie uns angestarrt hatten, wie um uns anzuflehen, nichts von dem zu glauben, was da über sie gesagt wurde, dazu die Art, wie einschüchternd die ganzen Leute um Kessler waren.«

Und es musste in der Jury einen Maulwurf gegeben haben. Jemand gab Informationen an Kesslers Freunde und Familie weiter. Anna bekam eines Nachts einen Anruf, eine Männerstimme: »Wenn du nicht auf Freispruch plädierst, bist du tot.«

Charlie hatte im Laufe der Jahre reichlich Gelegenheit gehabt, unpassendes Verhalten bei Geschworenen zu beobachten – zum Beispiel eine Frau, die während der Zeugenaussagen Sudoku gelöst hatte –, und er wusste, dass es unter ihnen nicht ungewöhnlich war, andere zu triezen, sich aufzuspielen, sich zu langweilen, Namen zu googlen, Beweise anzuzweifeln und Urteile nach dem Aussehen der Opfer oder der Angeklagten zu fällen. Bislang war ihm allerdings Einschüchterung oder Manipulation von Juroren noch nicht untergekommen.

Unglücklicherweise war Anna daraufhin zur Detektivin mutiert, statt irgendetwas davon dem Richter oder der Staatsanwaltschaft zu melden. Sie war nicht die erste Geschworene, die so etwas tat; sie würde nicht die letzte sein. Bei Anna war das auch nicht sehr überraschend. Von Anfang an hatte Charlie ihre Dickköpfigkeit bemerkt. Getrieben. Selbstsicher genug, um zu glauben, dass sie es am besten wusste. Sie hatte bei all dem Getrieze und den Schuldzuweisungen im Geschworenenzimmer die Oberhand behalten, und der warnende Anruf war wie ein rotes Tuch gewesen. Sie hatte den Tatort aufgesucht, Fotos gemacht, Internetrecherchen durchgeführt und Zeugen befragt, um neue Beweise und weitere Opfer zu finden.

Charlie stützte sich wieder auf den Ellbogen. Er schaute sie von oben bis unten an und strich mit der Hand über ihren Bauch. Wir sind zwei Privatermittler, dachte er. Sie arbeitet an dem Fall Kessler, ich an dem meiner Mutter. Das war nicht die einzige Übereinstimmung. Sie waren beide im gleichen Monat geboren; ihre Handynummern fingen beide mit 0406 an; ständig gingen ihnen identische Gedanken und Beobachtungen durch den Kopf.

Charlie legte einen Arm um ihre Taille und schnupperte an ihrem Hals.

Das ging eine Minute so. Dann schnaubte Anna, brummte und schob ihn von sich. »Himmel, Charlie, wann hast du das letzte Mal diesen Teppich gereinigt?«

»Ähm ...«

»Hab ich mir schon gedacht.« Sie stand schwungvoll auf, und ihre Haut war dort rosig, wo sie sich an ihn gelehnt hatte, und gemustert, wo sie auf dem Gewebe des schrecklichen Teppichs gelegen hatte. Völlig unbefangen ging sie in die Küche, bis sie all die blanken Fensterscheiben um sich herum bemerkte – »ups« – und die Gardinen zuzog. »Tee?«

»Danke«, antwortete Charlie, stand auf und zog die Shorts an.

Der Wasserkessel murmelte auf seinem Standfuß, Anna kehrte mit ihrem schläfrigen Blick zurück, umarmte ihn und bettelte um einen Kuss. Charlie tat ihr den Gefallen, dann ging sie wieder davon. »Erst eine schnelle Dusche.«

Er folgte ihr. »Da ist gerade Platz genug für zwei«, sagte er.

Tee allein reichte nicht. Sie kratzten zusammen, was noch an Brot, Oliven, Käse und Hummus da war, und setzten sich an den Gartentisch, der vom Sonnenschirm beschattet wurde. Anna drehte Charlies Handgelenk um und las die Uhr ab. »Drei. Ist das jetzt ein spätes Mittagessen oder ein Nachmittagstee?«

»Ein Snack nach dem Geschlechtsverkehr«, antwortete Charlie und bemerkte eine kurze Gefühlsregung an ihr. Sie konnte so verdorben sein wie keine Zweite, doch im Augenblick fand sie, dass »Geschlechtsverkehr« nicht ganz zu dem passte, was sie da getrieben hatten. Das klang zu klinisch.

Sie bemerkte seinen Blick und lächelte. Sie wusste, dass er wusste, was sie dachte, und streckte die Hand über den wetterschiefen Tisch nach der seinen aus. Ihre Finger waren ganz warm. Charlie Deravin spürte eine Welle von Dankbarkeit. Und Anna blieb drei Tage lang.

»Anna«, sagte er, »du musst die Schmiererei melden.«

Sie rümpfte die Nase. »Ich bin nicht davon überzeugt, dass das irgendetwas bringt.«

Charlie packte sie fester. »Es ist wichtig, dass es in den Unterlagen steht.«

Sie zog ihre Hand zurück. »Für den Fall, dass die Sache eskaliert und die mich angreifen, nicht die Tür?«

Charlie zuckte hilflos mit den Schultern. »Ich hab schon alles Mögliche erlebt.«

Ihre Anspannung ließ nach. Sie tätschelte sein Handgelenk und nahm sich eine Olive. »Wird schon gut gehen.«

Dann ging Charlie auf, dass er ebenfalls ein Angriffsziel sein konnte. »Und dir ist kein fremdes Auto bis hierher gefolgt?«

»Charlie. Komm schon.«

»Schon gut. Letzte Frage: Hat man dir gesagt, wer dir möglicherweise gedroht hat?«

Anna schüttelte den Kopf. »Die Polizei hasst mich. Ich bin die Letzte, der sie etwas sagen, meinst du nicht?«

Charlie zuckte mit den Schultern. »Schon möglich«, sagte er und dachte, wenn eine Geschworene bedroht wird, würde es normalerweise umfassende Ermittlungen geben. Vielleicht waren die noch im Gange. Vielleicht strengte sich aber niemand sonderlich an.

15

Die Tage vergingen. Anna fuhr in die Stadt zurück, und Charlie nahm die Jagd wieder auf. Bevor Quigley nicht aus Neuseeland zurückgekehrt war, konnte er nicht viel machen, um diese Geschichte weiter zu verfolgen. Blieb noch Lambert.

Er fing mit dem Holzhandel in Hastings an, zehn Minuten von Menlo Beach, in einer Seitenstraße des Gewerbegebiets hinter dem Kings Creek Hotel. In all den Jahren seiner Abwesenheit hatte sich hier nichts verändert. Ein Flachbau an einem Ende eines langen Schuppens, von drei Seiten umgeben von Stapeln verschieden langer und breiter Bretter, die in der Sonne ablagerten.

Charlie hielt ein Stück weiter neben ein paar Muster-Palisadenzäunen. Er überquerte den Hof, und ein Windwirbel blies ihm den Duft von Sägemehl in die Nase. Sägen kreischten unsichtbar im Schuppen, ein Laster rollte davon, ein anderer traf ein. Ein Gabelstapler schob seine Zinken unter einen Stapel Verandabohlen aus Merbau-Holz.

Es stellte sich heraus, dass Kevin Maberley in der Zwischenzeit Betriebsleiter geworden war, und Charlie entdeckte ihn hinter einem von Rechnungen, Bestellungen und Holzmustern übersäten Schreibtisch. »Tut mir leid, dass ich Sie schon wieder belästigen muss«, sagte Charlie.

Maberley verzog das Gesicht, war aber zu höflich, um sich zu beschweren. Er gab Charlie die Hand und sagte: »Ich helfe, wo ich kann.«

»Wie lange sind Sie denn schon Betriebsleiter?«

»Seit fünf Jahren. Man muss nur lange genug dranbleiben. Setzen Sie sich doch.«

Er wartete, bis Charlie Platz genommen hatte, und ließ sich dann auf den Stuhl hinter dem Schreibtisch plumpsen. »Ich weiß allerdings nicht, wie ich Ihnen behilflich sein kann. Ist es ein Jahrestag? Wird der Fall neu aufgerollt?«

Charlie schätzte ihn als einen sanften Menschen ein, der sich redlich bemühte. »Es geht nur um ein paar ungeklärte Punkte. Aber ich würde sehr gern mit Shane Lambert sprechen. Hat er sich jemals gemeldet?«

»Shane? Nein.«

Maberley war argwöhnisch geworden. Wie um das zu verbergen, lehnte er sich zurück, verschränkte die Hände hinter dem Kopf und entblößte die Schweißflecken unter den Achseln. Er war dick und bestand aus übereinanderliegenden Ringen wie das Michelin-Männchen.

»Ich dachte, ich schau mal vorbei«, sagte Charlie. »Sie schienen der Einzige zu sein, mit dem Shane befreundet war, und ich hatte die Hoffnung, er könne wieder in der Gegend sein.«

»Befreundet ist doch leicht übertrieben, wie ich schon sagte. Ich habe damals in Swanage gewohnt, und irgendwann war es so, dass ich ihn mit zur Arbeit nahm und zurück.«

Irgendwann war es so: Maberley hatte genau diese Worte schon mal benutzt. Was hatte das zu bedeuten? Dass Lambert ihn manipuliert hatte? »Ich hoffe, es macht Ihnen nichts aus, wenn wir die Ereignisse noch mal durchgehen, vielleicht fällt Ihnen dann etwas ein, das mich weiterbringen könnte?«

»Ich habe viel zu tun …«

»Nur ein paar schnelle Fragen. Shane hat etwa zu der Zeit gekündigt, als Sie ihm dabei halfen, aus dem Haus meiner Mutter auszuziehen?«

Maberley war kurz angebunden. »Ein paar Tage später.«

»Wie hat er gekündigt?«

»Hat sich krankgemeldet, ist aber nicht wieder aufgetaucht.«

»Und wann genau kam die Polizei hier vorbei?«

»Das genaue Datum weiß ich nicht mehr, jedenfalls kurz nach dem Verschwinden Ihrer Mutter.«

»Was haben Sie denen erzählt?«

»Dass ich ihn eigentlich nicht gekannt habe und ganz sicher nicht weiß, wo er steckt.«

»Hat die Polizei sich je wieder bei Ihnen gemeldet? Detectives, die sich um ungelöste Fälle kümmern?«

»Nein.«

Nachlässig, fand Charlie. »Sie waren nicht befreundet, sagten Sie. Aber Sie haben sich doch eine Meinung gebildet?«

Vorsichtig, ermahnte sich Charlie. Du klingst anklagend. Das fand Maberley auch. Steif antwortete er: »Das sind wir doch schon alles durchgegangen. Shane war die Art von Mensch, die das Kommando übernehmen. Die einen manipulieren.«

»Eine starke Persönlichkeit.«

»Eigentlich nicht. Schweigsam. Schwer zu deuten. Aber auf eine Weise, dass man sorgsam darauf achtet, was man in seiner Nähe sagt oder tut.« Maberley schwieg kurz. »Ich verstehe, warum sich Ihre Mutter unwohl fühlte. Eigentlich mochte ihn niemand.«

»Hatte er noch andere Freunde in der Firma?«

»Nein. Und wie ich schon sagte, wir waren eigentlich nicht befreundet, das haben die Leute nur angenommen.«

»Was ist mit Freunden außerhalb der Arbeit?«

»Das hatten wir doch alles schon. Ich habe keine Ahnung.«

Ganz entmutigt sagte Charlie: »Sie haben ihn also nie mit jemand anderem gesehen?«

Maberley runzelte die Stirn. Er rutschte nach vorn, verschwitzt und ernst. »Jetzt, wo Sie es sagen – einmal waren ein paar Kerle hier. Ich dachte erst die Polizei, sie sahen jedenfalls so aus. Aber wenn, dann belästigten sie ihn nicht. Sie unterhielten sich kurz mit ihm, gaben ihm die Hand, klopften ihm auf die Schulter und verschwanden.«

Neue Informationen. Charlie dachte darüber nach, ohne Ergebnis.

»Und wohin ist er nach dem Motel gezogen? Dort ist er nur eine Nacht geblieben.«

Maberley zuckte mit den Schultern. »Couchsurfing vielleicht? Aber nicht bei mir. Fragen Sie seine Cousine.«

»Seine Cousine?«

»Sie kam hier ein, zwei Tage nach seinem Verschwinden hereingeplatzt und wollte mit ihm reden. Die Betriebsleitung hatte sie zu mir geschickt.«

»Sehen Sie?«, meinte Charlie. »Davon haben Sie bislang noch kein Wort gesagt.«

Maberley rutschte herum. »Ich habe sie neulich auf der Straße gesehen, das ist alles. Ich habe nicht mit ihr gesprochen, aber es fiel mir wieder ein.«

»Was hat sie damals gewollt?«

»Sie sprach davon, dass er ihr auf den AB gesprochen habe, er würde für eine Weile in ihrem Gästezimmer übernachten müssen, aber sie hatte ihn nicht erwischen können.«

Charlie zitterte. »Und sie wollte ihm sagen, dass er bei ihr wohnen kann?«

Maberley schüttelte energisch den Kopf. »Nein. Ganz im Gegenteil. Sie stand unter Dampf und ging sogar auf mich los, so als hätte ich ihm das eingeredet.«

Vielleicht hatte Lambert mehr als nur eine Cousine. Charlie zückte sein Handy und rief Facebook auf. »Ist sie das?«

Maberley schaute aufs Handy. »Sieht nach ihr aus.«

Aus einem Impuls heraus wischte Charlie über das Handy. »Und diese beiden?«

Nadal und Deamer. Maberley schaute sich das Foto an und fragte: »Was geht hier vor?«

»Kennen Sie sie?«

»Sie waren hier, aber ich kenne sie nicht.«

»Wann?«

»Vor ein paar Tagen.«

Das erklärte zum Teil, warum Maberley so argwöhnisch war, fand Charlie. »Was wollten sie?«

»Dasselbe wie Sie. Sie haben nach Shane gefragt. Aber ich kenne die beiden nicht, also habe ich ihnen auch nichts gesagt.«

Maberley wirkte beunruhigt und zögerlich. »Hören Sie, das Ganze wird mir langsam zu bunt. Wer sind die beiden?«

»Sie machen einen Podcast, haben sie gesagt.«

Maberley verkrampfte erschrocken. »Über Shane und Ihre Mutter? Was sollte ich denn darüber wissen?«

Charlie hob eine Hand. »Ich glaube Ihnen. Ich habe keine Ahnung, worum es in diesem Podcast gehen soll.«

Maberley entspannte sich. Er verzog den Mund. »Sie haben mir zudem Fotos gezeigt.«

Charlie erstarrte und wartete ab.

»Vier oder fünf Männer, so als ob ich die kennen müsste.«

»Aber Sie kannten sie nicht?«

»Nein. Na ja ...« Maberly hielt inne. »Ich erkannte zwei von ihnen. Das waren die, die Shane damals aufgesucht hatten.«

Charlie spürte den Schauder von etwas Namenlosem, Lebendigem. »Sie haben sie nach zwanzig Jahren erkannt?«

Maberley ruderte zurück. »Ich glaube, dass sie es waren.«

Charlie hakte nicht nach. »Haben sie den beiden gesagt, dass sie sie erkannt hätten?«

Maberley zuckte zusammen. »Nein. War das falsch?«

»Nein. Wenn sie noch mal auftauchen, sagen Sie kein Wort«, betonte Charlie.

Maberley zog bekümmert die Schultern hoch. Er wollte damit nichts zu tun haben.

Dann fuhr Charlie fort: »Und sie haben nicht gesagt, wer die Männer waren oder warum sie sich dafür interessieren?«

Maberley schmollte. »Ich sollte ihnen alles sagen, ohne dafür etwas zu bekommen.«

»So sind die Medien«, sagte Charlie und nickte.

Genau wie die Polizei, dachte er, als er das Sägewerk verließ.

16

Es war später Vormittag geworden. Charlie fuhr die Bittern-Dromana Road entlang, über kurvenreiche Hügelstrecken in den flachen Küstenbereich und kam an die Port Phillip Bay. Das Meer war glasig, zwei Containerschiffe zeichneten sich klar ab, und bei geöffnetem Fenster konnte Charlie die salzige Luft riechen, durchsetzt mit Autoabgasen und Frittiergeruch.

Er fuhr parallel zur Küste, bog dann nach links ab und fuhr wieder hügelaufwärts in das Netz aus asphaltierten und geschotterten Nebenstraßen, in dem Maeve Frome wohnte. Diesmal stand ein Wagen auf dem Rasen, ein weißer Hyundai. Auf der Veranda war niemand. Statt in ihrer Einfahrt zu parken und ihr die Chance zu geben, sein Auto zu erkennen, fuhr er vorbei und hielt hinter einem Müllcontainer in der nächsten Straße. Er schaltete den Motor aus, stieg aus und ging zurück.

Fromes Haus schien keinen ebenerdigen Zugang zu haben, außer vielleicht durch die Garage, die verschlossen war. Er stieg die Stufen zur Veranda hinauf und hatte über die Bäume hinweg einen Blick auf die Bucht. Auch Melbourne schwebte dort. Keine Elfenbeintürme, nur schemenhafte Glasblöcke, die sich herausfordernd gegenüberstanden. Die heiße Sonne stand hoch; Charlie spürte fast, wie sie die Farbe aus den Gartenmöbeln sog. Er klopfte mit den Knöcheln an die Glasschiebetür.

Einen Augenblick später wurde sie aufgeschoben. »Ja?«

Maeve Frome trug Shorts und ein weites, weißes T-Shirt. Stämmige Beine und nackte Füße. Das Rot auf den Fingernägeln blätterte ab. Feuchte Augen und lockige graue Haare. Sie rauchte, zog an der Zigarette und pustete den Qualm in Charlies Richtung. »Kann ich Ihnen helfen?«

Charlie entschied sich für eine Mischung aus Direktheit und Ausweichen. »Ich bin Charlie Deravin, und es würde mir sehr viel bedeuten, wenn ich mich mit Shane unterhalten könnte, Shane Lambert, Ihrem Cousin.«

Sie starrte ihn immer noch erwartungsvoll an, sackte dann aber in sich zusammen. Sie führte die Fingerspitzen an den Mund und rieb sie fest, so als wolle sie ihn verschließen. Ich habe sie verloren, dachte Charlie und wollte schon wieder gehen, doch dann fasste sie sich und sagte: »Erstens, ich habe Shane seit Jahren schon nicht mehr gesehen. Zweitens, ich weiß, wer Sie sind.«

Charlie war unbehaglich zumute. »Oh. Okay. Tut mir leid, Sie gestört zu haben.«

»Kommen Sie herein. Ich habe ein paar Minuten Zeit für Sie.«

Wirklich? Völlig verdutzt folgte er ihr über einen cremefarbenen Zotteteppich, der wie eine Insel auf einem glänzenden Dielenboden lag. Sie wies auf ein fettes rotes Ledersofa, setzte sich in den dazu passenden Sessel und legte die Füße auf einen unförmigen Puff. Dann nahm sie ein Glas und klapperte wie zum Zuprosten mit dem Eis darin in seine Richtung.

Wodka? Gin? Mit einem Lächeln, das eher wie eine Grimasse wirkte, sagte er: »Sie meinten, Sie wissen, wer ich bin?«

»Deravin. Kein Name, den man sofort wieder vergisst.«

Stimme und Ton klangen harsch, aber ihr Gesicht war durchsetzt von Trauer und Mitgefühl. Erinnerte sie sich nach zwanzig Jahren noch an den Namen? Charlie fiel auf, dass er nicht wusste, wo beginnen.

Das merkte sie. Mit flacher Stimme sagte sie: »Sie wollen über Shane sprechen, weil er bei Ihrer Mutter ein Zimmer gemietet hatte.«

»Sie haben ein gutes Gedächtnis.«

»Ich habe ein Gedächtnis wie ein Sieb. Aber zwei Gedächtnisstützen in einer Woche?«

Charlie starrte sie an. Ich, dachte er, und die Podcast-Zwillinge. »Sie hatten Besuch.«

Sie warf ihm einen misstrauischen Blick zu. »Gelber VW. Haben Sie sie geschickt?«

»Du meine Güte, nein. Wollten sie mit Shane sprechen oder über Shane?«

»Beides. Was er damals so gemacht hat, wo er gewohnt hat. Ich hab ihnen gesagt, dass ich ihn so gut wie nie gesehen habe.«

Eine Pause. Maeve Frome war unbehaglich zumute und suchte nach den passenden Worten. »Ich mochte sie nicht. Sie waren aufgeblasen und versuchten mich dazu zu bringen zuzugeben, dass Shane Einbrüche verübt hatte, so als sei ich Gesindel. Ich habe gesagt, sie sollen verschwinden.«

»Das haben Sie richtig gemacht«, sagte Charlie. »Bei mir haben sie es auch versucht.«

Maeve nickte. »Keine Ahnung, worauf die hinaus sind, aber dann fiel mir wieder ein, was mit Ihrer Mum passiert ist.«

Charlie wartete einen Augenblick. Dann meinte er vorsichtig: »Shane hat damals in Hastings gearbeitet. Nachdem ... nachdem er bei meiner Mutter ausgezogen war, ist er in ein Motel gegangen. Hat er je darüber gesprochen?«

Frome zog tief und lang an einer frischen Zigarette. »Nein. Nachdem Ihre Mutter, na ja, verschwunden ist, hat er bei mir angerufen und gesagt, die Polizei würde vielleicht mit mir reden wollen – was ja auch stimmte –, und ob er ein paar Nächte bei mir übernachten könne.«

»Hat er das?«

Wieder zog sie an der Zigarette. »Nein. Kaum hatte er das mit der Polizei erwähnt, habe ich gesagt, dass ich mit seinem Scheiß nichts zu tun haben will, schon gar nicht mit Kindern zu Hause.«

Charlie beschloss, nicht zu erwähnen, was Maberley gesagt hatte. »Leben sie noch bei Ihnen?«

»Nein. Und Sie werden sie da raushalten.«

»Sind sie mit Shane in Kontakt?«

Halten Sie sie da raus.

»Sorry.« Charlie hob beide Hände.

»Sie wissen von nichts. Die erinnern sich nicht mal an ihn, so lange ist das her.«

»Okay. Also, die Polizei ist mit Ihnen in Kontakt getreten ...«

»Ja, sie wollten Shane befragen, konnten ihn aber nicht finden und dachten, ich wüsste vielleicht, wo er ist.«

»Und was war in der Zwischenzeit? Waren irgendwelche Detectives bei Ihnen, die an ungelösten Fällen sitzen?«

»Kein Piep. Soweit ich weiß, ist Shane nicht mehr auf ihrem Radar.«

Charlie war deprimiert. Frome bekam es mit und sagte: »Hören Sie, er war ein hoffnungsloser Fall. Ist er wahrscheinlich immer noch, aber jemandem etwas antun? Niemals. Außerdem saß er an dem Tag, als das passiert ist, in Rosebud in der Zelle – ich weiß das, weil ich ihn am nächsten Morgen holen musste.«

»Ich möchte nur mit ihm reden.«

»Tja, viel Glück beim Suchen«, meinte Frome. Sie wedelte sich den Qualm von den Augen. »Es stört Sie doch nicht? Ich hätte erst fragen sollen.«

»Ist doch Ihr Haus«, meinte Charlie und schnappte nach Luft.

»Ja, das ist es, und Shane hat nie hier gewohnt, ganz gleich, was diese Podcastleute sagen.«

Charlie verspannte sich. Was hatten Nadal und Deamer aufgeschnappt? »Aber Sie haben sich doch ab und zu mal mit ihm herumgetrieben?«

Maeve schaute in ihr Glas, als würde sie darauf hoffen, dass jemand es wieder aufgefüllt hatte. »Nicht allzu oft. Wenn, dann wäre die ganze Sache vielleicht anders für ihn gelaufen. Als wir aufwuchsen, war er in einer Pflegefamilie. Unsere ganze Familie war ziemlich am Arsch, wenn Sie den Ausdruck verzeihen.«

Vorsichtig fragte Charlie: »Als diese Podcastleute meinten, Shane habe mit Einbrüchen zu tun, was denken Sie meinten die damit?«

»Ich habe nicht die leiseste Ahnung.«

»Haben Sie jemals Leute getroffen, mit denen er sich herumgetrieben hat?«

»Nein. Hören Sie, wenn er gestohlen hat, dann nicht im großen Stil, er hat einfach nur Schwierigkeiten gehabt, vernünftige Entscheidungen zu treffen. Aber vielleicht kannte er Leute, die anderen etwas antun könnten.« Sie ließ die Schultern kreisen und fügte hinzu: »Die Art Leute, die vielleicht Ihrer Mutter etwas angetan haben. Warum? Keine Ahnung.«

Charlie nickte. Er lächelte traurig. »Sie haben ihn also seit zwanzig Jahren nicht gesehen? Keine Briefe, Anrufe, Weihnachtskarten?«

»Nein. Er ist einfach verschwunden. Vielleicht hat er zu der Zeit gleichzeitig noch krumme Dinger gemacht und hat es mit der Angst bekommen, als die Polizei herumschnüffelte. Er hat sich verdünnisiert.«

»Zwanzig Jahre lang.«

Maeve leerte ihr Glas. »Er wird irgendwo im Norden sein. Andamooka, Lightning Ridge. Vielleicht ist er schon längst Opalmillionär.«

»Hat er auf Ihre Einladung zur Familienfeier geantwortet?«

Sie sah ihn an. »Sie sind ein verdammter Schnüffler, richtig? Haben Sie mich über Facebook gefunden?«

Charlie rutschte herum. »So in etwa. Tut mir leid.«

»Nein«, sagte sie und schüttelte den Kopf. »Nein, er hat nicht geantwortet.«

Eine letzte Frage. »Haben Sie alte Fotos, die ich mir anschauen könnte? Shane mit Freunden oder Familie?«

Wieder dieser Blick. »Wenn ich Sie so loswerde …«

Sie ging hinaus, kehrte mit einem Fotoalbum zurück und setzte sich neben ihn. Das Sofa beschwerte sich leise und kippte ihren Oberschenkel gegen den seinen. »Das sind die einzigen Bilder, die ich habe.«

Ihr Cousin als kleiner Junge; als Teenager; bei der Arbeit. Charlie sah genauer hin. »Das ist das Sägewerk in Hastings. Seine letzte Stelle.«

»Er hatte dort einen Freund, aber den Namen weiß ich nicht.«

17

Hatte Kevin Maberley gelogen, als er sagte, Lambert sei kein Freund gewesen? Vielleicht. Wahrscheinlicher aber war, dass Lambert gelogen hatte, er hätte einen Freund.

Charlie ging zu seinem Auto und fuhr bis in den trügerischen Schatten hoher Eukalyptusbäume am Ende von Maeve Fromes Straße. Zehn Minuten später setzte ihr Hyundai zögerlich rückwärts auf die Straße, fuhr dann bergauf und bog an der Kreuzung nach links ab. Sie mochte hinunter zum örtlichen Woolworth fahren, was wusste denn Charlie, doch der Hyundai bog nach rechts ab und fuhr ein kurzes Stück hügelaufwärts zur Zufahrt auf den Freeway. Das besagte nicht viel: Vielleicht blieb sie darauf bis zum Eastlink und der Stadt, vielleicht bog sie an einer der dazwischenliegenden Ortschaften ab. Mittagessen in Mornington; der Kathmandu-Klamottenladen in Frankston …

Charlie folgte ihr ein paar Kilometer, achtete aber auf Abstand und hatte einen Lieferwagen der Australian Post, einen SUV und einen Kleinlaster mit einem Aufsitzmäher zwischen sich. Die Sonne brannte. Er klappte die Sonnenblende herunter und zog die Sonnenbrille aus der Hemdtasche.

Frome verließ den Freeway bei Mount Martha und fuhr dann zu einem Kreisverkehr, der in der einen Richtung nach Mornington, in der anderen nach Balinoe führte. Sie bog nach rechts in die Balinoe Road. Es wurde schwieriger, ihr zu folgen: einspurig, weniger Fahrzeuge, Geschwindigkeitsbegrenzung, also hielt Charlie an, wartete eine nervtötende halbe Minute, bis ein Wagen vorbeikam, und fuhr dann weiter. Ein paar Minuten vergingen, die Straße schlängelte sich, fuhr in Senken hinein und wieder heraus, bis er schon fast fürchtete, den Hyundai verloren zu haben, doch dann, am Fuß eines Hügels in der Nähe des Sportplatzes Balinoe, flammten Bremslichter auf: Frome bog nach rechts ab in eine Straße, die die nördliche Grenze der Ortschaft bildete.

Der Wagen zwischen ihnen bog ebenfalls ab. Charlie folgte zuversichtlich, bis der Wagen fast am Ende der Straße in eine Einfahrt kurvte und den Blick auf Charlies Skoda freigab. Charlie bremste ab, hielt am Straßenrand und beobachtete den Hyundai zweihundert Meter voraus. Er bog rechts in eine schmale, mit Schlaglöchern übersäte Schotterpiste, die in eine Gegend führte, die Charlie für einen derart wohlhabenden Küstenort immer merkwürdig gefunden hatte. Auf der einen Seite lag eine Geflügelzucht mit einem rostigen Wellblechdach und einer Bruchbude von Schweinefarm, über die die Ortsbewohner buchstäblich die Nase rümpften, wenn der Wind aus Norden kam. Auf der anderen Seite lagen ein stillgelegter Bootsbau und eine Ansammlung von Hütten aus Faserzementplatten, die ein halbherziges Experiment in Gemeinschaftsleben beherbergten: ein paar schmuddelige junge Leute mit Dreadlocks, die runzliges Gemüse anbauten und Wolle spannen, die sie auf den Wochenmärkten verkauften. Hierhin verschlug es nur Ansässige; selbst mitten im Sommer wirkte hier alles kalt, klamm und von der Sonne unberührt.

Charlie hielt am Beginn der Piste und beobachtete, wie Frome beim Bootsbau einbog. Dann verschwand sie zwischen Blechhütten und rostigen Schiffsrümpfen auf Blöcken, also fuhr er die Piste entlang an dem Bootsbau vorbei bis zu der Stelle, wo sie zwischen struppigen Bäumen und einer Weide voller deprimierter Alpakas verschwand. Dort blieb er stehen und griff sich sein Fernglas. Frome hatte neben einem alten Kombi und einem flechtenüberzogenen, von vertrocknetem Gras umgebenen Campingwagen gehalten.

Er konzentrierte sich auf die Nummernschilder, um sicherzugehen: South Australia, und da war auch ein Coober-Pedy-Aufkleber in der Heckscheibe. Während er alles beobachtete, trat ein Mann aus dem Wohnwagen und umarmte Frome kurz. Charlie erkannte ihn: Es handelte sich um den Mann, der mit einem Metalldetektor den Strand von Balinoe Beach abgesucht hatte.

Charlie wendete auf der schmalen Fahrspur in fünf Zügen, fuhr zum Bootsbau und klopfte am Wohnwagen an. Der Mann linste durch einen Spalt, und Charlie lächelte. »Shane?«

Sie schafften die gegenseitigen Beschuldigungen aus dem Weg – Lambert war sauer auf Frome, Frome wütend auf Charlie –, dann wurde er hineingebeten. Die beiden wirkten müde: vom Leben und in Lamberts Fall wohl auch vom ewigen Verstecken.

»Shane, ich versuche seit zwanzig Jahren, Sie zu finden«, sagte Charlie.

»Warum?«

»Ich wollte einfach nur ein paar Antworten.«

Lambert rauchte. Er zog ein letztes Mal an der Zigarette und drückte die Kippe in einem übervollen Aschenbecher aus. »Sie und alle anderen auch. Also hab ich mich verdrückt und bin nach Coober Pedy – da stellt man keine Fragen. Hab den Kopf eingezogen.«

Maeve Frome saß neben ihrem Cousin, der Klapptisch des Campingwagens trennte sie von Charlie. »Und versuchen Sie gar nicht erst, irgendetwas hineinzudeuten«, sagte sie, beugte sich über den Tisch und reckte das Kinn.

Er hob die Hände. »Mach ich nicht.« Dann wandte er sich wieder an Lambert und sagte: »Aber Sie hätten doch gar nicht weggehen müssen – oder sich verstecken. Sie waren doch sauber.«

»Sauber, ja.« Lambert drückte die Augen zusammen. »Wenn irgendetwas Schlimmes passiert, dann ist es für jemanden wie mich einfach sicherer, irgendwo anders zu sein. Die Bullen haben es noch mal bei mir probiert – wie alle anderen auch dachten sie, ich wüsste etwas, hätte etwas gesehen, hätte die falschen Leute gekannt ... Deshalb sind Sie doch hier, nicht?«

Die Zeit war nicht gnädig gewesen mit Lambert. Die unansehnliche Leibesfülle gegen Ende des mittleren Alters; sonnenverbrannte Haut, von der Arbeit geschundene Hände;

Sonnenflecken auf dem kahlen Schädel, fettige Haare bis zu den Schultern. Tränende Augen. Er beugte sich schützend über seinen Aschenbecher, als sei das Leben, das er geführt hatte, eines gewesen, in dem man seine Habe bewachte. Knastgewohnheit. Dabei war der Mann, so die Polizeiunterlagen, seit dem Tag von Rose Deravins Verschwinden nicht ein einziges Mal verhaftet worden.

Lambert zündete sich erneut eine Zigarette an, und Frome tat es ihm nach. Die von der auf das dünne Blechdach des Campingwagens brennenden Mittagssonne überhitzte Luft wurde noch dicker.

»Warum sind Sie zurückgekommen?«

»Ich bin zu alt für allzu körperliche Arbeit. Das hier ist eher ein Hausmeisterjob.«

Auf einem stillgelegten Bootsbau. Frome sah Charlies Zweifel und sagte: »Der Besitzer ist ein Freund von mir. Der Platz sieht nach nichts Besonderem aus, aber es gibt alle möglichen Gerätschaften und Zeug in den Schuppen, und Shane behält alles im Auge.«

»Mietfrei«, sagte Lambert.

Charlie nickte. »Und Sie suchen am Strand ein wenig nach Metall? Ich habe Sie neulich gesehen. Ich habe Sie gar nicht erkannt.«

»Ich Sie aber«, erwiderte Lambert. »Ich dachte schon, Mist, jetzt hat er mich. Bier?«

Charlie blinzelte. »Gern.«

Lambert rutschte von der Bank und erhob sich steif, Ergebnis harter körperlicher Arbeit. Charlie sah zu, wie er zum Kühlschrank humpelte und sich vorbeugte. Der Metalldetektor lehnte am Schrank. Sonst gab es nicht sehr viel. Alles war sauber und ordentlich, aber der Raum bestand aus verblichenen Kunststoffoberflächen und aufgequollenen Holzfaserplatten. Die Hoffnungslosigkeit aus Armut und schlechtem Gesundheitszustand, dachte er, ein Leben in der Warteschleife.

Lambert kehrte mit drei Dosen Foster's zurück. Sie öffneten sie und tranken.

»Ich bleibe nicht allzu lang, möchte Sie nicht belästigen, aber wenn ich Ihnen nur ein paar Fragen stellen könnte ...«

»Tun Sie sich keinen Zwang an«, sagte Lambert und zuckte mit den Schultern.

Doch Maeve ging dazwischen. Sie warf ihrem Cousin einen Blick zu, so als würde sie abschätzen, ob er in der Lage sei, auf sich selbst aufzupassen, und meinte dann zu Charlie: »Shane ist damals stundenlang verhört worden. Als ich zur Polizei fuhr, um ihn nach der Nacht in der Arrestzelle abzuholen, tauchten Detectives aus Frankston auf. Ich habe faktisch den ganzen Tag gewartet.«

»Erzählen Sie mir von der Verhaftung«, sagte Charlie. Frome antwortete an Lamberts Stelle. »Er hat keiner Fliege etwas zuleide getan. Er hat sich betrunken und sich mit einem Bullen angelegt, deshalb haben die ihn eingebuchtet.«

Lambert lächelte sie an und tätschelte ihre Hand. »Schon okay, ich kann für mich selber sprechen.«

Er wendete sich Charlie zu. »Ich trage Ihnen nicht nach, dass Ihr Bruder und Sie mich aufgefordert haben, das Haus Ihrer Mutter zu verlassen, okay?«

Charlie nickte.

»Ich war nicht gerade der beste Mieter«, sagte Lambert. »Und es war nett, dass Sie mir das Motel bezahlt haben. Wissen Sie, ich steckte damals ziemlich im Schlamassel, Alkohol und was nicht noch. Außerdem konnte ich eh nicht mehr im Sägewerk arbeiten, ich war die halbe Zeit stoned. Einmal hätte ich mir fast die Hand abgesägt. Also hab ich gekündigt. Ich hab dann eine Weile bei anderen gepennt, dann bin ich nach Dromana, um Maeve zu fragen, ob sie mich aufnimmt.«

Er warf ihr einen entschuldigenden Blick zu. »Sie war nicht da, aber die Kinder schon. Troy, der Älteste, hat mir die Tür vor der Nase zugeworfen, also bin ich ins Pub und hab getrunken, und der Rest, na ja ...«

Charlie ließ ihn reden. Das war alles recht aufschlussreich, aber er wusste, in Kürze würde er nicht mehr willkommen sein. Maeve Frome beschützte ihren Cousin offenkundig. Sie hatte den Podcast-Zwillingen etwas vorgelogen, sie hatte Charlie angelogen, und Charlie nahm an, dass sie ihn bitten würde, zum Ende zu kommen, wenn sie ihr Bier ausgetrunken hatte.

»Bevor ich wieder verschwinde«, sagte er, »darf ich nach den letzten Tagen und Wochen fragen, die Sie bei meiner Mutter gewohnt haben?«

»Klar. Aber ich wüsste nicht, was ich Ihnen da groß erzählen kann.«

»Hat sie sich mit jemandem getroffen?«

»Einen Freund, meinen Sie?«

»Ja. Oder sonst eine Person, mit der sie Zeit verbracht hat.«

Schulterzucken. »Sie und ich sind uns ziemlich aus dem Weg gegangen.«

»Egal wer, Mann oder Frau, Freund oder sonst was. Irgendjemand, mit dem sie telefoniert hat.«

»Ich hab da nicht so lange gewohnt. Ich hab das Zimmer gemietet ... wann? Ein, zwei Wochen vor Weihnachten? Sie ist zu ein paar Schultreffen ins Pub gegangen, glaub ich.«

»Hat sie Ihnen das gesagt?«

»Nur so nebenbei.«

»Welches Pub?«

»Keine Ahnung.«

»Hat sie jemand daheim besucht?«

Lambert wurde zurückhaltend. »Ein paar Schulkollegen.«

»Erinnern Sie sich an die Namen?«

»Sharon ... nein, Karen Soundso. Einmal auch ein Mann, nach Weihnachten.«

»Ein Mann.«

»He, keine Ahnung. Das war ihre Sache, und das ist ja auch schon verdammt lang her.«

»Aber ein Mann.«

»Ja, hab ich doch gesagt.« Jetzt war Lambert gereizt. »Ein Lehrer, glaub ich. Ich glaube, Sie wollte ihn nicht im Haus haben.«

»Okay. Sie meinten, Sie hätten danach eine Weile bei ein paar Kumpeln gepennt.«

Die wässrigen Augen wurden ausdruckslos, und Charlie erkannte den Lambert von vor zwanzig Jahren: die kraftvolle Lässigkeit, der unbeeindruckte Mann, der auf der Straße steht und die beiden Deravins anstarrt. »Hören Sie«, sagte er. »Ich weiß, worauf Sie hinauswollen. Ich bin in einer Pflegefamilie groß geworden. Ich stehe niemandem nahe. Hab nie mit jemandem rumgehangen, der so etwas tun würde, was Sie gerade denken.«

Maeve Frome setzte ihre leere Bierdose mit einem scharfen metallischen Schlag ab, der besagte, dass das Gespräch beendet war.

18

Als Charlie nach Hause kam, trat er gegen eine Steineinfassung, um das Gefühl der Nutzlosigkeit zu verscheuchen, dann gegen ein Büschel Unkraut, und dann beschloss er, die Seitenhecke zu stutzen. Das befriedigende Schnappen der Scherenblätter, die Ranken, die zu Boden fielen.

Mrs Ehrlich beugte sich herüber und meinte: »Ich wusste gar nicht, dass Sie einen grünen Daumen haben.«

Charlie schaute durch die Hecke zu ihr hinüber. »Hab ich nicht. Mein Ansatz lautet strikt: Roden und verbrennen.« Er schwieg kurz. »Meine Mutter war die Gärtnerin.«

»Das stimmt«, meinte Mrs Ehrlich. »Ach übrigens, Charlie, wenn Sie so auf Roden und Verbrennen stehen, die Gruppe, die sich um den Erhalt des Küstenvorlands kümmert, hat am Sonntag einen Arbeitseinsatz.«

Anna wollte am Samstag kommen. »Ich bin wahrscheinlich beschäftigt.«

»Sie kann ja mithelfen«, sagte Mrs Ehrlich, die Hellseherin.

Am späten Sonntagvormittag konnte man Charlie und Anna zusammen mit einem Dutzend Freiwilliger auf der Klippe mit Meeresblick antreffen, wie sie heimische Gräser pflanzten und Unkraut jäteten. Unkraut: was für ein Witz. Wie Mrs Ehrlich erklärte, schufteten sie unter einer Kieferngruppe, dem größten und hartnäckigsten Unkraut auf der Peninsula.

Charlie setzte seine Pflanzschaufel am Fuß eines prächtig wachsenden Grasbüschels an und zögerte. »Das hier?«

»Charlie, Charlie, Charlie«, meinte Mrs Ehrlich. »Unkraut. Das kann weg.«

Anna, die auf der anderen Seite von Mrs Ehrlich stand, grinste ihn an. Mit gespielter Lässigkeit grub er das Unkraut aus, schüttelte die Erde von den Wurzeln, warf es auf die Schubkarre, beugte sich wieder vor, grub im sanften, gefilterten Licht wieder etwas aus und hielt dabei Ausschau nach Schlangen. Hier oben an der Klippe hatte er noch nie eine gesehen, ein paar von den anderen Helfern aber schon. Der Rücken tat ihm weh. Er wollte hinaus aufs Wasser, er wollte in Annas Armen liegen, und im ersten Augenblick fiel ihm nicht auf, dass Mrs Ehrlich etwas über einen ganzen Konvoi an Polizeifahrzeugen gesagt hatte.

Er schreckte auf. »Wie bitte?«

»Mindestens ein Dutzend«, sagte sie. »Eins nach dem anderen.«

»Durch Balinoe?«

»Ja.«

»Wann?«

Sie sah ihn merkwürdig an: nicht tagträumen, Charles. »Am Vormittag. Ich war gerade einkaufen, dann bin ich hierhergekommen.«

»Haben Sie gesehen, wohin sie wollten?«

»Nein. Ich wollte auf den Parkplatz vom Ritchies abbiegen und musste beim Zahnarzt in die Einfahrt, um sie durchzulassen.«

»Sirenen?«

Mrs Ehrlich schüttelte den Kopf und wischte sich mit dem Handrücken eine feuchte Haarsträhne beiseite. Es drohte ein heißer Tag zu werden. Ihre knochigen Knie bildeten schmutziggraue Scheiben unter ihren ausgebeulten Khakishorts. »Nicht nur Streifenwagen. Auf zwei Fahrzeugen stand Spurensicherung.«

Meth-Küche? Charlie richtete sich auf, um seinen Rücken zu entlasten. Er sah durch die Büsche und Bäume, wie sich draußen die Wellen brachen. Beste Surfbedingungen, sagte seine Handy-App. Beste Liebesbedingungen. Er sah zu Anna hinüber, die effizient und mühelos Unkraut jätete.

Er zeigte auf eine Pflanze. »Was ist mit der da, Mrs Ehrlich?«

»Heimisch, Charles, die dürfen Sie beruhigt im Boden lassen.« Dann wies er auf eine winzige Brombeerranke. »Und die da?«
Sie warf ihm einen Blick zu, den auch seine Tochter öfter verwendete: Er war nicht so lustig, wie er dachte.

Gegen Mittag beendeten sie ihre Arbeit, gingen nach Hause und aßen im Schatten zu Mittag. Dann schlug Charlie vor, schwimmen zu gehen.

»Hört sich gut an«, sagte Anna.

»Ich schau mal nach den Gezeiten.« Charlie wischte über sein Handy.

Gut: Die Flut hatte fast ihren Höhepunkt erreicht. Er kontrollierte seine Mails. Es gab nur eine neue, von der Polizeigenossenschaftsbank. Dann der Newsfeed.

Bei Ausgrabungsarbeiten an einer Adresse in Swanage war ein menschliches Skelett gefunden worden.

19

Die Polizeikolonne.

Charlies erster Gedanke: Mum. Die Überreste bestanden nur noch aus Knochen, aber wenn die Zähne noch intakt waren und man aus den Knochen noch DNA gewinnen konnte ...

Sag Dad und Fay Bescheid, dachte er. Sag Liam Bescheid.

Charlie war ganz verkrampft. Er wusste nicht genug. Er wusste nicht, was er als Nächstes zu tun hatte. Und es gab keinen Grund anzunehmen, dass es sich um seine Mutter handelte, wo doch ihr Wagen in Tooradin stehen gelassen worden war.

Anna unterbrach seine Gedanken. »Charlie?«

Er blickte auf, und seine Gedanken rasten noch immer. Irgendetwas an seinem Gesicht machte ihr Angst. Sie streckte die Hand nach ihm aus und zog sie plötzlich fluchend zurück. »Ein Splitter!«

Er sah zu, wie sie mit den Fingernägeln der anderen Hand an dem Daumen zupfte und grub und in den Daumen biss. In diesem Augenblick war sie ihm eine Fremde, ganz weit weg.

»Charlie!«, sagte sie. »Aufhören! Du machst mir Angst.«

Charlie schüttelte sich. »Tut mir leid. Hast du ihn raus?«

Sie betrachtete ihren Daumen. »Alles in Ordnung. Was ist los?«

Charlie reichte ihr sein Handy. »Ich glaube, sie haben meine Mutter gefunden.«

»Lebend?«, fragte sie und tippte auf das Handy, um es zu wecken. »Tut mir leid, dumme Frage.«

Sie drückte die Augen zusammen, wischte über das Handy und sagte: »Zitat: ›Zum Tatort erklärt.‹«

Das ergibt Sinn, dachte Charlie. Eine verbuddelte Leiche ist an sich schon verdächtig. Und vielleicht gab es auch verdächtige

Verletzungen: Zungenbeinbruch, eingeschlagener Schädel, Spuren von Messerstichen oder Kugeln.

Er spürte, wie Annas Hand in die seine glitt. Die Welt erwachte wieder: Klänge und Gerüche des Meeres; Vögel; die Sonnenflecken auf dem Tisch und Alby, der mal wieder an seinem Pick-up herumbastelte. Das waren die Geräusche in Charlies Leben, während er über den Tod nachdachte. Erst musste die Leiche identifiziert werden. Es würde eine Autopsie geben, um mögliche Todesursache und Todeszeitpunkt festzustellen. Dann eine Durchsicht der Grundbucheinträge und der Akten zu vermissten Personen. Danach Abklappern der Nachbarschaft.

»Erde an Charlie, du bist schon wieder weit weg.«

Er blinzelte. »Tut mir leid.«

Dann bemerkte er, wie Anna ihm die Knöchel mit dem Daumen rieb. Er sah wieder auf das Handy. Diesmal gab es ein Video.

Die Straße seiner Mutter.

Er schaute noch einmal hin. Die Kamera schwenkte: ein Straßenschild – *Longstaff St* – und die Straße von Swanage, dann die Spitze des Wasserturms hinter den Kiefern, bevor sie zurückschwenkte auf eine Reihe von Streifenwagen, die Kühler an Kühler die Zufahrt zu der Straße versperrten. Schließlich eine Totale von der Straße – das Haus seiner Mutter in der Mitte.

Die Hauptaktivitäten fanden allerdings am Ende der Straße statt. Auf dem Grundstück mit der verwaisten Bodenplatte. Spurensicherung, Streifenwagen und Zivilfahrzeuge. Gestalten in Uniform und Zivil, die herumstanden und zuschauten; andere in Overalls, die ein aufgeschlagenes Zelt betraten und mit Beweisbeuteln in Händen verließen.

»Charlie?«

Er legte das Handy auf den Tisch, drehte es auf den Rücken und tippte darauf. »Das ist die Straße, in der meine Mutter gewohnt hat, bevor sie verschwand.«

»Ach, Charlie.« Sie schaute ins Handy. »Sind die bei einem unbebauten Grundstück?«

Während sie das sagte, wechselten sie beunruhigte Blicke, überkam sie eine gemeinsame Bangnis, die die Worte »unbebautes Grundstück« weiter anwachsen ließen. Sie bemerkte, wie er schlucken musste, und griff wieder nach seiner Hand. »Kannst du jemanden anrufen und noch mehr herausfinden?«

»Ich glaube nicht. Ich war in der Abteilung Sexualdelikte – meine damalige Chefin Sergeant Mead dürfte nicht darüber informiert sein. Und auf den örtlichen Polizeirevieren kenne ich niemanden.«

»Aber du warst doch eine Weile bei der Mordkommission.«

»Ist schon Jahre her. Alles ändert sich. Die Leute ziehen weiter.«

»Charlie, warum fährst du nicht dorthin?«

»Zu Mums Straße?«

Anna blieb fest. »Könnte nicht schaden. Vielleicht triffst du jemanden, der dir Antworten geben kann. Willst du es denn nicht herausfinden?«

»Natürlich, aber ich weiß, wie das läuft, man wird mir sagen, ich solle zurücktreten oder weitergehen. Wenn es sich um Mum handelt, werde ich das schon früh genug erfahren.«

»Und was, wenn es Tage dauert, bis sie dir Bescheid geben? Und wenn es nicht ihre Leiche ist? Es könnte ein Mann sein. Sie könnte seit hundert Jahren dort liegen, oder, oder … fünf. Und was, wenn dir niemand etwas erzählt und du einfach abwarten musst? Geh hin, such dir jemand Zuständigen, sag, wer du bist und warum du einen legitimen Grund hast, dort zu sein. Ich komme mit.«

Charlie war schon fast überredet. »Ich weiß, wie Polizisten denken. Ich versuche mich in die Ermittlungen einzumischen, also bin ich verdächtig.«

»Du hast das perfekte Alibi. Hast du mir nicht erzählt, du hast nach einem vermissten Kind gefahndet, als sie verschwunden ist? Du bist ihr Sohn, um alles in der Welt, die können dich doch nicht einfach abwimmeln.«

Charlie war gerührt. Es war schon eine Weile her, seit sich jemand um ihn gesorgt oder ihn gar unterstützt hatte. Er warf noch einen Blick auf das Handy. »Ich bezweifle, dass sie uns hereinlassen werden. Die Straße ist gesperrt. Sie werden keine Fahrzeuge in ihre Nähe lassen.«

»Dann fahr mit dem Fahrrad.«

Wieder nahm sie seine Hand. Noch kannten sie sich nicht so gut, und doch war sie seinetwegen emotional aufgewühlt. Was sagte es über ihn, dass er das nicht einfach so annehmen konnte? War der alte abgebrühte Charlie wirklich so eine tolle Sache? »Okay.«

Ihr Gesichtsausdruck milderte sich, ihre Finger bewegten sich in seiner Hand. »Nimmst du mich auf der Stange mit?«

Er grinste sie an. »Keine gute Idee. Du nimmst Emmas altes Rad.«

»Das beanspruchte Muskeln, von denen ich nicht mal wusste, dass ich sie hatte«, würde Anna später sagen.

Sie schnaufte neben Charlie den Abschnitt der Balinoe Beach Road zwischen dem Gemischtwarenladen und der Kreuzung mit der Frankston-Flinders Road entlang, wo sie auf die Straße nach Swanage abbiegen würden. Er brummte; er war mit anderem beschäftigt.

Ein kleiner Audi überholte sie mit einem sauberen Schlenker, gefolgt von einem klobigen Land Cruiser, der sich vorbeimühte und die stinkende Qualmwolke eines alternden Motors hinter sich herzog. Der Klang verhallte, und Anna sagte: »Hintern wund, alles wund.«

Charlie kümmerte sich nicht um sie, wartete oben auf eine Lücke im Verkehr und schoss hinüber zum Radweg. Er hielt an, drehte sich um und sah, wie sie aufholte. Dann rief er sich zur Ordnung. Nachdem er sich entschlossen hatte, die Longstaff Street aufzusuchen, war er ganz ungeduldig und benahm sich wie ein Blödmann.

»Tut mir leid.«

Sie berührte ihn am Ärmel.« »Nicht so schnell, okay?«

»Okay.«

Doch ein paar Minuten später strampelten seine Beine schon wieder, während er die Route zur Longstaff Street plante. Wir sollten von Westernport aus hin, dachte er, nicht durch den Ort. Er fuhr durch Farmland zu beiden Seiten weiter, bis er zu dem Kreisverkehr unterhalb des Wasserturms kam. Dort blieb er stehen, stellte einen Fuß auf dem Boden ab und schaute zurück. Anna mühte sich tapfer ein paar hundert Meter hinter ihm ab. Er wartete. Mit einer Mischung aus verletztem Stolz, Wut und Mitgefühl im Gesicht kam sie heran.

Er streckte die Hand nach ihrem verschwitzten Nacken aus. »Tut mir leid.«

Sie schüttelte die Hand ab. »Darf ich was sagen? Wenn du so aufgedreht dort auftauchst, wirst du die Leute nur verärgern. Sei höflich. Warte ab, schau dich um, bis du weißt, an wen du dich wenden kannst.«

Er holte Luft. »Du hast recht.«

Wieder berührte er sie am Nacken, sie drehte den Kopf, gab seinem Handrücken einen Kuss und sagte: »Ich bin durchgeschwitzt.«

Charlie beugte sich vor und löste die Wasserflasche vom Rad. »Hier.« Er schaute zu, wie sie einen Schluck trank. »Gut?«

»Besser.«

Er hängte die Flasche wieder ein, wischte sich den Schweiß von den Brauen und wies auf den Kreisverkehr hundert Meter vor ihnen. »Da biegen wir ab. Es ist nicht mehr weit, nur noch über die Anhöhe.«

Dann allerdings blockierte ein Streifenwagen die Straße nach Swanage, und ein Uniformierter leitete den Verkehr um den Kreisverkehr herum wieder hinaus. Die meisten Wagen fuhren einfach weiter, doch einige hatten auf den Seitenstreifen der Zugangsstraßen angehalten. Ein tiefer gelegter, aufgemotzter Wagen, aus dem hämmernder Bass dröhnte, ein Kombi, der stinkende Land Cruiser von vorhin, ein Minibus.

Wenn sie die Zufahrt von hier aus abgesperrt haben, dann auch von der anderen Seite, nahm Charlie an.

In diesem Augenblick ertönten ein Ruf und eine Trillerpfeife. Ein kleiner SUV mit der Aufschrift Peninsula FM hatte an der Straßensperre angehalten, der Fahrer gestikulierte, der Polizist schüttelte den Kopf. »Die beste Gelegenheit«, sagte Anna grinsend und fuhr schnell den Radweg entlang.

Charlie raste ihr hinterher zum Kreisverkehr, dann den Hang hinauf zur anderen Seite von Swanage, gefolgt von Rufen und dem schrillen Pfiff einer Polizeitrillerpfeife. Oben angekommen, stiegen sie ab und schoben die Räder das kurze Stück zum Anfang der Longstaff Street.

Die Straße war gesteckt voll mit Übertragungswagen, Kameras, Reportern, Anwohnern und Polizisten. Charlie lehnte sein Rad an eine Hecke, nahm den Helm ab und trank einen Schluck Wasser, Anna schloss sich ihm an. Das brachte ihnen den kalten Blick einer Frau neben ihnen ein: *Morbide Gaffer.*

Vielleicht ist es auch der Schweißgeruch, dachte Charlie. Er lächelte sie an. »Haben die schon irgendetwas gesagt?«

Sie wirkte angewidert – doch sie unterdrückte das und murmelte: »Nein.«

»Irgendwelche Theorien?«

Sie wich zurück. »Sie wissen genauso viel wie ich.«

»Ist ja eine furchtbare Sache. Wohnen Sie hier?«

Leicht besänftigt, streckte die Frau eine Hand aus. »Eine Straße weiter.«

Die drei standen mit den anderen Schaulustigen da; die Zeit verging. Charlie versuchte sich zurechtzulegen, wie er an dem halben Dutzend Constables vorbeikommen könnte, die eine Absperrkette vor der Zufahrt zur Straße bildeten. Dann kam Bewegung in die Sache: ein schwarzer, für Verfolgungsjagden vorgesehener BMW der Polizei fuhr heran, gefolgt von einem zivilen Passat. Kameras schwenkten erwartungsvoll herum, Mikrofone wurden gereckt. Ein paar Minuten passierte nichts, bis der BMW wieder davonfuhr, der Passat näher an den Straßenrand rollte und mit den Rädern der Beifahrerseite auf dem Gehweg hielt. Zwei Frauen stiegen aus, eine jung und untersetzt, die andere schlank, mittleren Alters, mit roten, leicht ergrauenden Haaren.

Charlie schaute zu, wie sie sich in die Anwesenheitsliste eintrugen und die Longstaff Street entlang zum Tatort gehen wollten, als plötzlich etwas seine Aufmerksamkeit weckte, eine Kopfbewegung. Er kannte die ältere Polizistin. Nur dass sie damals Uniform getragen hatte ... Beckman? Bekker. Sie hatte die Suche nach Billy Saul geleitet.

Eine kleine Welt, diese Polizei. Letztes Jahr hatte er im Fall einer Vergewaltigung in Shepparton ermittelt, gemeinsam mit einem uniformierten Sergeant, mit dem er auf der Akademie zum Detective gewesen war und der zurück in die Uniform gewechselt hatte. Doch jetzt lief er los und rief: »*Ms Bekker.*«

Sie drehte sich um und zeigte keinerlei Reaktion.

Die Jüngere wirbelte herum und stellte sich ihm mit einer erhobenen Hand in den Weg, während sie mit der anderen nach den in der Nähe befindlichen Uniformierten winkte. Sie baute sich vor Charlie auf und brüllte: »Sofort stehen bleiben. Wer zum Henker sind Sie? Was wollen Sie?«

»Ich muss mit Senior Constable Bekker sprechen.«

»Für Sie Senior *Sergeant* Bekker.«

»Ich muss mit ihr sprechen.«

Bekkers Partnerin mit ihren harten Gesichtszügen ging nicht darauf ein. Auf ihr Nicken hin bauten sich zwei Uniformierte zu beiden Seiten von Charlie auf und packten ihn an den Oberarmen. Jemand sagte ihm ins Ohr: »Sir, ich muss Sie bitten, mitzukommen.«

Charlie sah an der untersetzten Beamtin vorbei zu Bekker und rief: »Ich bin Charlie Deravin. Ist das meine Mutter?«

Bekker verzog keine Miene. Dann nickte sie; sie wusste, worum es ging. Mit einem Seufzer verließ sie die Absperrkette und gesellte sich zu ihrer Kollegin.

Sie war eine müde wirkende Frau mit wachen Augen. »Was machen Sie hier, Mr Deravin?«

»Ist das meine Mutter?«

Bekker sah ihn sehr lange an und nickte dann den Uniformierten zu. »Lassen Sie ihn los.«

»Ist das meine Mutter?«

»Es handelt sich nicht um Ihre Mutter.«

Charlie hätte beinah protestiert. Aber das wäre ja dumm gewesen. Er sackte in sich zusammen. »Sind Sie sicher?«

»Ja.«

Sie drehte sich um und wollte gehen. Charlie, der unbedingt wollte, dass sie blieb, plapperte drauflos: »Sind Sie immer noch in Rosebud stationiert?«

»Ich bin bei der Mordkommission, Mr Deravin. Ich verstehe ja Ihre Sorge, verstehe die Schlussfolgerung, die Sie gezogen haben, aber ich muss Sie bitten zu gehen. Gehen Sie nach Hause. Wir haben menschliche Überreste gefunden, aber sie gehören nicht zu Ihrer Mutter.«

Hände lenkten Charlie beiseite und halfen sanft nach. Er stolperte auf Anna zu. Sie nahm ihn in Empfang. Die Umstehenden beobachteten neugierig, hungrig.

»Wir verschwinden.«

»Ist sie es?«

»Nein.«

Sie nahm ihn in die Arme. Bluse, Schläfen und Gesicht waren klamm, aber das war ihm egal. Ihre Kraft stärkte ihn.

Sie stiegen auf ihre Räder und fuhren zum Kreisverkehr zurück; dort bogen sie nach Balinoe links ab. Noch immer trafen Fahrzeuge ein, und noch immer wies der Verkehrspolizist sie ab. Nun standen weitere Fahrzeuge am Straßenrand. Sie fuhren an ihnen vorbei, Anna vorweg, und Charlie sah, wie sie am Graben langsamer fuhr und schlingerte – auf dem Pfad kam ihnen ein anderer Radfahrer entgegengeschossen. Er sah aus wie … ja, es handelte sich um Mark Valente.

Charlie bremste, rollte auf Anna zu, als er hinter sich einen klapprigen Motor starten hörte und nichts weiter wahrnahm, bis etwas Festes, Unausweichliches ihn am Hinterrad traf und ihn kopfüber zu Boden warf.

20

Ein Facharzt war gerade mitten in einem Satz, als Charlie die Augen aufschlug.

»Wo bin ich?«

Wie Fachärzte überall mochte es auch dieser, ein älterer Mann, der seine Visite mit einem Schweif von jungen Leuten in weißen Kitteln machte, nicht, unterbrochen zu werden. Er schaute auf die Uhr. »Frankston.«

Aber sicher nicht Frankston Private Hospital, dachte Charlie. Dieses Krankenhaus hier war ein sich tapfer abmühender, lärmender Ort, der an Geldmangel litt, und er lag in einem Bett, das durch Vorhänge von anderen Betten getrennt war, von anderen armen Seelen, die ihre Behandlung vor sich hatten oder sich davon erholten, und von – Schmerz. Akutem Schmerz. Nicht schädeltief oder hirntief – aber er bohrte fest hinter dem linken Auge. Charlie führte eine Hand dorthin, doch das beanspruchte Regionen seines Oberkörpers, die gerade in Ruhe gelassen werden wollten. Er ließ sich wieder in das Kissen sinken, drückte beide Augen zusammen, streckte die Wirbelsäule gerade und wagte keine weitere Bewegung. »War ich lange ohnmächtig?«

Wieder eine Frage. Mit erlesener Verachtung antwortete der Facharzt: »Anscheinend haben Sie im Rettungswagen für eine kurze Zeit das Bewusstsein wiedererlangt. Erinnern Sie sich daran?«

»Nein.«

»Abgesehen von einem bösen Schlag gegen den Kopf haben Sie sich den Knöchel verdreht.«

Charlie hatte keine Ahnung, wovon der Mann sprach. »Knöchel?«

Ein neues Gesicht tauchte auf; die Frau hatte die ganze Zeit am Kopfende seines Betts gestanden. »Er hatte sich am Pedal verfangen.«

Pedal – Fahrrad.

Charlie schaute sie dankbar an. Suzi, stand auf dem Namensschild. Tattoos, halb abrasierte, neonpinkfarbene Haare, Piercings und ein süßes Lächeln.

Charlie wendete sich wieder an den Facharzt. »Aber ich hatte doch einen Helm auf.«

Der alte Patrizier schob erneut seinen Ärmel beiseite, sah auf die Uhr und sagte: »Nicht alle Fahrradhelme bieten ausreichend Schutz vor transversalen oder lateralen Konkussionen.«

Er wartete den Bruchteil einer Sekunde, um das sacken zu lassen. »Ruhen Sie sich aus. Sie werden über Nacht wegen einer möglichen Gehirnerschütterung überwacht werden, und wenn alles gut geht, können Sie morgen früh nach Hause gehen.«

Charlie wollte Bedenken vorbringen, doch schon stürmten alle hinaus und ließen ihn mit Suzi allein, die ihn durch Flure hinweg in ein Privatzimmer schob. Privat. Würde seine Versicherung dafür aufkommen? Sie machte es ihm bequem und wieselte durchs Zimmer: Wasserkaraffe, Krankenblatt, Jalousie. Draußen war es noch hell, aber eher von der langen, tief hängenden Art: später Nachmittag. Er hatte wohl ein paar Stunden seines Lebens verloren.

Plötzlich kam ihm bei all dem Schmerz Anna in den Sinn. Mit krächzender Stimme sagte er: »Ich war mit … Hat jemand …«

Ganze Sätze waren anstrengend, Satzfetzen auch. Gedankenfetzen. Er versuchte es noch mal. »Ich war mit einer Freundin unterwegs.«

Suzi sah ihn mitfühlend und bedauernd an. »Tut mir leid, ich weiß nichts über die Umstände, nur, dass Sie vom Fahrrad gestoßen wurden. Aber Sie haben eine Besucherin. Lassen Sie mich nur schnell …«

Eine Minute später eilte sie hinaus. Und Charlie dachte: Anna, aber dann kam Emma herein, sagte: »Daddy!«, und er dachte: Wie konnte ich nur vergessen, dass ich eine Tochter habe?

»Vorsichtig«, sagte er unter Lächeln und Schmerzen, als sie sich auf ihn warf.

Sie fuhr zurück, ihr erschrockenes Gesicht wurde von sonnenblondierten Haaren umkränzt. »Tut mir leid!«

»Schon gut. Mir gehts gut. Setz dich.«

Emma, dünn, langbeinig, sommerleicht, beäugte die Bettkante und verwarf sie, dann fiel ihr Blick auf den einzigen Stuhl, der unter dem Fernseher an der Wand stand, dieselbe Nichtfarbe wie das Zimmer hatte und mit demselben Nichtstoff bezogen war wie der Fußboden. Sie holte ihn aus seinem Winkel und setzte sich neben Charlies Nachttisch. »Ich hab mir solche Sorgen gemacht.«

»Woher weißt du, dass ich hier bin?«

»Von Mark. Mr Valente. Er hat Mum angerufen, sie hat mich angerufen.«

Jess machte gerade Urlaub auf Norfolk Island. Charlie stellte sich im Geiste vor, wie die Anrufe um die Welt und übers Meer geschwirrt waren. »Und wie bist du hierhergekommen?«

»Mit dem Zug. Mark hat mich am Bahnhof abgeholt.«

Charlie tätschelte ihr die Hand. »Ich bin froh, dass du hier bist, aber mir geht es wirklich gut.«

»Sei doch nicht so ein Blödmann. Du musst nicht auf Märtyrer machen.«

Sie ist wie ihre Mutter, dachte er. »Ist Mark noch hier?«

Sie nickte. »Treibt sich irgendwo herum.«

Es belastete Charlies Nacken sehr, vom Kissen aus zu seiner Tochter hinaufzuschauen. Er drückte sich nach hinten hoch, stützte sich an der Matratze ab, und die Welt drehte sich. »Oha.«

»Ich helfe dir«, sagte sie.

»Ich war mit einer Freundin auf dem Fahrrad unterwegs«, sagte er.

»Ich weiß. Mark hat es mir erzählt.«

»Geht es ihr gut? Mir hat keiner was gesagt.«

»Mark meinte, ihr Bein sei ziemlich verletzt. Sie haben sie ins Austin Hospital gebracht.«

Charlie schloss die Augen.

»Ist das die, mit der du dich triffst? Anna?«

»Ja«, krächzte Charlie.

»Ich hoffe, es geht ihr gut.«

»Das hoffe ich auch.«

»Ich habe Onkel Liam Bescheid gegeben, aber ich weiß nicht, ob ich Grandpa und Fay Bescheid geben soll, sie machen sich sonst nur Sorgen.«

»Ja, sag ihnen nichts, ich komme morgen früh eh nach Hause. Irgendwie.«

»Schon organisiert. Mark fährt mich zu deinem Haus, ich übernachte dort und komme morgen mit deinem Auto her.«

»Meine Güte – und das alles vor Mittag.«

»Der Witz wird langsam alt, Dad.«

Durch die Tür hinter ihr drang eine Polizistenstimme. »Mr Deravin? Ein paar Fragen, wenn das möglich wäre.«

21

Zivilbeamte. Ein Mann und eine Frau am ausgelutschten Ende eines langen Arbeitstages. Emma verabschiedete sich, die beiden kamen mit ausdruckslosen Gesichtern herein, um ihren Job zu erledigen. Sie stellten sich als Beamte der Unfallaufnahme vor, Senior Constable Grieve und Constable Ransome.

»Unfall? Es handelt sich um versuchten Mord.«

Grieve ließ sich Zeit. Sie wirkte jünger und smarter als Ransome, nahm sich Emmas Stuhl und zog ihn ein Stück vom Bett weg. Ransome lehnte sich an den Türpfosten und schien wegzudösen. Er musste mehrmals gähnen, zeigte dabei zu viele Zähne und schauderte dabei jedes Mal leicht; er blinzelte und musste wieder gähnen.

Charlie ebenfalls. »Ich sagte, es handelt sich um versuchten Mord.«

Ransome rührte sich. »Wir haben Sie schon verstanden.«

Ach, so läuft das also ab?, dachte Charlie. Ich muss beide im Auge behalten? Er konzentrierte sich auf Grieve. »Es war kein Unfall.«

»Kommen wir zum Kern der Sache«, meinte Grieve. »An was können Sie sich erinnern?«

»Hören Sie, bevor wir weitermachen, ich bin erst seit Kurzem bei Bewusstsein, und keiner hat mir bisher gesagt, was los ist. Ich weiß nur, dass ich umgefahren worden bin und vielleicht eine Gehirnerschütterung habe. Aber ich war mit einer Freundin unterwegs, und ich muss wissen, wie es ihr geht. Und keine Verarsche.«

Grieve zog den Stuhl näher heran. Zu nah. Charlie wich über das Kissen zurück, und sein Kopf beschwerte sich.

»Sie ist im Austin Hospital. Nichts Lebensbedrohliches – aber sie hat ein gebrochenes Bein und womöglich einen Rippenbruch.«

»Ich habe mir das also nicht eingebildet, er hat uns beide zusammen umgefahren.«

Grieve legte den Kopf schräg. »Sie haben das gesehen?«

»Nein. Das ist nur mein Eindruck. Ich habe gehört, wie hinter mir ein Fahrzeug startete, alles andere ist verschwommen.«

Grieve kaute auf der Unterlippe herum. »Wir gehen davon aus, dass die vordere Stoßstange Ihr Hinterrad getroffen hat und dann Miss Picard von der Seite am Bein angefahren hat. Nicht mit hohem Tempo, aber schnell genug, um sie beide zu verletzen.«

Langsam kehrten die Erinnerungen zurück. »Da waren noch andere Leute.« Mark Valente unter anderem.

»Wir haben einen Augenzeugen.«

»Und?«

Steif antwortete Grieve: »Diese Person glaubt, dass Sie absichtlich umgefahren worden sind. Können Sie sich das erklären, Mr Deravin?«

»Hat der Augenzeuge den Fahrer gesehen? Haben Sie jemanden verhaftet? Haben Sie das Fahrzeug gefunden?«

»Immer langsam, eine Frage nach der anderen. Was können Sie uns über das Fahrzeug sagen?«

Drüben an der Tür gähnte Ransome wieder vernehmlich. Charlie wäre es am liebsten gewesen, der Kerl wäre einfach nach Hause gegangen. »Sieht so aus, als könnten Sie Fragen stellen, ich aber nicht. Wenn ich mich nicht irre, wurden wir von einem alten Land Cruiser angefahren, schmutzig weiß, mit Kuhfänger.«

»Sie haben ihn gesehen?«

»Ein paarmal.«

»Er hat Sie verfolgt?«

»Legen Sie mir die Worte in den Mund, Senior Constable Grieve?«

»Ich sammle nur die Fakten, Mr Deravin.«

Charlie schob die Kopfschmerzen beiseite, suchte nach passenden, klaren Worten und berichtete Grieve von Anna, dem ersten Prozess gegen Kessler und den Schmierereien an Annas Tür.

Grieve nickte, sagte aber kein Wort. Sie weiß das alles schon, dachte Charlie.

»Es dürfte einer von Kesslers Football-Kumpeln gewesen sein«, sagte er.

Grieve lächelte ihn nichtssagend an. Charlie kannte sich mit diesem Polizistenlächeln aus. Dieses hier war vollgestopft mit internem Wissen, das sie nicht zu teilen gedachte.

»Haben Sie das Fahrzeug gefunden?«

Grieve ging nicht darauf ein. »Was können Sie uns über den Fahrer sagen?«

Charlie konzentrierte sich. Der Schmerz wechselte zu seinem rechten Auge hinüber und hämmerte dort eine Weile. »Ganz ehrlich? Nichts. Konnte ja nicht wissen, dass ich ihn später identifizieren müsste. Jünger, ist mein Haupteindruck.«

Grieve gab Ransome ein Zeichen, der einen Laptop aus der Aktentasche zog und ihr reichte. »Wir möchten Sie bitten, sich folgende Fotos mal anzuschauen.«

Charlie sah sie lange an. Schnelle Arbeit, dachte er. Marks Beschreibung muss sich mit der von Anna gedeckt haben. Vielleicht hatte sie den Fahrer sogar erkannt. »Jetzt schon?«

»Dazu kann ich nichts sagen, Mr Deravin«, meinte Grieve, lud die Daten hoch und sagte die vor allen Eventualitäten schützende Formel auf, die er selbst schon zigmal aufgesagt hatte – bei Vergewaltigungsopfern.

Charlie scrollte durch eine Mischung aus erkennungsdienstlichen Fotos und heimlichen Aufnahmen. Junge, arrogant wirkende Männer, kahl rasiert, Vokuhila, Igelschnitt, Designerschnitt oder ungewaschene Filzmatte.

Darunter Jake Allardyce. Inspector Allardyce' Sohn.

Doch Charlie blieb fair. »Es könnte jeder davon gewesen sein. Ich habe sein Gesicht nicht gesehen. Sollen wir es mit Hypnose probieren?«

»Das wird nicht nötig sein«, meinte Grieve, schob den Stuhl unter den Fernseher, wo der in der Wandfarbe zu verschwinden schien, und trat dann wieder an Charlies Bett. »Hier ist meine Karte. Wenn Ihnen noch etwas einfällt, ganz gleich, wie unbedeutend, rufen Sie mich an. Ich hoffe, es geht Ihnen bald wieder besser.«

Sie ging zur Tür, und Charlie rief: »Warten Sie!«

Grieve runzelte die Stirn. »Ja?«

»Anna, meine Freundin – werden Sie sie beschützen?«

Grieve nickte, so als würde sie die Chancen abwägen. Sie nickte, lächelte durchaus warmherzig und ließ Charlie mit wild rasenden Gedanken zurück.

22

Charlie wartete auf Emma. Sie kehrte nicht zurück. Er döste, wachte wieder auf und entdeckte ein Sandwich in Frischhaltefolie und einen Becher Tee. Er probierte das abgestandene Sandwich, trank den lauwarmen Tee, schob alles beiseite. Anna. Wo war sein Handy? Er schaute im Nachttisch nach. Hausschlüssel, Brieftasche, Handy. Das Glas war kaputt, aber das Handy ging an, reagierte auf sein Tippen und versuchte, Annas Handy zu erreichen.

Es klingelte und klingelte. Eine Art Schrecken legte sich über ihn, bis eine mitgenommene Stimme in letzter Sekunde antwortete. »Hallo? Dies ist das Handy von Anna Picard.«

»Hier spricht Charlie Deravin. Ich bin ein Freund von Anna, wir – «

»Ich weiß, wer Sie sind, Charlie. Ich bin Andrea, Annas Schwester.«

Sie klang völlig neutral. Missbilligung wäre ihm lieber gewesen. Oder die Bestätigung, dass er einen Anteil an der ganzen traurigen Geschichte hatte.

Charlie, der keine Ahnung hatte, welches Ansehen er bei den Picards hatte, stolperte weiter. »Ach, hallo, ich wollte nur wissen, wie es ihr geht. Kann ich vielleicht mit ihr sprechen?«

Sanfter, mit einer Spur von Bedauern, antwortete sie: »Im Augenblick schläft sie, Charlie, aber ich weiß, sie würde gern mit Ihnen reden. Wollen Sie morgen früh noch mal anrufen?«

»Das mache ich.«

Wieder verging etwas Zeit. Emma tauchte immer noch nicht auf. Charlie schnappte sich sein Handy; es hatte gepingt. Eine Reihe von WhatsApp-Fotos von Fay und seinem Vater: Das

Schiff, Hafenmärkte, Berge im Nebel, Rhys beim Karaoke; die Bilder verrutschten und zerbrachen im geborstenen Display.

Er schrieb eine unbestimmte Antwort, dann schickte er seiner Tochter einen Text – *Die Luft ist rein* – und ließ sich bei aufflackernden Schmerzen ins Kissen sinken. Er erkundete sie: immer noch tief, immer noch nicht gewillt, sich auf eine Stelle zu konzentrieren, Warnsignale von den Außenposten. Erst das linke Auge, dann das rechte. Schädelunterseite, Hinterkopf, und dann rasten sie wie ein Ganzkörperzahnschmerz durch seine Seele.

Er blinzelte, wischte sich eine Träne fort und sah, dass er wieder Besuch hatte.

»Charles.«

Charlie schob die Wirbelsäule die Matratze hinauf, lehnte sich ans Kissen, und die Welt kippte seitlich weg. »Senior Sergeant«, krächzte er.

Frances Bekker tat einen weiteren Schritt in das Zimmer, trat dann zur Seite und gab den Blick frei auf ihre taffe kleine Partnerin. »Charlie, das hier ist Detective Senior Constable McGuire.«

McGuire nickte und füllte die Tür aus, so als wolle sie Charlie an der Flucht hindern. Ihr Gesicht war ausdruckslos – wenn man den Glanz in ihren Augen nicht zählte. Eine Polizistin bei der Jagd.

»Ich habe bereits mit der Unfallaufnahme gesprochen«, sagte Charlie.

Bekker nickte. »Die haben wir in der Eingangshalle getroffen. Sie haben uns auf den neuesten Stand gebracht.«

Charlie versuchte, ihre Gedanken zu lesen. »Was möchten Sie?«

»Dürfen wir hereinkommen?«

Sie waren bereits im Zimmer, aber Charlie nickte. Er bedauerte es sofort. Seine Hand fuhr an die Augen, und Bekker murmelte: »Wir wollen nicht lange stören«, und setzte sich ein paar Zentimeter neben seinen Füßen auf die Bettkante, eine Handlung, die ihn auf nahezu jeder Ebene in Alarm versetzte.

Es wirkte vertraulich, aber er bezweifelte, dass das ihre Absicht war. Es war anmaßend. Er war hilflos, und sie wusste es.

»Was wollen Sie?«

»Ursprünglich sind wir hergekommen, um herauszufinden, ob Ihr Unfall, in Ermangelung eines passenderen Wortes, etwas mit Ihren außerdienstlichen Aktivitäten zu tun hat.«

Charlies Auge tropfte wieder. Er wischte die Träne vorsichtig fort. »Außerdienstlich?«

»Uns liegt eine Beschwerde vor«, sagte McGuire vom Fußende des Bettes.

»Besser gesagt«, fügte Bekker hinzu, »der Anruf eines Mannes, der wissen wollte, ob wir ihn wegen irgendwelcher Dinge in Verdacht haben.«

»Was können Sie uns dazu sagen?«, fragte McGuire.

Eine Frage, die Charlie im Gefolge seiner Handgreiflichkeit gegenüber Inspector Allardyce allzu oft gestellt worden war. Meist ging er nicht darauf ein. Diesmal konnte er sie nicht beantworten, weil er nicht wusste, wovon sie eigentlich sprachen.

»Wer?«

»Ein Mann namens Kevin Maberly. Kennen Sie ihn?«

Charlie war verblüfft. »Und das ist der, der mich angefahren hat?«

Bekkers Lächeln besagte, vergeuden Sie nicht meine Zeit. »Sie haben ihn aufgesucht. Sie haben ihn, so seine Worte, in die Mangel genommen. Warum sollten Sie das tun?«

Charlie kam sich vor wie ein Schuljunge, der von einem Lehrer zur Rede gestellt wird und dem nicht gewachsen ist. Wieder verschob sich der Schmerz und landete hinter beiden Augen, doch diesmal brachte er Klarheit und öffnete seine Nervenbahnen.

»Ich habe getan, was die Polizei in zwanzig Jahren nicht geschafft hat – sich den Fall meiner Mutter anzuschauen. Interessant, dass Sie annehmen, es könnte etwas damit zu tun haben, dass mich jemand angefahren hat.«

»Das haben wir uns gefragt«, meinte Bekker, »aber wir sehen beim besten Willen keinerlei Verbindung.«

Sie tätschelte seinen verrenkten Fuß. Er zuckte zusammen, und sie riss die Hand zurück: »Entschuldigung!«

Charlie konnte sie noch immer nicht recht deuten, aber er wusste, dass es hier um etwas anderes ging. »Sie sind doch nicht hierhergekommen, um mich zurechtzuweisen.«

Bekker nickte langsam und wägte genau ihre Worte ab: »Wir glauben, dass wir Billy Saul gefunden haben.«

Charlie machte den Mund auf und wieder zu. Seit zwanzig Jahren hatte er Billy Sauls Leiche vor seinem inneren Auge gesehen, wie sie in den Fluten wogte, zurückwich, wieder heranwogte. Die alles zermalmenden Felsen. Die Meeresgeschöpfe, die daran knabberten und kauten. Er schüttelte das Bild ab und sagte: »Sie haben darum gebeten, diesen Fall übernehmen zu dürfen, richtig? Als Sie mitbekamen, dass es sich um ein Kind handelt?«

Sie machte ein teilnahmsloses Gesicht: Sie würde niemals zugeben, dass sie von der Sache Billy Saul besessen war. Doch dann überraschte sie Charlie: »Das stimmt halbwegs. Meine Antenne hatte ein Signal empfangen, könnte man sagen. Dann wurde bekannt, dass bei den Überresten eine Uhr gefunden wurde. Auf der Rückseite war Billys Name eingraviert.«

Charlie schüttelte verwundert den Kopf. »Und die ganze Zeit über haben wir geglaubt, er sei ertrunken. Entweder hat ihn also jemand vom Strand entführt oder es wie Ertrinken aussehen lassen.«

»Das wird mein Team zu entscheiden haben, Charlie. In der Zwischenzeit hoffen wir, noch DNA zu finden.«

»Ja klar«, meinte Charlie gedankenverloren und dachte an das Strandhandtuch. Die Suche nach Billy Saul: Ein strahlender Tag, die Eukalyptusbäume, die in der stillen Hitze knackten, das salzige Meer in der Nase, der metallische Geschmack des Wassers aus den Flaschen im Jugendlager.

Dann übersprang er zwanzig Jahre und stellte sich die Exhumierung vor, den Transport der sterblichen Überreste, den Autopsietisch, die Entnahme von DNA für den Abgleich.

Die Welt wich von ihm und brandete wieder heran. Er hörte

elektrisches Piepsen aus einem Nebenzimmer, die Lichter waren gnadenlos, die Luft übermäßig hygienisch. »Wie ist er ums Leben gekommen?«

Bekker stand auf. »Ich möchte, dass Sie das für sich behalten, verstanden? Kopfverletzungen. Gewalteinwirkung.«

»Unfall?«

McGuire sah Charlie mit dem schläfrigen Blick einer Anklägerin an. »Selbst wenn, jedenfalls hat jemand versucht, das zu vertuschen.«

Charlie sprang sofort auf diese Anspielung an. »Ach, ja?«

»Interessant, dass man den Wagen Ihrer Mutter mit einem Frontschaden aufgefunden hat.«

Charlie richtete sich im Bett auf, und alles drehte sich um ihn. »Na, Sie sind mir ja ein Prachtstück.«

Bekker ging dazwischen. »Genug, alle beide.«

Sie erhob sich und blickte auf Charlie herunter. »Hoffentlich geht es Ihnen bald besser, Mr Deravin. Zum Glück hat es Sie nicht allzu schlimm getroffen.«

Charlie suchte nach versteckten Hintergedanken, fand aber nichts. »Okay, danke.«

»Bitte, Charlie, hören Sie auf, Detective zu spielen.«

Dann verschwanden sie.

Weit kamen sie nicht. Charlie hörte Bekkers tiefe Stimme im Flur. »Also, wenn das nicht Mark Valente ist.«

»Und siehe da, sie erschien auf einem weißen Pferd.«

»Ach herrje, dieses Detail hatte ich schon ganz vergessen. Ich hab gedacht, Sie hätten sich an die Gold Coast zurückgezogen. Noosa, irgendwo da in der Gegend?«

»Im Winter bin ich dort, im Sommer hier.«

»Manche können sich das leisten«, meinte Bekker.

»Hab gehört, Sie haben die Uniform hinter sich gelassen, Fran.«

»Um meine Sünden abzubüßen.«

Kurze Pause. »Und Sie sind hier, um meinen Jungen zu belästigen?«

»Ach, ist er Ihr Junge?«

»Kenn ihn schon seit ewigen Zeiten«, antwortete Valente.

»Das ist seine Tochter Emma. Emma, Senior Sergeant Bekker.«

Charlie hörte die Anspannung in Emmas Stimme, als sie Hallo sagte und fragte: »Was wollen Sie denn von meinem Dad?«

»Wir wollten uns nur nach ihm erkundigen, mehr nicht.«

»Da wette ich«, entgegnete Valente.

»Na, wir müssen weiter«, sagte Bekker. »Bye, Mark. Bye, Emma.«

Über Emmas leises: »Bye« hörte Charlie Valente sagen: »Lassen Sie sich Zeit mit dem Wiederkommen.«

Schritte verhallten quietschend auf dem Flur, Emma kam hereingestürmt, rief: »Daddyo!«, und warf sich erneut auf Charlies Brust.

Er schnappte nach Luft. »Vorsichtig.«

»Tut mir leid!«

Charlie schaute über ihre Schulter zu Valente hinüber, eine stämmige Gestalt, die die Tür ausfüllte. »Mark.«

»Meister.«

Emma zog den Stuhl wieder neben Charlies Bett. »Was wollten denn die Zehenabschneider?« Sie grinste Valente über die Schulter hinweg an.

Charlie hielt sich ein wenig zurück. »Die Leiche, die sie gefunden haben. Sie glauben, dass es sich um Billy Saul handelt, ein Kind, das etwa zu der Zeit gesucht wurde, als auch deine Großmutter verschwunden ist.«

Emma wirkte verwirrt. Er konnte sehen, wie ihr Verstand arbeitete. Valente trat weiter ins Zimmer. »Wenn ich mich recht erinnere, warst du bei dem Suchtrupp.«

Charlie nickte. Er hörte sofort wieder damit auf, als der Schmerz hinter seinen Augen aufflammte. »Meine Güte.«

Emma verzog das Gesicht. »Dad, alles okay?«

Charlie fühlte sich zutiefst müde und blinzelte sie an. »Mir gehts gut.«

Sie stand auf. »Nein, du musst dich ausruhen. Mark bringt mich nach Hause, und ich hole dich morgen früh ab.« Doch dann biss sie sich auf die Unterlippe. Sie denkt, ich schlafe ein und wache nicht mehr auf, dachte Charlie. »Geh schon«, sagte er. »Es ist alles gut. Ich werde die ganze Nacht über beobachtet.«

Sie war nicht überzeugt, sagte aber: »Okay.«

Valente klopfte ihr leicht auf die Schulter, trat an ihr vorbei und kam mit ausgestreckter Pranke ans Bett. »Hoffentlich kannst du schlafen.«

Er wird alt, dachte Charlie, als sie sich die Hand gaben. Fast siebzig. Er verliert Haare, Gewicht ... Kraft. Komisch, dass ihm das noch nicht aufgefallen war. »Mark, ich muss mich bei dir bedanken.«

Valente winkte ab. »Ich fahr sie gerne nach Hause.«

»Ja, dafür danke ich dir auch – aber ich meinte für davor, bei dem Unfall.«

Valente zuckte mit den Schultern. »Zur richt'gen Stund ich dort mich fand.«

Emma hinter ihm rollte mit den Augen. Charlie unterdrückte ein Lächeln. »Du hast alles gesehen?«

»Ja.«

»Hast du den Krankenwagen gerufen? Wie geht es ...?«

»Sie war bei Bewusstsein. Hatte aber Schmerzen.«

Charlie schloss die Augen.

»Ich bin bei ihr geblieben und hab mit ihr gesprochen«, fügte Valente unbehaglich an.

Charlie wollte noch nicht, dass die beiden gingen. Die Welt ringsherum war geschäftig, die Abteilungen bereiteten sich auf die Nachtstunden vor. »Hast du gesehen, wer gefahren ist?«

»Ich habe der Unfallaufnahme eine Beschreibung abgeliefert, wenn du das meinst.«

»Und?«

»Lass das mal die Experten machen, Sonnyboy. Du ruhst dich besser aus.«

Wieder ein Krampf hinter Charlies Augen. Emma bemerkte es und sagte: »Dad, er hat recht, ruh dich aus. Wir sehen uns morgen früh.«

Sie gab ihm einen Kuss, dann war Charlie allein. Es wurde spät. Erinnerungen kehrten wieder – so drängend, dass er die Beine aus dem Bett schwang, die Füße auf den Industrieteppich stellte und aufstand. Aufrecht stehen war vielleicht das Heilmittel, das er brauchte, fand er. Doch er wurde fast ohnmächtig, schwankte, und eine vorbeikommende Krankenschwester schnappte ihn. »He, he, keine gute Idee.«

Sie hieß Shireen. Sie war anders gekleidet als Suzi. Krankenschwester von einer Zeitarbeitsfirma? Sie half ihm, sich hinzulegen, und eilte davon, er döste, und draußen wurde es finster. Finster und tief, dachte er. Dann tauchte Suzi auf, huschte durchs Zimmer und sagte ihm, sie würde nach Hause gehen.

Charlie wollte noch nicht schlafen. Wenn, dann würde die Gehirnerschütterung überhandnehmen. Also schaltete er den Fernseher ein – und landete bei den Nachrichten. Longstaff Street in der Dunkelheit, Männer und Frauen, die im Schein greller Lichter arbeiteten.

Unter der ersten Leiche war eine zweite gefunden worden.

23

In dieser Nacht tauchte niemand mehr bei ihm auf. Niemand kam, um ihn zu löchern oder Verhörspielchen mit ihm zu veranstalten, und schließlich schlief er ein, duschte am nächsten Morgen, stocherte im Frühstück herum und las seinen Newsfeed auf dem Handy, während er auf Emma wartete. Sie tauchte um Viertel nach neun auf. Um Viertel vor zehn war er daheim.

Bei den sterblichen Überresten der zweiten Person handelte es sich um eine erwachsene Frau, so die Meldungen; Bekker und McGuire tauchten um zehn vor seiner Tür auf.

»Wir haben im Krankenhaus angerufen, wo man uns sagte, dass Sie bereits entlassen worden sind.«

Die beiden strahlten etwas Getragenes aus, wie sie da vor seiner Tür standen, in der Morgenluft, die Charlie so süß vorkam, und dem Sog des Meeres, der so schwermütig wirkte. »Es ist meine Mutter, richtig?«

»Dürfen wir hereinkommen?«, fragte Bekker. Sie hielt den Kopf schräg und besah sich die Beule und den Kratzer an seiner Schläfe. »Wenn Sie sich dazu in der Lage fühlen.«

Charlie sah an Bekker vorbei auf die Straße. Mrs Ehrlich wusch ihren Wagen. Ansonsten lag die Tidepool Street still da. »Seien Sie bitte leise, wenn Sie hereinkommen. Meine Tochter ist hier und schläft.«

Sie hatte erklärt, dass sie aus Sorge um seine Gehirnerschütterung kaum geschlafen hatte, und war wieder zu Bett gegangen.

»Wir brauchen eine DNA-Probe, Charlie, das verstehen Sie doch – dann sind wir gleich wieder weg.«

»Sie haben meine Mutter gefunden.«

»Das wird sich noch herausstellen«, meinte McGuire, die einen Schritt hinter Bekker blieb. Höflich, aber mit einer Spur kaum verhohlener Euphorie dahinter. *Du wirst schon irgendetwas ausgefressen haben, wenn ich DNA von dir nehme.*

»Kommen Sie herein«, sagte Charlie, trat zurück und wartete, um die Tür hinter ihnen zu schließen. Bekker glitt an ihm vorbei, gefolgt von McGuire mit ihrem gefühlskalten kleinen Lächeln.

»Tee?«, fragte Charlie, als sie das Haus betreten hatten. »Kaffee?«

»Wir können nicht bleiben«, sagte Bekker.

McGuire zog einen DNA-Test aus ihrer Aktentasche. »Weit aufmachen.«

Charlie tat wie geheißen, und sie schabte das Mundinnere aus, als würde sich seine DNA verstecken. Er sah sie dabei an, bemerkte die Befriedigung in ihrem Blick.

»Geschafft.«

Plötzlich ertappte sich Charlie bei der Bemerkung: »Das hat meine Mutter auch immer gesagt. Wenn ich Hustentropfen nehmen sollte oder sie Splitter entfernte, dann hat sie die Nadel hochgehalten und gesagt: ›Geschafft.‹«

Dann war es ihm peinlich, und die beiden wirkten ebenso peinlich berührt. McGuire tat einen Schritt zurück und versiegelte die Probe. »Tja ...«

Charlie wandte sich an Bekker. »Es ergibt ja durchaus Sinn, dass Sie denken, es könnte sich um meine Mutter handeln, aber gab es irgendetwas an der Leiche, das Sie in diese Richtung wies?«

McGuire sprang darauf an. Sie kam auf ihn zu. »Was denn, zum Beispiel?«

Charlie schaute weiter Bekker an. »Schmuck, zum Beispiel. Ihre Kette.«

Vor seinem geistigen Auge ruhte die Kette auf der sommerlichen Haut seiner Mutter, direkt unter der Kehle. Er wollte sich nicht vorstellen, wie sie auf ihren blanken Knochen lag und die Kettenglieder durch Erde und Korrosion verbacken waren.

»Mein Vater hat sie ihr geschenkt«, sagte er.

Bekker wendete den Blick ab und sagte: »Wir checken nur alles ab, Charlie.«

Ein größeres Zugeständnis würde Charlie nicht bekommen. Doch er war aufgewühlt, fühlte sich in der Defensive. »Tee?«, bot er erneut an.

McGuire schüttelte den Kopf, doch diesmal zuckte Bekker nur mit den Schultern und sagte: »Ach, warum nicht?«

Sie setzten sich nicht hin, sondern standen auf der anderen Seite des Küchentresens und schauten zu, wie er vom Hängeschrank zum Wasserkessel humpelte, dann zum Wasserhahn über der Spüle. Die ganze Zeit über versuchte er, ihren Gedanken einen Schritt voraus zu sein. Sie konnten nichts als gegeben voraussetzen – eine andere Person mochte die Kette seiner Mutter tragen. Zahnunterlagen kamen als Nächstes – aber Dr Tidemann war schon damals steinalt gewesen, und seine Praxis auf der Hauptstraße in Mornington war nun ein Campingladen.

Bleibt nur noch meine DNA, dachte Charlie: mitochondrialer Abgleich.

McGuire unterbrach seine Gedanken und erhob ihre Stimme über das Kochen des Kessels hinweg: »Wir wollten mit Ihrem Bruder sprechen, da Sie sich ja ... unwohl fühlen«, sagte sie. »Wir konnten ihn nicht finden.« Und das in einem Ton, als sei auch Liam schuldig.

»Dafür gibt es eine einfache Erklärung«, antwortete Charlie. »Er hat den Namen unserer Mutter angenommen.«

Das gefiel McGuire. »Weil er glaubt, dass Ihr Vater Ihre Mutter umgebracht hat?«

»Detective Constable McGuire«, murmelte Bekker.

McGuire ließ sich nicht ablenken. »Wir haben auch versucht, ein paar Worte mit Ihrem Vater zu wechseln. Niemand zu Hause.«

»Er ist fort.«

»Sieht so aus«, sagte McGuire und stieß mehrmals gegen den Tresen, so als wolle sie durch ihn hindurchwaten und ihn angreifen.

»Es sieht nicht nur so aus«, sagte Charlie, »er ist es *tatsächlich*. Meine Stiefmutter und er sind in Übersee.«

»Wo denn?«

»Auf einer Kreuzfahrt. Irgendwo vor der Küste Japans. Sie sind losgefahren, *bevor* die Leichen gefunden wurden, okay? Urlaub. Menschen machen manchmal Urlaub. Er ist nicht auf der Flucht, er kommt zurück. Aber wenn Sie wollen, dann können Sie ja eine größere internationale Verhaftung veranlassen und die Auslieferung abwarten ...«

Dass er sich so ereiferte, freute McGuire. »Ach, da habe ich wohl einen wunden Punkt getroffen.«

»Detective Constable McGuire.« Bekker klang eher müde denn tadelnd.

Sie wandte sich an Charlie. »Wir möchten natürlich auch mit Ihrem Vater sprechen, Charlie.«

Er zuckte mit den Schultern. »Da werden Sie wohl warten müssen. Keks?«

»Bitte«, antwortete Bekker und warf McGuire einen Blick zu, den Charlie nicht deuten konnte. Lassen Sie es gut sein? Setzen Sie nach?

Sie setzten sich auf die Lehnstühle im Esszimmer, hatten aber nichts mehr zu sagen. Kein Smalltalk. Kein Gestichel. Sie tranken und sahen sich gegenseitig an, bis McGuire genug davon hatte.

»Die Spannung kann man mit dem Messer schneiden«, sagte sie. »Gibt es irgendetwas, das Sie uns sagen möchten, Charlie – darf ich Sie Charlie nennen? Irgendetwas, das Sie belastet, irgendein Detail, das Sie geklärt haben möchten, irgendetwas von dem, das damals passiert ist und nun plötzlich Sinn ergibt?«

Charlie sah Bekker an. Die trank einfach ihren Tee. Also sprach er McGuire an. »Wie ist sie gestorben?«

»Es gibt nur Knochen.«

»Lassen Sie den Quatsch. Ein Schlag auf den Kopf, wie bei Billy Saul? Messer, Einschusslöcher?«

»Das wird man Ihnen zu gegebener Zeit mitteilen.«

Bekker ging dazwischen. »Es dürfte eigentlich nichts schaden, Charlie Folgendes zu sagen: ein oder mehrere Schläge auf den Kopf, bei beiden Toten.«

»*Massive* Schläge«, sagte McGuire. »Sind Sie Links- oder Rechtshänder, Charlie?«

Er stellte seinen Becher mit einem Knall ab, sagte aber sanft: »Immer weiter so. Ich habe alle Zeit der Welt.«

»Nun, vielleicht nicht. Das Leben, das Sie kennen, mag sich vielleicht erheblich ändern, wenn wir erst mal eine Verhaftung vornehmen.«

»Wen denn? Meinen Vater? Aufgrund welcher Beweise? Und was sollen diese Kinkerlitzchen, mich derart zappeln zu lassen?«

»Ich finde, Sie beide sollten jetzt damit aufhören«, sagte Bekker. »Charlie, wenn wir davon ausgehen, dass wir Ihre Mutter gefunden haben, wüssten Sie einen Grund dafür, warum sie in demselben Grab liegt wie Billy Saul? Kannten die beiden sich?«

»Nicht, dass ich wüsste.«

»Sie hat ihn nicht unterrichtet?«

»Sie war an der Highschool; er war an der Grundschule. Und sie hat immer hier auf der Peninsula unterrichtet. Billy Saul stammte aus Berwick.«

»Es gab also keinen Grund für ihn, in ihrer Straße zu sein?«

»Ich habe keine Ahnung, was er dort wollte. Wie ich schon gestern sagte, vielleicht ist er anderswo umgebracht worden, am Strand, zum Beispiel, und dann hat man ihn dorthin gebracht? Sie haben doch die Suche geleitet. Er wurde gehänselt, Sie erinnern sich? Er ist weggelaufen und an den Falschen geraten. Interessant ist allerdings, welche Mühe sich diese Person gemacht hat, nicht nur ein Ertrinken vorzutäuschen, sondern auch meine Mutter zu entführen.«

»Wenn es denn Ihre Mutter ist«, sagte McGuire.

»Ja, vielen Dank, Detective Constable McGuire«, sagte Charlie. »Wer immer es auch war, hat zwei Morde ausgeführt, Kilometer auseinander, damit man sie nicht miteinander in Verbindung bringen konnte.«

»Täuschung«, sagte McGuire in freudlosem Humor. »Tja, wer wäre wohl gut in so etwas? Ich weiß – ein Polizist.«

»Der war gut«, meinte Charlie. Er wandte sich an Bekker. »Wer wurde zuerst ermordet?«

»Lässt sich nicht feststellen.«

»Wer war das beabsichtigte Opfer?«

»Charlie, das wissen wir nicht. Entweder beide, aus welchem Grund auch immer, oder einer von beiden, und der andere kam nur zufällig vorbei und musste zum Schweigen gebracht werden.«

»Pädophiler Lehrer, Stadtmensch oder Lagerkoch oder –«

»Charlie, wir wissen es nicht, aber seien Sie versichert, dass wir uns alle Theorien vornehmen.«

»Ja, vielen Dank für Ihren Beitrag, Charles«, sagte McGuire.

Charlie war noch nicht fertig: »Nur um eins klarzustellen: Sie sind in demselben Grab gefunden worden?«

»Einer über dem anderen«, antwortete Bekker.

Charlie suchte verzweifelt nach Fakten, die in seinem Verstand ein Bild ergaben. »Sind sie einfach dort zurückgelassen worden? Irgendwelche Habe? Waren sie in irgendetwas eingewickelt?«

Das fand McGuire interessant. Sie beugte sich zu ihm hin. »In irgendetwas eingewickelt? Warum wollen Sie das wissen? Fehlte damals irgendwo eine Decke, ein Teppich, eine Plane oder eine Bettdecke?«

»Gehen Sie mir aus den Augen, Detective Constable McGuire.«

»Aber gern doch, Mr Deravin.«

Charlie trug seinen Becher in die Küche und spülte ihn aus. Ein Zeichen, dass er mit dem Gespräch fertig war, und kurz darauf führte er die beiden hinaus, gedankenverloren, dachte: Sag Dad Bescheid. Sag es Liam. Sag es Anna. Sag es Emma ...

Sie standen noch eine Weile auf der Veranda, und Charlie sah zur Straße hinaus, als Mark Valente auf dem Weg zum Strand vorbeikam. Der alte Polizist erkannte ein Zivilfahrzeug der Polizei, wenn er eins sah. Er nickte Charlie kurz zu und ging dann auf seine harte, gebieterische Weise weiter.

Bekker bemerkte das. Sie drehte sich mit einem Lächeln zu Charlie um. »Der Mann kommt ganz schön herum.«

»Was meinen Sie damit?«

»Gestern Nacht im Krankenhaus, heute hier.«

»Sie kannten ihn doch vom Revier in Rosebud, oder? Vielleicht sollten Sie hinterherlaufen und ihn befragen.«

»Drollig. Wir sprechen uns, Charlie.«

»Geben Sie mir Bescheid, wenn die Ergebnisse da sind.«

Bekker zuckte mit den Schultern, ohne sich festzulegen.

24

Das Haus um Charlie herum döste, doch er selbst war unruhig. Sollte er alle informieren oder auf die Ergebnisse des DNA-Tests warten?

Die Unruhe gewann. Noch während er sich zurechtlegte, wie er vorgehen wollte, rief er Liam an, der ihm zuvorkam und fragte: »Alles in Ordnung? Emma hat mich gestern Nacht angerufen; ich wollte dich heute noch anrufen. Bist du zu Hause?«

»Ja.«

»Wie fühlst du dich?«

»Ein bisschen zerschunden und angeschlagen«, antwortete Charlie.

»Soll ich vorbeikommen? Besorgungen machen?«

»Emma ist noch hier. Es geht mir gut. Na ja, nicht so gut. Liam, die Polizei war gerade hier. Sie haben eine DNA-Probe von mir genommen.«

Liam verstand. »Es geht um Mum, und sie müssen sichergehen«, sagte er.

»Sie *glauben,* dass es Mum sein könnte.«

»Sie ist es«, entgegnete Liam harsch. »Wie ist sie gestorben?«

»Kopfverletzungen. Genau wie bei dem Jungen.«

»Werden die auch von mir eine Probe nehmen?«

»Das bezweifle ich, es sei denn, die Probe beweist, dass ich adoptiert worden bin.«

Sie schwiegen, bis Liam etwas sanfter sagte: »Ich erinnere mich noch an den Tag deiner Geburt.«

Da war er fünf, dachte Charlie – aber wer hatte ihn denn mit ins Krankenhaus genommen? »Ich war ein süßes Baby, richtig?«

»Auf eine feuchte, rotgesichtige Art und Weise.«

Wieder schwiegen sie. Charlie sah durchs Fenster zum Gartentisch hinaus und bemerkte erneut, wie verzogen die Latten von der Seite aus betrachtet waren. Eines Tages würde er sie richten. Oder auch nicht. Das Holz war grau verwittert. Und jetzt von der Sonne durchwärmt. Eine Amsel landete auf dem Tisch und hüpfte pickend auf der Suche nach Krümeln herum.

Liam unterbrach seine Gedanken. »Solange Mum im Krankenhaus war, hat Oma auf mich aufgepasst. Ich weiß nicht mehr, wo Dad war. Auf der Arbeit wahrscheinlich, wie immer.«

Charlie wollte das nicht vertiefen. »Na ja, ich wollte dir jedenfalls Bescheid geben. Rechne lieber mit dem Schlimmsten, wollte ich damit sagen.«

»Oh, damit rechne ich schon seit Langem. Ich habe sein Auto dort gesehen. Er war es.«

Charlie fragte sich, ob er sich verhört hatte. »Wie bitte?«

»Dads Auto. Ich habe es gesehen.«

»Wovon sprichst du? Wann?«

»An dem Tag, als Mum verschwunden ist.«

»Und warum hast du mir das nicht gesagt?«

»Weil du dich so auf ihren Untermieter eingeschossen hast.«

»Ja, bis ich herausfand, dass er an dem Tag in Haft war. Was meinst du damit, du hast Dads Auto gesehen? Hast du ihn gesehen?«

»Hör mir doch zu. Ich bin zu Dad gefahren, hab den Rasenmäher aufgeladen und machte mich auf den Weg zu Mum, als ich sein Auto sah. Er kam von Swanage und bog in die Balinoe Road, als ich gerade an die Kreuzung kam.«

Charlie war erschüttert. »An dem Tag, als Mum verschwand?«

»Ja. Früher Nachmittag oder etwas später, meiner Erinnerung nach.«

»Warum warst du nicht in der Schule?«

»Es waren noch Ferien. Wir hatten eine Woche später angefangen als die öffentlichen Schulen.«

Einer der Vorteile, wenn man an einer Privatschule unterrichtete. »Aber Dad war doch bei der Arbeit.«

Liam schnaubte. »Das hat er jedenfalls gesagt. Überfall auf einen Geldtransporter. Aber er war an dem Tag allein unterwegs. Kein sonderlich gutes Alibi.«

Ein vertrautes Gefühl stieg in Charlie auf: Enttäuschung, Panik, die Unfähigkeit, genug Luft einzuatmen. Asthma durch Stress, so hatte es der Hausarzt in seiner Kindheit genannt. Damals herrschte in der Familie ziemlicher Stress. Er hatte ständig Asthmaanfälle gehabt. Charlie atmete langsamer und tiefer. »Es gab jede Menge Autos wie das von Dad auf den Straßen. Saß er hinter dem Lenkrad?«

Als Liam nicht antwortete, dachte Charlie: Hab ich mir schon gedacht.

Dann meinte Liam: »Hör mal, lass uns nicht streiten«, und sofort löste sich das enge Band um Charlies Brust, und das Atmen fiel ihm leichter.

»Okay.«

Es setzte eine peinliche Pause ein, bis Liam sagte: »Stellen wir mal die These auf, dass es sich bei der zweiten Leiche um Mum handelt, okay?«

»Okay.«

»Beide wurden auf dieselbe Weise getötet, wahrscheinlich zur selben Zeit, und sie wurden an derselben Stelle verscharrt.«

Charlie wusste, worauf Liam hinauswollte. Mein Bruder macht auf McGuire, dachte er. »Und?«

»Wer immer das damals auch gewesen ist, hat also den einen Mord als Ertrinken inszeniert und den anderen als mögliche Entführung. Wer würde sich denn so etwas ausdenken? Ein Polizist.«

Charlie hielt das Telefon fest umklammert. »Bei dir läuft es immer auf Dad hinaus, ich hab genug davon.«

Liam entgegnete nichts, und es breitete sich Stille aus, die einen weiteren Streit ankündigte. Charlie holte zitternd Luft. »Hör mal, Liam, treffen wir uns auf halbem Weg. Sagen wir mal so, wenn es Dad war, wie ist er dann nach Hause gekommen?«

»Wie bitte?«

»Mums Auto wurde am Ende der Welt gefunden. Wenn Dad ihn dorthin gefahren hat, wie ist er dann nach Hause gekommen?«

Liam schluckte das. »Er hatte Hilfe.«

»Wen denn? Fay? Mach dich nicht lächerlich.«

»Na ja, guter Punkt – entweder hat ihn jemand aufgegabelt, oder er hatte sein Fahrrad dabei.«

Ihr Vater, der Radfahrer.

»Verdammt langer Weg«, grummelte Charlie. »Und wie konnte er denn so viele Stunden lang vom Radar verschwinden? Er hatte größere Ermittlungen. Da hätte sich doch jemand bei der Arbeit gefragt, wo er ist.«

»Er war ziemlich weit oben, nicht irgendein Junior Constable, dem man ständig auf die Finger gucken muss.«

»Und warum sollte er Mum etwas antun?«, fragte Charlie, der das Wort *umbringen* nicht über die Lippen bekam.

»Verletzter Stolz«, antwortete Liam sofort. »Niemand verlässt Rhys Deravin.«

»So war er nie, und das weißt du auch.«

»Okay, sie sollte bei der Scheidung die Hälfte von allem bekommen. Das Haus musste verkauft werden, und das hat ihn schwer getroffen.«

»Woher weißt du das?«

»Scheidungsrecht, Charlie ...«

»Nein, ich meine, hat er gesagt, dass er sich darüber ärgert, das Haus verkaufen zu müssen?«

»Ist doch logisch.«

Charlie fand, dass Liam wahrscheinlich recht hatte, sagte aber: »Du warst doch gar nicht mehr zu Hause, erinnerst du dich? Du wolltest nichts mehr mit uns zu tun haben.«

»Mit Mum aber schon.«

»Hat sie viel mit dir gesprochen?« Charlie musste mehr erfahren, und Liam schien nicht mehr ganz so auf Krawall gebürstet zu sein.

Nach einer Weile sagte Liam: »Offenbar suchte Dad nach

einer Möglichkeit, das Haus zu behalten. Sie auszahlen, zum Beispiel.«

»Eben. Sie gingen ganz zivilisiert vor.«

Wieder Stille bei Liam. Sollte heißen: nur dass Dad ungeduldig wurde.

Mach weiter, sagte sich Charlie. »Was soll ich Dad sagen? Soll ich ihm überhaupt etwas sagen?«

»Warte wenigstens, bis du dir sicher bist«, meinte Liam. Er schwieg kurz. »Fay hat mir neulich auf WhatsApp ein paar Fotos geschickt.«

Charlie war überrascht. »Fay?«

»Sie ist immer in Kontakt geblieben. Nicht oft. Zu Geburtstagen und so. Nachrichten von Dad.«

»Liam, sie sorgen sich um dich.«

»Ach Quatsch«, meinte Liam leichthin.

Eine Weile dachten sie stumm darüber nach, dann meinte Liam: »Wenn die DNA-Ergebnisse beweisen, dass es sich um Mum handelt, dann wird die Polizei Dad befragen, wenn er nach Hause kommt; ihn vielleicht sogar verhaften.«

Charlie war wieder enttäuscht. »Ich möchte nur zu gern wissen, wieso sich niemand für irgendwelche anderen Leute in Mums Leben interessiert?«

»Wen denn?«

»Na, ob sie sich mit jemandem getroffen hat, zum Beispiel.«

Die Vorstellung schien Liam zu verletzen. »Sie hatte Dad doch gerade erst verlassen.«

Charlie war verstimmt. »Ich habe vor ein paar Tagen Shane Lambert aufgescheucht.«

Liam brauchte einen Augenblick, um den Namen einzuordnen. »Ihren Untermieter. War der nicht in Haft?«

»Ja.«

»Glaubst du, er hat sie durch einen Freund umbringen lassen? Weil er hinausgeworfen wurde?«

»In meiner Welt«, meinte Charlie, »sind fünf Dollar schon Grund genug.«

»Ach, *in deiner Welt*«, betonte Liam, und prompt herrschte wieder die alte Feindseligkeit zwischen ihnen.

»Okay, wie wäre es mit Folgendem: Hand aufs Herz, kannst du dir ernsthaft vorstellen, dass Dad ein Kind umbringt?«

Er wartete. Dann erwiderte Liam: »Vielleicht, wenn er verzweifelt genug ist.«

Charlie hatte genug von seinem Bruder. »Na ja, ich wollte dir nur Bescheid geben«, sagte er und beendete das Gespräch.

Am Nachmittag handelte er gegen Liams Rat und benachrichtigte Rhys und Fay, die gerade nach einer Busfahrt durch Kagoshima wieder an Bord zurückgekehrt waren. Sein Vater, der sich mit dem ganzen IT-Kram nicht auskannte, füllte den Skype-Bildschirm mit seinen Nasenlöchern aus und sagte: »Tut mir leid, dass du das meiste abbekommst, Charlie.«

»Dad, nicht so nah. Und setz dich nicht vors Bullauge.«

Rhys wirkte verdattert, dann wurde er von einem Tsunami erfasst, die Kabine kippte und sein Gesicht verschwand blitzartig vom Bildschirm. Seine alten Zehen tauchten im Bild auf, dann der Teppich, Fays elegante Füße, bis sich alles wieder beruhigte und das Gesicht seines Vaters, vom Schatten verschluckt, wieder da war. »Besser so?«

»Viel besser«, log Charlie.

Plötzlich tauchte Fay in Nahaufnahme auf. »Charlie, dein Gesicht ist ja ganz zerschrammt.«

»Bin vom Rad gestürzt.«

»Du Armer.«

Sie verschwand, dann war Rhys wieder im Bild, eine Gesichtshälfte war komisch erhellt, die andere ähnelte der Mondrückseite, und das eine Auge glänzte, zweifelte, schaute ungläubig. »Weißt du, wie sie gestorben ist?«

»Wenn sie es denn ist. Kopfverletzung, genau wie bei dem Jungen.«

»Hat man eine Waffe gefunden?«

»Keine Ahnung, Dad.«

»Einer unter dem anderen begraben?«

»Ja.«

»Sie muss beerdigt werden«, sagte Rhys besorgt. »Wir kommen erst Mitte Februar zurück.«

»Dad, es könnte Wochen, Monate dauern, bevor sie die Leiche freigeben«, sagte Charlie.

Rhys wusste nicht, was er sagen sollte, und schüttelte den Kopf, bis Fay taktvoll und umsichtig mit ein paar Reisegeschichten dazwischenging und sie zum Lachen brachte.

25

Am nächsten Tag wollte Charlie Anna endlich im Krankenhaus besuchen und brachte seine Tochter zu dem Haus in Coburg, in der Nähe des Merri Creek, das sie sich mit Jess teilte. Dort hatten sie vor der Tür eine dieser Unterhaltungen, bei denen das Kind sich Sorgen machte um den Vater und der Vater um das Kind. In Shorts, T-Shirt und Sandalen und mit einer alten ›Country Road‹-Stofftasche über der Schulter, sagte Emma: »Ich bin beunruhigt deinetwegen.«

Charlie gab ihr einen Kuss auf die Wange und zeigte auf seinen Skoda, der am Straßenrand stand. »Bin ich vom Freeway abgekommen? Habe ich eine Massenkarambolage verursacht? Mich vor den anderen Autofahrern blamiert? Wird schon alles gut gehen.«

»Es gibt da ein Phänomen namens Rückfall, Dad.«

»Wenn ich heute Nachmittag nach Hause komme, lasse ich mich zurückfallen.«

Sie gab ihm einen Kuss. »Versprochen?«

»Versprochen.«

»Aber nur einen kleinen Rückfall.«

»Den ich mit einem Glas Wein abfedern werde.«

Emma runzelte die Stirn. »Ist das denn vernünftig?«

»Ein Glas«, sagte Charlie. »Und du pass auf dich auf. Wann kommt Mum nach Hause?«

»Morgen.«

Charlie sah die Straße hinauf und hinab und hielt Ausschau nach jungen Footballspielern in alten Allradfahrzeugen. Nach Straßenräubern und Vergewaltigern. Er entdeckte nur einen Typ, der sich nicht entscheiden konnte, ob er Hipster war oder

Anwärter auf *Bauer sucht Frau*. »Vielleicht solltest du heute Nacht bei einer Freundin übernachten?«

»Es wird schon nichts passieren, Dad.«

»Sei vorsichtig, wem du die Tür aufmachst.«

»Und du fahr vorsichtig.«

Eine Umarmung, ein Kuss, dann kehrte Charlie zum Wagen zurück und spürte Emmas Blick im Rücken. Beide machten sich Sorgen, konnten aber nichts dagegen tun.

Zwanzig Minuten später war er im Austin Hospital und stand zögernd mit einem Bund kurzstieliger Rosen in der Tür. Überall Blumen; Andrea, die Schwester, saß neben dem Bett; Annas Gesicht war zerschunden und geschwollen, das rechte Bein eingegipst, das linke Handgelenk verbunden. Charlie spürte, wie ihm Tränen in die Augen stiegen, und wischte sie weg. »Ich dachte schon, du würdest an allen möglichen Maschinen hängen, bereit zum Abflug.«

Anna grinste, als sie ihn sah. »Du kriegst, was du siehst.« Sie winkte ihn mit dem guten Arm zu sich. »Komm her.«

Ihre Schwester sprang aus dem Weg, nahm ihm schnell die Blumen ab, und nun war da nur noch Annas Gesicht, das sich ihm entgegendrehte. Er kam vorsichtig näher; ihre Lippen fuhren trocken über die seinen.

Hinter ihnen eine Stimme: »Ich schnapp mir mal einen Kaffee und lass euch Turteltäubchen allein.«

Charlie drehte sich um und richtete sich mit ein paar Knarzern und Knacksern wieder auf. Die Rosen steckten in einem Wasserglas, und Andrea schenkte ihm ein Lächeln, schnappte sich ihre Tasche und klimperte zum Abschied mit den Fingern.

In dieser Familie gibt es gut aussehende Frauen, dachte Charlie und richtete seine Aufmerksamkeit wieder auf Anna. Ihr armes Gesicht: leicht aus der Form, dazu die groben Spuren von Kies und Asphalt. Die volle Wucht seiner Schuldgefühle traf ihn.

»Anna, als du mir von der Schmiererei an deiner Tür erzählt hast, hätte ich sofort Alarm schlagen müssen. Vielleicht hätte – «

»Nicht.«

»Ich hätte besser aufpassen müssen.«

Sie packte seine Hand und zog, bis er sich auf die Bettkante setzte. »Nicht.«

Aber ihm war eh der Dampf ausgegangen. »Okay. Was machen die Schmerzen?«

»Sie machen sich ab und zu bemerkbar«, antwortete sie. Dann sah sie ihn mit einem Ausdruck innerer Verbundenheit an: »Und du? Du bist ganz schön zerschunden.«

Charlies Hand fuhr an die Schläfe. »Hätte schlimmer sein können.«

»Bei mir auch.«

Beide dachten sie darüber nach, doch Charlie wurde verlegen und schaute weg. Er war in einem Krankenhauszimmer, mehr ließ sich über die Umgebung nicht sagen. Die Geräusche, die Gerüche und das Surren der darunterliegenden Bangnis.

Er ertappte Anna, wie sie ihn beobachtete. »Ich weiß, was du denkst«, sagte sie, »hör auf damit. Er war hinter uns beiden her. Was immer wir unternommen hätten, er hätte uns früher oder später sowieso erwischt.«

Sie hatte wahrscheinlich recht. Ein Einbruch. Ein Schubser mit dem Kuhfänger auf dem Freeway. Eine Kugel durch die Fensterscheibe.

»Trotzdem.«

»Ich lebe, du lebst«, sagte sie.

Charlie nahm das erst mal so hin. Dann fiel ihm auf, dass er ihre rechte Hand hielt. »Du hast ihn gesehen, hat man mir gesagt?«

Anna nickte. »Als er dich anfuhr, habe ich mich umgedreht und ihn kurz gesehen, bevor er mich traf.«

»Und du hast ihn erkannt.«

»Von dem Prozess. Er war einer der Zeugen, die zum Charakter des Angeklagten ausgesagt haben. Ein Teamkollege«, sagte Anna.

»Fällt dir der Name ein?«

»Nein.« Sie schüttelte den Kopf, und der Schmerz schlug zu. »Autsch. Erinnere mich daran, das zu unterlassen.«

Dann saßen sie da, und ihre warme Hand lag in seiner. Sie döste. Seine Gedanken schweiften ab.

Anna rührte sich, und ihre Stimme klang schläfrig. »Hattest du eine Gehirnerschütterung?«

Charlie blinzelte. »Nein, aber sie haben mich die ganze Nacht überwacht.«

»Dein Freund Mark hatte sich deswegen Sorgen gemacht, aber er hatte dich nicht anfassen wollen.«

Sie sprach wohl über die Szene direkt nach dem Unfall, dachte er. »Hast du mit ihm gesprochen?«

»Er hat sich zu mir gesetzt, bis der Krankenwagen kam. Du hast dich nicht gerührt, und ich wollte dich in die Arme nehmen, aber ich konnte nicht stehen und nicht krauchen.« Sie hielt kurz inne. »Mark hat dich abgetastet und sich dann zu mir gesetzt, hat meine Hand gehalten und mit mir gesprochen. Es war … ich weiß nicht, das war irgendwie sehr nett.«

Charlie nickte und versuchte, das in Übereinstimmung zu bringen mit dem Valente seiner Kindertage, mit dem unnachgiebigen Menschen, der ihn stets gedrängt hatte und keine halben Sachen hatte durchgehen lassen. Ein strenger Vater. Streng zu mir, streng zu meinem eigentlichen Vater. Ein Mann, der einer Frau die Hand hält, bis der Krankenwagen kommt.

»Ein vielschichtiger Mensch.«

Anna sah Charlie an und wartete auf mehr.

»Er ist eine Art Freund der Familie.«

»Ein Glück, dass er vor Ort war.«

Das fand Charlie bedenkenswert. »Ja.«

»Er hat mich gestern besucht.«

»Wirklich?« Auch das fand er bedenkenswert.

Der Nachmittag verging. Annas Bruder kam mit seiner Frau, die von dem Drama erfüllten Zwillingsschwestern eilten ans Bett ihrer Tante, gefolgt von einem schüchtern lächelnden Jungen. Anna ging auf fröhliche, praktische Weise auf die Nichten ein, doch hegte sie deutlich tiefere Zuneigung für ihren Neffen. Ist so das Familienleben?, fragte sich Charlie. In seiner eigenen Familie gab es Verwerfungen, die zwanzig Jahre zurückreichten.

Dann trafen ihre Eltern mit einem Kraftfeld von Liebe ein, das Charlie in eine Zimmerecke drängte, bis sie ihn aus Neugier für den Mann im Leben ihrer Tochter wieder mit einbezogen.

Er war da, und das bedeutete, dass er für Anna wichtig war. Wenn Anna ihn mochte, dann würden sie ihn auch mögen – es sei denn, er würde sich irgendwann ihres Respekts unwürdig erweisen. Charlie war ganz benommen. All der Mist, den ich die vielen Jahre zu Gesicht bekommen habe, dachte er. Da vergisst man simple Herzensgüte.

Als er schließlich wieder mit Anna allein war, berichtete er ihr von der zweiten Leiche und dem DNA-Test.

»Ach, Charlie.« Ganz verwirrt rutschte sie im Bett herum. Er hörte fast ihre Knochen knarzen. »Hat sie den Jungen gekannt?«

»Nicht, dass ich wüsste.«

»Und warum hat man sie beide dort gefunden? Warum wurden sie ermordet? Warum dort?«

»Bist du sicher, du bist keine Polizistin?«

Sie versuchte ein Lächeln und ließ sich wieder auf das Kissen sinken. »Hast du es deinem Vater schon gesagt?«

»Ja.«

»Wie hat er es aufgenommen?«

»Er schien verwirrt.«

»Wann kommt er wieder nach Hause?«

»In ein paar Wochen.«

Von der Tür her drang eine Stimme: »Miss Picard? Wenn wir noch mal kurz mit Ihnen sprechen könnten?«

Charlie drehte sich um: Grieve und Ransome von der Unfallaufnahme. »Hat das nicht noch Zeit?«

»Schon okay, Charlie«, sagte Anna, zog die Hand zurück und setzte sich auf.

Grieve trat herein. »Mr Deravin, ich muss bitte mit Miss Picard allein sprechen«, sagte sie mit einer Andeutung von höflicher Entschuldigung in der Stimme. »Dann ist es nicht so kompliziert.«

»Und unverfälscht«, fügte Charlie hinzu. »Ich hol mir einen Kaffee.«

»Wird nicht lange dauern«, sagte Grieve.

Charlie ging hinaus und bemerkte, dass er hungrig war. Er fand die Cafeteria, trank Kaffee und aß einen Schokoladenmuffin, während er durch eine zurückgelassene *Herald Sun* blätterte, die übererregt, anzüglich und ernst zugleich von einer zweiten in Swanage gefundenen Leiche berichtete, ohne dabei etwas Neues zu sagen. Auf halbem Weg durch das Kreuzworträtsel sah er Grieve und Ransome, die die Eingangshalle durchquerten und verschwanden.

Als er zurückkehrte, hatte Anna die Augen geschlossen. Sie hatte sich zurückgelehnt, doch ihr armes Gesicht war keineswegs frei von Anstrengung oder Schmerz, sondern sah so aus, als würde man eine Klinge umdrehen. Charlie setzte sich behutsam auf den Stuhl neben dem Bett – er wollte ihre Hand nehmen, sie aber auch nicht stören.

Anna schlug die Augen auf und lächelte, als würde er zu ihrer Rettung kommen. »Hallo.«

»Was wollten sie?«

»Mir Fotos zeigen.«

»Haben sie das nicht schon getan?«

Sie zuckte mit den Schultern, aber das war ein Fehler. Sie drückte die Augen vor Schmerz zusammen; sie glänzten, als sie sie wieder aufschlug. »Ich habe keine Ahnung, was hier los ist. Sie meinten, sie müssten sich vergewissern.«

»Dieselben Fotos oder andere?«

»Dieselben.«

»Und du hast den Fahrer erneut identifiziert?«

Anna war ganz enttäuscht. »Ja, aber sie meinten, ich müsse mich täuschen.«

»Warum?«

»Sie sagten, er hätte ein Alibi. Ich müsse jemand anderen gesehen haben.«

26

Zwei Tage später stand die Polizei in aller Herrgottsfrühe vor Charlies Haustür. Uniformierte Durchsuchungsbeamte, Spurenermittler in Schutzkleidung, Bekker und McGuire, die nur höhnisch grinste und ihm einen Durchsuchungsbefehl in die Hand drückte.

»Wonach wollen Sie denn suchen?«

McGuire ging gar nicht erst auf die Frage ein. Sie drehte sich zu dem Team um und erteilte Befehle. »Haus und Schuppen, Sie wissen ja, wie das abläuft.«

Charlie wandte sich an Bekker. »Wonach wollen Sie suchen? Wozu die Spurenfahndung? Was glaubt die zu finden?«

Bekker machte den Mund auf, doch McGuire ging dazwischen. »Bitte treten Sie beiseite, Mr Deravin, und lassen Sie meine Beamten ihre Pflicht tun.«

»Das macht Ihnen Spaß, oder?«, sagte Charlie. Dann trat er beiseite, und während der Suchtrupp an ihm vorbei ins Haus trat, warf er kurz einen Blick zur Straße hinüber: Polizeifahrzeuge; Nachbarn versammelten sich und gafften. Charlie winkte Mrs Ehrlich zu, die mitfühlend zurückwinkte.

Es war windstill, ein leichter, heilender wohltuender Dunst lag in der Luft. Charlie atmete ein, schloss die Augen und reckte das Gesicht in die Höhe.

Bekker berührte ihn an der Schulter. »Begleiten Sie mich.«

Kein Befehl, aber sie erwartete, dass er gehorchte. Charlie zog seine Strand-Crocs an und ging neben ihr die Tidepool Street entlang zu dem Pfad durch die Teebäume. Sie ließ beim Gehen die Schultern rollen, lockerte den Nacken und atmete tief ein. »Frische Luft«, sagte sie. »Das hatte ich nötig.«

Sie war nicht unbedingt seine Verbündete. Eine stets faire Frau, die die Last des Lebens, des Jobs, vielleicht einfach dieses Falls mit sich herumschleppte. Dann eilte sie voran, ging die Stufen hinunter, die Seeluft tat der Seele einer Frau Mitte fünfzig gut, die all ihre Zeit am Schreibtisch oder in einem Auto verbracht hatte. Charlie sah, wie sie unten die Schuhe auszog und hinter einem Dünengestrüpp versteckte, zum Strand ging und wieder tief Luft holte, wobei sie das Gesicht der endlosen See und dem Himmel hinstreckte. Sie bohrte sogar die Zehen in den Sand.

Charlie war entwaffnet – in gewisser Hinsicht. Er ging zu ihr und sagte: »Die DNA ist untersucht worden? Es handelt sich um meine Mutter?«

Sie kam mit einem kleinen Schaudern wieder zu sich, und das Offizielle verdrängte wieder das Private. »Tut mir leid, Charlie. Ja, es handelt sich um Ihre Mutter.«

»Darf ich fragen, warum Sie mein Haus durchsuchen?«

»Begleiten Sie mich«, wiederholte sie.

Sie hielt sich nach rechts und ging in Richtung Point Leo. Der Sand war fest, die Flut kurz vor dem Kippen, Menschen schwammen. Sie blieb abrupt stehen. »Mark Valente kommt ganz schön herum, nicht? Da ist er schon wieder.«

Valente war durchs Wasser gepflügt. Er blieb stehen, richtete seine Schwimmbrille und starrte Charlie und Bekker an. »Schätze, Sie beide sollten sich mal wieder auf den neuesten Stand bringen«, sagte Charlie.

»Ich denke nicht«, entgegnete Bekker und ging weiter.

Charlie hielt Schritt mit ihr. Manche Menschen gingen schnell, andere bevorzugten es, zu schlendern; eine kleinere Gruppe – Anna gehörte dazu – stieß unterwegs immer gegen den Mitgehenden. Bekker schritt ordentlich aus.

»Noch mal, wonach suchen Sie?«

»Denken Sie mal darüber nach, Charlie. Ihr Dad steht unter Verdacht und – «

»Das hat er doch schon immer. Er ist damals befragt und für

unschuldig erklärt worden, aber der Verdacht ist nie mehr von ihm abgefallen.«

»Er steht unter Verdacht, und es könnten sich ja noch irgendwelche Hinweise finden lassen.«

»Er ist entlastet worden.«

»Nun, eigentlich nicht.«

»Was meinen Sie damit?«

»Ich sage Ihnen das alles, damit Sie nicht weiter mit nur dem halben Wissen Detektiv spielen. Noch besser, Sie hören einfach damit auf, verstanden?«

Charlie erwiderte nichts darauf.

»Das meine ich ernst, Charlie. Lassen Sie uns unsere Aufgabe erledigen. Wir haben alle noch einmal befragt, ob Sie es glauben oder nicht – auch Mr Lambert, der am Tag der Morde einsaß und dem Ganzen nichts hinzuzufügen hat –, aber wohin wir auch kommen, sind Sie schon da gewesen. Oder Sie folgen uns kurz darauf. Das muss aufhören. Die Leute kriegen schlechte Laune.«

»Wer denn? Ich habe niemals ...«

Bekker blickte finster. »Um fortzufahren. Das Alibi Ihres Vaters war ... es war nicht sehr solide. Er sagte, er habe die ganze Schicht über Spuren im Fall eines Überfalls auf einen Geldtransporter verfolgt, doch wie sich herausstellte, war er den Großteil des Tages allein.« Sie schwieg kurz. »Er war ein Mann mit einflussreichen Freunden, Charlie.«

Charlie wusste zu gut, dass eine erfahrene Polizistin wie Fran Bekker niemals ihre Gedankengänge oder möglichen Indizien einer Person gegenüber offenlegen würde, die so in den Fall verstrickt war wie er. Sie hofft, dass ich die ganze Zeit über ebenfalls meine Zweifel gehegt habe, dachte er. Sie hofft, dass ich ihr mit Gold aufwiege, was sie mir an Bröckchen hinwirft.

Charlie ging niedergeschlagen weiter. »Na gut, stellen wir mal die These auf, dass er es getan hat. Was glauben Sie denn nach zwanzig Jahren noch zu finden?«

»Unterlagen und finanzielle Dokumente, die ein Motiv verraten könnten. Fotos, alte Tagebücher, Briefe ...«

»Aber die Spurensicherung? Kommen Sie schon.«

Bekker warf ihm einen Blick zu, und Charlie wusste, wie naiv er war. Was, wenn seine Mutter in der Tidepool Street ermordet und dann zu dem Baugrundstück in Swanage transportiert worden war? Er stellte sich das Team der Spurensicherung bildhaft vor, wie sie das Haus Meter für Meter unterteilten und nach Blutspuren auf den Teppichen, Dielen und Wänden suchten. Blutflecken, Blutlachen, Blut, das aufgewischt worden war. Aber es tritt ja jeder mal irgendwann in eine Glasscherbe. Wenn sie Mums Blut finden, dachte er, behalten sie das hoffentlich im Hinterkopf.

»Hüten Sie sich vor dem Tunnelblick«, sagte er.

»Hüten *Sie* sich lieber davor«, entgegnete Bekker, dann gingen sie schweigsam weiter. Möwen kreisten über dem Meer oder ließen sich wippend darauf treiben. Letzte Nacht hatte der Wind zugenommen, die Flut hatte eingesetzt, und der Strand war mit Seegras gesprenkelt.

»Noch ein Punkt, den ich Ihnen gegenüber nicht erwähnen dürfte: Es sieht ganz so aus, als seien die ursprünglichen Ermittlungen nicht sonderlich gründlich durchgeführt worden.«

»Soll heißen?«

»Soll heißen, dass wir alte Spuren neu verfolgen und nach neuen Spuren suchen. Wir reden noch einmal mit den ursprünglichen Zeugen. Und es gibt eine Reihe von Zeugen, die uns damals angerufen und geschrieben haben, Spuren, die aber nie weiterverfolgt worden sind.«

»Sie machen Witze.«

Darauf erwiderte Bekker nichts. »Kann ich Einblick in die originalen Akten haben?«, fragte Charlie.

»Machen Sie sich nicht lächerlich.«

»Es geht nicht darum, dass Dad einflussreiche Freunde hatte, es geht darum, dass Ihr Haufen seine Arbeit nicht gemacht hat. Wissen Sie, was er mir gesagt hat? Mindestens fünf Jahre lang ist niemand zu ihm gekommen, um ausführlich mit ihm zu reden, erst als die Abteilung für ungelöste Fälle die Ermittlungen wieder aufnahm. Aussichtslos.«

»Ich teile Ihre Besorgnis«, sagte Bekker und stapfte weiter.

»Und welche Spuren verfolgen Sie neu?«

Ein kurzer Blick von der Seite: Sollte er das wissen? »Ihr Auto ist schon lange verschwunden«, sagte sie. »Wohl auf dem Schrotthaufen gelandet. Aber wir haben damals die Schlüssel, Lenkrad, Armaturenbrett, Sitze und Gurte abgetupft. Und wir haben noch ihre Handtasche samt Inhalt – Lippenstift, Portemonnaie, Taschentücher ... hoffen wir, dass wir neue DNA finden.«

»Ja, hoffen wir mal«, pflichtete ihr Charlie bei. »Sie hatte den Wagen schon eine ganze Weile. Dad hat ihn manchmal gefahren.«

»Das wissen wir. Wir wissen auch, selbst wenn durch erneutes Überprüfen DNA gefunden werden sollte, dass sie auf ganz harmlose Weise dort hingeraten sein könnte. Vielleicht hat sie Kollegen mitgenommen.«

Drew Quigley, fragte sich Charlie. Sollte er Bekker davon erzählen? Nein, das war ja nur ein Gerücht. »Könnte ich mir wenigstens die Fotos anschauen?«, fragte er.

»Charlie, Sie dürfen sich gar nichts anschauen.«

»Darf ich denn fragen, wovon Sie Fotos haben?«

Bekker war argwöhnisch. »Vom Auto. Vom Haus. Von ihrer Handtasche und anderem Zeug – am Fundort, vor und nach der Untersuchung im Labor.«

»Man hat mir gesagt, dass der Wagen von der Straße abgekommen und gegen einen Zaunpfosten geknallt sei.«

»Torpfosten.«

»Um eine Entführung vorzutäuschen.«

»Oder einen Unfall«, sagte Bekker. »Sie hat sich den Kopf angestoßen, hat die Orientierung verloren und hat sich im Busch verlaufen.«

Da gibt es kein Buschland, dachte Charlie. Nur Farmland.

Bekker stapfte wieder los. Unterwegs warf sie ihm die nächste Frage zu: »Charlie, wann ist Ihr Vater wieder zurück?«

»Mitte Februar. Wollen Sie ihn verhaften?«

»Wir möchten nur mit ihm reden.«

Charlie war dickköpfig. »Können Sie ihn nicht in Ruhe lassen? Tunnelblick.«

»Erklären Sie mir ruhig meinen Job. Das liebe ich«, meinte Bekker. »Hat Ihr Vater jemals Ihre Mutter geschlagen?«

Charlie blieb stehen. »Immer schön um den heißen Brei, nicht wahr? Nein. Niemals. Sie haben sich nicht mal sonderlich gestritten.«

Bekker dachte darüber nach. »Er war beim Gerichtstermin nicht anwesend. Wussten Sie das?«

»Hätte er das müssen? Vielleicht trauerte er zu sehr. Na, Sie haben ja sicher den Bericht des Gerichtsmediziners gelesen. Aller Wahrscheinlichkeit nach wurde Mum von unbekannter Hand umgebracht.«

Bekker setzte einfach nach. »Aber hat denn Ihr Vater überhaupt getrauert? Damals fiel einigen Leuten ein offensichtlicher *Mangel* an Trauer auf. Und nach recht kurzer Zeit zog er zusammen mit ... wie hieß sie noch gleich ...«

Ihre Stimme versandete. Sie packte Charlie am Arm. »Was ist das denn?«

Auf dem Strand vor ihnen lag eine bucklige, braunschwarze Gestalt. »Kein Mordopfer, falls Sie das denken ... nur eine Robbe«, sagte Charlie und ging näher, um sich zu vergewissern.

Er schaute zu ihr zurück und nickte. »Ja, eine Robbe.«

Sie gesellte sich in einer Mischung aus Kummer, Ehrfurcht und Neugier zu ihm. »Armes Ding.«

»Auf den Nobbies gibt es eine Kolonie«, erläuterte Charlie und wies übers Wasser in Richtung Phillip Island.

Sie schlang die Arme um sich. »Was ist passiert? Wie ist sie umgekommen?«

Charlie zuckte mit den Schultern. Als Kind hatte er mindestens eine tote Robbe im Jahr gesehen. Er kauerte sich hin und betrachtete den Kadaver. »Ich kann keine Verletzung erkennen. Krank? Alt? Orientierungslos? Letzte Nacht hat es einen ziemlichen Sturm gegeben.«

Wie er so die schmuddelige Robbe betrachtete, musste er

unwillkürlich an seinen Vater denken – auch der hatte, wie die Robbe, alle Geschmeidigkeit verloren.

Bekker trat um den Kadaver herum, ging ein paar Schritte und machte kehrt. »Gehen wir zurück. Das langt für den Augenblick.«

Sie hatte es wieder eilig, und Charlie hielt mühsam mit ihr Schritt. »Das langt auf gar keinen Fall.«

Ohne ihre Schritte zu verlangsamen, warf sie ihm einen Blick zu. »Führen Sie das näher aus.«

»Sie sagten doch selbst, dass die ursprünglichen Ermittlungen schlampig waren. Vielleicht hat sich meine Mutter mit jemand anderem getroffen.«

Bekker ging schneller. »Wollen Sie sagen, Sie hätten da jemanden im Auge? Ich möchte, dass Sie sich zurückziehen, Charlie. Hören Sie auf, die Leute zu belästigen.«

»Tja, wenn Sie Ihren Job gemacht hätten …«

Sie blieb stehen und sah ihn feindselig an. »Ich habe meinen Job gemacht. Halten Sie sich da raus, Charlie. Lassen Sie das nicht zu einem zweiten Fall Kessler werden.«

»Heh«, machte Charlie, hob die Hände und wich zurück.

Bekker wollte nachsetzen, doch dann gewann Bedauern die Oberhand. Sie berührte ihn am Unterarm, und ein verworrener Ausdruck umwölkte ihr Gesicht. »Sorry, das war unnötig«, sagte sie und ging weiter.

Nach einem kurzen Augenblick holte Charlie sie ein. »Haben Sie denn zumindest eine Theorie, was vorgefallen ist?«

»Charlie, nicht …«

Charlie klammerte sich an jeden Strohhalm. »Wie ich neulich schon sagte, war meine Mutter vielleicht gar nicht das eigentliche Opfer, sondern Billy. Irgendein Pädophiler hat ihn sich geschnappt, sie ist dazwischengegangen, und er musste beide umbringen. Wissen Sie, wer zuerst ums Leben gekommen ist? Nur weil Billy als Erster gefunden wurde, heißt das ja noch nicht, dass er das erste Opfer war.«

»Oder«, entgegnete Bekker, »Ihre Mutter war das eigentliche Opfer, und der Junge ist zufällig hineingeraten.«

»Haben Sie damals überhaupt nach Perverslingen gesucht? Tun Sie das jetzt?«

»Perverslinge. Der Ausdruck gefällt mir.«

Charlie spürte, wie ihn Enttäuschung erfasste. Er ballte die Fäuste.

Becker sah ihn an, bemerkte die Anspannung und lockerte erneut ihre Haltung ein wenig. »Charlie, wir machen einen gründlichen Job. Wir diskutierten alle möglichen Szenarien durch, und das werden wir auch weiterhin tun. Vertrauen Sie uns, okay?«

Plötzlich blieb sie stehen. »Erzählen Sie mir von Ihrer Familie. Ihrem Dad, Ihrer Mum – Ihrem Dad mit Ihrer Mum.«

Das lief alles auf eine Frage hinaus, und die war für Charlie zu groß. Doch Bekker ging es wohl nicht um schmutzige Details – sie war neugierig und verdiente eine Antwort. Er nickte einer Nachbarin aus der Spray Street zu, die Bekker wachen Blicks musterte, und sagte: »Was soll ich sagen? Auf der Peninsula geboren und aufgewachsen, seit dem ersten Jahr an der Highschool miteinander befreundet.«

»Wo?«

»Dromana – Liam und ich sind auch dorthin.«

»Erzählen Sie mir von Liam.«

»Ich glaube nicht. Sie wissen ja bereits, dass Liam Dad für schuldig hält und ich nicht.«

Bekker wechselte erneut das Thema. »War die Scheidung feindselig?«

»Sie waren nicht geschieden. Sie lebten getrennt.«

»Allerdings stand die Scheidung bevor.«

»Ja.«

»Was bedeutete, das Haus verkaufen zu müssen.«

Gibt es in den alten Akten Fotos des Hauses? Da sähe man im Rasen das Zu-verkaufen-Schild stecken.

»Wie empfand Ihr Vater das alles?«

»Wir waren traurig, *alle*.«

»Ihre Eltern haben sich getrennt, weil Ihr Vater ...« *Durch die Betten hopste,* hätte sie beinahe gesagt.

»Er hat eine andere kennengelernt«, sagte Charlie. »Aber das wissen Sie doch alles.«

»Ich interessiere mich für Ihre Sicht auf die Dinge.«

»Was soll ich Ihrer Meinung nach sagen? Die Menschen verlieben sich manchmal in jemand anderen. Ehen kommen an ihr Ende.«

»Erzählen Sie von Fay.«

»Sie ist nett«, antwortete Charlie ohne Zögern. »Sie war allein, als Dad sie kennenlernte – er war zur Genossenschaftsbank der Polizei gegangen, um einen Kredit aufzunehmen. Sie hat die Trennung nicht forciert; meine Eltern standen sich zu dem Zeitpunkt eh schon nicht mehr nahe.«

War das gelogen? Zumindest entsprach es nicht ganz der Wahrheit. Charlie ging nicht weiter darauf ein.

»Ihr Dad ist recht schnell mit ihr zusammengezogen.«

»Er hatte keinen anderen Platz zum Wohnen.«

»Hatte er schon. Das Haus, in dem Sie jetzt wohnen.«

»Nein«, entgegnete Charlie starrsinnig. »Er wurde durch die Erinnerungen und die öffentliche Meinung vertrieben.«

Bekker hätte beinahe geschnaubt. »Haben Sie jemals daran gedacht, dass Ihre Mutter seiner Beziehung zu Fay im Weg stand?«

Charlies Polizeimantra lautete: Glaube niemandem, nimm nichts als gegeben, es sei denn, du hast Beweise. Bekkers Theorie überraschte ihn daher nicht. Doch er fühlte sich merkwürdig angegriffen.

»Sie werden Fays Alibi ebenfalls überprüfen, nehme ich an.«

»Damals wurde sie entlastet – und zwar völlig, sie war in Sydney auf einer Konferenz.«

»Aber vielleicht nur, um sich ein Alibi zu verschaffen«, meinte Charlie sarkastisch. »Vielleicht gibt es in ihren Kontoauszügen aus dem Jahr 2000 eine unerklärliche Zahlung über 9999 Dollar an eine polizeibekannte Person.«

Bekker versetzte ihm einen leichten Schlag. »Man kann nie wissen. Wie ich schon sagte, wir gehen alles noch einmal durch. Was dachten Sie, als die beiden geheiratet haben?«

»Ich habe mich für sie gefreut. Es hat eine Weile gedauert – Mum musste erst für tot erklärt werden.«

»Was sie ja auch tatsächlich war«, sagte Bekker.

»Das war nicht sehr nett.«

»Tut mir leid.«

Charlie nahm ihr das ab. Bekker wirkte erschöpft. »Wann wird man die Leiche freigeben?«, fragte er.

»Nicht so bald, Charlie, das wissen Sie doch. Ich weiß, Sie möchten eine ordentliche Beerdigung durchführen, und es gibt auch keinen Grund, warum Sie das nicht tun sollten. Aber das kann noch Wochen dauern. Ich habe da nichts zu sagen, tut mir leid.«

»Niemand hat nie irgendetwas zu sagen«, murmelte Charlie bitter. Während er ihr zur Treppe zur Tidepool Street folgte, fragte er sich, ob sie ihn an der Nase herumgeführt hatte. Bekker zog gerade ihre Schuhe an, als Mrs Ehrlich herunterkam; sie hatte sich die Nase mit Sunblocker eingeschmiert, und ihre Sandalen schlappten ihr gegen die Fußsohlen. Sie sagte nichts, sondern lächelte nur nervös.

»Meine Nachbarn werden denken, dass ich irgendetwas verbrochen habe.«

»Sie haben ein unerschütterliches Alibi für den Tag, an dem der arme Billy und Ihre Mutter starben«, sagte Bekker. »Sie waren mit mir zusammen.«

Charlie folgte ihr die Stufen hinauf und dachte: Hast du mit Liam gesprochen? Hat er dir erzählt, dass er Dads Auto gesehen hat?

Er wollte Bekker sagen, dass sie nach einer Person mit einem kalten, peniblen Verstand suchen sollte. Nach einem Verstand, der in der Lage war, die weiteren Schritte jeglicher Schilderung vorauszuahnen, zu lenken und fehlzuleiten, indem er das Ertrinken des einen Opfers und die gewaltsame Entführung des anderen Opfers inszenierte. Doch wenn er das sagte, dann würde es nur auf eine einzige Antwort hinauslaufen – die, die alle gaben: »Wie der Verstand eines Polizisten zum Beispiel?«

27

Am späten Vormittag ließen sie Charlie wieder allein, doch wurde das Suchteam bald durch Reporter, Fotografen und Medientransporter ersetzt, die die Tidepool Street und die Bass Street verstopften und ihn ins Haus verbannten. Ein paar von ihnen kamen über den verdorrten Rasen und klopften an die Schiebetür, sahen Charlie mit steinerner Miene im Haus, formten Wörter mit ihren Mündern, gestikulierten und grinsten aufgesetzt. Und alle hatten sie seine Telefonnummer, also steckte er das Haustelefon aus und stellte sein Handy stumm, wenn er nicht Liam, Anna, Emma und Jess anrief.

Am Nachmittag informierte er Rhys und Fay von der Identifizierung. Rhys, der besorgt, verloren und ganz weit weg wirkte, fragte: »Wozu haben die das Haus durchsucht? Was zum Teufel glauben die, dort zu finden?«

Charlie wusste nicht, was er sagen sollte, wo doch Fay danebensaß und zuhörte. Dass die Polizei an der Stelle Blut zu finden hoffte, wo ihr Mann seine erste Frau umgebracht hatte?

»Die wollen nur alle Möglichkeiten ausschließen«, antwortete er.

Rhys krümmte sich vor Husten. »Meine Güte. Entschuldige bitte.«

Fay schob ihr kluges Gesicht ins Bild. »Haben sie irgendetwas gefunden?«

»Sind mit leeren Händen abgezogen, soweit ich weiß.«

Dann tauchte Rhys wieder auf. »Sollen wir zurückfliegen, Junge?«

»Du kannst eh nichts tun«, sagte Charlie. »Genießt den Rest eures Urlaubs.« Dann schwieg er kurz. »Kann allerdings sein, dass sie dir ziemlich die Hölle heißmachen werden, wenn du zurückkommst.«

Der Tag verging und wurde schließlich durch nachmittägliche Schatten abgemildert. Wann immer Charlies Handy summte, kontrollierte er die Nummern und hörte die Voicemail ab. Mark Valente war betrübt, teilte ein paar Erinnerungen und beendete das Gespräch mit: »Und zurück bleiben nur die Verdrossenen und Niederträchtigen.«

Charlie lächelte still, dann sah er Sue Meads Telefonnummer. Er hob ab.

»Hi, Sergeant.«

»Charlie. Ich wollte nur sagen, wie leid es mir tut, uns allen.«

Allen? Die Hälfte seiner alten Kollegen in der Abteilung hassten ihn zutiefst. »Danke. Das bedeutet mir viel.«

»Wenn ich irgendetwas tun kann ...«

»Es geht mir gut«, sagte Charlie. »Was macht der Kessler-Prozess?«

»Er ist im Gange«, antwortete sie. »Tut mir leid, Charlie. Ich muss los.«

Ein paar optimistische Reporter lungerten auch noch in der Tidepool Street herum, als die Sonne hinter den Bäumen verschwand, also verließ Charlie das Haus durch die Waschküchentür, stieg über den seitlichen Zaun und überquerte Mrs Ehrlichs Hinterhof. Im Schein der Küchenbeleuchtung hinter sich stand sie am Spülbecken. Sie sah ihn und winkte ihm mit einer gelb behandschuhten Hand freundlich zu, bevor er in der Gasse hinter ihrem Haus verschwand. Den ganzen Weg über spürte er ihren Blick im Rücken: alles Gute, Charlie.

Die Ebbe hatte eingesetzt, das Wasser, glatt wie Glas, spiegelte das Dämmerlicht und lappte kaum an die kleinen Felseninseln, auf denen die Kormorane gern die ausgebreiteten Flügel im Wind trockneten. Charlie blieb einen Augenblick stehen und dehnte sich, seine Brust oder sein Herz, jenen Teil seines Körpers, in dem

Gefühle bewahrt wurden. Aber welche Gefühle? Seine Mutter war verschwunden und wieder gefunden worden. Allerdings hatte man nur Knochen gefunden, nicht seine Mutter. Erschlagen – doch vor seinem geistigen Auge war ein Schädel eingeschlagen worden, nicht seine Mutter. Sie wurde noch immer vermisst. Ihr abwesendes Gesicht: Er konnte es nicht ertragen, sich vorzustellen, wie jemand darauf einschlug. Sie hatte viel gelächelt. Geduldig, liebevoll – doch mit einem Staubsauger in der Hand verwandelte sie sich in eine rasende Furie, der man besser aus dem Weg ging. »Nichts wie aus dem Haus, Jungs«, hatte Rhys immer gesagt. Und sie hatte geschnauzt: »Dann macht ihr das doch.«

Wo war denn dieses Bild hergekommen? Langsam bildete sich in Charlies Gedanken eine echte Frau mit ihren Eigenheiten, ihrem Charakter, und er weinte. Blindlings ging er nach links um die Klippe in Richtung Balinoe Beach und fragte sich, warum er weinte. Um seine Mutter, ja, aber auch um seine verlorenen Jahre. Die ergebnislose Suche. Die nutzlosen Verdächtigungen, die Anstrengungen und Mühen.

Er würde wieder von vorn anfangen müssen. Halten Sie sich raus, hatte Bekker gesagt. Vertrauen Sie uns. Charlie vertraute ihr, aber das war nicht der Punkt. Der Punkt war, dass man von ihm erwartete, rumzusitzen und Däumchen zu drehen.

Er ging über den Sand, die Tränen trockneten, Himmel, Wasser und duftsatte Luft strömten in ihn. Er war eine einsame Gestalt, aber er war nicht allein dort. Ein Fatbike überholte ihn mit zischenden Reifen, ein Angler stand mit drei Ruten im Sand, alle drei straff in Richtung Meer gespannt. Charlie hatte die Angler noch nie einen Fisch fangen sehen. Sie mussten andere Gründe für ihren Aufenthalt hier haben. Sie flohen vor ihrem Zuhause; sie hingen ihren Gedanken nach.

Zwei schwarze Schwäne trieben auf dem Wasser. Ein seltener Anblick. Wahrscheinlich aus dem Naturschutzgebiet bei Swanage, dort gab es reichlich Nahrung und Schutz – doch selbst ein Schwan musste sich mal umschauen, die eigenen Grenzen testen ... die porösen Grenzen.

Woher stammte denn diese Formulierung? Irgendetwas, das Dr Fiske gesagt hatte. Charlie ging weiter, die Sonne breitete sich am Horizont aus, und er fragte sich, was er wegen seiner Therapeutin unternehmen sollte. Wenn er die Truppe verließ – oder rausgeschmissen wurde –, dann würde er sie nicht mehr aufsuchen müssen. Aber er mochte sie. Kleine Dinge, die sie ihm entlockt und ans Licht gebracht hatte. Dinge, über die er nachdenken musste.

Okay, folgender Plan. Sprich noch einmal mit den Freunden und Bekannten von Mum; finde heraus, wem das Baugrundstück gehörte; schau dir Billy Sauls Lebensumstände an und finde heraus, was sich dort noch verbirgt.

Er kam an einer Frau vorbei, die mit zwei Kindern im Sand saß, Reste von Fish and Chips zwischen ihnen. Die Kinder patschten mutlos im Sand herum, ihre Mutter murmelte in ein Handy. So etwas bekam Charlie jedes Mal zu sehen, wenn er am Strand ging. Kinder, die spielen wollten, aber nicht wussten wie.

Ein Stück weiter fand er ein Stück Strandmüll, bog Richtung Tulum Court und der Mülltonne ab, da kam Noel Saltash mit einem alten Labrador an der Leine die flache Düne herab. Charlie und er wollten schon mit dem eiligen Nicken eiliger Männer aneinander vorbeigehen, als Saltash schüchtern und verlegen stehen blieb. Verflucht, dachte Charlie.

»Hi, Noel.«

»Charlie«, erwiderte Saltash. Er war einer dieser alten Männer, die aus vielen Männern zusammengeflickt schienen. Kleiner Kugelbauch, dürre Beine, weit auseinanderstehende Augen, knorplige Ohren und eine schlanke Nase, dazu die Finger eines Klavierspielers. Wenn er seine Rangeruniform nicht trug, war seine Stirn gespenstisch weiß, und seine Unterarme und Beine wirkten wie altes Leder. So alt wie mein Vater, dachte Charlie. So alt wie Mark Valente. Doch solange der Bezirk ihn beschäftigte, würde er der Ranger sein. Ohne den Strand wäre er verloren; das war sein Revier.

»Hab gar nicht gewusst, dass du einen Hund hast …«

»Charlie, ich wollte nur sagen, wie leid mir das tut. Sie war eine großartige Frau.«

Charlie schwieg verblüfft. »Danke«, sagte er dann.

Saltash hätte beinah noch mehr gesagt, doch dann überlegte er es sich anders und nickte abrupt zum Abschied. Charlie sah zu, wie er auf den Strand trat, und amüsierte sich bei dem Gedanken, wenn Pat, die Hundefrau, in diesem Augenblick vorbeikommen würde. Es war noch nicht ganz neunzehn Uhr, erst danach waren im Sommer Hunde am Strand erlaubt, sie hätte also alles Recht, Saltash einen Heuchler zu schimpfen.

Charlie warf den Müll in die Tonne und wartete ein paar Minuten halb zwischen Kajaks und Surfbrettern verborgen, die das ganze Jahr über zwischen Teebäumen und Dünensenken lagen, ohne jemals gestohlen oder vandalisiert zu werden. Nachdem er sich vergewissert hatte, dass Saltash einen gehörigen Vorsprung hatte, kehrte er an den Strand zurück und schaute in beide Richtungen; Gott sei Dank, der alte Knacker war nach links verschwunden. Charlie ging nach rechts zurück zur Tidepool Street.

»Großartige Frau«, hatte Noel gesagt. Die Worte zauberten sie vor sein geistiges Auge. Abgedroschene Wörter, die Art von Formulierung, die man eben so sagte, aber in diesem Augenblick die blanke Wahrheit.

28

Die Urlauber kehrten zur Arbeit zurück, die Schulen öffneten wieder. Am Nachmittag des 31. Januar, eines Freitags, lenkte Charlie den Skoda steile Serpentinen hinauf und durch kleine Hügelstädtchen, bis er schließlich auf dem Besucherparkplatz der Highschool landete, in der der mögliche Liebhaber seiner Mutter nun Direktor war. Er schaltete den Motor aus, schaute auf sein Handy, ließ die Scheibe herunter und machte es sich bequem, während Eltern ihre Kinder abholten, Busse davontuckerten und Lehrkräfte den Arbeitstag beendeten.

Drew Quigley tauchte um halb sechs auf. Ein großer, dürrer, nervös wirkender Mann. Er neigte zur Glatze – auf Facebook hatte er noch mehr Haare –, trug ein kurzärmliges weißes Hemd und Schlips und schloss einen Golf Kombi auf, als Charlie ihn abfing. »Mr Quigley?«

Ein müdes Gesicht wendete sich ihm zu, das schicksalsergeben darauf wartete, von irgendeiner Art elterlichem Groll noch weiter niedergedrückt zu werden. »Ja?«

Charlie streckte ihm die Hand hin. »Charlie Deravin. Rose Deravin war meine Mutter.«

Quigley gab ihm ganz automatisch die Hand, während alle möglichen Emotionen hinter der Müdigkeit aufflackerten: Überraschung, Unbehagen, Kalkül. Er ließ Charlies Hand los, öffnete bedächtig die Heckklappe, verstaute seine Brieftasche, schloss die Heckklappe – um Zeit zu schinden, dachte Charlie. Um die passende Geschichte und den passenden Gesichtsausdruck zu finden.

Quigley entschied sich für ein ernstes Gesicht. Er lehnte sich an sein Auto, verschränkte die Arme und schüttelte leicht den

Kopf. »Ich habs in den Nachrichten mitbekommen. Eine furchtbare Geschichte. Tragisch. All die Jahre, ohne etwas zu wissen, und dann so etwas?«

Charlie versuchte sich vorzustellen, was seine Mutter sich wohl dabei gedacht hatte, wenn sie denn tatsächlich mit Quigley zusammen gewesen war. Was hatte sie an ihm gefunden? Was würde überhaupt eine Frau an ihm finden? Er war unscheinbar, zugeknöpft, fast überkorrekt. Eine angenehme Stimme – die sonore Stimme eines geborenen Lehrers –, trotzdem als Liebhaber unwahrscheinlich. Eher einer, dem das Herz gebrochen wurde. Hatte sie zur Abwechslung Sicherheit und Farblosigkeit gesucht? Vielleicht war Quigley ein freundlicher Mann und sie brauchte Aufmerksamkeit. Charlie hörte Jess' Worte in seinem Kopf: »Ich möchte nur jemanden, der mir zuhört. Selbst wenn du hier bist, bist du nicht hier.«

Trotzdem: höchst unwahrscheinlich. Und seine Reaktion ... Warum war er nicht überraschter? Verwirrt? Gereizt? Zwanzig Jahre waren vergangen; er war Charlie nie begegnet; es gab keinen Grund, warum Charlie oder sonst wer ihn aufspüren sollte. Hatte er zwanzig Jahre auf den Schlag gewartet? Hielt er sich immer so bedeckt? Es hätte ihn völlig aus der Bahn werfen sollen. Er kam nicht mal ins Stottern.

»Tut mir leid, stören zu müssen«, sagte Charlie, »aber ob ich wohl mal mit Ihnen sprechen könnte?«

Quigley sah sich links und rechts um, warf dann einen Blick über Charlies Schulter und zurück zum Verwaltungstrakt, so als plane er eine Flucht durch die sich hier im Land der mächtigen Bäume und späten Nachmittagssonne bildenden tiefen Schatten. Dann drehte er sich zu Charlie um und sagte: »Ich muss gestehen, ich habe keine Ahnung, was Sie von mir wollen, außerdem ist es zu Beginn des Schuljahres immer recht hektisch. Wenn ich nach Hause komme, habe ich noch einen ganzen Stapel Berichte zu schreiben.«

Charlie ging nicht darauf ein. »Sie waren mit meiner Mutter befreundet.«

Quigley zuckte zusammen und suchte wieder nach einem Ausweg. Er zog die Wörter in die Länge: »Wir haben an derselben Schule gearbeitet ...«

»Eng befreundet, hab ich gehört.«

»Ich weiß nicht, woher Sie die Informationen haben. Ich fürchte, ich kann Ihnen da nicht helfen.«

»Sehr enge Freunde.«

Wieder dieser gehetzte Blick. »Eine Gruppe von uns ... wir haben nach der Arbeit manchmal ein Glas zusammen getrunken, das war alles.«

Ein Bilderrätsel für Charlie. Er sah eine alleinstehende Frau vor sich, einsam, die nach einem freundlichen Ohr sucht. Quigley reagiert darauf, sie reagiert entsprechend. Sie verabreden sich, im Pub sitzen zu bleiben, wenn die anderen gehen. Knie berühren sich. Finger.

»Sie sind Großvater.«

»Entschuldigung?«

»Das bedeutet, dass Sie vor zwanzig Jahren eine Frau oder zumindest eine Partnerin hatten. Hat meine Mutter von ihr gewusst? Waren Sie damals getrennt?«

»Mr Deravin, ich bin seit dreißig Jahren verheiratet, glücklich verheiratet. Aber was das mit alldem zu tun hat –«

»Verständlich«, unterbrach Charlie ihn. »Meine Mutter hatte zu diesem Zeitpunkt meinen Vater verlassen. Er selbst hatte bereits eine neue Freundin, sie hatte also alles Recht, sich ebenfalls Gesellschaft zu suchen, und Sie ...«

»Müssen wir das hier bereden?«

Damit hatte Charlie nicht gerechnet. Er hatte insistiert und damit gerechnet, dass Quigley sich wehren würde, gehofft, er würde sich im Eifer des Gefechts verplappern. »Ein Stück weiter ist ein Pub.«

Quigley sah ihn mit einer Miene an, die besagte: »Machen Sie sich nicht lächerlich, ich gehe nie in ein Pub«, wies zum Verwaltungstrakt zurück und klimperte mit den Schlüsseln. »Mein Büro.«

Als Charlie sah, was Quigley gesehen hatte, ergab das für ihn mehr Sinn: Von der Hauptstraße kam ein Transporter mit der Aufschrift Dandy Cleaners angerollt. Er hielt neben dem Hauptgebäude, zwei Frauen mit Kopftüchern und in grauen Overalls stiegen aus. Sie öffneten eine Schiebetür, nahmen Eimer, Mopps und Staubwedel heraus. Nützliche Zeuginnen, für den Fall, dass ich laut oder gewalttätig werde, dachte Charlie.

Er folgte Quigley in die Eingangshalle – Quigley rief den Putzfrauen ein fröhliches »Ladys!« zu –, dann am Empfang vorbei in einen Flur voller Poster und kindlicher Bilder von Bäumen, Häusern und Strichmännchen. Alle möglichen Gerüche hingen in der Luft: der nach eingepferchten, triebgesteuerten Kindern und ihren billigen Deos; Desinfektionsmittel, Kopierpapier, Plastikteppichböden und Lernunwillen.

Quigleys Büro war klein, aber mit Blick auf den Sportplatz, weiße Torpfosten und Zäune, auf Bäume dahinter. Auf dem Schreibtisch und den Büroschränken lagen Akten. Zwei große Monitore schauten zu dem Bürodrehstuhl, die Wände waren vollgestellt: eine Trophäenvitrine, Stundenpläne, ein Plakat von Schloss Neuschwanstein.

Nicht der schlechteste Ort für eine Unterhaltung, allerdings würde Quigley hier, umgeben von den Insignien seiner Autorität, an Selbstvertrauen gewinnen. Und er hatte bei dem Gang vom Parkplatz ein paar Minuten Zeit gewonnen, um sich zu sammeln. Charlie sah zu, wie er sich hinter den Schreibtisch setzte, dann schnappte er sich einen der Besucherstühle.

Quigley blickte ihn über den Schreibtisch hinweg an: Das hier ist mein Spielfeld. »Also, wie kann ich Ihnen behilflich sein?«

»Meine Mutter und Sie waren ein Liebespaar.« Alles an Quigleys Reaktionen bisher brachte Charlie zu dieser festen Überzeugung.

»Das waren wir ganz sicher nicht. Wir waren Arbeitskollegen.«

Dann lehnte er sich zurück und legte doch tatsächlich die Fingerkuppen aneinander: Der Ball ist in deiner Spielhälfte.

Charlie nickte abwesend. Schwach, wichtigtuerisch. Vielleicht hatte seine Mutter das letztlich auch bemerkt – vielleicht auch von Anfang an. Sie hatte ihn schnell sattgehabt. Er hatte sie gelangweilt. Zu spießig, zu bedürftig.

Doch bevor er den nächsten Schritt ausformulieren konnte, beugte sich Quigley vor und sah ihn mit seinem Direktorenblick an. »Nur zu Ihrer Information, und um gleich jede gehässige kleine Beschuldigung abzuwehren, die Sie vielleicht in petto haben, ich habe am Tag, als Ihre Mutter verschwand, unterrichtet. Den ganzen Tag. Tut mir leid, so offen sein zu müssen, aber so ist es nun mal.«

Er dürfte versucht haben, jeden einzelnen ihrer Schritte zu bestimmen, dachte Charlie. Er dürfte die Gewohnheiten des Unterrichtens mit ins Bett, mit in die normalen Beziehungen gebracht haben. Er dürfte die Regeln bestimmt haben, in der Gewissheit, dass sie nichts dagegen einzuwenden hätte, denn das hatte noch nie jemand getan.

»Sie haben sie geschlagen.«

Quigley wurde bleich. »Wie bitte?«

»Wenn ich das herausfinden kann, dann kann die Polizei das ebenfalls. Sie haben sie geschlagen.«

»Ich würde niemals eine Frau schlagen.«

»Meine Mutter hat nie Ärger heraufbeschworen oder für Unruhe gesorgt. Sie war Pazifistin. Lieb, beschützend, stets nahm sie auf andere Rücksicht. Aber sie hatte meinen Vater verlassen und genoss die Freiheit. Sie wollte glücklich sein. Aber sie war immer noch verletzlich. Unter anderen Umständen hätte sie sich nie mit Ihnen eingelassen. Schon gar nicht mit irgendeinem verheirateten Mann.« Er sah sich im Zimmer um und setzte nach. »Haben Sie sie angelogen? Haben Sie ihr gesagt, sie würden sich trennen und Ihre Frau würde sie nicht verstehen?«

Quigley geriet in Panik. Charlie kümmerte sich nicht weiter darum, sondern schaute sich wieder an den bedrückenden Wänden um ...

Etwas war mit dem Stundenplan. Farben auf einem Whiteboard, das ein Viertel der Wand über einer Reihe von vier niedrigen Aktenschränken einnahm. Die Namen von Lehrern: Gittins, Driscoll, DiMaggio … Charlie stand auf, um genauer nachzusehen. Statt der Punkte über dem kleinen i befanden sich dort Kreuzchen.

Er setzte sich wieder hin. »Jedenfalls kam sie zur Besinnung, doch das hat Ihnen nicht gefallen.«

Quigley schien gewillt, seinen Protest noch eine Weile aufrechtzuerhalten, doch dann sackte er in sich zusammen. Mit leiser, trostloser Stimme sagte er: »Sie sehen das ganz falsch. Ich habe sie mit Respekt behandelt. Ich würde niemals …«

Charlie sah, wie sich Quigleys Adamsapfel beim Schlucken bewegte und er die Fassung zu wahren suchte. »Wir haben uns freundschaftlich getrennt. Ich hegte Gefühle für sie, sie für mich, aber das konnte nicht so weitergehen, das war uns beiden klar.« Er schwieg kurz, und in seinen Augen flammte so etwas wie Berechnung auf. »Sie hatte Angst vor Ihrem Vater, wussten Sie das?«

»Sie haben miteinander geschlafen.«

»Das geht Sie *überhaupt nichts an.*« Fast hätte er aufgeschrien. Doch wieder hielt Quigley seine Gefühle im Zaum. Er wich Charlie aus, suchte Antworten in den Türmchen und Spitzen auf dem Plakat und sagte überheblich: »Ich war ein glücklich verheirateter Mann, das bin ich heute noch, aber Ihre Mutter und ich hatten eine ganz besondere Freundschaft. Als sie einfach so verschwand, hat es mir das Herz gebrochen.«

»Haben Sie der Polizei von dieser sogenannten Freundschaft erzählt?«

»Sie sind ein schmutziger kleiner Mann. Was soll ich denn der Polizei erzählen? Dass wir Freunde waren? Sie hatte einen Haufen Freunde. Diese Frau … Karen Wagoner … warum reden Sie nicht mal mit der? Ich war den ganzen Tag bei der Arbeit, wie gesagt.«

»Hat die Polizei mit Ihnen gesprochen?«

»Sie hat mit allen gesprochen.«

»Ist sie noch mal vorbeigekommen?«

»Nein. Warum sollte sie? Wie ich schon sagte, Ihre Mutter hatte Angst vor Ihrem Vater. Den Zusammenhang können Sie selbst herstellen.«

Charlie stand auf; Quigley zuckte zusammen.

»Seien Sie kein Blödmann. Ich werde Ihnen schon nichts tun.«

»Ich möchte, dass Sie jetzt gehen.«

»Das mache ich. Und übrigens, hören Sie endlich auf damit, meinem Vater diese anonymen Briefe zu schreiben. Die sind genauso jämmerlich wie Sie.«

29

Das Wochenende verbrachte Charlie damit, alles neu zu strukturieren. Es war an der Zeit, die Möglichkeit in Betracht zu ziehen, dass nicht seine Mutter das beabsichtigte Ziel gewesen war, sondern der Junge.

Nach Schwimmen und Zeitungholen am Samstagmorgen googelte er »Saul« und »Berwick«. Die Familie war nicht weggezogen. Tania Saul, geschieden, würde am Montag mit ihm reden.

Samstagnachmittag ging er surfen; Point Leo versprach anderthalb Meter hohe anlandige Wellen. Er schnappte sein Brett und traf gegen fünfzehn Uhr dort ein, hielt, um sich eine Parkerlaubnis zu kaufen, und fuhr dann zur Wasserrettungsstation, wo er auf einem grasbewachsenen Bankett hielt, gleich neben den üblichen Kastenwagen und SUVs. Er zog seinen Neoprenanzug an; das vertraute Schnalzen des Materials, zusammen mit den Geräuschen von Wind und Möwen und dem Geruch von Meer, wirkte Wunder und brachte die Vergangenheit zurück, obgleich er ganz im Hier und Jetzt war. Er ging an den Clubräumen vorbei, das Brett schlug ihm gegen die rechte Hüfte, und er nahm den Dünenpfad hinunter zum Strand. Ein paar einsame Hundebesitzer; Seevögel, die bei der Futtersuche über den Wellen zur Seite wegkippten; die winzigen Flecken der geduldigen Surfer draußen auf dem Wasser; Wellen, die ohne viel Aufsehen ans Ufer rollten, doch manchmal auch lockten, sich manchmal aufwarfen und brachen, wenn man genug Geduld besaß.

Er schloss sich den Surfern weit draußen an, ließ sich träge treiben, wartete. Dann baute sich eine ungewöhnliche Welle auf. Er paddelte, so schnell er konnte, zu ihr hin, bereitete sich auf einen steilen Start vor, stürzte die Flanke hinunter, ritt die Welle ab und glitt schließlich aufrecht dahin, bis er sich bäuchlings aufs Brett legte und ans Ufer paddelte. Mehr brauchte er nicht. So etwas würde sich nicht wiederholen, nicht heute.

Am Samstagabend rief Anna an. Eigentlich war er an der Reihe gewesen, falls sie denn überhaupt so etwas wie eine Strichliste führten, aber seit er sie im Krankenhaus hatte liegen sehen, war ein gewisser unbestimmbarer Widerwillen in ihm aufgestiegen. Die zerkratzte, aufgerissene Haut. Die Polizei, die überall lauerte. Die Gefahr, in die er sie gebracht hatte – all diese Dinge.

Man hörte es ihm an, als er ihren Gruß erwiderte. Vielleicht spürte sie es. Sie plauderte ein wenig schneller als üblich. Sie war am Morgen aus dem Krankenhaus entlassen worden; sie erholte sich im Haus ihrer Eltern in Ivanhoe und war schon ganz ungeduldig bei dem Gedanken, tagelang im Wintergarten hinterm Haus mit all den Korbmöbeln und geblümten Kissen herumzusitzen; ein Physiotherapeut war vorbeigekommen, um die Reha mit ihr zu bereden; die Neuigkeiten von den Buschbränden wurden immer schlimmer ...

»Ich plappere, Charlie. Wie kommst du zurecht?«

»Ganz gut.« Eine unzulängliche Antwort, Anna schwieg. »Ich halte mich beschäftigt«, fügte er hinzu, verstand aber gar nicht, warum er sich so blöd anstellte.

Sie tastete sich vorsichtig voran: »Sag mir Bescheid, wenn ich dir irgendwie behilflich sein kann.«

»Danke.«

»Mum und Dad fragen, ob es eine Beerdigung geben wird.«

»Irgendwann«, sagte Charlie, »wenn sie die Leiche freigeben.« Wenn sie damit fertig sind, in den Überresten seiner Mutter herumzustochern, zu bohren, zu kratzen und alles unter der Lupe zu betrachten. Und wenn der Gerichtsmediziner vorher einen Rückstand an Papierkram abgearbeitet hat, womöglich. Und was für eine Art von Beerdigung? Die Feier eines Lebens oder die Beisetzung toter Knochen?

Stille kehrte ein, und Charlie spürte, wie Anna die Fühler nach ihm ausstreckte, als sie sagte: »Oder vielleicht eine Gedenkfeier? Etwas weniger Trostloses?«

Nach kurzem Nachdenken meinte Charlie: »Das ist eigentlich eine wirklich gute Idee.«

»Ich kann dir behilflich sein – du kannst mir deine Ideen zuwerfen, meine ich.«

»Das überlasse ich lieber Liam. Liam und Ryan. Wenn ich mich da einmische, gibt es nur Streitereien.«

Kurzes Schweigen.

»Charlie«, sagte Anna, »komm vorbei, wenn du wieder klar denken kannst.«

Also fühlte er sich den ganzen Sonntag über beschissen. Es half auch nicht, dass sein Handy auf halbem Weg zurück vom Bau- und Gartencenter klingelte. Bluetooth funktionierte nur aufs Geratewohl, also lenkte er mit einer Hand, schaute mit einem Auge in den Rückspiegel, hielt Ausschau nach Überwachungskameras und schnappte sich das Handy vom Beifahrersitz.

»Charlie, hier spricht Deb Fiske.«

Charlie duckte sich, als hätte ein Scharfschütze auf ihn angelegt. »Ach, hallo.«

»Verzeihen Sie, aber ich habe aus den Nachrichten von Ihrer Mutter erfahren. Hören Sie, es ist nicht ganz korrekt, dass ich Sie so anrufe. Ich wollte Ihnen nur sagen, wenn Sie mal eine Sitzung brauchen, finde ich jederzeit eine Lücke.«

Dankbarkeit rührte sich in Charlie. »Danke. Phase zwei, die Falten in meiner Seele und meinem Charakter auszubügeln.«

»Ich würde das womöglich etwas anders formulieren.«

»Es geht mir gut, Doc«, sagte Charlie. »Noch bin ich nicht zusammengebrochen.«

Was womöglich eine Lüge war.

30

Am Montagmorgen ging Charlie surfen, dann fuhr er nach Berwick und hielt vor einem ziegelverblendeten Haus aus den Siebzigern an einer geschäftigen Straße. Tania Saul gab ihm herzlich die Hand und führte ihn in das Innere aus niedrigen Decken und kleinen Zimmern, so als sei er kein Fremder, sondern ein Freund, der gekommen war, um ihr Antworten zu bringen.

»Machen Sie es sich bequem«, sagte sie und wies auf ein müdes Sofa.

Einen Augenblick später kam sie mit einem Glas Eistee in jeder Hand aus der Küche zurück und fand Charlie nicht sitzend vor, sondern wie er sich gerahmte Fotos auf einem glänzenden Klavier anschaute. Er trat befangen zurück, und sie bot ihm eines der Gläser an. Dann standen sie da und schauten sich die einzelnen Etappen von Billy Sauls kurzem Leben an: in Tanias Armen; mit einem zahnlosen Lächeln aus dem Inneren eines Kinderwagens; wie er einen gelben Laster durch eine Sandkiste schob; wie er mit einem Schlapphut auf dem Kopf vor einer Grundschule stand und strahlte; auf der Bühne im Ballett.

Kein Schrein – überall sonst im Zimmer fanden sich Fotos von einer Tochter und andere Fotos von beiden Kindern –, aber die kleine Sammlung strahlte eine ernste Würde aus, die traurige Erinnerungen und finanzielle Mühen aufwog.

»Es muss befremdlich für Sie sein … für mich ist es das jedenfalls«, sagte Billys Mutter.

Plötzlich umarmte sie Charlie schnell und unerwartet mit einem Arm, so als wollte sie sagen: »Wir stehen das gemeinsam durch.« Eine willkommene Abwechslung von einigen der üblichen Reaktionen von Opfern, die er in all den Jahren kennengelernt hatte: Geschwister, die miteinander stritten, wer denn nun mehr litt, Freunde, die mit Freunden stritten, ein Elternteil mit dem anderen.

»Kommen Sie. Setzen wir uns.«

Charlie machte es sich an einem Ende des Sofas bequem und sah sich um. Halb geöffnete Jalousien zerteilten das Sonnenlicht, das in Streifen auf einen Laufstall in der Ecke fiel.

Tania bemerkte seine Neugier. »Ich bin Großmutter geworden.«

Er warf einen Blick auf ein Foto von Billy mit seiner Schwester und einem struppigen Hund. Das Mädchen schien ein paar Jahre älter zu sein. Er rechnete im Kopf nach – sie musste nun um die dreißig sein.

Wie die Zeit verging. Charlie war ganz verlegen, wusste nicht wo anfangen und sah sich weiter im Zimmer um. In einer anderen Ecke eine Nähmaschine auf einem Kartentisch, daneben ein Nähkorb und Stoffe.

Erneut deutete Tania Saul seinen Blick. »Ich nähe für andere. Kleider, Reißverschlüsse ersetzen, umsäumen, ganz egal.«

»Schade, dass Sie nicht bei mir in der Nähe wohnen«, meinte Charlie.

Sie lächelte und hielt den Kopf schräg, war willens, nachsichtig mit ihm zu sein, wusste aber, dass dies hier kein Höflichkeitsbesuch war. Es war an der Zeit, dass er auf den Punkt kam, um seinetwillen und um ihretwillen. Er trank den halben Eistee und stellte das Glas auf einen Untersetzer. »Jetzt, wo ich hier bin, weiß ich gar nicht, was ich sagen soll.«

»Lassen Sie sich Zeit.«

»Ich hatte diesen Eindruck von zwei, zwei …«

»Von zwei dezimierten Haushalten«, sagte sie einfach, »die scheinbar nichts miteinander zu tun hatten, und jetzt das.«

Charlie war erleichtert. »Haben Sie das auch gespürt?«

»Seit den ersten Meldungen.«

Charlie betrachtete die Fotos an der Wand hinter ihr. Sie war schlank gewesen, als die Kinder noch klein waren, sie hatte von innen gestrahlt, so als seien die Tage zu kurz, und sie hatte Jeans und T-Shirts getragen. Nun ging sie auf die sechzig zu, hatte kurze graue Haare, wirkte langsamer, in sich ruhend, so als habe der Kummer alle überschüssige Energie verbraucht.

»Ich bin froh, dass Sie Kontakt aufgenommen haben.« Sie schwieg. »Ich wollte mich nicht aufdrängen.«

Sie bemerkte, dass er erneut zum Klavier hinübersah, und sagte: »Falls Sie sich wundern, wo Billys Vater ist, der ist schon seit Längerem nicht mehr im Bild.«

»Ach. Tut mir leid.«

»Das muss es nicht. Wir hatten ein paar gute gemeinsame Jahre.«

»Hat er Sie verlassen, nachdem das mit Billy passierte?«

»Ich weiß, dass manche Menschen sich trennen, wenn so etwas passiert ...« Sie schüttelte den Kopf. »Nein, er verschwand, da war Billy noch ein Knirps. Er hat sich hier nicht wohlgefühlt. Er wollte kein Vater mehr sein. So etwas kommt vor. Er ist nach Thailand zurück.«

Dann sah sie Charlie an, und in dem Blick lauerte eine Spur von Herausforderung. »Für den Fall, dass Sie sich über die Hautfarbe der Kinder wundern.«

Ganz zu schweigen von ihren dunklen Augen, ihrer Schönheit und Anmut, dachte Charlie.

Tania Saul sah ihn weiter an und sagte: »Die Kinder hat das schwer getroffen, beide.«

Charlie verzog mitfühlend den Mund. Doch sein nächster unfreundlicher Gedanke lautete: Wenn es der Vater nicht war, gab es dann einen Freund?

»Haben Sie es Ihrem Mann gesagt?«

»Ex-Mann. Wir sind geschieden. Ja, ich habe ihn vor ein paar Tagen angerufen. Ich glaube, er war wirklich betroffen und traurig, aber nach ein paar Minuten hatte ich den Eindruck, er würde denken, ich wolle etwas von ihm, also habe ich mich nur noch verabschiedet. Jedenfalls hat er jetzt eine neue Familie. Ich glaube nicht, dass er zur Beerdigung kommen wird – wann immer die sein wird.«

»Wir haben dasselbe Problem«, sagte Charlie, dann breitete sich zwischen ihnen eine Stille aus, bis er aufblickte und sagte: »Ich muss alles völlig von vorn durchdenken.«

»Ich auch.«

»All die Jahre habe ich nicht mehr an Billy gedacht – nehmen Sie es mir nicht übel.«

»Schon gut.«

»Ich habe nur an die Entführung meiner Mutter gedacht und es mir in den Kopf gesetzt, dass der Kerl, der sich bei ihr ein Zimmer gemietet hatte, etwas darüber wissen müsste.«

»Und denken Sie das immer noch?«

Ein Schatten huschte am Fenster vorbei, ein Flackern in den Spalten der Jalousie. Charlie verfolgte es und sagte: »Da ist gerade jemand an Ihrem Haus vorbeigegangen.«

»Meine Tochter. Ich hüte heute mein Enkelkind.«

»Ach. Dann gehe ich wohl besser. Ich möchte nicht ...«

»Bleiben Sie. Es hat keine Eile. Sie sprachen von einem Mann, der im Haus Ihrer Mutter gewohnt hat?«

In den Sekunden oder Minuten, die ihm noch blieben, bevor die Hintertür geöffnet wurde und Tochter und Enkelkind erschienen, berichtete Charlie Tania Saul davon, dass er es schließlich geschafft hatte, mit Shane Lambert zu sprechen. »Er wusste eigentlich gar nichts. Er sprach davon, dass es da einen Mann gegeben hätte, mit dem meine Mum sich getroffen hätte, aber ...« Er zuckte mit den Schultern.

»Eine Sackgasse also? Alles noch mal von vorn?«

»So ungefähr.«

»Und jetzt fragen Sie sich, ob vielleicht Billy das eigentliche Ziel gewesen ist?«

Charlie zuckte zusammen. »Der Gedanke ist mir gekommen, ja.«

»Mir auch, nur andersherum. Die waren hinter Ihrer Mutter her, und Billy war zum falschen Zeitpunkt an der falschen Stelle.«

Leise Betriebsamkeit am anderen Ende des Hauses, eine Frauenstimme, die leise mit einem Baby sprach, dann ein Ruf: »Mum!«

»Hier vorne.«

Charlie wartete. Er stand mit Tania da und wurde Zeuge eines Wiedersehens, das sich wohl ein paarmal die Woche so abspielte. Breites Grinsen; das Baby wurde aus dem Kinderwagen gehoben und übergeben; leises Gurren und Sprechen. Doch diesmal war ein fremder Mann anwesend, und die Tochter, die der jungen Tania Saul von den Fotos bemerkenswert ähnlich sah, schaute Charlie, den Fremden im Haus der Mutter, fragend an. Ein ganzes Stück jünger, also wohl kein möglicher Freund. Beide tranken Eistee, und es lag keine offensichtliche Spannung in der Luft …

Kein Grund zur Besorgnis also. Schließlich lächelte sie Charlie warmherzig an. »Hi, ich bin Nan.«

Charlie schüttelte ihre Hand. »Charlie.«

Tania Saul schaute zu, wiegte das Baby, schaute am flaumigen Köpfchen vorbei und sagte: »Nan, die Leiche, die zusammen mit Billy verscharrt worden ist, war Charlies Mutter.«

Die Tochter wirkte schockiert. »Das tut mir so leid.«

Charlie lächelte und nickte. Darauf konnte er nichts erwidern.

Dann ging Nan wieder, sie hatte etwas zu erledigen, und Charlie nahm ein frühes Mittagessen mit Tania zu sich, während das Baby schlief. Radieschen, Gewürzgurken und Käse auf einem festen, dunklen Roggenbrot, diesmal in der Küche. Über die leisen Geräusche aus dem Babyphone hinweg, das auf dem Kühlschrank stand, sagte Tania: »Ich habe Sie nach dem Anruf am Samstag gegoogelt.«

»Das hätte ich auch getan.«

»Ähm …« Sie warf ihm einen scharfsinnigen Blick zu. »Glaubt jemand, dass Ihr Dad dafür verantwortlich war? Tut mir leid, wenn ich mich zu weit vorgewagt habe.«

»Schon in Ordnung«, meinte Charlie. »Ja, manche Leute glauben das. Eine zwanzig Jahre lange Flüsterkampagne.« Verlegen schwieg er. Er wollte keine dreckige Wäsche waschen. »Sie lebten in Scheidung und so weiter und so fort, aber er war ihr gegenüber nie gewalttätig. So ist er nicht. Und Sie können mir glauben, wenn ich Ihnen sage, dass er niemals einem Kind etwas antun würde.«

Sie winkte ab. »Sie würden gern die Kritiker zum Schweigen bringen.«

»So ähnlich.«

Tania Saul befeuchtete sich die Fingerspitze und tupfte Samen und Krümel auf. »Ein Mann mit einer Mission. Man könnte sagen, dass ich die letzten Tage ebenfalls auf einer Mission gewesen bin und versucht habe herauszufinden, wer Billy hätte etwas antun wollen.« Sie legte den Kopf zur Seite und sah Charlie an. »Nan ist ein thailändischer Name, wussten Sie das? Und Billys richtiger Name war Kiet, aber der hielt nicht lange. Jedenfalls haben die beiden auf unterschiedliche Weise schwere Zeiten durchgemacht. In Billys Fall offenes Mobbing. Beleidigungen auf der Straße. Manche gingen sogar auf die andere Straßenseite. Das hier ist eine ziemlich weiße Ortschaft, zumindest war sie das.«

»Das kann ich mir denken.«

»Das wage ich zu bezweifeln. Tut mir leid, das war gemein. Jedenfalls habe ich einen Teil dieses Rassismus abbekommen – so als sei ich besudelt oder so etwas.«

»Übel.«

Sie wirkte gereizt: unpassende Reaktion seinerseits. »Ja, es war übel. Aber Nan und Billy bekamen den Großteil davon ab, vor allem in der Grundschule. Allerdings kann ich mir nicht vorstellen, dass Kinder jemanden umbringen und verscharren würden, Sie etwa?«

Charlie wollte nicht um den heißen Brei reden. »Kinder haben ältere Geschwister. Und Eltern. Gab es jemanden, der damals mehr als nur beiläufig rassistisch war?«

Tania musste lachen. »Oh, daran war nichts sonderlich Beiläufiges. Und ein paar von denen hatten auch diesen besonderen Blick – Sie wissen schon, weiße Vorherrschaft.«

»Ja, ich weiß.«

»Aber jemanden umbringen? So böse waren sie nun doch nicht, wenn Sie verstehen, was ich meine. Sie waren nur nicht besonders helle.«

»Was war mit den Lehrerinnen der Kinder im Laufe der Zeit? War da jemand ...«

Tania schüttelte den Kopf. »Sie kennen doch die Grundschullehrerinnen.«

Charlie kannte keine, aber Tania schien damit wohl anzudeuten, dass die durchschnittliche Grundschullehrerin ja nicht herumging und Leute umbrachte und verscharrte. Ich könnte wohl das Gegenteil beweisen, dachte er.

Doch Tania war schon einen Schritt weiter. »Und wie wahrscheinlich ist es denn, dass ein Elternteil oder eine Lehrerin den ganzen Weg zum Jugendlager fährt und dort auf die geringe Chance wartet, dass Billy davonläuft?«

»Und die Lehrerinnen im Dienst zu beschäftigt sind«, fügte Charlie hinzu.

Tania bastelte sich ein neues Sandwich zusammen. »Ganz genau«, sagte sie. Charlie ging auf, dass er ihr nichts Neues sagen konnte und sie bereits alles durchdacht hatte.

Tania blickte auf. »Bleibt noch jemand aus der Gegend«, sagte sie. »Ein Ortsansässiger. Ein Pädophiler vielleicht.«

»Ja. Das hat man damals auch untersucht, aber so dicht gesät mit Pädophilen war die Gegend nicht.«

Sie schnaubte. »Ich gehe davon aus, dass viele nie erwischt werden. Und was ist mit den Lagermitarbeitern?«

»Sind alle kontrolliert und entlastet worden.«

Tania Saul nahm das Sandwich in beide Hände und biss hinein, als sei sie langsam ungeduldig mit Charlie und diesem Gespräch. »Sein Strandtuch.«

Charlie erstarrte. Seine Kopfhaut kribbelte. »Das habe ich mich damals auch gefragt.«

»Wirklich? Ich mich auch, aber es hat niemand auf mich gehört. Es ergab einfach keinen Sinn für mich, dass er aus dem

Lager weglief, um schwimmen zu gehen. Er ging nicht sonderlich gern schwimmen. Aber irgendein abgenutztes altes Handtuch mitzunehmen statt sein gutes Strandtuch? Nein.«

»War ihm das wichtig?«

»Sehr wichtig. Nan hatte es ihm zu Weihnachten geschenkt. Die beiden waren sehr eng miteinander, und er hat es vergöttert. Ich dachte mir schon gleich von Anfang an, dass er wegen eines Zwischenfalls weggelaufen sein muss und später zurückkommen wollte. Dann muss ihn jemand aus irgendeinem Grund geschnappt haben, oder er ist irgendwo hineingeraten, wo er nicht hätte sein sollen, und ist umgebracht worden. Und wer immer das getan hat, hat die Szene am Strand mit dem alten Handtuch inszeniert.«

»Ja.«

»Ein gut funktionierender Verstand«, sagte Tania Saul. »Gerissen. Grausam.« Es schauderte ihr. »Ich kann ihn regelrecht fühlen.«

31

Charlie kehrte am Dienstag von Point Leo zurück und entdeckte vor seinem Haus einen Hyundai-Polizeitransporter, zwei Uniformierte auf seiner Veranda; der Mann wollte gerade ans Glas klopfen, die Frau beschirmte sich die Augen und linste hinein. Als sie den Skoda in die Einfahrt rollen hörten, drehten sie sich gemeinsam um. »Mr Deravin?«

»Ja.«

Während er antwortete, erledigte Charlie methodisch seine Routine, doch alle möglichen Gedanken rasten ihm durch den Kopf. Er nahm das Surfbrett vom Dachgepäckträger und lehnte es an den alten Gartentisch, dann spülte er sich den Sand von den Füßen und nahm eine Dose Wachs aus der Schuhkiste. Er warf einen Blick hinüber zu den Polizisten. Sie trugen keine Mienen professionellen Bedauerns, es war also niemand gestorben, und sie wirkten zu jung, um im Auftrag der Mordkommission, der Abteilung Sexualdelikte oder der Unfallaufnahme Fragen zu stellen.

»Kann ich Ihnen behilflich sein?«, fragte er und trug Wachs auf das Surfbrett auf.

Die beiden schauten fasziniert zu, dann brach der Bann. Sie seien vom Revier Hastings, sagten sie, und hätten einen Auftrag erteilt bekommen.

»Was denn für einen Auftrag?«

»Wo haben Sie sich am Samstag aufgehalten? Vor allen Dingen am Nachmittag.«

Charlie hegte Mitgefühl für die Männer und Frauen, die er in all den Jahren befragt hatte. Manchmal logen sie einfach, oft genug aber waren sie schlicht völlig überfordert von dem

Ersuchen, sich an Daten, Orte und Tätigkeiten zu erinnern, wo doch ihre Tage ineinanderflossen und verschwammen.

»Am frühen Nachmittag war ich hier. Danach war ich an Point Leo surfen.«

Der Mann spitzte die Ohren. Er surft ebenfalls, dachte Charlie.

»Kann das jemand bezeugen?«, fragte seine Kollegin.

»Keine Ahnung. Augenblick …«

Charlie beugte sich in den Skoda und tauchte mit dem Parkticket wieder auf. »Hilft das?«

Die beiden begutachteten den Zettel, ohne eine Miene zu verziehen. »Am frühen Nachmittag waren Sie hier, haben Sie gesagt. Wo waren Sie am Vormittag?«

»Hier. Hab die Zeitung gelesen. Herumgewirtschaftet.«

»Und zu Mittag?«

Charlie zeigte zu dem alten Tisch auf dem vorderen Rasen hinüber. »Genau da. Darf ich fragen, worum es hier geht?«

»Kann irgendjemand Ihre Tätigkeiten am Samstag bezeugen?«

Charlie zuckte mit den Schultern. Er hatte Noel Saltash am frühen Samstagmorgen am Strand patrouillieren sehen, hatte aber nicht mit ihm gesprochen. »Tut mir leid, nein.«

Die Frau hatte sich Notizen gemacht. Sie kritzelte zu Ende, steckte das Notizbuch ein und nickte ihrem Kollegen zu. »Danke, Mr Deravin.«

»Und verraten Sie mir, warum Sie wissen wollten, was ich am Samstag getan habe?«

»Einen schönen Resttag noch, Sir.«

Den Resttag über wachste Charlie sein Brett, taute ein Pesto vom November 2019 auf und schaute Schrottfernsehen.

Er konnte sich nicht konzentrieren und rief schließlich bei Fran Bekker an. »Konzentrieren sich Ihre Ermittlungen aus irgendeinem Grund auf mich?«

»Eigentlich nicht.«

»Eigentlich nicht? Hier sind heute zwei Uniformierte aus Hastings aufgetaucht und wollten wissen, was ich am Samstag gemacht habe.«

»Darüber weiß ich nichts, Charlie. Vielleicht hat das was mit dem anderen Fall zu tun.«

Mit dem anderen Fall. Kessler. »Na gut. Gibt es etwas Neues, wo ich Sie schon mal an der Strippe habe?«

Nach einer längeren Pause antwortete sie: »Wir haben den Wagen Ihrer Mutter gefunden.«

Und augenblicklich erschien der alte kastanienbraune Corolla vor seinem geistigen Auge, dreihunderttausend Kilometer auf dem Tacho und wohl noch weitere dreihunderttausend Kilometer vor sich. Aber der Wagen hatte sie in den Tod befördert, so hatten alle gedacht, und war dabei schwer beschädigt worden. Wer würde ihn denn nach so einem Unfall kaufen? Nachdem er gründlich auf Spuren abgesucht worden war. Da würde man ihn doch sicherlich in die Schrottpresse werfen. Und warum hatte er sich all die Jahre nicht für den Wagen interessiert?

»Wo?«

»In einem Traktorschuppen in Leongatha.«

»Wie ist er denn dorthin gekommen?«

»Ihr Dad hat ihn verkauft; er war immer noch auf ihn registriert. Er hat ihn reparieren lassen und ihn an einen Milchbauern verkauft, der ihn so lange gefahren hat, bis er den Geist aufgegeben hat.«

»Wollen Sie ihn noch mal auf Spuren untersuchen?«

»Die werden ziemlich verwittert sein, falls es überhaupt noch welche gibt. Aber ja, das werden wir tun, das wissen Sie doch, Charlie.«

Sein anderer Fall, hatte sie gesagt. Charlie rief Sue Mead an und bat darum, auf den neuesten Stand gebracht zu werden.

»Halten Sie sich raus, Charlie.«

»Ich wollte nur mal fragen, Sergeant. Haben Sie sich zum Beispiel einen Eindruck von den Geschworenen gemacht?«

»Was meinen Sie damit, einen Eindruck von den Geschworenen?«

»Nun, beim letzten Mal saßen übermäßig viele für die Verteidigung gewogene Personen darunter. Footballfans, ältere Frauen.«

»Charlie, schön mit Ihnen zu plaudern, und es tut mir leid wegen Ihrer Mutter, aber ...«

»Falls Sie mich noch mal verhören wollen, nur zu.«

»Dazu wird es nicht kommen.«

»Ms Picard würde ebenfalls vertraulich mit Ihnen reden, wenn das hilft.«

»Dazu wird es nicht kommen, Charlie.«

»Okay, ich dachte, ich erwähne es vorsichtshalber. Wie geht es Allardyce?«

Ein argwöhnisches, undurchdringliches Schweigen. »Warum fragen Sie?«

Sofort geriet Charlie in die Defensive. »Sorry, Sergeant, geht mich nichts an.«

»Wussten Sie, dass sein Sohn am Samstag überfahren worden ist? Jake, der Älteste, Fahrerflucht.«

»Oh«, sagte Charlie. Das erklärte die Polizisten. Allardyce dachte, er sei es gewesen.

»Wie geht es ihm?«

»Schwer verletzt«, antwortete Sue. »Er war beim Joggen.« Dann war die Leitung tot.

Die Neuigkeit machte Charlie Angst. Mächte waren am Werk.

32

In der Grabesstille jener frühen Februartage machte Charlie seine Runde. Spazierte und grübelte.

Manchmal ging er auf halbem Weg nach Swanage durch die Dünen zum Balinoe Creek und von dort aus zurück, umkurvte auf dem Weg zum Strand das Jugendlager, betrachtete die Kuppelzelte der Schulkinder, sah die Chipstüten und Red-Bull-Dosen, die sich an den grasbewachsenen Rändern sammelten. Manchmal sah er die Kinder, umschwirrt von ein paar Lehrkräften, wie sie sich resigniert, beladen mit Langeweile, Pflichtgefühl und schweren Rucksäcken, am Strand entlangschleppten. Und stets schien ein Kind abgesondert und allein hinterherzutrotten.

Die Spaziergänge beruhigten Charlie, linderten seine Verwirrung und Haltlosigkeit. Unterwegs legte er im Geiste Listen an und brachte sie nach seiner Rückkehr zu Papier. Alle Namen, an die er sich erinnern konnte, die Freunde und Arbeitskollegen seiner Mutter, und am Abend telefonierte er herum und hoffte, dass sich nun, da die Welt wusste, dass die Leiche gefunden worden war, etwas verändert hatte.

Doch es hatte sich nichts verändert: Alle zeigten Mitgefühl, aber sie wussten nichts; und in ihm wuchs ein mürrischer Zynismus darüber, dass Bekker und McGuire sich nicht mal die Mühe gemacht hatten, die meisten dieser Personen erneut zu befragen.

Ihm fiel nur noch eine weitere Richtung ein, in die er ermitteln konnte. Eines Morgens, nachdem er vom Schwimmen zurückgekehrt war, geduscht, sich rasiert und gekämmt hatte, saß er mit Kaffee und Toast, Telefon und Laptop vor sich am

Küchentisch und arbeitete die Liste der Vorbesitzer von dem Grundstück ab, auf dem die Überreste seiner Mutter gefunden worden waren, 12 Longstaff Street, Swanage.

Besitzverhältnisse bei Immobilien waren öffentlich einsehbar, und schon hatte Charlie es gefunden: BM Holdings. Das sagte ihm nichts; es gehörte zu EKW Nominees. Interessant war nur, dass das Haus seit 1998 seinen Besitzer nicht mehr gewechselt hatte. Charlie suchte weiter, obwohl er wusste, dass die ursprünglichen und neuen Ermittlungen der Polizei in dieselbe Richtung gegangen sein dürften. Sie hatten wohl nichts gefunden, wie kam er also auf den Gedanken, es besser machen zu können? Aber vielleicht verfolgten Bekker und McGuire eine neue Spur. Eine Spur, die zu seinem Vater führte?

Die Namen hinter BM Holdings lauteten Brian und Madeline Wilson, die wiederum, zusammen mit einer gewissen Evangeline Wilson, EKW Nominees bildeten. Charlies Blick wäre nicht an dem Namen Wilson haften geblieben. Aber Evangeline ...

Erinnerungen stiegen in ihm hoch. Er erinnerte sich an eine schüchterne, sanfte Frau am Rand der Hinterhofbarbecues, Strandspiele und Geburtstagsfeiern, als er etwa dreizehn war. Verheiratet mit einem Detective Constable des CID, Keith oder Ken? Stationiert auf einem Revier in der Nähe von Dandenong. Er hatte damals bei Charlie keinen Eindruck hinterlassen – seine Frau aber schon, die Trauer auf ihrem schönen Gesicht, nachdem er bei einer Massenkarambolage auf dem Monash Freeway ums Leben gekommen war. Charlie, noch ein Junge auf dem Weg zum Mann, war voll süßen Verlangens und romantischer Vorstellungen gewesen und hatte sich gewünscht, ihr das Leben leichter zu machen.

Die Wilsons hatten damals in einem gemieteten Haus in Menlo Beach gewohnt. Sie hatten sich das Grundstück in Swanage wohl in der Absicht gekauft, sich dort ein eigenes Haus zu bauen. Evangeline – Charlie fielen die Wörter zu dem alten Song ein – war ein paar Monate nach dem Unfall mit den Kindern fortgezogen. Offenbar hatten sie mit dem Grundstück in der

Longstaff Street nichts angefangen. Die Erinnerungen waren wohl nur schwer zu ertragen gewesen.

Charlie googelte. Evangeline war 2018 verstorben. Brian und Madeline, die Kinder, hatten das Grundstück wohl geerbt. Brian war Buchhalter in Geelong, Madeline Cellistin beim Tasmanian Symphony Orchestra.

Charlie rief bei Wilson Financial Planning an und wurde zu Brian durchgestellt, der verärgert war.

»Ich bin doch schon von Ihren Leuten gelöchert worden, erst letzte Woche.«

»Nur vorsichtshalber, Mr Wilson. Tut mir leid, Sie stören zu müssen.«

»Wie ich schon sagte, fanden Maddy und ich, dass wir wohl einen besseren Preis erzielen würden, wenn wir auf dem Grundstück ein Haus bauen. Wer will denn schon Land mit einer alten Bodenplatte drauf kaufen? Wenn wir das gewusst hätten.«

»Ihre Mutter hatte nie vor, zu verkaufen oder selbst zu bauen?«

»Sie wollte nur weg von der Peninsula. Sie hat Dads Tod nie verwunden.«

Leichter Tadel in der Stimme: Charlie war übergriffig. »Sie waren noch ziemlich jung, als Sie weggezogen sind?«

Wilson schnaubte. »Na, polizeiliche Glanzleistung. Jetzt glauben Sie noch, eine Dreijährige, ein Fünfjähriger und eine trauernde Mutter haben davor noch zwei Fremde umgebracht und verscharrt.«

»Vielen Dank, dass Sie Zeit für mich hatten«, sagte Charlie, aber die Leitung war bereits tot. Er igelte sich unter großen Selbstvorwürfen ein.

33

Charlie hatte keine Nerven und keine Spuren mehr; nirgendwo an der Küste gab es irgendwelche nennenswerte Brandung, also stieg er zur Ablenkung am Nachmittag auf das alte Rad seines Vaters und klapperte über die schlaglochübersäten Pisten hinter den Anwesen auf der Klippe, dann hinunter zum Laden und die Straße weiter nach Swanage. Er strampelte kräftig, um seine gedrückte Stimmung wegzubrennen. Der Schulbus aus Woodleigh überholte ihn, ein Kind drückte den nackten Hintern gegen die Heckscheibe. So weit ist es nun mit mir gekommen, dachte Charlie.

Seine Fahrt führte ihn in die alte Straße seiner Mutter – natürlich. Polizei war nicht sonderlich viel anwesend, Absperrband und ein Lieferwagen der Spurenfahndung, doch Charlie machte kehrt, bevor man ihn entdecken konnte, und fuhr in Richtung Meer. Da kam doch tatsächlich Mark Valente den Hügel hinauf auf ihn zugeradelt, ohne groß zu schnaufen. Seine Beine beugten und streckten sich, und das Rad, ein unbedeutendes Etwas aus Metallrohren, legte sich unter der wuchtigen Gestalt des Mannes heftig nach links und rechts. Als Charlie noch ein Kind war, tat man besser daran, Valente und seinem Rad fernzubleiben. Er neigte dazu, einem eine längere Fahrt vorzuschlagen, vierzig, fünfzig, sechzig Kilometer hügelaufwärts und um schlecht einsehbare Kurven.

Valente hielt an, stellte einen Fuß auf den Boden und das andere aufs Pedal und sagte: »Charlie.«

»Mark.«

Sie standen wie zwei alte Knacker in einer Nebengasse mitten im Weg. Weit und breit kein Auto.

Valente kam gleich zur Sache. »Warst du beim Haus deiner Mutter?«

»Erwischt.«

»Hab gehört, man hat ihren Wagen gefunden.«

»Ja.«

Schweigen. Charlie wollte schon sagen: Ich habe einen guten Grund, hier zu sein – und du? Er sah Valente mit gemischten Gefühlen an. In gewisser Hinsicht hatte der alte Polizist das geboten, was Rhys nicht hatte bieten können. Dad war warmherzig und liebevoll gewesen, dachte Charlie. Aber geistesabwesend. Er war nicht gut darin gewesen, Ratschläge zu geben oder zu führen, hatte nicht gut erklären können. Dad hat mir nicht gezeigt, wie man surft, ein Surfbrett wachst, ein Fahrrad repariert; Mark schon. Dad schien damit überfordert gewesen zu sein, zwei Söhne zu haben; Mark hatte anscheinend Söhne haben wollen, die er aber nicht hatte.

Er sah zu, wie Valente einen Schluck Wasser aus der am Fahrradrahmen befestigten Flasche trank. Er war bestens ausgerüstet: Handschuhe, Schuhe, Helm, Radlerhosen. Und als er mit finsterem Blick Charlies Rad betrachtete, blitzte der alte Valente noch immer aus ihm heraus. »Du meine Güte, Charlie, das Ding ist ja ganz verrostet.«

»Das ist Dads Rad, steht schon seit Jahren im Schuppen.«

»Lass es mal richten, Mann.«

»Mach ich.«

Das alte Muster: Valente erklärte, was zu machen sei, Charlie fügte sich.

»Seeluft«, sagte Valente. »Du musst es dagegen schützen.«

»Ich weiß.«

»Fahr mit mir.«

Fahr mit mir, geh mit mir, dachte Charlie. Ich bin gehorsam, werde übergangen und ignoriert, bin ein Mann ohne Handlungsspielraum. Er fuhr mit Valente den ganzen Weg zurück nach Menlo Beach.

In der Tidepool Street lehnte Valente sein Rad an den Zaun zur Straße und schob die beleidigende Rostbeule ins schattige Innere des Carports, während Charlie, der sich überrumpelt fühlte, die Schiebetür aufschloss und in den Kühlschrank schaute. Valente wollte ein leichtes Bier. Charlie fand in der Tür ein Boags, gleich neben einem abgelaufenen Orangensaft. Für sich selbst ein normales Bier; Käse, Oliven, Cracker.

Er zog ein Tablett für die Snacks hervor und stellte fest, dass es sich nicht um irgendein Tablett handelte, sondern um eines, das ihn zu einem Tag zurückbrachte, bevor alles schiefging. Rhys war mit einem überstellten Häftling von Tasmanien zurückgekehrt und hatte seiner Frau ein Geschenk mitgebracht. Ein Tablett aus Tasmanischer Huon-Kiefer. Es war blass und glatt und gab einen leichten Duft ab.

Reiß dich zusammen. Er würde es doch wohl schaffen, eine Stunde mit Mark Valente hinter sich zu bringen. Das Fahrrad stand sicherlich schon auf dem Kopf, um zerlegt zu werden, und Valente wartete, um Charlie zu zeigen, wie man das machte. Mit dem sperrigen Tablett in der rechten Hand schob Charlie mit der Linken die Schiebetür auf, trat auf die Veranda, und da standen die Podcast-Zwillinge.

»Charlie«, sagte Ashleigh Deamer, »wir bedauern sehr die Nachricht von Ihrer Mutter.«

Warum war sie die Sprecherin der beiden? Nadal blieb stets einen Schritt hinter ihr und setzte einen aalglatten Gesichtsausdruck auf, so als habe er jede Menge zu sagen. Charlie sah an ihnen vorbei zur Straße. Ihr gelber Beetle stand halb verborgen hinter den Banksien. Das Tablett wurde ihm schwer in der Hand; er stellte es auf den Deckel der Schuhkiste ab und blickte auf. Deamer und Nadal standen dort, wo der Rasen an eine leicht erhöhte Wand aus Eukalyptusunterholz stieß, von dort aus blickten sie auf Charlie herab, was ihm gar nicht gefiel.

»Was wollen Sie?«

»Wir wollen unser Beileid aussprechen«, sagte Deamer.

Charlie sah Nadal an, der schlank und entspannt in Cargohose und T-Shirt dastand und wortlos Charlies Blick erwiderte. Deamer trug weite Shorts, Riemchensandalen und ein Oberteil mit Bootausschnitt, das eine braungebrannte Schulter entblößte. Sie hatte die Haare geschnitten, sich einen zerzausten, leicht postkoital wirkenden Look verpasst; Charlie bemerkte erneut, wie umwerfend das Paar aussah.

Er richtete sein Interesse wieder auf den schläfrig blickenden Nadal. »Sie kannten meine Mutter nicht, und Sie kennen mich nicht. Wozu dann Beileid aussprechen?«

»Können wir uns kurz unterhalten?«, fragte Deamer und trat ungeniert auf die Veranda hinunter, wobei sich ihre Waden spannten. Nadal schloss sich ihr an, und Charlie saß in der Falle.

»Hören Sie, ich weiß nicht, was Sie wollen, ich bin nicht daran interessiert, und ich habe einen Freund zu Besuch.«

Nun strahlten sie Jagdlust aus. Sie kamen ihm zu nah, schauten über seine Schulter, wollten einen Blick auf Charlies Freund im Haus ergattern.

»Nur kurz«, sagte Deamer und zeigte ihre blitzenden Zähne.

»Wie ich schon sagte, ich – «

»Tut mir leid, das fragen zu müssen, aber haben die Ihren Vater im Verdacht?«

»Im Verdacht? Wegen was?«

»Na, kommen Sie schon«, spöttelte Nadal.

Deamer berührte ihren Freund am Arm – sie wusste, dass er gehorchen würde –, drehte sich wieder zu Charlie um und sagte: »Wir glauben, dass zu dem Zeitpunkt, als man Ihre Mutter ermordet hat, hinter den Kulissen ziemlich viel vertuscht wurde. Können Sie das erhellen?«

»Ich bin nicht daran interessiert«, entgegnete Charlie, wich ihnen aus und griff nach dem Tablett.

Dabei drehte er sich kurz um und identifizierte im ersten Augenblick das merkwürdig diffuse Kribbeln auf seinen nackten Beinen und Armen nicht als Wassertropfen. Er begriff auch nicht, warum Deamer kreischte und Nadal fluchte.

Charlie drehte sich um. Valente spritzte sie mit dem Gartenschlauch nass, die Finger der einen Hand an der Düse, die andere Hand lässig in der Hosentasche. Charlie kannte dieses böse alte Grinsen und duckte sich, als Valente das Handgelenk abknickte, eine weitere Dusche losschickte, die Deamer und Nadal traf und ihnen Hemden, Hosen und Würde durchweichte.

Dann hörte er auf damit und tat so, als würde er den Pistolenqualm wegpusten.

»Das zählt als tätlicher Angriff«, sagte Deamer in aller Ruhe.

»Zeigen Sie mich an«, erwiderte Valente. Er hielt sich für lustig, als er mit dem Schlauch wieder auf sie deutete.

»Sie alter Mistkerl«, knurrte Nadal. »Es wird alles ans Licht kommen, das wissen Sie.«

»Geben Sie Ihr Bestes.«

Als die beiden verschwunden waren, meinte Valente: »Lass uns die Biere vernichten, Charles.«

»Mark, was geht hier vor sich?«

»Die wühlen nur Schmutz auf. Hast du denn nicht zugehört?«

»Schmutz? Worüber?«

»Worüber? Über deine Mutter. Über den alten Kummer.«

34

Nachdem Valente nach Hause gefahren war, holte Charlie den Gartentischschirm hervor, um sein Handy zu beschatten, und rief Rhys und Fay über Skype an.

Fays im Bullauge erhelltes Gesicht tauchte auf. Selbst bei den Verzerrungen durch Entfernung und Technik wirkte sie angespannt, ihre Haare schlaff, und sie hatte Ringe unter den Augen, so als würde etwas an ihr nagen.

»Dein Dad ist gerade mit einer Handvoll weiterer Passagiere aufs Festland gebracht worden. Ins Krankenhaus.«

Charlie blinzelte. »Sein Herz?«

»Die glauben, es handelt sich um diesen Virus, der in den Nachrichten war.«

Für Charlie war der Virus eine Geschichte, die er aus dem Fernsehen kannte. Tote in China, ein älterer Chinese in Frankreich. OP-Masken auf den Straßen. Vielleicht sollte er besser aufpassen.

»Ein japanisches Krankenhaus«, sagte er mit mehr Überzeugung in der Stimme, als er eigentlich hatte, »da ist er in guten Händen.«

»Das hoffe ich.«

»Woher hat er den Virus?«

Fay zuckte mit den Schultern. »Hier sind dreitausend Passagiere, Charlie. Aus aller Welt. Und wir haben überall angelegt, sind hier und da mit Bussen herumgefahren ...«

»Heißt das, du hast es auch?«

»Ich habe keine Symptome, aber die haben eine Blutprobe genommen, und ich muss in meiner Kabine bleiben, bis die Testergebnisse hereinkommen.«

Er sah, wie sie sich in dem engen Raum umschaute und dann wieder in die Kamera blickte. »Wie du dir vorstellen kannst ...«
»Fällt dir die Decke auf den Kopf.«
»Dabei sind es erst ein paar Stunden«, sagte sie.
Charlie verzog mitleidig das Gesicht. »Und was sind Dads Symptome?«
»Husten, Gliederschmerzen. Als ob er Grippe hätte. Er könnte ein paar Wochen im Krankenhaus sein.«
»Aber wenn das Schiff ...«
»Das Schiff fährt nirgendwo hin. Wir ankern solange vor der Küste.«
Charlie gab noch ein paar aufmunternde Laute von sich, verabschiedete sich dann und zauderte. Sollte er Liam texten?
Er rief ihn an. »Ich wollte dir nur sagen, dass Dad im Krankenhaus ist. Sie glauben, er hat diesen Virus aus den Nachrichten.«
Einen Augenblick lang sagte Liam kein Wort. Dann: »Okay.«
»Ist das alles?«
»Na ja ... liegt er im Sterben?«
»Stell dich doch nicht so blöd an. Fay ist verängstigt. Ich denke, du solltest sie mal anrufen.«
Ein Fehler. Ich habe angedeutet, dass er gefühlskalt ist; ich habe gewagt, ihm zu sagen, was er tun soll. Charlie konnte die granitharten Schultern seines Bruders direkt vor sich sehen.
»Oder auch nicht«, sagte Charlie. »Ich wollte dir nur Bescheid geben, das ist alles.«
Wieder Stille. Dann meinte Liam barsch, und mehr Beschwichtigung war nicht von ihm zu erwarten: »Wie krank ist er?«
»Keine Ahnung. Krank genug, um ins Krankenhaus zu kommen.«
»Sie werden die Kreuzfahrt doch wohl nicht beenden, oder?«
»Das Schiff steht unter Quarantäne. Sie werden nach Hause fliegen, sobald Dad wieder reisen darf.«
»Hat Fay es auch?«
»Vielleicht. Sie meint, sie fühlt sich ganz wohl.«

»Okay, danke«, sagte Liam und hatte aufgelegt; Charlie fragte sich, ob er jemals heil die Untiefen und Strömungen einer Unterhaltung mit seinem Bruder meistern würde.

Kaum hatte er das Telefon auf die Küchentheke gelegt, klingelte es schon wieder. Anna. Er hatte zwar nicht den Kontakt abgebrochen, aber er hatte sie schon seit ein paar Tagen nicht angerufen.

»Hi.«

Ihre Fröhlichkeit klang gezwungen. »Ich wollte nur mal deine Stimme hören.«

»Danke, schön, dich zu hören.«

»Ich vermisse dich.«

»Ich dich auch«, sagte Charlie.

»Wenn du nichts zu tun hast, komm mich doch morgen mal besuchen. Mums Jammerei treibt mich auf die Palme.«

»Ich bin total im Stress«, sagte Charlie. »Außerdem habe ich gerade schlechte Nachrichten bekommen, mein Vater ist mit diesem Virus ins Krankenhaus gekommen.«

»Ach, Charlie«, sagte sie mit geradezu greifbarem Mitgefühl. »Ist es schlimm?«

»Das weiß ich nicht.«

»Wenn ich irgendetwas tun kann, dann ... was ist denn das für ein Lärm? Wo bist du?«

»Da klopft jemand an die Tür«, antwortete Charlie. »Ich ruf dich später noch mal an«, fügte er hinzu, beendete den Anruf und ging durch das Zimmer.

Und so bekam Anna nichts mit von dem Lärm, der nach dem Klopfen an der Tür folgte: Fäuste flogen, Charlie ächzte, als ihm die Luft aus der Lunge entwich, er stolperte rückwärts ins Zimmer und fiel mit einem dumpfen Schlag zu Boden.

35

Sein erster flüchtiger Gedanke: Ein paar Schlägertypen bearbeiteten ihn. Doch es handelte sich nur um Inspector Allardyce, der unter Volldampf stand und ihn ins Haus drängte. Ein Schlag in die Magengrube, einer ans Kinn, linke Wange, Nacken, und jeder Schlag mit einem Satzzeichen versehen: »Haben. Sie. Meinen. Sohn. Umgefahren?«

Dann lag Charlie flach auf dem Rücken, alles brannte, und er dachte nur daran, möglichst schnell wegzurollen, während Allardyce den Fuß hob und ihm einen Tritt in die Leistengegend verpassen wollte. Charlie hob den Unterarm: »Nicht!«

»Hm? Haben Sie Jake angegriffen?«

»Nicht.«

Charlie rollte beiseite. Allardyce war mitten in der Bewegung, stolperte nach vorn, verlor die Balance, und Charlie, der nun hinter ihm war, wirbelte herum, hob beide Füße und versetzte dem verfetteten Gesäß des Mannes einen doppelten Tritt. Er sah zu, wie sein alter Boss auf die Knie ging, die Hände ausstreckte und sich am Sofa festzuhalten versuchte; dabei schob er es aber nur gegen den Bücherschrank und brachte Wollmäuse und eine Socke zum Vorschein. »Ha«, machte Charlie. Er hatte die Socke schon verloren gegeben.

Er prüfte alle Gelenke und ließ sich wieder auf die Seite rollen; dann stützte er sich mit einem Arm hoch und kam stückweise auf die Beine. Alles tat ihm weh, neuer Schmerz gesellte sich zu dem alten. Am liebsten hätte er Allardyce, den fetten Sack, noch mal in den Hintern getreten.

Aber Charlie war durch und durch Polizist. Er hatte als Kadett begonnen und sich dann schrittweise bis zu einem halbwegs ordentlichen Detective Senior Constable hochgeschuftet. Ständig hatte es irgendwelche Vorgesetzte gegeben, die sich wie Arschlöcher benommen hatten. Man kritisierte nicht, man trotzte nicht. Stets hieß es »Ja, Sir« und »Ja, Ma'am«. Er hatte Allardyce über einen Schreibtisch geschubst, aber das war nur ein einmaliger Ausbruch der Empörung gewesen. Das hier … das hier war sein Inspector, der ins Haus stürmte und ihn durchprügelte.

Der Inspector lag nun zwischen den Wollmäusen und keuchte auf eine Weise, die gefährlich ungesund klang. Charlie war hin- und hergerissen – sollte er ihm aufhelfen oder ihm einen ordentlichen Tritt in den Hintern verpassen?

»Sir?«

Allardyce rührte sich und rutschte herum, bis er sich mit dem Rücken gegen das Sofa lehnen konnte; seine Haare waren durcheinander, er streckte die Beine aus, die Hosenbeine waren hochgerutscht und entblößten massige weiße Waden und zweckmäßige, aber nicht zusammengehörende Socken: kleine Rauten auf der einen, größere auf der anderen Socke.

Er war Charlies Vorgesetzter, und er war ein Nichts. Charlie holte ein Glas Wasser, kniete sich hin und reichte es ihm. Einen Augenblick lang schien es, als würde Allardyce am liebsten seine Hand wegschlagen, so stark war die Verbitterung auf seinem Gesicht.

Allardyce nahm das Glas, trank einen Schluck, dann noch einen und reichte es mit einem gemurmelten »Danke« zurück, ohne Charlie anzuschauen.

»Soll ich Ihnen aufhelfen?«

Allardyce sagte kein Wort und schnaufte nur schwer.

Charlie stand auf. »Ich koche einen Tee. Wir picknicken auf dem Fußboden.«

Er hielt die Kanne unter den Wasserhahn, und die Nackenhaut kribbelte ihm bei dem Gedanken daran, wie Allardyce sich von hinten anschlich, dann hörte er den Mann fragen: »Haben Sie was Stärkeres?«

Charlie stellte die Kanne ab und drehte sich um. Allardyce hatte sich nicht von der Stelle gerührt. »Sir, Sie sind schon betrunken. Ich gebe Ihnen keinen Alkohol.«

»Sie können mich mal.«

»So ists recht.«

Das Wasser kochte nur langsam. Es handelte sich um den lautesten Wasserkocher im ganzen Universum, deshalb kehrte Charlie ins Wohnzimmer zurück und trat auf Allardyce zu, wenn auch nicht zu nah. Er stellte sich vor ihn und sagte deutlich: »Jemand anderer hat Ihren Flachwichser von Sohn umgefahren.«

Er ging in die Hocke und beobachtete Allardyce. Der wich seinem Blick aus und machte eine Miene, die die Truppe dazu veranlasst hatte, ihn Knallerdyce zu nennen.

»Hören Sie, Sir, ich bin bereits befragt worden«, sagte Charlie. »Ich war den ganzen Samstag über hier auf der Peninsula.«

»Sie haben jemand angeheuert.«

»So wie Kessler jemanden angeheuert hat, Anna Picard und mich umzufahren, meinen Sie?«, entgegnete Charlie.

Allardyce sah Charlie störrisch an und sprach über den Lärm des Wasserkochers hinweg: »Wo wir schon von Alibis sprechen, mein Sohn kann ebenfalls beweisen, dass er unschuldig ist. Er hat Sie und Ihre Schlampe nicht umgefahren.«

»So ists recht, Sir, immer schön höflich bleiben«, meinte Charlie. »Der halbe Club hat ihm ein Alibi gegeben, richtig?« Er schwieg. »Wie geht es ihm übrigens?«

»Kann Ihnen doch egal sein«, entgegnete Allardyce und wendete den Blick ab, doch etwas an seinem Ton deutete auf müde Abscheu hin, und Charlie dachte: Er glaubt seinem eigenen Sohn nicht.

Der Wasserkessel ging aus. »Wie möchten Sie Ihren Tee?«, fragte Charlie und ging in die Küche zurück.

Er hörte hinter sich ein Brummen und Stöhnen und sah sich um. Allardyce richtete sich auf, stellte das Sofa wieder richtig hin, setzte sich und zerquetschte mit dem Rücken ein Polster. »Schwarz. Stark.«

Charlie brühte Tee, für sich einen Pfefferminztee, und kehrte ins Wohnzimmer zurück. Er setzte sich, seine Knie waren nur einen Meter von Allardyce entfernt, doch der Inspektor war erledigt. »Sir, ich habe Ihren Sohn nicht umgefahren, und ich habe niemanden dafür angeheuert.«
»Irgendjemand hat es getan. Ihre Freundin.«
»Sie sitzt im Augenblick im Rollstuhl, und sie kennt solche Leute überhaupt nicht.«
»Behauptet sie.«
Charlie erstarrte. »Sie waren bei ihr?«
»Machen Sie sich keinen Knoten ins Hemd. Ihre Eltern waren dabei.« Allardyce, der ungesund rot im Gesicht war, pustete über seinen Tee und trank einen Schluck. Herzgeschichten? Verstopfung? Oder einfach nur sein beschissener Charakter.
Stille machte sich breit. Charlie hatte nicht die Absicht, sie zu durchbrechen. Er konnte Allardyce riechen: Schweiß, Schnaps, Aftershave und Aussichtslosigkeit. »Können Sie nach Hause fahren?«
»Glauben Sie vielleicht, wir sind fertig miteinander?«, knurrte Allardyce.
»Ja, das glaube ich.«
Allardyce verzog das Gesicht, als würde er seine Möglichkeiten abwägen. »Na, vielleicht.« Dann murmelte er von weit weg: »Kessler ist schuldig.«
»Ja.«
»Das andere Opfer, das Ihre Freundin und Sie aufgestöbert haben.«
»Was ist mit ihr?«
»Glaubwürdig.«
»Ja.«
»Zwei Opfer«, sagte Allardyce, »sind sich nie über den Weg gelaufen und sind im Abstand von zwei Jahren bei einem Clubtreffen vergewaltigt worden.«
»Das weiß ich, Sir.«
»Er ist ziemlich herumgekommen, wissen Sie?«

Er meint Luke Kessler, dachte Charlie. Nicht seinen Sohn.

»Späher haben ein Auge auf ihn geworfen, für Saint Kilda, für die Melbourne Bulldogs.«

»Und deshalb ist das in Ordnung?«

Allardyce wurde rot. »Sie können mich mal. Letztes Jahr lagen die Beweise noch nicht vor. Ein klassischer Fall von Aussage gegen Aussage.«

»Das entspricht nicht ganz der Wahrheit, Sir. Alle machten sich sofort daran, das Opfer zu beschuldigen, Sie eingeschlossen. Tunnelblick. Sie haben uns faktisch gesagt, nicht allzu genau hinzuschauen.«

»Da muss ich widersprechen.«

»Immer zu.«

»Ich hab nur meinen Job gemacht, mehr nicht. Menschen lügen nun mal, auch sogenannte Vergewaltigungsopfer. Das müssten Sie doch wissen, wenn Sie auch nur ein halbwegs ordentlicher Polizist wären.«

Charlie trank seinen Tee aus. »Sie sind in mein Haus gestürmt. Sie haben mich mehrfach geschlagen. Ich könnte auf ein Polizeirevier gehen, sobald Sie fort sind, und Anzeige erstatten. Könnte mich ausziehen und die blauen Flecken vorzeigen. Und morgen noch mal, wenn sie schön bunt angelaufen sind.«

Allardyce schüttelte den Kopf. »Ich bin Inspector, Sie Dummkopf. Sie sind ein vom Dienst suspendierter Versager.«

»Sir, warum sind Sie hier?«

Als Allardyce schließlich den Kopf hob, stand dort nichts als Verwirrung geschrieben. »Wenn ich das wüsste.«

»Ich habe Ihrem Sohn nichts getan, aber ich bin mir verdammt sicher, dass er Anna Picard und mich überfahren hat, ganz egal, was seine kleinen Kumpel schwören.«

Allardyce verzog wieder sein fleischiges Gesicht; ein Mann unter Schmerzen. »Dieser Club, in dem er ist. Das sind alles …«

Allardyce fand die richtigen Worte nicht; Charlie hätte ihm wohl mit ein paar passenden aushelfen können. »Frauenhasser«

zum Beispiel.»Vergewaltigungsverharmloser.« Ganz zu schweigen von »kriminell« und »ohne jedes Schamgefühl«.

Charlie sah zu, wie eine ganze Reihe von Emotionen Allardyce durchfuhren. Rührseligkeit, mürrische Wut, Selbstbezichtigung und Schuldzuweisung. Ihm war klar, dass der Mann sich von seinem Sohn und dessen Freunden betrogen fühlte. Und er spürte, dass er sich selbst belogen hatte. Und dass der Drang, davon abzulenken, ihn hierhergetrieben hatte, um einzudringen und Charlie die Schuld zu geben.

Allardyce ging schließlich, ohne sich für seine Taten oder die seines Sohnes zu entschuldigen, sondern ließ noch eine ausgewählt spitze Bemerkung fallen: »Und glauben Sie ja nicht, ich hätte vergessen, dass Sie dabei mitgeholfen haben, einen Prozess zu versauen, und mich vor allen Leuten angegriffen haben.«

»Ist mir in der Seele eingebrannt, Boss.«

»Arschloch.«

Charlie sah zu, wie der Inspector in einen kastanienbraunen Pajero stieg und mit einem Kavaliersstart Kies aufwirbelte. In diesem Augenblick stand er kurz davor, Allardyce anzuzeigen. Aber schon allein die Verschärfung der Situation, ganz zu schweigen von der Beweisnot, dass Allardyce überhaupt in seinem Haus gewesen war. Ein klassischer Fall von Aussage gegen Aussage. Außerdem würde er sich dabei ganz klein vorkommen.

Allerdings würde es sich auszahlen, auf der sicheren Seite zu sein. Was, wenn Allardyce wieder unter Dampf gerät? Was, wenn er den Footballkumpeln seines Sohnes gesagt hat, wo ich wohne? Wo Anna wohnt? Du meine Güte.

»Charlie«, sagte sie mit leerer Stimme.

»Hör mal, tut mir leid wegen vorhin, ich hatte einen Besucher – Inspector Allardyce. Er meinte, er sei auch bei dir gewesen.«

»Heute Nachmittag. Das war ein Grund, warum ich dich vorhin angerufen habe.«

»Tut mir leid.«

»Das sagst du andauernd. Wie hat er mich gefunden?«

»Er ist Polizist«, antwortete Charlie. Übergewichtig, engstirnig, ein jämmerlicher Sack voller Schuldgefühle, aber er hatte sicherlich nur fünf Minuten gebraucht, um sie im Haus ihrer Eltern aufzustöbern.

»Ich hasse das«, sagte Anna.

Charlie wusste nicht, ob sie damit meinte, von Allardyce aufgespürt oder von ihrem Freund geschnitten zu werden. Wenn das ihr erster Streit war, dann hasste er das ebenfalls. »Alles in Ordnung? Hat er dich bedroht?«

»Nein. Aber es war ziemlich merkwürdig«, sagte sie ein wenig besänftigt. »Mum und Dad sind in der Nähe geblieben, für alle Fälle, und das schien ihn gestört zu haben.«

»War er betrunken?«

»Ja. Ich konnte es riechen. Das war wohl mit ein Grund dafür, warum Mum und Dad mich nicht mit ihm allein lassen wollten. Aber eigentlich wirkte er nur traurig, und schließlich habe ich sie davon überzeugt, dass alles okay ist.«

»Was hat er gewollt?«

»Das weiß ich nicht so genau. Einerseits tat es ihm leid, dass ich verletzt worden bin, andererseits schien er sagen zu wollen, dass das nicht sein Sohn gewesen sei, klang aber so, als würde er genau *das* glauben. Oder Freunde seines Sohnes, also Freunde von Luke Kessler.«

»Eine echte Entschuldigung? Das ist mehr, als ich abbekommen habe.«

»Es klang eher wie Bedauern. Er faselte was von der Kultur der Footballklubs und davon, dass die ursprünglichen Ermittlungen gegen Kessler straffer hätten sein können.«

»Straffer«, meinte Charlie.

»Straffer. Er sagte auch, pass auf: ›Allerdings ändert das nichts an der Tatsache, Miss Picard, dass Ihr Handeln zu einem fehlerhaften Prozess geführt hat.‹«

So kennen und lieben wir unseren Allardyce, dachte Charlie.

»Er ist gut darin, abzulenken. Ist er lange geblieben?«

»Nein. Das wars im Großen und Ganzen, eine Art Entschuldigung mit Standpauke.«

»Okay«, sagte Charlie schließlich. »Ich rufe besser Sergeant Mead an, damit sie weiß, was er vorhat.«

»Wehe, du legst jetzt auf. Du hast mich nicht besucht. Warum?«

Charlie geriet ins Stottern. »Ach, weißt du, ich wollte ein wenig den Kopf einziehen. Ich bin ziemlich belästigt worden.«

»Das reicht mir nicht, Charlie. Wir sind doch prima miteinander ausgekommen.«

»Ich weiß. Hör mal, Anna, es ist ... ich wollte nur ...« Er schluckte. »Ich will dich nicht in meinen ganzen Scheiß mit hineinziehen.«

»Ich will aber hineingezogen werden. Ich liebe dich.«

»Ich dich auch.«

Was konnte er sonst sagen? Aber es kam ihm so vor, als würde er einen Gefallen erwidern, bevor er selbst dazu bereit war.

»Dann komm mich besuchen. Rede mit mir. Erzähl mir, was los ist. Ich kann gut zuhören.«

Das darauf folgende Schweigen dauerte zu lange. »Oder auch nicht«, sagte sie und legte auf.

Charlie, dem alles wehtat, ging im Zimmer auf und ab. Er hob die Socke auf. Dann ließ er sie wieder fallen und rief Anna an. »Wie wärs mit morgen?«

»Ich habe nichts vor.«

»Ich bin blau und grün geschlagen. Er hat mich ziemlich bearbeitet.«

»Interessant, dass du mich vorwarnst. Soll das heißen, dass du mit Versöhnungssex rechnest?«

Charlie lachte angestrengt. Hatte sie einen Witz gemacht?

»Bis morgen«, sagte sie leichthin und war weg.

Charlie rief Sue Mead an.

»Werden Sie das melden?«

»Hat doch keinen Zweck, Sergeant«, meinte Charlie.

»Eine kluge Entscheidung.« Nach kurzer Pause fügte sie hinzu: »Charlie, Sie haben dem Sohn doch nichts angetan, oder?«

»Sie können mich mal, Sergeant«, sagte Charlie.

Mead versuchte ein halbes Dutzend Mal zurückzurufen. Charlie starrte das Telefon an und sah ihre Nummer auf dem Display aufleuchten. Er kam sich klein und mürrisch vor. Ein gefundenes Fressen für Dr Fiske.

Schließlich hob er ab. Sie brachten ihre gegenseitigen Entschuldigungen hinter sich. Doch das bot nur spärlichen Trost.

36

Wenn er schon in die Stadt fuhr, dann konnte er auch gleich alle besuchen.

Emma zuerst. Riesige Parkplätze umgaben den Campus der La Trobe University, doch so früh im Semester waren die meisten leer. Charlie stellte den Skoda unter einem schmächtigen Eukalyptusbaum in der Nähe der Sportanlagen ab und machte sich auf den Weg in die Unibibliothek. Er sah nur eine Handvoll Lehrkräfte und Studierender – und auseinanderhalten konnte er sie auch nicht notwendigerweise. Jung, Schlabberlook; sie schlenderten umher, klebten an ihren Screens oder lagen auf dem Rasen, doch hier und da entdeckte er Familiengrüppchen mit einem verlegenen Erstsemester, der seine Einschreibungsunterlagen in der Hand hielt, gefolgt von adrett gekleideten Eltern und mürrischen jüngeren Geschwistern. Charlie wusste nicht, was die Leute in ihm sahen – wenn sie ihn überhaupt bemerkten. Aber er genoss es, herumzuschlendern und die Fußgängerbrücke zu benutzen, so als habe er genügend Verstand, um hierherzugehören.

Er kam zur Agora und schrieb seiner Tochter eine Textnachricht: *Bin da.*

Sie schrieb zurück: *Infostand.*

Er betrat die Bibliothek und sah, wie Emma sich von einer Kinderschar löste und mit weit ausgebreiteten Armen über den Teppichboden auf ihn zukam. Das gab ihm einen Schauder, und in dem Sekundenbruchteil vor der Kollision sah er sie an: geschmeidige Bewegungen, hüpfende blonde Haare, gelenkig und braun gebrannt, Shorts, Sandalen und grünes T-Shirt. Das Aussehen einer Deravin, fand er, als sie sich um ihn schlang.

»Daddyo.«

»Töchterlein mein.«

»Ich habe zwanzig Minuten Zeit«, sagte sie und führte ihn zum Café in einer Ecke des Erdgeschosses. Zwanzig Minuten Pause vom Einsortieren, Bearbeiten und Ausgeben der Bücher am Schalter. Fünf Vormittage die Woche. Im Semester fuhr sie das auf drei Vormittage zurück.

Charlie holte Kaffee und Gebäck und stellte alles auf den Tisch, als Emma fragte: »Wie geht es Opa?«

»Nicht gut. Es hat ihn ziemlich erwischt.«

»Und Fay?«

»Nicht ganz so schlimm.«

»Armer Opa.« Sie schaute besorgt an Charlie vorbei, so als suche sie nach einer Verbindung zwischen ihrer Welt und der ihres Großvaters. »Ich habe chinesische Freunde, die vor Weihnachten nach Hause geflogen sind und jetzt womöglich daheimbleiben müssen.«

Normalerweise wimmelt es hier nur so vor ausländischen Studenten, dachte Charlie. Er sah sich um und schaute hinaus auf die Agora. »Das ist hart.«

Sie zuckte mit den Schultern, und er spürte, dass ihre Bemerkung Dimensionen aufwies, die er nicht ausgelotet hatte. »Jedenfalls«, sagte er, »kommen sie in ein, zwei Wochen nach Hause, aber es würde sie sicher aufmuntern, wenn du mal mit ihnen skypst.«

»Mach ich«, sagte Emma. Dann schwieg sie kurz. »Mum meint, die Polizei wird jetzt mit Opa reden wollen.«

Charlie seufzte. »Leider ja.«

Er sah zu, wie seine Tochter mit dem Kaffeebecher herumspielte. »Dad, wie war Oma so?«

Das hatte Emma schon mit zehn Jahren gefragt. Als sie klein war, war Fay im Prinzip die Großmutter väterlicherseits gewesen. Dann war sie, ohne diese besondere Verbindung leugnen zu wollen, neugierig geworden, wer denn die Frau war, die verschwand, als sie noch ein Baby gewesen war. Das Rätsel, der Schrecken berührte sie. Und Charlie hatte immer versucht, jene

Rose Deravin darzustellen, die seine Mutter gewesen war, nicht Rhys' Frau. Damit war Emma damals zufrieden gewesen, doch diesmal schien sie von etwas anderem getrieben zu sein. Ihre Großmutter war ermordet worden, und vielleicht war ihr Großvater der Täter gewesen.

Charlie wusste nicht, wie er diesmal darauf antworten sollte. Er stockte. »Sie hatte diese … sie war immer ruhig und sanft, hielt sich immer zurück. Damals war das eine ziemlich ruppige Strandgesellschaft, hauptsächlich Opas Polizeikollegen, und sie war … nicht distanziert, aber sie nahm nur zu ihren eigenen Bedingungen teil. Das schien ein paar der anderen zu stören.«

»Der anderen Frauen?«

Charlie sah seine Tochter anerkennend an. »Du bist nicht auf den Kopf gefallen.«

Emma zog die Schultern hoch, so als würden die mit Büchern vollgestopften Stockwerke auf ihr lasten. »Manchmal bin ich mir da nicht so sicher.«

Charlie tätschelte ihr die Hand. »Kannst du mir glauben. Jedenfalls hatte Mum ihren eigenen Kopf. Nicht hochnäsig, aber sie brauchte die anderen nicht. Es tut mir leid, sagen zu müssen, dass Grandpa sie betrogen hat, ich glaube, sie war am Boden zerstört.« Er schwieg kurz. »Ich weiß es.«

»Hat er sie mit mehreren betrogen?«, fragte Emma, »oder nur mit Fay?« Sie wedelte mit den Händen. »Sorry, ich will sie nicht verurteilen, du weißt, wie sehr ich sie liebe. Aber, na, du weißt schon …«

Charlie nickte. »Ich glaube nicht, dass er andere Affären hatte. Ich glaube, Mum und er hatten sich auseinandergelebt. Es hat sie trotzdem schwer getroffen.«

»Das ergibt keinen Sinn«, sagte Emma, bemerkte ein paar Krümel auf ihrem T-Shirt und wischte sie fort. »Hätte dann nicht Grandma ihm wehtun wollen und nicht umgekehrt? Sie wollten sich scheiden lassen; er hatte eine andere Frau. Warum wollte er sie dann umbringen?« Sie schwieg kurz. »Hypothetisch gesprochen.«

»Wir bräuchten dich im Team der Verteidigung«, meinte Charlie. »Aber ganz allgemein sehe ich nicht, warum einer von beiden dem anderen etwas hätte antun wollen.«

Emma war bedrückt. »Die ganze Sache ist sehr merkwürdig. Zwei Leichen? Worum geht es dabei?«

»Tja.« Charlie drückte ihr die Hand. »Wenn ich das wüsste.«

In diesem Augenblick pingte ihr Handy, und sie las die Textnachricht mit einem seltsam heimlichen, beschwingten Lächeln. Ein neuer Freund, dachte Charlie. Oder ein fester Freund, von dem ich als Letzter erfahren werde. Dann pingte sein eigenes Handy, es war Anna: *Ungefähre Ankunftszeit?*

12:30 schrieb er zurück und sah, dass Emma ebenfalls mit Windeseile tippte. Eine Art Gemeinsamkeit, dachte er: Vater und Tochter, die ihren jeweiligen Partnern zur selben Zeit schreiben.

Charlie gab ihr einen Abschiedskuss, sah ihr nach, wie sie sich am Schalter wieder an die Arbeit machte, und ging zu seinem Wagen. Zehn Minuten bis Ivanhoe, sagte Google Maps; er war ganz zappelig, als er sich auf den Weg machte: Anna hatte noch mal getextet: Ihre Eltern waren den Nachmittag über fort, und er solle zur Hintertür kommen, die sei offen. Das gefiel ihm nicht. Sie war noch immer ein mögliches Ziel.

Das sagte er ihr auch, als er sie im Wintergarten fand, sich vorbeugte und küsste.

Das besorgte sie nicht weiter. »Nitro wird sich schon um sie kümmern.«

Charlie warf dem Labrador einen misstrauischen Blick zu. »Er wird sie zu Tode sabbern.«

»Entspann dich. Wir haben die Tür nur aufgelassen, weil du gekommen bist. Ansonsten ist sie immer verschlossen, wenn ich allein hier bin.«

»Allein«, sagte Charlie, und die Knoten in ihm lösten sich keineswegs.

»Ernsthaft, entspann dich. Du hast etwas zu Mittag mitgebracht, wie ich sehe.«

Er wedelte mit der Einkaufstüte. »Käse, Oliven, Salami, Brot, Paté.«

»Die wichtigsten Grundnahrungsmittel.«

Charlie stellte einen Servierwagen, ein Familienerbstück aus den Fünfzigern, neben Anna, ging in die Küche, legte alles auf kleine Teller und trug sie, zusammen mit einer Karaffe Wasser und Gläsern, zurück in den Wintergarten. Dann setzte er sich, der Servierwagen stand zwischen ihnen, er sah Anna an und sie ihn.

»Der Inbegriff eines bedeutungsvollen Blicks«, sagte er.

»Ja.«

»Tut mir leid, dass ich dir aus dem Weg gegangen bin.«

Sie streckte die Hand nach seiner aus. »Ich weiß.«

Er habe sich träge und ziellos gefühlt, sagte er zu ihr. »So als würde ich auf etwas warten.«

Anna klang leicht verbittert. »Ja, du hast gewartet, aber du hast auch alles andere gemacht. Mit Leuten geredet, Informationen gesammelt, Theorien aufgestellt ... das wird alles hilfreich sein.«

»Sicher«, meinte Charlie mutlos, so als seien ihre Worte nicht bei ihm angekommen. »Schätze, ich habe einfach genug von mir selbst.«

»Tja, und ich hänge hier rum, mir ist langweilig, und meine Eltern treiben mich in den Wahnsinn. Aber das Leben geht weiter ...«

Ein Klischee, aber Anna meinte es ernst. Charlie schüttelte sich. Er beugte sich vor und schnüffelte an ihrem Ohr. »Tut mir leid.«

»Mir auch«, sagte sie. »Aber ich sollte mich nicht beklagen.«

Charlie hielt ihre Hand. »Wenn ich nachher zu Liam fahre, erzähle ich ihm mal von deiner Idee, eine Gedenkfeier abzuhalten.«

»Gut.«

»Du kommst doch auch, oder?«

Sie klopfte mit den Knöcheln gegen ihren Gips. »Friedhofsschick. Aber nein, Charlie, lieber nicht. Erstens möchte ich niemandem zur Last fallen – ob nun Rollstuhl oder Krücken –, und zweitens wäre das nicht recht, das ist dein Treffen, deine Familie, die ich gar nicht kenne.« Sie sah ihn kurz an. »Noch nicht. Und die Menschen werden dich mit Argusaugen beobachten, also mich auch, und ich weiß nicht, ob wir beide dieses Maß an Aufmerksamkeit wollen.«

»Okay.«

»Bring mich ins Bett.«

Charlie klappte den Mund nutzlos auf und zu. »Ähm ...«

»Na komm schon, wir haben zwei Stunden Zeit, bevor sie zurückkommen. Das kriegen wir schon hin.«

Um halb vier grinste Charlie vor sich hin, während er nach Northcote fuhr und sich unwillkürlich an seine späte Jugend erinnerte, als er ein paar Stunden Zeit mit seiner Freundin hatte, wenn die Eltern aus dem Haus waren. Nun war er erwachsen – ein unzulänglicher Erwachsener noch dazu –, aber verflucht, manchmal konnte das Leben erfrischend sein.

Liam und Ryan führten ihn zu einem Metallstuhl an einem Metalltisch unter dem Regenschirmbaum im Hinterhof, dann setzten sie sich mit Käsetellern und ein paar Flaschen Bier aus einer Kleinstbrauerei zu ihm. Wie üblich war es Ryan, der am schnellsten schaltete. »Du grinst ja wie ein Honigkuchenpferd.«

»Was?« Charlie wischte sich jeden Ausdruck vom Gesicht. »Ich weiß nicht, was du meinst.«

»Was hat sie denn von deinem Gesicht gehalten? Du siehst ja aus, als hätte dich jemand als Boxsack missbraucht.«

»Ach, das ist nichts«, entgegnete Charlie, doch er spürte, wie Liam ihn mit einem vorgetäuschten Anflug völliger Entspannung anschaute und darauf wartete, dass Charlie sich erklärte.

Er versuchte es. »Eine kleine Meinungsverschiedenheit.«

Liam schniefte. Ryan berührte ihn leicht am Arm. »Wie gehts der liebreizenden Emma? Du warst doch bei ihr?«

»Es geht ihr gut, ich soll Grüße ausrichten.«

Dann saßen sie eine Weile da. Charlie spürte Missgunst in sich aufsteigen: die Belaubung des Hofs, der sich vor der Welt verbarg; das ausgefallene Etikett auf dem Bier; Liams Hochnäsigkeit und Ryans Mittlerrolle. Er kämpfte dagegen an. »Eine Freundin von mir meinte, wir sollten vielleicht eine Gedenkfeier für Mum organisieren. Wir können ja trotzdem eine Beerdigung abhalten«, fügte er hinzu, »klein und im privaten Kreis. Die Gedenkfeier wäre dann eher der festliche Teil.«

Er beobachtete Liam. Der nickte ganz kurz. Ermutigt wendete sich Charlie an Ryan, der sagte: »Das ist eine tolle Idee.« Er warf Liam einen Blick zu und fügte an: »Wir haben seit ein paar Tagen nicht mehr mit Fay gesprochen. Wissen sie schon, wann sie zurückkommen?«

»Nein. Dad liegt noch im Krankenhaus.«

Ryan trank einen Schluck und beobachtete Charlie. Dann stellte er die Flasche wieder hin. »Seine allgemeinen Gesundheitsprobleme.«

Nicht zum ersten Mal fragte sich Charlie, warum alle mehr über alles Mögliche wussten als er selbst. Woher wusste Ryan von Rhys' gesundheitlichen Problemen? »Ich hab mal nach dem Virus gegoogelt«, sagte er. »Bei Vorerkrankungen kann einen der Virus ziemlich beuteln. Es hat Tote gegeben. Was, wenn er auch daran stirbt?«

»Zumindest ist er im Krankenhaus. Tokio? Die werden schon wissen, was zu tun ist.«

Charlie nickte. »Er wird unsere Hilfe brauchen, wenn er nach Hause kommt. Nicht nur wegen seiner Gesundheit – die Mordkommission steht schon bereit, um ihn noch mal zu befragen.«

Selbst im Sitzen wirkte Liam groß und abfällig. »Zu Recht. Vielleicht kriegen wir diesmal ein paar Antworten.«

»Ach, hör schon auf, Liam«, sagte Charlie. Er sah Ryan hilfesuchend an. Ryan hielt dem Blick stand, nicht unfreundlich, aber mit einem Hauch von Reserviertheit. Vielleicht war er sich in diesem Punkt mit Liam einig.

»Er hat unsere Mutter entehrt«, sagte Liam.

Aus jedem anderen Mund hätte das komisch geklungen. Charlie nahm es als Warnsignal. »Willst du ihn verpfeifen?«

Liam sah ihn angewidert an. »Ihn verpfeifen?«

»Der Polizei sagen, dass du sein Auto gesehen hast.«
»Nein. Wofür hältst du mich?«

Charlie konnte Ryans Anwesenheit spüren. Er warf ihm einen schnellen Blick zu und sah noch, wie Ryan eine kleine Kopfbewegung machte.

»Tut mir leid. Das würdest du natürlich nicht tun.«

Liam nickte, doch sein Nicken besagte, dass er Charlies Entschuldigung für notdürftig und unzureichend hielt. Er trank einen Schluck, stellte die Flasche auf den Tisch und lehnte sich in einer Art Selbstgewissheit zurück. Ein gut aussehender Mann. Ryan sagte gern, dass Liam der Ästhet sei und er der grobe Handwerker. In diesem Augenblick sah Liam genauso aus wie sein Vater, als sie noch Kinder waren: dunkel, charmant, beleidigend höflich.

Charlie stand auf und klapperte mit den Autoschlüsseln.

»Danke für das Bier. Ich mach mich mal besser auf den Weg. Der Verkehr ...«

Ryan stand auf, trat auf ihn zu und umarmte ihn. »Fahr vorsichtig. Schön, dass du vorbeigeschaut hast.«

Liam stand auf und streckte die Hand aus, da klingelte Charlies Handy. Er zog es aus der Tasche, sah Liams Gesichtsausdruck und spürte ein altvertrautes Gefühl: sein Bruder, der Kritiker, bei dem Missbilligung zum Kern seines Wesens gehörte. »Tut mir leid, ich muss dran.«

Sue Mead rief an. Er drehte den beiden Männern den Rücken zu. »Sergeant?«

»Charlie, wo sind Sie?«

»Northcote, ich breche gerade bei meinem Bruder auf. Wieso?«

»Ich dachte, ich warne Sie besser vor. Allardyce könnte auf dem Kriegspfad sein. Sein Sohn ist vor ein paar Stunden ins Koma gefallen, und er ist davongestürmt.«

37

Charlie warf den Motor an und erstarrte dann. Wo sollte er denn hin? Er verspürte den ziellosen Drang loszufahren, mehr nicht. Wer brauchte ihn? Wen liebte er am meisten? Er saß mit laufendem Motor da und versuchte in Allardyce' Kummer zu schlüpfen wie in einen alten Mantel. Was fühlte der Mann, wem würde er etwas antun wollen ...

Kälte durchfuhr ihn; als Erstes rief er Mrs Ehrlich an und bat sie, nach einem unbekannten Auto in der Einfahrt oder in der Tidepool Street Ausschau zu halten. »Vor allem nach einem kastanienbraunen Pajero.«

»Ich wüsste nicht mal, was das ist, Charlie, aber hier ist kein Auto.«

»Rufen Sie mich an, wenn Sie eins sehen«, bat er sie und beschrieb ihr dann Allardyce.

»Mach ich.«

Anna klang warmherzig, und leichte Heiserkeit lag auf ihrer Stimme, Nachklang des Nachmittags; er hasste es, das zu verderben. »Anna, hör zu. Allardyce ist vielleicht hinter dir her. Sein Sohn ist gerade ins Koma gefallen.«

Eine Pause. »Ach. Wie schrecklich für ihn.«

Charlie wollte schon schreien. »Ich weiß, aber bitte, lass ihn nicht rein, wenn er auftaucht.«

»Mach dir keine Sorgen.«

»Sind deine Eltern schon zu Hause?«

»Ja. Alles in Ordnung, Charlie.«

»Wenn er auftaucht, ruf die Polizei.«

»Das wird wohl nicht nötig sein.«

»Anna.«

»Okay, schon gut.« Der scharfe Unterton lag noch in der Luft, als er das Gespräch beendete und bei Emma anrief.

Er ließ es zehnmal klingeln, dann hörte er ihre Stimme, die ihn darum bat, eine Nachricht zu hinterlassen. Das tat er und versuchte, dabei recht unbeteiligt zu klingen: »Ich bins nur. Hör mal, nichts Wildes, aber nur um sicher zu sein, könntest du dafür sorgen, dass du die nächsten paar Stunden nicht nach Hause gehst? Besuch eine Freundin. Oder bleib in der Uni. Und falls du joggen bist, trink irgendwo einen Kaffee. Ruf mich auf jeden Fall zurück.«

Er schickte ihr noch eine kurze Textnachricht, dann machte sich langsam Panik bei ihm breit. Sie ist zu Hause, dachte er. Allardyce hat ihr was angetan, und sie liegt auf dem Boden.

Wen als Nächstes? Jess.

Sie saß in der Stadtplanung der Kommune Moreland und klang abgelenkt. Allein schon ihre Stimme zu hören, die besagte: »Ich sitze mitten in was Wichtigem, wer wagt zu stören?«, trieb ihn schon in die Defensive. »Tut mir leid, dich bei der Arbeit zu stören, aber weißt du, wo Emma ist?«

Jess schwieg, was er als Kritik deutete. Schließlich sagte sie: »Es ist Viertel nach vier. Sie geht um fünf zur Arbeit, also müsste sie noch zu Hause sein. Wahrscheinlich hat sie Stöpsel im Ohr.«

»Was denn für eine Arbeit?«

Knapp angebunden: »Im Bienenhaus.«

Ein Gemeinschaftsgarten mit Parkanlage am Merri Creek. Emma arbeitete dort freiwillig ein paarmal die Woche jeweils für eine Stunde, im rotierenden Wechsel mal im Lebensmittelgeschäft, in der Pflanzschule und im Café; andere Male buddelte sie, jätete Unkraut oder goss die Kräuter- und Gemüsebeete.

»Okay.«

»Was ist los? Du bist ja ganz aufgeregt.«

Er gab ihr eine knappe Zusammenfassung und schaffte es, aufgeregt und beiläufig zugleich zu klingen.

»Und der Mann gibt dir die Schuld?«

»Ja«, sagte Charlie und fügte hinzu: »Vielleicht.«

Er wartete auf ihre Reaktion. Damals, als sie noch verheiratet waren, war Jess immer Opfer der Drohungen und Einschüchterungen gewesen, die eigentlich auf ihn gerichtet waren. Telefonanrufe mitten in der Nacht. Zerstochene Reifen. Eines Abends außerhalb des Netballtrainings ein Zettel an der Windschutzscheibe: *Ihre Tochter sieht in dem kurzen Röckchen richtig niedlich aus.*

»So sehr, dass er Emma etwas antun könnte?«

»Das weiß ich nicht. Aber ich werde eine Streife dort hinschicken.«

»Das hast du noch nicht getan?«

»Jess, sofort als Nächstes.«

»Würde er mir etwas antun?«

»Sweetheart, ich weiß es nicht«, antwortete Charlie. Er wunderte sich, dass er dieses alte Kosewort benutzt hatte.

Sie redete weiter, so als habe sie das nicht gehört. »Mit anderen Worten, ich sollte also noch nicht nach Hause gehen.« Dann fügte sie mit einem kläglichen Ton in der Stimme an: »Nicht schon wieder, Charlie.«

»Vielleicht ist ja gar nichts dran«, wollte Charlie sie beschwichtigen, aber Jess hatte schon aufgelegt.

Jetzt raste er los und suchte mit der anderen Hand nach Sue Meads Nummer.

»Charlie?«

»Können Sie sofort eine Streife zum Haus meiner Ex-Frau schicken? Auf Sie werden sie hören.«

»Charlie ...«

»Bitte, Sue, ich erwische meine Tochter nicht.«

»Schnauzen Sie mich nicht an. Ich habe bereits den Boss angerufen und ihm getextet, wenn Sie es unbedingt wissen wollen, und er hat sich schließlich zurückgemeldet. Er ist bei seiner Frau, also ... Sie können die Panik wieder runterfahren. Ich fühle mich schon beschissen genug, okay?«

»Hat er Sie über das Festnetz zurückgerufen?«

»Wie bitte?«

»Hat er vom Handy aus angerufen oder über das Festnetz?«
Sergeant Mead schwieg. »Oh«, machte sie schuldbewusst.
»Wie ich schon sagte, ich kann meine Tochter nicht erreichen«, wiederholte Charlie.
»Ich versuche es übers Festnetz und rufe zurück.« Schon war sie fort.
Charlie war schon auf halber Strecke nach Coburg, als sie sich meldete. »Sie hatten recht, er war nicht zu Hause, und seine Frau ist ganz außer sich.«
»Streife, Sue. Bitte.«
»Ja, schon erledigt.«

Die Lydiard Street war kurz und steil und senkte sich zu einem Kreisverkehr am Fuße des Hügels ab; stämmige Holzpoller trennten sie dort von der Parklandschaft. Das hier war eine grün belaubte Welt des Schlenderns und Radfahrens, in kurzer Entfernung von den Gemeinschaftsgärten und Merri Creek, nur eine kurze Fahrt bis zur Lygon Street, wenn man mit den Hipstern libanesisch essen, in einer Weinboutique eine Flasche Amaro kaufen oder sein Zehntausend-Dollar-Fahrrad warten lassen wollte.

Charlie wusste, dass die Suche nach einem Parkplatz nervig war, also ließ er seinen Wagen außerhalb eines Netballplatzes an der Hauptstraße stehen und ging zu Fuß. Lydiard Street war eine Mischung aus neuen Reihenhäusern, Würfeln aus Glas und Beton und gut gepflegten Bungalows. Er hatte die Straße schon halb hinter sich und ging auf das einzige Reihenhaus mit einer glänzenden schwarzen Tür zu, als ein Streifenwagen an ihm vorbeidüste. Keine Sirene – aber er trödelte auch nicht: gute alte Sue. Er parkte in zweiter Reihe auf halber Strecke. Charlie ging schneller und war noch immer fünfzig Meter entfernt, als Allardyce aus einer Nebengasse zwischen zwei Reihenhausanlagen trat und seinen Dienstausweis vorzeigte. Allardyce trug einen Anzug, grinste bis über beide Ohren und wirkte insgesamt gepflegter als beim letzten Mal. Die Uniformierten stiegen aus und traten zu ihm auf den Gehweg, Allardyce gab ihnen freundlich die Hand, ganz der große Kerl, der seinen Charme oder seine Niedertracht ausspielen konnte, ohne groß darüber nachzudenken.

Er wird sie davonschicken, dachte Charlie. Er rannte los, rief: »Warten Sie!«, und kam sich lächerlich dabei vor.

Allardyce sah ihn als Erster. Er wischte den Jackenschoß nach hinten und brüllte: »Er ist bewaffnet!«

Mord durch Polizeieinsatz. Charlie rutschte, fiel fast hin, kauerte sich mitten auf der Straße halb hin und streckte die Hände in die Höhe. »Ich bin unbewaffnet!«

Die Uniformierten, die sich ebenfalls hingekauert hatten, einer hinter dem Streifenwagen, der andere noch auf dem Gehweg, richteten sich langsam auf. Sie starrten Charlie an; der eine hielt die Hand am Pistolenknauf, der andere griff nach dem Pfefferspray an seinem Gürtel.

Charlie wiederholte etwas schriller: »Ich bin unbewaffnet!«

Der Ältere trat vom Gehweg, kam den Hang hinauf auf ihn zu und sagte: »Auf die Knie, Sir, bitte, Hände hinter dem Kopf verschränkt.«

»Ich weiß, wie das läuft«, sagte Charlie und gehorchte.

Die Straße bestand aus sonnenweichem Teer und feinem Schotter. Seine beste Jeans. »Meine Tochter wohnt dort in dem Haus«, rief er. »Der Mann hat vor, ihr etwas anzutun.«

Der jüngere Uniformierte schloss sich seinem Partner an, beide kamen sie näher und blockierten Charlie die Sicht. Dann bauten sie sich zu beiden Seiten von ihm auf, und er sah Allardyce, der die Straße hinunter zum Park rannte.

»Er haut ab!«

Sie kümmerten sich nicht darum, näherten sich ihm vorsichtig, hoben ihn auf die Füße und legten ihm Handschellen an.

»Ich habe doch gesagt, ich bin nicht bewaffnet. Ich bin hier zum Schutz meiner Tochter.«

»Reine Vorsichtsmaßnahme, Sir.«

Charlie nickte hügelab. »Das ist der Mann, den Sie suchen.«

Darauf gingen die beiden nicht ein, und der Ältere sagte: »Was wollen Sie hier, Sir?«

Charlie löste sich von den beiden und ging ein paar Schritte auf das Haus mit der schwarzen Tür zu. »Ich will zu meiner Tochter.«

»He. Bleiben Sie stehen.«

»Es geht um meine Tochter. Der Mann, mit dem Sie gerade gesprochen haben, ist hergekommen, um ihr etwas anzutun.«

Im Blick des Mannes blitzte eine Erkenntnis auf: Vielleicht ergab Sue Meads merkwürdiger Einsatzbefehl langsam Sinn. »Es geht um den Inspector?«

»Ja.«

Die beiden wurden unruhig. Der Jüngere schaute hügelab. »Wo ist er hin?«

»Ist in den Park gerannt«, antwortete Charlie.

Sie wollten ihm nachsetzen, doch Charlie war in Handschellen, und sie zögerten.

»Können wir bitte nach meiner Tochter schauen?«

Wieder schauten die beiden sich unsicher an, dann lösten sie die Handschellen, blieben aber dicht bei ihm, als er sie zu Jess' Haus führte. Charlie klopfte. Nichts. Das Haus wirkte in diesem Augenblick leer wie der Tod, und es quälte ihn fast körperlich, wie er da sinnlos von einem Bein aufs andere stieg.

Es handelte sich um ein Eckhaus; eine Gasse führte zum Hinterhof und einem Seitentor. »Vielleicht ist sie im Hof.«

Argwöhnisch begleiteten sie ihn; die Gasse wurde von den Nachbarhäusern beschattet und war, kaum von der Sonne berührt, plötzlich kühler. Charlie wollte schon am Torgriff rütteln, als das Tor aufsprang und Emma, mit Helm auf dem Kopf und Hörknöpfen in den Ohren, singend ihr Rad hinausschob. Sie schrie auf und sank zusammen, als sie sie sah; ihr Schreck schmerzte Charlie am meisten.

38

Sie diskutierten hin und her, Charlie bestand darauf, Emma zum Bienenhaus zu bringen, Emma wollte allein fahren, und die Uniformierten beharrten darauf, dass sie beide blieben, bis ein Vorgesetzter eintraf.

Charlie, der kaum an sich halten konnte, sagte zu seiner Tochter: »Ich bringe dich hin, ich warte dort, und ich bringe dich hinterher nach Hause.«

»Sir, wir möchten, dass Sie beide hierbleiben.«

Charlie drehte sich um. »Sind wir verhaftet?«

»Nein, aber ...«

»Sie sehen, dass dies meine Tochter ist und dies das Haus, in dem sie wohnt?«

»Ja, aber ...«

»Sie haben doch gerade mit Sergeant Mead gesprochen, und sie hat Ihnen gesagt, dass Inspector Allardyce eine Bedrohung darstellen könnte?«

»Sir, das übersteigt offen gesagt unsere Kompetenzen«, sagte der Ältere. »Bitte warten Sie hier.«

»Nein.«

Charlie packte Emmas Rad am Lenker, kämpfte mit ihr, gewann das Tauziehen und schob es zurück auf den Hof. Er lehnte es an Jess' Guavenbaum, kehrte zur Seitengasse zurück, schloss das Tor hinter sich, blieb dort einen Augenblick stehen und sah seine Tochter wütend an, was sie erwiderte. Dann gingen die beiden im selben Augenblick los, Emma hügelabwärts in Richtung der Bäume, die das Grasland zum Bachlauf begrenzte, Charlie hinterher.

»Sir ...«

Charlie rief über die Schulter: »Sie haben meine Handynummer. Wir sind um Viertel nach sechs wieder zurück.«

Dann gingen Vater und Tochter schweigend weiter durch das Gras, bahnten sich einen Weg zur Fußgängerbrücke und nahmen dann die Anhöhe zu einem Flickenteppich aus mit Seilen abgesperrten Beeten voller Tomaten, Salat, Kräutern und Sonnenblumen, Gewächshäusern und Komposthaufen, der durch krumme Pfade und klapprige Tore in verwitterten Lattenzäunen zusammengenäht war. Es ging weiter aufwärts vorbei an einem ebenen Bereich mit Lebensmittelgeschäft, Bäckerei, Gärtnerei, Klassenzimmer und Café, im Sommer bis achtzehn Uhr geöffnet. Pendler, die zu Fuß oder mit dem Fahrrad von der Arbeit kamen, kauften hier Gemüse, Brot, Sämlinge, einen Eistee oder die verbleibenden Gebäckstücke vom Vormittag.

Als sie sich dem Café näherten, brach Emma das Schweigen. »Tut mir leid, dass ich dich angeschnauzt habe.«

»Mir auch«, sagte Charlie.

»Ist er wirklich gefährlich?«

»Das weiß ich ehrlich gesagt nicht. Aber wir müssen davon ausgehen – schließlich ist er bei deinem Haus aufgetaucht.«

»Gibt er dir die Schuld?«

»Ich glaube, er schlägt wild um sich«, antwortete Charlie.

»Du musst nicht warten, Mum kann mich abholen, wenn sie nach Hause fährt.«

»Ich habe sie gebeten, noch ein paar Stunden fernzubleiben.«

»Das hat ihr sicher nicht gefallen, wette ich.«

»Nein«, sagte Charlie.

Emma entdeckte eine Mitstreiterin und winkte. »Ich muss los. Soll ich dir etwas zu essen oder zu trinken bringen?«

»Einen Eistee.«

»Du wirst dich langweilen.«

»Es gibt ja noch die sozialen Medien. Ich kann ja mal an der Zahl meiner Follower arbeiten.«

»Ha, ha«, machte Emma, und fort war sie.

Charlie suchte sich eine Bank an einem Holztisch unter einem Sonnensegel und beobachtete für eine Weile die Leute; er trank Tee, las die Neuigkeiten auf dem Handy und schaute den Trailer zu einem TV-Spezial, in dem die Journalisten eine Woche lang einem Schauspieler folgten, der von Vorwürfen sexuellen Fehlverhaltens freigesprochen worden war. Offenbar hatte der Mann einen Großteil dieser Woche damit verbracht, mit einer stoisch dreinblickenden Gattin neben sich zu weinen. Einen Großteil davon mit nacktem Oberkörper.

Charlie döste die folgende Stunde vor sich hin. Er beobachtete Kinder und Eltern, die Grauhaarigen, die Dreitagebart-Träger und die aufgeweckten jungen Dinger und fand, dass die Welt in zwei Hälften geteilt war. Auf der einen Seite beklagten sich Sexualstraftäter öffentlich, Reality-Show-Trottel wurden Präsidenten und Marketing-Premierminister fragten, was Gott wohl an ihrer Stelle tun würde. Auf der anderen Seite gab es Menschen, die einen Ort wie das Bienenhaus schufen und dort arbeiteten, Menschen, die Gehaltskürzungen hinnehmen mussten, deren Jobs wegrationalisiert wurden oder die auf Vergünstigungen verzichten mussten. Er schaute über den Platz zum Café hinüber und schaute zu, wie seine Tochter lächelnd Bestellungen aufnahm und bediente. Ihre schnellen, feinen Instinkte, ihr gutes Herz würden einem Politiker unerklärlich sein. Sein Eigeninteresse würde ihr unerklärlich sein.

Meine zänkische Seele, dachte Charlie, stand auf und brachte das Glas zurück. Er fand sich in einer kleinen Schlange wieder. Vor ihm standen ein Radfahrer mit Helm und Radlerhosen, davor eine dürre, nervöse Frau mit einem blauen Eiscremebehälter, den sie Emma reichte. An einem Bein hing ein Kleinkind, auf der anderen Seite stand ein Mädchen von etwa acht Jahren, das ruhelos vor sich hin summte und sich um die eigene Achse drehte.

Emma nahm den Behälter und lächelte, als die Frau sich bei ihr bedankte, das Kleinkind und das Mädchen wie zur Rückversicherung berührte und wartete. Emma kehrte mit einem kleinen Tablett zurück: zwei Schokodrinks, und in dem Behälter schlappte Suppe.

»Vielen herzlichen Dank«, sagte die Frau ein weiteres Mal, und Charlie ging auf, dass sie gebettelt hatte. Sie hatte Hunger, die Kinder hatten Hunger. Die drei suchten sich einen Platz im Schatten und aßen mit Plastiklöffeln, die die Frau aus einer Einkaufstüte zog.

Das verkomplizierte seine Traurigkeit nur noch mehr. Plötzlich war er außer Atem, stand kurz vor einer Panik und kehrte an seinen Tisch zurück. Er beobachtete die Frau, die das Essen hinunterschlang. Die Kinder waren schnell fertig und spielten an einem leeren Tisch Verstecken. Das Kleinkind machte sich dreckig; die Schwester ging zu Emma und kehrte mit ein paar Papierservietten zurück, um ihm Knie und Hände zu putzen. Ein Kind, das gezwungen war, schnell erwachsen zu werden, dachte Charlie. Es fühlte sich verpflichtet, an Eltern statt zu agieren, wenn die Mutter versagte.

Charlie kam sich groß und unbeholfen vor, als er über den Hof ging. Er wollte ihr nicht zu nahe kommen, als er sich vorbeugte und murmelte: »Vielleicht hilft das ein wenig.«

Dreißig Dollar. Mehr hatte er nicht bei sich.

Die Frau erstarrte, ein unreinlicher Geruch stieg von ihr auf, und das Geld verschwand. Distanziert sagte sie laut: »Vielen herzlichen Dank«, und beugte sich wieder über den Löffel. Charlie kehrte an seinen Tisch zurück und fragte sich, ob das, was er gerade getan hatte, vernünftig, weise, lobenswert oder überhaupt irgendetwas war.

Das alles versuchte er sich selbst zu erklären, als er Emma davon berichtete, nachdem sie die Arbeit beendet hatte und die beiden auf dem Rückweg waren.

Sie zuckte nur mit den Schultern. Sie war nicht überrascht, bemerkte er. »Natürlich geben wir ihr zu essen.«

»Wo wohnt sie denn?«

»Keine Ahnung. In Gehdistanz.«

»Ist sie obdachlos?«

»Sie leben in ihrem Auto, glaube ich. Und übernachten bei Freunden, wenn möglich.«

Sie spürte seine Enttäuschung, packte sein Handgelenk und drückte es, um ihn wieder aufzumuntern. »Wenn ich hier irgendetwas gelernt habe, dann sich nicht darüber aufzuregen. Das musst du bei der Polizei doch auch gelernt haben?«

Hatte er das? Wirklich? Er war nicht sicher. Er wusste nur, dass er einen oberflächlichen, zurechtgelegten Eindruck von sich selbst hatte. Und er wusste, dass seine Tochter weise war.

Wieder zog sie an seinem Handgelenk. »Lass uns die lange Strecke gehen.«

Sie gingen zum Bach hinunter und daran entlang, kamen unter Hochspannungsmasten vorbei zu einer weiteren Fußgängerbrücke und zu einem Pfad am Park entlang, als sie auf Allardyce in seinem Wagen stießen. Charlie packte Emma und zog sie zurück. »Warte.«

»Was denn?«

Er zeigte hin. »Da.« Dann zückte er sein Handy. »Wir sollten vielleicht irgendwo hingehen, wo es sicher ist, und abwarten.«

Emma zögerte. »Bist du sicher, dass wir nicht mit ihm reden können? Er ist durcheinander, Dad.«

Nun ja, die Arbeit im Bienenhaus macht dich zu einem guten Menschen, aber sie befördert nicht gerade deinen Selbstschutzinstinkt. Und Charlie brauchte etwas, woran er sich zum Ende seiner beruflichen Laufbahn festhalten konnte: Spiel nicht den Helden, sollen die wahren Helden sich darum kümmern.

Er informierte Sue Mead, dann zupfte er an seiner Tochter, sie folgte ihm und warf einen Blick zurück. Dann hellte sich ihr Gesicht auf, und sie folgte ihm willig. »Ich habe gerade gesehen, wie sich sein Kopf bewegt hat.«

Er ist also nicht tot, mit anderen Worten. Auch Charlie hatte diese Sorge gehabt.

39

»Er saß einfach da in seinem Auto«, sagte Charlie ein paar Tage später.

Dr Fiske beobachtete ihn weiter in aller Ruhe, so wenig neugierig und äußerlich neutral, wie sie es auch schon bei den anderen Geschichten gewesen war: seine Mutter und Billy Saul, sein Vater und Fay, die Mordkommission, der Unfall. Sie saß steif auf ihrem schlichten Stuhl, so als wolle sie nur ja keinen Raum einnehmen. So als wolle sie ihm allen Raum geben, den er brauchte.

Wenn sie sich rührte, dann nur, um eine Frage zu stellen. »Was wird aus ihm?«

Charlie zuckte mit den Schultern. »Krankschreibung wegen Überarbeitung?«

Er überdachte seine eigene Situation. Seine Suspendierung würde für immer in den Akten vermerkt bleiben und ihn verfolgen. Vorgesetzte würden ihn weiter schikanieren und lügen, Untergebene zusammenhalten und ihm in die Waden beißen. Er war bereits für schuldig erklärt worden und saß nun seine Strafe ab, noch bevor überhaupt ein formelles Urteil gesprochen worden war.

Charlie sah Fiske mit einem schelmischen Grinsen an und meinte: »Vielleicht schicken die ihn ja zu Ihnen.«

Ihr Gesicht entspannte sich ein ganz klein wenig. Entweder war sie amüsiert, oder sie hatte mit diesem Scherz gerechnet. »Wir werden sehen.«

Charlie sah sich ziellos und unbehaglich in ihrem Büro um. Derselbe Teppich trennte sie beide, dieselbe Einrichtung in derselben Anordnung, nur die Fotos waren neu. Mit einem um

Erlaubnis heischenden Blick ging er durch das Zimmer und besah sich die Wand neben der Tür. Feuerwehrleute: zutiefst erschüttert, verdreckt, völlig erschöpft. Ein ausgebranntes Farmhaus. Ein Känguru, das qualmend und aufgedunsen auf dem Boden liegt – beinah konnte man den versengten Tod riechen.

»Haben Sie die gemacht?«

»Ja.«

Charlie kehrte auf seinen Platz zurück. »Eindringlich.«

Sie nickte angemessen, abgeklärt, selbstsicher – aber nicht entgegenkommend –, er hatte sich auf privates Territorium gewagt.

Charlie setzte nach. »Ihr Urlaub in Mallacoota?«

Ihre Stimme klang matt. »Es wurde ein Arbeitsurlaub daraus, könnte man sagen. Es gab recht viele Personen, die eine Beratung nötig hatten.«

Plötzlich kam sich Charlie ganz nutzlos vor, seine Kümmernisse wirkten im Vergleich dazu armselig, das sagte er auch zu ihr, und plötzlich kamen ihm aus dem Nichts die Tränen, Wörter purzelten ihm aus dem Mund, all der Schmerz, das Gefühl von Mangel, der ihn antrieb. Ein schmerzhafter Schluckauf unterbrach den Fluss. Jammervoll zog er die Schultern ein, drückte sich die Handballen gegen die Augen, und als er sich langsam fasste, stand sie mit einer Schachtel Taschentücher vor ihm.

»Tut mir leid«, sagte er, nach Luft schnappend.

»Das muss es nicht«, sagte sie. »Lassen Sie sich Zeit.«

»Ist mir noch nie passiert.«

»Noch nie?«

Er dachte darüber nach. »Ja.«

Nun, zumindest kein derartiger Ausbruch. Eine Handvoll gepresster, wütender Tränen, damals, als Jess auszog, aber die zählte er nicht mit. Die waren mit einer kurzen Handbewegung leicht fortgewischt gewesen. Jetzt war er erschöpft.

Er sah Fiske an. »Darauf haben Sie gewartet, richtig? Als Zeichen erfolgreicher Beratungsarbeit?«

»Das ist Ihrer nicht würdig, Charlie.«

Seine Augen waren noch immer feucht. Er blinzelte ein

paarmal und mühte sich um ein Lächeln. »Nicht würdig. Doc, ich bin schockiert. Dürfen Sie denn überhaupt Urteile abgeben?«

Sie erwiderte das Lächeln ganz leicht. »Ein gelegentlicher Tritt in den Hintern kann Wunder wirken.«

»Das könnte ich gebrauchen«, gab Charlie traurig zu.

Fiske rutschte auf ihrem Platz herum. Die Reserviertheit zwischen ihnen löste sich auf. »Da sind gerade eine ganze Reihe von Dingen zutage getreten, Charlie. Warum drösen wir nicht mal eins nach dem anderen auf?«

»Aufdröseln«, meinte Charlie nur.

Fiske hob eine Hand. »Ein schreckliches Wort, ich weiß. Sollte verbannt werden, zusammen mit ›Kohorte‹. Aber Sie wissen schon, was ich meine.«

Charlie wies auf die Fotos. »Nach allem, was diese Leute durchgemacht haben ...«

»Es gibt hier keinen Wettstreit. Sie leiden – um noch so ein fürchterliches Wort zu benutzen.« Sie hielt inne. Dann: »Warum fangen Sie nicht mit Ihren Eltern an?«

Charlie erzählte stolpernd von dem ganzen traurigen Durcheinander. »Die verborgenen Gehässigkeiten des Ehelebens, hm?«, schloss er.

»Ihrer Eltern, oder Ihrer eigenen Ehe?«

»Ja, ja, ja.« Pause. »Beides, nehme ich an.«

»Sie meinen, es habe sich angefühlt, als würde man alte Gewohnheiten wieder aufnehmen, einen alten Dialog, als Sie Ihre Ex-Frau vor Inspector Allardyce gewarnt haben.«

Charlie ließ die Schultern rollen und wich aus. Dann: »Ja.«

»Was fühlten Sie, als sie Sie vor fünf Jahren verließ?«

Er antwortete prompt: »Eine Leere.«

»Und was hat sie gefühlt, denken Sie?«

»He, Doc – hier geht es um mich, schon vergessen?«

Ein müdes Lächeln. »Was hat sie gefühlt?«

»Was ich gedacht habe, was sie wohl fühlt, meinen Sie?« Charlie holte tief Luft und sagte: »Dass sie Platz zum Atmen gefunden hat.«

Und er eine Leere.

Fiske nickte ganz leicht, und Charlie ging auf, worauf sie hinauswollte. Es ging tatsächlich um ihn; um ihn im Verhältnis zu anderen. Wieder warf er einen Blick auf eins der Fotos, einen Feuerwehrmann mit eingefallenen, ascheverschmierten Wangen, und er stellte sich vor, wie Fiske ihn betreute. Sie würde umgänglich sein, aber nicht persönlich werden, engagiert, ohne sich einzumischen, fest, aber nicht von oben herab, mitfühlend, aber nicht gefühlig.

Er schaute Fiske an und war wieder den Tränen nahe. »Ich glaube, ich werde nicht wieder zur Therapie kommen.«

»Glauben Sie, Sie kommen nicht wieder, oder Sie brauchen das nicht mehr, oder Sie sehen keinen Nutzen darin?«

»Alles drei.«

»Nun sind Sie aber hier, Charlie. Das sollten Sie nutzen.«

Er nickte. »Und ich werde bei der Polizei kündigen.«

Wenn er das jemand anderem gesagt hätte, dann hätte die Person gesagt: »Nein. Warum?«, oder: »Denken Sie noch mal darüber nach«, doch Fiske sagte nur: »Wie wird das für Sie sein?«

Charlie lachte und erinnerte sich an eine Verabschiedung, an der er vor Jahren teilgenommen hatte, für einen weiblichen Inspector, die sich immer abseits gehalten hatte, nicht durch die Betten gesprungen war und bei keinem Besäufnis teilgenommen hatte. Ein Superintendent, der sie nicht gekannt hatte, las aus ihrer beruflichen Karriere vor und überreichte ihr eine Medaille, zwei Kolleginnen mühten sich durch eine Handvoll peinlich lahmer Geschichten, und hinterher ging kaum jemand ins Pub.

Das würde ihm nicht passieren. »Eine Erleichterung«, sagte er.

»Das Ausscheiden aus der Polizei wird eine Erleichterung sein?«

»Ich möchte nicht wie mein Vater werden«, sagte Charlie.

Wie war er denn darauf gekommen?

»Was beinhaltet das denn, wie Ihr Vater zu sein?«

»Als er in den Ruhestand ging, schien er zu schrumpfen«,

antwortete Charlie. »Geistig und körperlich. Jahrelang hatte er einen dunkelblauen oder einen grauen Anzug getragen und einen Dienstausweis besessen, doch ohne diese Dinge war er ein Nichts. Ungeschützt, entblößt. Haltlos. Meine Stiefmutter ist wunderbar, sie sind schon seit Jahren zusammen, und er kriegt wahrscheinlich eine erstklassige Pension und wird sich finanziell um nichts kümmern müssen, aber in anderer Hinsicht ist er hilflos. Er fühlt sich ... unbedeutend.«

»Sie möchten nicht so sein wie Ihr Vater, der, wie Sie sagen, sich unbedeutend fühlt.«

Charlie brauste kurz auf. »Ständig halten Sie mir meine eigenen Sätze vor.«

Fiske blieb unbewegt. »Erzählen Sie mir mehr von Ihrem Vater.«

»Im Augenblick ist er krank. Grundsätzliche Gesundheitsprobleme, dazu hat er sich diesen chinesischen Virus eingefangen. Und jetzt, wo meine Mutter gefunden wurde, wird sich die Mordkommission auf ihn stürzen.«

»Charlie«, meinte Fiske ganz behutsam. »Halten Sie ihn für schuldig?«

Es war, als sei die Luft im Raum von unbekannten Aussagen aufgeladen. »Glauben Sie das denn?«, entgegnete er. »Weist irgendetwas darauf hin?«

Dann fing er sich wieder. Fiske wusste nichts darüber. Wie denn auch? Das Ganze war nur Taktik; sie wollte ihm seine Gedanken entlocken.

»Wenn ich das wüsste«, sagte er. »Am liebsten wäre mir, irgendjemand würde mir sagen, was ich glauben soll.«

Ein freundliches Lächeln. »Vielleicht sind Sie doch noch nicht fertig mit mir.«

»Vielleicht«, meinte Charlie und betrachtete bekümmert den Boden.

Dann blickte er wieder auf. »Soll ich ihn deswegen zur Rede stellen?«

»Zur Rede stellen. Interessante Formulierung.«

»Geben Sie Ruhe, Doc. Soll ich ihn beschuldigen?«
»Würde das helfen?«
Charlie zuckte zusammen. »Er kann ein ziemlich aalglatter Mistkerl sein.«
»Aalglatt.«
»Er gibt nie sehr viel preis, meine ich.«
»Gehen Sie zwanzig Jahre zurück. Ihre Mutter ist verschwunden. Erzählen Sie mir von Ihrer Beziehung untereinander, Ihr Bruder und Ihr Vater in der schweren Zeit danach.«
Charlie schüttelte verwundert den Kopf. »Wir haben nie darüber gesprochen. Nicht ein einziges Mal.«
»Worüber?«
»Über das, was wohl mit ihr passiert sein könnte. Zu der Zeit hatte Liam eh schon nichts mehr mit Dad zu tun, und wir lebten auch gar nicht mehr zusammen. Ich dachte, der Untermieter wüsste etwas darüber, was meiner Mutter zugestoßen sein könnte, und Liam dachte, Dad sei es gewesen – das tut er heute noch –, aber wir haben niemals darüber gesprochen. Es blieb an mir hängen, mich all die Jahre damit herumzuquälen und zu recherchieren.« Er legte den Kopf zur Seite. »Ich übertreibe, aber Sie wissen schon, was ich meine.«
»Das tue ich. Aber ist es möglich, dass Ihr Dad und Ihr Bruder sich ebenfalls herumquälten und recherchierten?«
»Das weiß ich nicht. Wir haben nie darüber gesprochen.«
»Aber Sie haben all die Jahre immer weiter darüber nachgedacht? Sie haben Mutmaßungen angestellt und recherchiert?«
Wenn es nach Jess ging, sogar wie besessen. Was ihrer Ehe geschadet hatte. »Ja.«
»Und was tun Sie, wenn Ihr Vater vor Gericht kommt und schuldig gesprochen wird?«
»Berufung einlegen. Weiterbuddeln.«
»Sie sind ganz hin- und hergerissen zwischen seiner Schuld und seiner Unschuld, oder?«, fragte Fiske und lehnte den Kopf ein klein wenig nach hinten, so als habe sie nichts damit zu tun. Was sie ja auch nicht hatte.

Charlie sah sie störrisch an und wollte schon knurren, wusste aber, dass das unangemessen war, und beherrschte sich.

Fiske las es ihm in den Augen ab. »Lassen Sie es heraus, Charlie.«

»Das ist hier anders als jede Therapiestunde, bei der ich je gewesen bin.«

»Soweit ich weiß, sind Sie erst bei einer einzigen anderen gewesen.«

»Sie wissen schon, was ich meine«, erwiderte Charlie. Er fläzte sich hin, verschränkte die Arme, streckte die Beine aus und legte die Knöchel übereinander. »Ist das typisch? Therapeutin und Klient tasten sich gegenseitig ab und entwickeln eine Vertrautheit?«

»Bei klugen Klienten schon – wobei es auch solche gibt, bei denen es mir lieber wäre, wenn sie mir nicht im Kopf rumkriechen würden. Und dann gibt es noch diejenigen, die ich am liebsten nicht verstehen würde«, sagte Fiske. Sie schwieg. »Haben Sie schon mal darüber nachgedacht, einen Sozialberatungskurs zu machen? Polizeiveteranen schreien geradezu nach freiwilligen Coachingbeamten.«

»Ich?«

»Denken Sie darüber nach.«

»Jemandes Stütze sein«, murmelte Charlie und dachte an Allardyce und seinen Zusammenbruch.

»Es gibt Schlimmeres.«

Doch Charlie sah Dr Fiske an, ohne sie wahrzunehmen; Fay stand vor seinem inneren Auge. Hatte sie sich dagegen gewappnet und schon damit gerechnet, eines Tages vom Einkauf im Supermarkt nach Hause zu kommen und Rhys an einem Balken in der Garage baumelnd vorzufinden?

War sein Vater depressiv? Warum hatte er ihn nie gefragt?

Und was war mit Mark Valente und Noel Saltash und all den anderen Urgesteinen der Polizei? Waren sie verängstigt, depressiv, kontrollsüchtig, gewalttätig, suizidgefährdet? Brauchten sie Unterstützung?

»Charlie?«, fragte Fiske.

Er blinzelte. »Ja?«

»Haben Sie schon länger darüber nachgedacht, die Polizei zu verlassen, oder ist Ihnen das in diesem Augenblick eingefallen?«

»Macht das einen Unterschied?«

Ihr Schulterzucken hätte alles bedeuten können.

Sinnlos, irgendwelche Mutmaßungen anzustellen. »Ich glaube, ich habe schon eine Zeit lang darüber nachgedacht«, sagte er.

Fiske nickte. »Denken Sie über meinen Vorschlag nach. Belegen Sie einen Kurs. Sie sind mitfühlend – sorry, noch so ein abgedroschenes Wort. Helfen Sie anderen Leuten.«

»Ich schaffe es kaum, mir selbst zu helfen.«

»Also, das ist einfach nicht wahr«, sagte Dr Fiske, und Charlie hörte diese kleine Aufmunterung, nahm sie in sich auf und spürte, wie sein Unvermögen ein ganz klein wenig schrumpfte.

40

Es geht ihm gut«, sagte Fay in der zweiten Februarwoche. »Er kommt in ein paar Tagen raus.«

Fays sorgenvolles Gesicht füllte den winzigen Bildschirm aus.

»In der Zwischenzeit verliere ich den Verstand.« Sie sah sich in den immer näher kommenden vier Wänden um. »Sie bringen mir etwas zu lesen – meistens Magazine und seichte Lektüre über Shoppen und Sex –, und das Essen ist gut, aber ich vermisse die Sonne, die Luft und die Gesellschaft.«

Charlie saß mit seinem Laptop am Küchentisch. Seltsamerweise hatte er gerade nach dem Virus gegoogelt, als sie anrief. »Aber du fühlst dich nicht unwohl?«

»Mir geht es bestens. Komisch, wir hatten es beide, aber ich habe so gut wie nichts gespürt, und deinen armen Dad hat es ins Krankenhaus gebracht.«

»Kannst du mit ihm skypen?«

»Das haben wir ein paarmal versucht. Aber am Telefon reden ist einfacher.«

»Wie sieht er aus? Hat es Spuren hinterlassen?«

»Sagen wir mal, er ist älter geworden«, antwortete Fay. Dann zögerte sie. »Und wie geht es dir? Hilft die Therapie – darf ich fragen?«

»Sie hilft.«

»Du kannst nicht darüber reden, versteh schon.«

»Ich hatte erst zwei Sitzungen.«

Sie lächelte; ihre Anspannung löste sich ein wenig. »Tja, entweder ist sie viel beschäftigt, oder sie ist dir keine Hilfe, oder du brauchst keine sonderliche Therapie.«

»Letzteres werden wir noch sehen. Den Drang, Autoritätspersonen umzuschubsen, konnte ich noch nicht ganz ablegen.«
Sie schüttelte den Kopf. »Du ähnelst deinem Vater mehr, als du glaubst.«
Wirklich? Charlie dachte all die Jahre zurück und suchte nach seinem Vater. Nach seinem veränderlichen, wechselhaften Vater. Ein liebenswürdiger – meist liebenswürdiger – Unruhestifter, wenn sie zu viert daheim waren. Ein Mann, der einen zum Lachen bringen konnte, der einen packte und kitzelte. Wenn er aber in Gesellschaft von Valente und seinen anderen Polizeikumpeln war, ging Charlie auf, dann war er anders. Das Lächeln wirkte gezwungener; der Blick war wachsam. Nach einer Weile verging die Unruhestifterei völlig, er lernte eine andere Frau kennen, die Familie fiel auseinander, und seine Frau verschwand ...
Zum ersten Mal ging Charlie auf, dass man eine Verbindung zwischen diesen Ereignissen ziehen konnte und dass alle anderen dies getan hatten. Innerlich schüttelte er den Kopf: Lediglich zwanzig Jahre, und auch ich komme darauf. Er sah Fay an, die sorgenvoll die Stirn runzelte. Charlie hatte keinen Zweifel daran, dass sein Vater und sie sich gegenseitig glücklich machten. Er hatte sie oft genug miteinander lachen sehen. Allerdings handelte es sich nicht um die Art von Lachen – frech, respektlos –, die er aus seiner Kindheit kannte.
Plötzlich hatte er die Stimme seiner Mutter im Kopf, die dieselbe Bemerkung fallen ließ: Du bist deinem Vater sehr ähnlich.
»Ich sehe besser aus«, sagte er zu Fay, »und ich kann skypen.«
Fay verdrehte die Augen. »Hör bloß auf.«
Nach einer Pause meinte Charlie: »Fay, die werden sich auf ihn stürzen.«
»Das weiß er. Er scheint nicht so besorgt zu sein, wie er das vielleicht sein sollte.«
»Er braucht einen Anwalt.«
»Kennst du einen?«
»Ja. Sie heißt Jenna Baird.«

»Ist sie gut?«

»Sehr gut sogar.«

Charlie hatte sich in Wahrheit schon längst darum gekümmert. Er hatte drei Verteidiger kontaktiert, denen er vor Gericht begegnet war und deren Stil ihm gefallen hatte – sie erniedrigten die Opfer nicht, sie werteten sie nicht ab oder zermürbten sie – und denen es um Gerechtigkeit ging, nicht um fette Kohle. Baird war die Beste; und sie hatte Zeit. »Wenn Ihr nach Hause kommt, wird sie sich mit Dad treffen.«

»Danke, Charlie.«

»Noch was: Kannst du Dad die Idee unterjubeln, eine Gedenkfeier für Mum abzuhalten? Vielleicht ein paar Tage nach eurer Rückkehr. Es könnte Wochen oder Monate dauern bis zur Beerdigung.«

»Überlass das mir.«

»Ihr braucht nichts zu tun. Liam und Ryan kümmern sich darum.«

Die folgenden Februartage verbrachte Charlie mit Spaziergängen, Gartenarbeit und Surfen. Ab und zu wurde am Point Leo ein guter Wellengang vorhergesagt, aber meistens wartete er dort einfach nur geduldig und reihte sich unter die optimistischen Stammgäste ein – Handwerker auf dem Weg zur Arbeit, Rentner in Mark Valentes Alter, ein paar Krankenschwestern von der Entbindungsstation in Mornington, Schulschwänzer. Sie saßen entweder herum, unterhielten sich, lagen auf dem Brett oder paddelten weiter hinaus und versuchten halbherzig, aber ohne große Enttäuschung die Welle zu erwischen, die doch sicherlich brechen müsste. Charlie hatte genug Surferliteratur gelesen, um zu wissen, was für ein Mist das Warten sein konnte, aber wenn man ihn hätte festnageln wollen, dann hätte er zugeben müssen, dass er sich gereinigt fühlte, wenn sich das Wasser hob und rollte. Man ließ sich mitnehmen, kämpfte nicht dagegen an. Kämpfte man dagegen an, dann war man kein Surfer. Dann sollte man sich auf tausend Kilometer vom Meer fernhalten.

Diesmal allerdings war es so, als wisse er nicht, worauf er eigentlich wartete – nur dass er auf etwas hoffte, das die Welt irgendwie öffnete, nicht einengte. Dann sagte Fay eines Nachmittags bei ihren halbwegs regelmäßigen Skypetreffen: »Wir dürfen nach Hause.«

Charlie linste in den Bildschirm. »Bist du in einem anderen Teil des Schiffs?«

Fay lachte. »Nein, Gott sei Dank nicht. Ich bin in Tokio. In einem Hotel.«

»Bist du froh, vom Schiff zu sein?«

»Du machst dir kein Bild.«

»Wenn du die Flugdaten kennst, dann schreib sie mir, ich hole euch am Flughafen ab.«

»Nein, Charlie, wir können uns einen Uber rufen oder ein Taxi.«

»Ich hole euch ab«, beharrte Charlie.

Das schien Fay so hinzunehmen. Am nächsten Tag schrieb sie ihm: *Ankunft Cathay Pacific 19. Februar, 6:30.*

41

Charlie fuhr um fünf Uhr früh los und wartete um zwanzig nach sechs in der Ankunftshalle. Er fand es merkwürdig verwirrend – ein wenig traurig, ein wenig herzerwärmend –, die Umarmungen, Küsse und das Händeschütteln rings um sich herum zu sehen. All diese Menschen hatten ein gesellschaftliches und familiäres Umfeld.

Und er? Wer würde ihn auf dem Rückweg von Japan oder sonst wo begrüßen?

Emma hatte kein Auto und hatte mit Vormittagen nichts am Hut, wie sie immer wieder betont hatte. Anna? Er hoffte es, aber alles war noch neu zwischen ihnen und im Augenblick auch ziemlich zerbrechlich. Er ging nicht davon aus. Außerdem hatte sie immer noch ein Bein in Gips ...

Er ertappte sich dabei, wie er nach Reisenden Ausschau hielt, auf die keine Freunde, Angehörigen oder Partner warteten. Sie durchquerten die Menge, als würden sie menschlichen Kontakt verabscheuen. Eine Maske, die Bedauern oder Niedergeschlagenheit kaschierte? Schon möglich. Zumindest würde er das an ihrer Stelle fühlen.

Gedankenverloren in Selbstmitleid versunken, fiel ihm nicht sofort auf, dass die Menge sich ausgedünnt hatte, Zeit vergangen war; Rhys und Fay waren die letzten, die hinter der Absperrung auftauchten.

Er erkannte sie kaum. Nicht, dass Fay sich sonderlich verändert hatte, aber sie mühte sich mit einem klapprigen Kofferkuli voller Gepäck ab und wurde von einer Frau in Uniform begleitet, die einen Rollstuhl schob, auf dem sein Vater saß. Er hatte sich verändert.

Fay entdeckte Charlie als Erste. Sie winkte ihm begeistert zu, aber Charlie sah die tiefe Müdigkeit in ihrem angespannten Gesicht. Dann wurde Rhys zu Charlies Füßen abgestellt, sie umarmten sich, der Rollstuhl wurde davongeschoben, und Fay rief der Flughafenangestellten, die davon nichts mitbekam, verloren ein »Danke!« in den Rücken.

Charlie umfasste seinen Vater, spürte die Knochen unter seinen Händen und sagte: »Haben sie euch endlich ins Land gelassen.«

Fay winkte ab. »Das war denen völlig egal. Wir hätten übervoll mit Viren sein können.«

»Wir haben eine Weile gebraucht, um durch den Zoll zu kommen«, sagte Rhys. »Mir ist schwindlig geworden. Wie geht es dir, mein Sohn?«

»Bestens, aber du schaust nicht so gut aus.«

Der alte Rhys hätte eine Retourkutsche ausgepackt. Dieser hier blickte nur unsicher. Er sah sich verdrießlich um, beruhigte sich aber wieder, als er Fay erblickte.

»Ich stehe auf dem Kurzzeitparkplatz«, sagte Charlie und schnappte sich den Kofferkuli. »Könnt ihr beide gehen? Soll ich einen Rollstuhl besorgen?«

»Vergiss es.« Rhys war wieder hellwach. »Lohnt die Umstände nicht.«

»Aber bitte langsam, kein Gerenne«, mahnte Fay.

»Langsam kriege ich hin«, sagte Charlie. Er manövrierte den Kofferkuli auf ein Laufband und schnappte sich schnell eine kleine Tasche, damit sie nicht herunterfiel. Rhys hinter ihm sagte: »War das sein zollfreier Roku Gin, den ich da zerdeppern höre?«

»Reiß dich zusammen«, meinte Fay.

Sie kreuzten die Fahrspuren und betraten das Parkhaus. Charlie drückte auf den Liftknopf und sah genauer hin, während sie warteten. Sein Vater war kleiner geworden. Dünner. Blass, verschwitzt, kurzatmig. Immer wieder legte er sich die flache Hand auf die Brust und hustete schwach, mit gepressten kleinen Atemzügen.

Dann war er mit den Gedanken wieder anderswo. Er betrachtete die Türen des Aufzugs und versuchte herauszufinden, wo er war. Charlie warf Fay einen Blick zu und sah, wie ihr Mund ein Wort formte. »Benommenheit.«

»Ab nach Hause und sofort ins Bett, Dad«, sagte Charlie. »Du musst dich ausruhen.«

»Ausruhen schön und gut«, entgegnete der alte Rhys. »Das Problem ist nur, sobald ich wieder aufstehe, wird mir schwindlig.«

»Er ist sogar gestürzt«, sagte Fay. »Bei unserem Zwischenstopp in Sydney.«

»Kam mir wie ein kompletter Blödmann vor«, ergänzte Rhys, die Fahrstuhltüren glitten auf, und sie traten ein.

Das war für Charlie etwas Neues, dass sein Vater so verletzlich war und das auch noch eingestand. Das war derselbe Mann, der immer gern gepredigt hatte, zum Kranksein habe er keine Zeit. Der Mann, der seinen mit einer Erkältung oder einer Grippe im Bett liegenden Söhnen gesagt hatte: »Das vergeht schon wieder.«

»Der Virus hat dich ganz schön gebeutelt«, meinte Charlie.

»Das kannst du laut sagen.«

Charlie sah Fay an. »Blanker Zufall, dass es dich fast gar nicht belastet hat.«

»So sieht es aus.«

Der Fahrstuhl fuhr zwei Stockwerke hinauf, sie stiegen aus und schlurften durch trüb beleuchtete Betonhallen zum Skoda.

Auf den Ringstraßen gerieten sie in die morgendliche Rushhour, und Charlie spürte eine nervöse Unruhe an seinem Vater, der zusammengesunken an der Tür lehnte, das Kinn senkte und wieder hob, so als schwanke er zwischen einem Nickerchen und der Aufgabe, die Wegstrecke zu überwachen, die Charlie nahm. Ein berüchtigter Beifahrer, der alte Herr. Charlie, der das zu umgehen versuchte, meinte: »Wie war denn das japanische Krankenhausessen?«

Rhys schnaubte. »Konnte nichts schmecken, konnte nichts

riechen. Hat mich auf Betriebstemperatur gehalten, mehr kann ich dazu nicht sagen.«

Fay beugte sich in dem Spalt zwischen den beiden Sitzen vor. »Aber das Essen auf dem Schiff war toll.«

Eine Unterhaltung, die in kürzester Zeit schon wieder versiegte.

Charlie suchte verzweifelt nach einem anderen Thema, als Rhys bemerkte: »Die Mordkommission wird mit mir reden wollen.«

»Ja.«

Rhys führte das nicht weiter aus. Charlie sah ihn an. War er eingeschlafen?

Vom Rücksitz aus sagte Fay müde: »Keine Sorge, das kommt vor, er wird gleich wieder aufwachen.«

»Ich mache mir Sorgen. Er ist doch geheilt, oder?«

Fay streckte eine Hand an Charlies Kopfstütze vorbei und tätschelte ihm leicht die Schulter. »Wir beide. Bei ihm sind die Nachwirkungen nur so heftig.«

»Und bei dir nicht?«

»Ich hatte ja eh schon so gut wie nichts.«

Charlie sah ihren Blick im Rückspiegel und fragte: »Und was haben die Ärzte gesagt?«

Er sah, wie sie den Blick senkte. »Ich habs mir aufgeschrieben.«

Charlie wartete, während sie in der Handtasche herumwühlte.

»Ah, hier. Einer der Ärzte konnte sehr gut Englisch. ›Postvirale, unspezifische multisystemische Symptome‹, meinte er.«

»Nun, das klingt … tja, unspezifisch.«

»Das soll eigentlich schnell abklingen, aber ich bin mir da nicht sicher, und ich frage mich, ob nicht sein Herz davon angegriffen worden ist.«

»Sein Herz?«

»Wir wollten dich nicht beunruhigen – *er* wollte dich nicht beunruhigen –, aber im letzten Jahr hatte er ein paar kleine Infarkte, und seit er aus dem Krankenhaus ist, klagt er über Brustschmerzen. Er kann nicht richtig einatmen, sein Herz schlägt unregelmäßig, solche Sachen. Er bricht in Schweiß aus, ein Arm fühlt sich komisch an, sagt er, und er ist einfach erschöpft.«

Charlie sah in den Rückspiegel. »Du meine Güte, Fay.«

»Ich weiß, ich weiß. Bringen wir ihn nach Hause, und ich rufe den Arzt an, der soll am Nachmittag mal vorbeischauen.«

»Sollen wir ihn nicht gleich ins Krankenhaus bringen?«

Fay schaute zum Fenster hinaus. »Versuch ihm das mal beizubringen. Außerdem wird es gegenwärtig nicht schlimmer.«

»Wir holen eine zweite Meinung ein.«

»Wie ich schon sagte«, schnauzte Fay aus Sorgen und Erschöpfung, »versuch ihm das mal beizubringen.«

Rhys sagte von seinem Platz neben Charlie aus: »Kriegt euch wieder ein, ihr beiden.«

»Dad, es würde nicht schaden, eine zweite Meinung einzuholen.«

»Wie wärs mit Folgendem, Junge: Wie Fay schon sagte, soll der Arzt mal vorbeischauen.«

»Ich wusste gar nicht, dass die überhaupt noch Hausbesuche machen«, murmelte Charlie.

»Dieser schon.«

Charlie fuhr; Rhys sah hinaus in die vorbeiziehenden Vororte; Fay hatte die Augen geschlossen und den Kopf zurückgelegt.

Ein Blatt Zeitungspapier schlug gegen die Windschutzscheibe und war verschwunden. »Heiße Winde. Unangenehm«, sagte Rhys.

Charlie schaute auf die Armaturen und las die Außentemperatur ab. 34 Grad Celsius. Er sah, wie sich die Eukalyptusbäume bogen, Blätter und Schachteln flogen durch die Gegend, ein alter Strohhut rollte vorbei. Ein übler Tag, der einem den Sand in die Augen trieb und nach Inlandsstaub und Qualm roch. Der Qualm von weit entfernten Buschbränden.

So als habe er Charlies Gedanken gelesen, bemerkte Rhys: »Wir haben auf dem Schiff ständig CNN geschaut. Die Brände. Unbegreiflich.«

»Machst du dir Sorgen um dein Haus?«, fragte Charlie. Heiße Nordwinde rasten die Schluchten von Warrandyte hinauf und wirbelten um die Eukalyptusbäume.

Rhys schien ihn gar nicht gehört zu haben. »Koalas mit versengten Pfoten. Es bricht einem das Herz.«

»Ja. Seit Wochen ist das hier das Gesprächsthema. Wir denken an nichts anderes.«

Wieder sah Charlie einen gespenstisch verhangenen Himmel vor seinem geistigen Auge. Verstörte Evakuierte, die die südöstlichen Gemeinden und Strände des Staats füllten, sich zusammendrängten, Haustiere und benommene Kinder an sich drückten. Vollgestopfte Koffer; überfüllte Anhänger; Autos, Stoßstange an Stoßstange; rußverdreckte Feuerwehrleute, Politiker mit ihren scheinheiligen Gesichtern und Lippenbekenntnissen.

»Hast du auch manchmal den Eindruck«, fragte Rhys, »dass die Welt zu Ende geht?«

Genau dasselbe hatte Anna gesagt. »Ständig«, antwortete Charlie.

Rhys brummte, dann fuhren sie schweigend weiter und kamen zu den engen gewundenen Straßen voller wartender Häuser und öliger Bäume, die im Wind schwankten.

42

Der Vormittag war fortgeschritten, Rhys lag im Bett, der Arzt wollte am späten Nachmittag vorbeischauen. Fay drängte Charlie, doch noch ein wenig zu bleiben.

»Möchtest du dich denn nicht auch etwas ausruhen?«, fragte Charlie. »Oder wenigstens auspacken?«

»Charlie, ich brauche dringend ein ordentliches Schwätzchen. Wenn das in Ordnung geht?«

Fay saß am Küchentisch und reckte dickköpfig das Kinn; sie hatte die Bekleidung, die der Nordhalbkugel angepasst war, abgelegt und trug Shorts und T-Shirt. Fay war eine schmale Frau, die in den letzten Wochen sichtlich gealtert war. Blass und froh darüber, wieder zu Hause zu sein, aber wie Charlie bemerkte, graute es ihr vor dem, was die Zukunft bringen mochte.

»Nur für ein halbes Stündchen.«

»Na klar«, sagte er und machte es sich auf einem Küchenstuhl bequem. Er schaute zu, wie sie Kaffee kochte, und erkannte, dass sie die letzten Wochen in der Schwebe verbracht hatte, ohne Sicherheiten und in immer enger werdenden Kabinenwänden. Die Liebe ihres Lebens war krank und quengelig, dann sogar fern von ihr in einem Tokioter Krankenhaus. Sie war seinetwegen stark gewesen. Niemand hatte das für sie getan.

Charlie stand auf, ging durch die Küche und stand neben ihr an der Spüle; er legte einen Arm um sie und hoffte, ihr ein wenig von seiner Tapferkeit abgeben zu können, falls er denn welche besaß.

Es schien zu funktionieren. Alles, was an ihr verkrampft gewesen war, löste sich ein wenig, und dann spürte er, wie ihre Wärme ihm zufloss, und er musste unwillkürlich an seine Mutter denken.

Fay war all die Jahre meine Mutter gewesen, dachte er. Und auf ihre zurückhaltende Art wird sie das weiterhin sein.

Stumm kehrten sie an den Tisch zurück, doch dann sprach sie aus, was sie auf dem Herzen hatte. »Was hat die Polizei genau vor?«

»Erst mal will sie mit ihm reden. Jetzt, wo sie eine Leiche haben, ist alles anders. Mehrere Leichen.«

»Werden sie ihn verhaften?«

»Das weiß ich wirklich nicht. Kommt darauf an, welche neuen Beweise sie haben, schätze ich.«

»Aber das müssten doch Beweise sein, die direkt mit den Leichen zu tun haben, oder? Alles andere, wo er an dem Tag gewesen ist und all das, ist doch schon vor zwanzig Jahren geklärt worden.«

Charlie sah an Fays Kopf vorbei zum Fenster hinaus auf die Bäume, die sich im Wind schüttelten, und erinnerte sich an Fran Bekkers abfällige Bemerkung zu den ursprünglichen Ermittlungen. »Neue Beweise, neue Zeugen; ich habe keine Ahnung.«

»Und bist du dir sicher mit der Anwältin?«

Charlie nickte. »Sie wird sich ihm gegenüber anständig verhalten.«

Fay schaute zur Flurtür hinüber und senkte die Stimme, so als würde Rhys dort stehen und lauschen. »Ich sollte ihn erst mit der Polizei reden lassen, wenn sie dabei ist, richtig?«

»Im Idealfall.«

»Aber was, wenn sie einfach aus heiterem Himmel auftauchen? Er könnte seine Launen kriegen – du weißt ja, wie er sein kann –, und dann sagt er das Falsche oder eckt bei ihnen an.«

»Ich werde ihn darauf vorbereiten.«

»Machst du das? Er ist ... er ist manchmal ganz diffus. Er könnte alles Mögliche sagen.«

Charlie rührte sich nicht. »Fay, was hat er gesagt?«

Die Kaffeemaschine blubberte. Sie schaute hinüber, suchte nach einem Rettungsanker, einer Ablenkung, einer Umleitung, also setzte Charlie nach: »Was hat er dir gesagt?«

Sie stand auf, goss Kaffee in zwei Becher und setzte sich wieder hin. Sie drehte den Becher und sammelte sich. »Er hat mir gesagt, dass er am Tag ihres Verschwindens beim Haus deiner Mum gewesen ist.«

Schon seit dem Augenblick, als Liam ihm davon erzählt hatte, hatte Charlie nicht gewusst, was er damit anfangen sollte. Das bewies keine Schuld, wirkte allerdings verdächtig – die Tatsache selbst und der Umstand, dass er sie verschwiegen hatte –, und die Polizei würde sich darauf stürzen. Es sei denn, sie wussten bereits davon.

»Ich weiß«, sagte er. »Liam hat ihn gesehen.«

»Im Haus?«

Charlie schüttelte den Kopf. »In der Nähe. Auf der Straße.«

»Wird er das der Polizei melden?«

»Das weiß ich nicht. Er sagt nein.«

Fay fasste sich an den Hals. Das deutete ihre Zweifel an, und die beiden saßen nachdenklich da.

»Liam und ich haben ein paarmal geskypt«, sagte Fay. »Ich glaube, er hasst mich nicht mehr.«

»Hoffentlich.«

»Natürlich wird Ryan ihn ermuntert haben. Ryan ist gut für ihn, findest du nicht?«

»Doch.«

»Was aber nichts an der Tatsache ändert, dass Liam immer noch glaubt, Rhys habe eure Mum umgebracht. Das wird immer zwischen euch stehen.«

Charlie nickte. Dem war nichts hinzuzufügen.

»Gibt es einen Grund, warum du ihn für unschuldig hältst und Liam nicht?«

»Geschwisterdynamik.«

»Blödsinn.«

Charlie kam sich unhöflich vor. »Okay, Liam hat sich aus zwei Gründen gegen Dad gestellt: Er glaubt, er hat Mum wehgetan, und er findet, Dad und seine Kumpel waren Schwulenklopfer der alten Schule. So seine Worte.«

»Das glaube ich nicht. Haben sie ihn verprügelt?«

»Nein. Aber sie waren nicht sehr nett zu ihm, und er glaubt, Dad hat sich auf deren Seite gestellt, nicht auf seine.«

»Dein Dad ist nicht homophob, und er würde nie jemand anderes über euch Jungs stellen. Er liebt euch beide. Er ist stolz auf euch.«

»Ich weiß.«

»Da muss es noch was anderes geben.«

Wahrscheinlich hatte sie recht. Liam war älter, er hatte mehr mitbekommen; er dürfte damals mehr verstanden haben. »Vielleicht.«

Sie wechselte das Thema. »Ich habe Rhys gefragt, warum er an dem Tag zum Haus eurer Mutter gefahren ist. Er hat gesagt, es habe noch einen Stapel Tischdecken gegeben, von denen er dachte, dass sie sie haben sollte, also habe er ihn dort hingefahren und auf der Veranda abgelegt.«

Charlie erinnerte sich an die Reaktion von Senior Constable McGuire, als er fragte, ob die sterblichen Überreste seiner Mutter in irgendetwas eingewickelt gewesen seien. Dieses Glitzern in ihren Augen.

Er konzentrierte sich wieder auf Fay. Sie hielt den Kopf schräg und beobachtete ihn. »Wie beweist man Vorsatz?«

Sie schwiegen und dachten über alle möglichen Unwägbarkeiten nach. Schließlich sagte ihr Charlie, wen er alles aufgesucht hatte: Lambert, die Wagoners, Quigley, Billy Sauls Mutter.

»Alles ziemlich weit hergeholt.« Er schüttelte den Kopf. »Ich war mir so sicher, dass Lambert irgendetwas damit zu tun gehabt hat.«

»Ich weiß, was du meinst. Ein unheimlicher Kerl. Ich bin ihm mal begegnet.«

Charlie war verblüfft. »Wirklich? Wo? Wie?«

Sie rutschte unbehaglich herum. »Das war früher. Deine Mum war bei der Arbeit, und ich bin hingefahren, um deinem Dad zu sagen, dass es nicht recht sei, wenn wir uns treffen würden, solange er nicht ordentlich getrennt oder geschieden sei, und

Lambert verließ gerade das Haus, als ich eintraf. Irgendwas von wegen Sicherheit – er sollte Beleuchtung installieren und bessere Türschlösser einbauen.«

»Hm.«

In die sich erneut ausbreitende Stille hinein sagte Fay: »Habe ich dir je von meinem Mann erzählt?«

Charlie blinzelte: »Sagte sie, das Thema wechselnd.«

Fay grinste. »Ich bitte um Nachsicht.«

»Du hast ihn ein paarmal erwähnt. Er ist gestorben?«

»Er hieß Andy und starb an einem Herzanfall. Er war erst sechsundvierzig. Lag in der Familie.«

»Tut mir leid.«

Sie zuckte mit den Schultern. »Ist schon Jahre her. Er war ein guter Kerl. Das hat mich schwer getroffen. Was ich sagen will, dein Dad hat mir das Leben gerettet.«

»Okay.«

»Allerdings erst ein paar Jahre später, wohlgemerkt. Neben all den anderen blöden Aspekten der Witwenschaft war ich zudem noch fürchterlich schüchtern und höflich. Eine kleine Maus. Nach Andys Tod trieb ich vor mich hin, suchte eigentlich nach niemandem, doch irgendwie war ich nach einer Weile mit einem Mann verlobt, mit dem ich damals arbeitete. Im Nachhinein glaube ich, ich wollte nur nichts wie weg von meiner Mutter und meinen Schwestern.«

Sie grinste. Charlie, der dankbar war für dieses Bröckchen, erwiderte es.

»Jedenfalls war der Mann zehn Jahre älter, und er vergötterte mich«, sagte Fay. Sie führte ihre Hände an den Kopf. »Er bürstete mir die Haare. Er bügelte für mich, brachte mir jeden Morgen den Tee ans Bett. Und ich hatte diese komplizierten Schnürstiefel, bei denen er darauf bestand, sie mir zuzubinden und auszuziehen.«

»Und es schnürte dir die Luft ab«, mutmaßte Charlie.

Fay schloss kurz die Augen. »Es war, als hätten alle anderen um mich herum Energie und Meinungen und Ideen, und ich trug die Kleidung, die für eine andere Person bestimmt war. Mein Leben war … hinreichend. Unbescholten. Mehr kann man dazu nicht sagen. Ich war nicht blind, ich wusste, dass die Leute Michael nicht sonderlich mochten, aber sie lehnten ihn auch nicht ab. Eines Tages sagte ich ihm, dass ich ihn nicht liebe, und er meinte nur: »Sei doch nicht lächerlich, natürlich tust du das.«

Sie schnaubte – ein Laut zwischen Bestürzung und Lachen – und blickte Charlie schief an. »Wir hatten praktisch nie Sex. Ich war nicht so scharf drauf, und ganz offensichtlich machte es ihm nichts aus. Er hatte dieses kleine, ach so verständnisvolle Lächeln, dass ich am liebsten schreiend davongelaufen wäre.«

Die bevorstehende Heirat muss ihr wie das Ende des Lebens vorgekommen sein, dachte Charlie; danach kam nichts mehr.

»Es gibt solche und solche«, meinte er schwach, und der Wind brachte das Fenster über der Spüle zum Klappern.

»Es gab deinen Vater, das war wichtig«, erwiderte Fay energisch. »Er hat mich gerettet.«

Charlie streckte die Hand aus und nahm die ihre. »Ich bin froh. Du gehörst zur Familie.«

Ihre Hand blieb einen Augenblick reglos liegen und zuckte dann wie ein kleines Geschöpf, als sie sie ihm entzog. Sie tätschelte seine Hand und legte beide Hände in den Schoß. Sie war noch nicht fertig.

»Danke; das bedeutet mir sehr viel. Aber es ging nicht immer ohne Schwierigkeiten ab. Ich habe Rhys gesagt, dass ich in der Lage sein müsse, den Kopf hochhalten zu können. Sechs Monate lang hatten wir nichts miteinander. Ich meinte zu ihm, dass er sich erst mal selbst finden müsse.«

Das hatte er getan, fand Charlie. Jetzt waren die beiden unzertrennlich. Er dachte fünf Jahre zurück, als Jess ausgezogen war. Wenn er ehrlich mit sich selbst war, dann musste er zugeben, er war ein dürftiger Ehemann gewesen. Abgelenkt, distanziert, seine Schritte auf Erden nicht harmonisch, sondern holprig. Er war ganz besessen herauszufinden, was mit seiner Mutter geschehen war, nicht davon, seine eigene Familie zu pflegen. Eine Zeit lang war er ziellos gewesen, fünf Jahre ohne Liebe.

Dann kam Anna. Ganz egal, dass sie zu einem Zeitpunkt auftauchte, als seine Karriere den Bach hinunterging, nun fühlte er sich gelenkiger, spürte Sanftmut und Kraft in sich. Das kam von der Liebe.

»Ich bin froh, dass es mit euch beiden geklappt hat«, sagte er.

»Ich auch. Aber das Verschwinden deiner Mutter hat ihn verändert, musst du wissen. Etwas war anders. Er war nicht mehr so wild. Er wurde ... ach, ich weiß nicht, weniger zugänglich. Und er wollte das alles hinter sich lassen – seine Ehe, sein altes Leben am Strand.«

»Spricht er jemals darüber?«

Sie schüttelte den Kopf. Charlie wusste, dass da noch mehr war, doch bevor er noch fragen konnte, tätschelte sie abwesend sein Handgelenk. »Charlie, wir würden gern zu der Gedenkfeier kommen, aber wenn du irgendwelche Zweifel hegst ...«

Am kommenden Montag, Balinoe Hall, Mrs Ehrlich sollte die Trauerrede halten. »Kommt«, sagte Charlie.

Es klingelte an der Tür, und Fay und er wechselten Blicke. Sie wirkte verängstigt und klein. Sie formte das Wort: »Polizei?« – so als habe sie die ganze Unterhaltung über darauf gewartet.

43

»Das dynamische Duo«, eröffnete Charlie die Konversation.

Bekker stand vor der Tür, McGuire stand düster dreinblickend hinter ihr. »Ein Höflichkeitsbesuch. Dürfen wir hereinkommen?«

»Das ist nicht Ihr Ernst. Er ist gerade erst nach Hause gekommen.«

Bekker hob abwehrend eine Hand. »Wir beeilen uns, versprochen.«

»Ein kurzer Höflichkeitsbesuch«, spottete Charlie und stützte den Unterarm an der offenen Tür ab. »Ich bin selbst Polizist, schon vergessen?«

»Ja.« McGuire feixte. »Was waren das für Zeiten, hm?«

Bekker tat so, als würde sie sie zum Schweigen bringen. »Wir müssen mit ihm sprechen. Es sind ein paar Dinge zu klären.«

McGuire strahlte Charlie an. »Er kann sich gern einen Anwalt nehmen.«

Der heiße Wind peitschte weiter Hügel und Bäume. Die Hitze drang ins Haus, also trat Charlie auf die Veranda und schloss die Tür hinter sich. »Wann?«

»Wollen Sie das ernsthaft hier draußen erledigen?«, fragte McGuire.

»Wann?«, wiederholte Charlie.

»Im Idealfall in ein paar Tagen«, antwortete Bekker.

»Es geht ihm nicht gut. Er hat sich im Ausland diesen Virus eingefangen.«

Bekker und McGuire erstarrten – eine Art leises Zurückschrecken, so als sei Charlie selbst ansteckend. Mit gut gelaunter Boshaftigkeit trat er auf sie zu. Einen Schritt, noch einen. »Er war im Krankenhaus. Er ist immer noch ganz wacklig.«

Bekker fasste sich. »Ist er noch ansteckend?«

»Nein. Er durfte nach Hause. Aber er leidet unter den Nachwirkungen. Dazu der Jetlag. Er ist noch nicht in der Lage, sich von Ihnen in die Mangel nehmen zu lassen.«

»In die Mangel nehmen ... nur ein Gespräch«, entgegnete Bekker.

»Aber sicher. Mit Belehrung.«

»Wann passt es denn?«

»Wenn sein Arzt die Freigabe dazu gibt.«

»Nächste Woche?«

»Das liegt nicht an mir«, erwiderte Charlie. Er wusste, dass sie ihn weiterbearbeiten und schließlich mürbe machen würden. Rhys und Fay ebenfalls. Also fügte er hinzu: »Wir werden am Montag eine Gedenkfeier abhalten. Vielleicht können Sie dann im Lauf der Woche mit ihm sprechen.«

Bekker nickte kurz. Dann legte sie den Kopf schief. »Ach, übrigens, Charlie, was habe ich Ihnen gesagt, was Ihre Herumschnüffelei angeht?«

Er wartete.

»Ich habe gesagt, Sie sollen das lassen, wenn Sie sich erinnern.«

McGuire drängte sich dazwischen. »Sie geben sich als Polizeibeamter im Dienst aus, dabei sind Sie nur ein Versager.«

»Mit Lohnfortzahlung«, entgegnete Charlie.

»Macht das einen Unterschied? Es gibt Beschwerden.«

»Von wem?«

»Lassen Sie es einfach bleiben, Detective Senior Constable Deravin«, sagte Bekker.

»Ich sammle nur Informationen«, meinte Charlie.

»Und behindern unsere Arbeit ...«

»Ich *helfe*«, entgegnete Charlie. Dann setzte er ein provozierendes Lächeln auf. »Sie kennen doch den Ausdruck ›Ausschöpfung aller gesetzlichen Möglichkeiten‹?«

McGuire brauste auf; Bekker wurde es leid. »Kommen Sie«, sagte sie und geleitete ihre Kollegin den Gartenweg zurück zum Zivilfahrzeug.

Charlie kehrte in die Küche zurück, und der Nebel unguter Vorahnungen verdichtete sich um ihn herum. Rhys saß am Tisch und hielt eine Tasse frischen dampfenden Tee zwischen seinen sehnigen Händen. Er wirkte verkniffen, aber entschlossen und drahtig. »Die Polizei, vermute ich?«

»Mordkommission. Ich habe dich gewarnt.«

Rhys wagte ein säuerliches Lächeln in Fays Richtung, die mit dem Rücken an den Tresen unter dem Fenster gelehnt dastand. Sie wirkte abgespannt und besorgt. Sie haderte wohl mit ihm, dachte Charlie.

»Was wollten sie?«

Charlie setzte sich seinem Vater gegenüber. »Zitat: ›Ein kurzer Höflichkeitsbesuch.‹«

Er sah, wie die Nasenflügel seines Vaters bebten. »Jetzt? Wo ich keine fünf Minuten zu Hause bin?«

»Ich hab ihnen gesagt, sie sollen sich verpissen. Aber sie wollen irgendwann nächste Woche, je nachdem, wie es dir geht, eine formelle Befragung.«

Fay setzte sich und legte ihre tiefe Stille ab. »Ich finde, wir sollten uns so bald wie möglich mit der Anwältin treffen.«

Rhys wollte schon widersprechen, gab aber nach, als Fay seinen Unterarm berührte. Bußfertig sagte er: »Ich werde gern mit ihr reden.«

»Mehr als das«, sagte Charlie. »Sorg dafür, dass du erst mit der Polizei sprichst, wenn sie mit dir in einem Raum ist, und nur dann.«

»Das wird schon gut gehen.«

»Man könnte glauben, du wärst niemals Polizist gewesen«, meinte Fay. »Dabei habe ich seit zwanzig Jahren von dir nichts anderes zu hören bekommen, als wie das Justizsystem funktioniert und eben nicht funktioniert. *Hör auf deinen Sohn.*«

Rhys schaute mürrisch. Charlie setzte nach. »Das ist ernst, Dad. Wenn ich mich nicht irre, geht es nicht um eine simple Befragung, sondern um eine Vernehmung. Du brauchst eine Rechtsvertretung, und zwar nicht irgendeinen Sesselfurzer. Setz dich so bald wie möglich mit Jenna hin, bring sie auf den neuesten Stand. Sie wird versuchen herauszufinden, worauf sie den Fall aufbauen kann, wenn es denn einen gibt. Und vielleicht kann sie die Verhandlung zur Beweisaufnahme hinauszögern, wenn sie denn darauf hinauswollen.«

»Eine Menge ›Wenns‹ in dem Satz, mein Junge.«

»Wach endlich auf. Mum ist keine Person mehr, die vor zwanzig Jahren unter mysteriösen Umständen verschwunden ist. Sie wurde umgebracht. Während der Scheidung. Außerdem halten sie die ursprünglichen Ermittlungen für dürftig, und wenn ich richtig zwischen den Zeilen lese, dann sind sie auf neue Beweise gestoßen. Gut möglich, dass sie Kriminaltechnik angewandt haben, die damals noch nicht zur Verfügung stand.«

Nach einer Pause sagte Rhys bedächtig: »Sie werden natürlich meine Spuren in ihrem Wagen finden. Wir sind beide damit gefahren.«

Charlie wurde still und fragte sich, warum sein Vater sich auf den Wagen konzentrierte und nicht auf ein Alibi, das seinen Namen ein für alle Mal reinwaschen würde. »Dad, denk scharf nach.«

Fay stellte eine Frage, die wohl schon länger in ihr geköchelt hatte. Sie achtete sorgsam darauf, Rhys nicht anzuschauen, und fragte: »Warum haben sie das Haus noch mal durchsucht? Was glauben die denn nach so langer Zeit noch zu finden?«

Rhys schnauzte: »Jetzt du nicht auch noch.«

»Um Himmels willen«, schnauzte sie zurück. »Habe ich gesagt, ich dachte, sie würden etwas finden? Das ist eine ernste Angelegenheit, Rhys. Ich lebe jetzt zwanzig Jahre mit dir zusammen. Ich liebe dich. Ich vertraue dir. Aber das ist ernst. Das ist unser Leben. Ich muss es wissen. *Du* musst es wissen.«

»Ob ich Rose umgebracht habe?«

»Das meinte ich doch gar nicht.«

»Ach, nein? Bist du sicher, dass du nicht die ganze Zeit über einen Verdacht gehegt hast?«

»Schluss damit.« Charlie schlug auf den Tisch, dass das Besteck klapperte. »Fay, um deine Frage zu beantworten, die müssen alle Eventualitäten ausschließen, das sind nun mal Ermittlungen in einem Mordfall.«

»Die haben nach einer großen Blutlache gesucht, die in die Dielen eingedrungen ist und mit einem Teppich verdeckt wurde«, sagte sie abschätzig – was angesichts der Laune ihres Mannes keine gute Idee war.

Doch Rhys schob seinen Stuhl beiseite, legte einen Arm um sie und brachte sie dazu, ihn anzuschauen. »Sweetheart.«

Sie wurde ein wenig weicher, doch ihre Stimme klang tonlos: »Was?«

»Ich habe ihr nichts angetan. Ich habe sie in all den gemeinsamen Jahren niemals hart angefasst.«

Ein paar Sekunden später sagte sie: »Ich weiß.«

»Und ich habe sie nicht umgebracht.«

Das zu sagen wäre nicht nötig gewesen. Fay erstarrte in seinem Arm: »Ich weiß.«

Rhys nahm seinen Arm von ihr und warf Charlie einen reumütigen Blick zu, was in Charlie einen Schalter umzulegen schien. Er sah seinen Vater an wie einen Fremden. Das Hawaiihemd, das er schon seit Jahren hatte, war vertraut und fremd zugleich. Es gehörte dem früheren Rhys, hing aber nun über den Schultern eines alten Mannes. Der offene Kragen ließ ein paar graue Haare und einen blassen, faltigen Hals erkennen. Das hier war nicht Rhys Deravin, der Strandläufer und Schnelldenker. Der frühere Rhys war in den vergangenen Wochen – oder Jahren – verschwunden, doch Charlie war zu sehr mit seinen eigenen Dingen beschäftigt gewesen, um das zu bemerken.

Ohne Fay anzuschauen, meinte er: »Dad, es gibt da eine Frage, die sie dir vielleicht stellen werden. Dein Auto ist am Tag ihres Verschwindens in der Nähe von Mums Haus gesehen worden.«

Rhys riss die Augen auf. »Eins nach dem anderen«, sagte er, und ein Hauch seiner alten Verschlagenheit war zu spüren. »Liam hat mich gesehen, richtig? Er hat mich zur Rede gestellt, wusstest du das? Er hat es wohl schon längst der Polizei gemeldet. Ich habe jedenfalls kein Geheimnis aus der Tatsache gemacht, dass ich dort war.«

»Oh doch, das hast du. Ich habe es erst vor Kurzem erfahren.«
»Er hat es mir gesagt«, murmelte Fay.
Charlie hasste das. »Was hast du denn dort gemacht?«
»Ich habe ein paar Laken und Handtücher vorbeigebracht.«
Fay berührte ihn am Handgelenk. »Tischdecken, hast du gesagt.«
Er winkte ungeduldig ab. »Ist doch egal. Stoffe. Zeug. Sachen, die ihr gehörten, die ich nicht haben wollte oder brauchen konnte, sie möglicherweise aber schon. Ich wollte ihr nicht über den Weg laufen. Ich wollte mich nicht streiten.«
»Tischdecken oder Laken und Handtücher«, sagte Charlie. »Du musst dich entscheiden. Die Anklage könnte sich auf einen solchen Fehler stürzen und von da aus weitermachen. Du musst das an dem Tag richtigstellen.«
»An dem Tag … vor Gericht, meinst du?«
»Dad, ich meine es ernst.«
Rhys verlor spontan das Interesse. Er drückte sich vom Tisch weg und meinte: »Mach dir keine Sorgen.«
Er schwankte und schloss die Augen; Fay sprang ihm schnell zur Seite. »Du musst dich wieder hinlegen.«
Rhys wirkte überrascht, zu Hause zu sein und seinen Sohn zu sehen. Verwirrung stand ihm in die Augen geschrieben, er blinzelte und kämpfte gegen den Schwindel an. Er ließ sich wieder auf den Stuhl sinken. »Ich brauche nur einen Augenblick.«
Charlie beobachtete ihn. Sein alter Herr schien weiter zu schrumpfen. Dann schlug Rhys wieder klare Augen auf und lächelte Charlie müde an. »Tut mir leid, mein Junge. Das kommt und geht.«
»Noch etwas, über das wir reden müssen: Shane Lambert.«
»Wer?«
»Du weißt genau, wer. Mums Untermieter.«

Rhys Deravins Mund zuckte, er runzelte die Stirn vor Nachdenken, und Charlie dachte intuitiv: Er lügt.

»Mein Gedächtnis ist schwach. Das ist ja schon eine ganze Weile her.«

»Er kam zu einer Sicherheitsberatung ins Haus.«

»Tatsächlich?«

»Er war jahrelang verschwunden und ist nun wieder aufgetaucht. Die Polizei hat ihn erneut befragt.«

Und nichts herausbekommen, so Bekker, aber Charlie wollte die Reaktion seines Vaters abschätzen.

»Nun, ich weiß nicht, was er mit alldem zu tun hat«, sagte Rhys, stand diesmal langsam auf, das Blut schoss ihm nicht in den Kopf, und die Augen blieben klar. »Danke, dass du uns abgeholt hast, mein Junge. Wir sehen uns am Montag.«

44

Montag, im Foyer der Balinoe Hall. Charlie trug Stapelstühle in den großen Saal, als Susan Mead eintraf. Zutiefst gerührt, umarmte er sie schnell. »Danke, Sergeant, das bedeutet mir sehr viel.«

Sie zuckte peinlich berührt mit den Schultern. »Tut mir leid, ich bin zu früh, ich habe die Zeit falsch eingeschätzt.«

Dann kam Liam mit einem Stapel Stühle aus dem Lagerraum, gefolgt von Emma. Charlie kam sich plötzlich zögerlich und zurückgesetzt vor und machte sie stockend miteinander bekannt. Er wollte, dass sich alle gegenseitig mochten, und ahnte, dass dies nur der erste von vielen angespannten Augenblicken des Tages war.

Emma gab auf ihre unbeschwerte Art seiner Vorgesetzten die Hand. »Schön, Sie endlich mal kennenzulernen.«

Charlie sah regelrecht die Erleichterung. »Ganz meinerseits. Ihr Dad hat die ganze Zeit mit Ihnen geprahlt.«

Liam war zurückhaltender. Er gab ihr kurz die Hand, zog sie elegant zurück und wendete sich an Charlie. »Die Gäste werden bald eintreffen.«

Guter alter Liam. Charlie brachte das letzte bisschen an Kraft auf und sagte: »Bin sofort bei dir.«

Liam nickte, nahm seinen Stapel Stühle und trug ihn in den großen Saal. Emma warf Charlie und Mead ein schiefes Lächeln zu und folgte ihm.

»Er ist detailverliebt«, erläuterte Charlie.

»Nun, so jemand kann durchaus nützlich sein. Ich überlasse Sie mal Ihren Arbeiten«, sagte Mead und sah sich nach einem Platz um.

»Wie gut sind Sie in der Küche?«

Mead sah ihn mit katzenwachen Augen an. »Man sagt mir nach, dass ich ganz gut schnippeln kann.«

Also führte Charlie sie in den Anbau, wo Ryan und Jess um einen langen Tisch herumsausten, Wasserkaraffen abstellten, Pappteller, Servietten und in Frischhaltefolie gewickelte Sandwiches. Charlie verlor ein wenig von seinem Selbstvertrauen, der Tag legte sich wieder enger um ihn, und er beugte sich vor und murmelte Mead ins Ohr: »Meine Ex. Und der Partner meines Bruders.«

»Ich komme schon klar.«

Charlie machte sie miteinander bekannt. Ryan reagierte fast übertrieben herzlich; Jess, aber Charlie hatte nichts anderes erwartet, blieb kühler und reservierter.

Charlie hatte auf einer kleinen Feier bestanden, Liam auf einem großen, triumphalen Abschied – eine rüde Geste Dad gegenüber, wie Charlie mürrisch fand. Sein Vormittag zerbrach in immer kleinere Stücke. Kameras und Mikrofone versammelten sich draußen vor dem Gemeindesaal, drinnen Dutzende Trauergäste, fröhlich und neugierig. Charlie hatte den Eindruck, dass sie die Deravin-Jungs beobachteten, die in der ersten Reihe zu beiden Seiten des Mittelgangs saßen, und sich aus nichts hunderterlei Geschichten zusammenreimten. Was fühlen sie? Wo ist ihr Vater? Warum sitzen sie nicht nebeneinander?

Wartet erst mal, bis Dad kommt, dachte er und sah sich um. Alle Facetten der Trauer: zart, zögernd, ermüdend, verlogen, selbstverleugnend. Dann spannten sich seine Gesichtszüge an: Warum zum Teufel waren Bekker und McGuire hier? Hofften sie, dass Rhys zusammenbrach und vor aller Augen gestand? Und die Podcast-Zwillinge, um Gottes willen. Charlie hätte dieses ganze Pack am liebsten rausgeschmissen, alles Zyniker und Hochstapler.

Dann krümmte sich erneut der Raum rings um ihn. Noel Saltash und Mark Valente huschten in den Saal, setzten sich aber nicht nebeneinander. Schließlich trafen ein paar Polizeiwitwen ein, und Charlie fragte sich, wie viele von der ursprünglichen Gruppe noch lebten. Die Frauen sahen ihn und nickten. Sie traten nicht vor, um ihr Beileid auszusprechen, sondern saßen reglos da und füllten den Saal mit harter alter Geschichte.

Susan Mead, die ein paar Reihen hinter ihm saß, warf ihm ein leichtes Lächeln zu. Die Minuten zogen dahin, dann senkte sich eine merkwürdige Form von Halbstille über alles. Ein Zischen. Ein Murmeln. Charlie wusste es, streckte aber dennoch den Hals, um nachzuschauen: Rhys und Fay hatten den Saal betreten. Er hatte sich gewünscht, dass sie in der ersten Reihe Platz nahmen, doch Liam hatte dies im Keim erstickt. Rhys ebenfalls: »Ein ruhiges Plätzchen hinten, mein Junge.«

Charlie stand auf. Köpfe drehten sich um, Augen strahlten. Er stellte sich dem entgegen und trat an Emmas Knien vorbei auf den Mittelgang. Sie folgte ihm, genau das Heilmittel, das er gebraucht hatte. Hintereinander gingen sie zum anderen Ende des Saals, wo Rhys und Fay mit angespanntem Lächeln auf den Lippen warteten.

Sie umarmten und küssten sich, Emma flüsterte: »Grandpa, Fay.« Rhys war blass, klamm, niedergeschlagen, und er hatte sich mit der rechten Hand bei Fay untergehakt. Sie wirkte groß und stark, nicht trotzig, aber auch nicht gewillt, die peinlich berührte Frau eines Killers zu spielen.

Für die beiden waren Plätze reserviert worden. Charlie sah zu, wie Fay Rhys führte und wie Rhys ihren Ellbogen bis zum letzten Augenblick umklammert hielt, so als fürchte er zu stürzen. Was, wenn er stirbt, bevor ich seine Unschuld beweisen kann, dachte Charlie.

Liam sprach als Erster. »Wir haben uns hier versammelt, um das Leben von Rose Deravin zu feiern, nicht um daran zu erinnern, wie sie starb.« Was er dann doch tat. Er stellte sich seinem Groll, seine Stimme stieg bis an die Saaldecke und die Rückwand. Charlie hatte entschieden, nicht zu sprechen: Selbst wenn er das nicht verpatzte, würde doch alles, was er sagen konnte, die Welt nur daran erinnern, dass hier Bruder gegen Bruder stand. Dann las Emma, konzentriertes Licht auf der kleinen Bühne vorn im Saal, unbefangen aus Emily Dickinson, und Charlie spürte wieder den alten Riss im Herzen: die unerbittliche Tatsache, dass seine Tochter nur noch sehr vage Erinnerungen an ihre Großmutter hatte.

Mrs Ehrlich rettete sie alle. Sie brachte sie zusammen und lenkte sie fort von den Untiefen.

»Ich möchte an einen Tag vor vierzig Jahren erinnern, als ich in meinem Wohnzimmer staubsaugte – ich könnte Ihnen zahlreiche Geschichten von Rose Deravin erzählen, wie sie einen Staubsauger in der Hand hielt – und sah, wie nebenan ein Holden Kombi anhielt, schwer beladen mit Kisten und Schachteln, Koffer schräg auf dem Dachgepäckträger. Erinnert sich noch jemand an den Wagen? Ständig blieb er liegen, und Rhys oder Rose klopften an und baten meinen verstorbenen Mann um Starthilfe.

Schon komisch, wie sich die Vergangenheit wiederholt. Als ich bereits verwitwet war, klopften alle möglichen Schurken und Tunichtgute bei mir an, boten mir Sachen zum Kauf an, zu schön, um echt zu sein, oder Hilfe beim Regenrinnenputzen oder Rasenmähen, und Rhys sagte ihnen seine Meinung. Und erst vor ein paar Wochen zeigte sein Sohn Charlie«, ihr warmes, fast mit Händen zu greifendes Lächeln, mit dem sie ihn anstrahlte, erhellte den Raum, »einem weiteren miesen Kerl den Weg.« Sie hielt kurz inne. »Mit einem flinken Tritt in den Hintern. Buchstäblich.«

Gelächter. Der Saal entspannte sich ein wenig.

»Und dann war da Rose, die liebe Rose«, fuhr Mrs Ehrlich fort. »Dreißig Jahre trennten uns, aber wir wurden echte Freundinnen. Wir taten, was Nachbarinnen eben so tun, wir luden uns auf eine Tasse Tee ein, tauschten Rezepte und Gartentipps, und als Tom starb, war sie mir ein Fels. Am stärksten aber erinnere ich mich an ihre unprätentiöse, spöttische Art. Sie nahm die Welt nicht ernst und tat es doch. Sie hegte keinerlei Zweifel an sich selbst und nahm sich selbst doch nicht so wichtig. Wann immer die Welt um sie herum sich allzu sehr veränderte, brachte sie sie wieder in die Spur. Doch als sie verschwand, änderte sich die Welt für immer. Und das tut sie immer noch, jetzt, wo furchtbare Wahrheiten ans Licht kommen, und es ist unsere Aufgabe, sie ihretwegen wieder instand zu setzen.«

Charlie blinzelte. Dann spürte er einen Stupser: Emma hielt ihm ein Taschentuch hin.

Gegen Mittag verkündete Liam, dass die Trauergäste eingeladen seien, sich im Speisesaal der Familie anzuschließen; das Letzte, was Charlie tun wollte. Der Saal leerte sich, doch er rührte sich nicht.

Sue Mead trat an seine Seite, legte ihm eine Hand auf die Schulter und drückte sie. »Tut mir leid, Charlie, ich muss los.«

Er legte kurz seine Hand auf die ihre. »Aber die abgestandenen Sandwiches. Und der zu starke Tee mit Milch und zu viel Zucker.«

»Ich weiß, eine echte Schande, aber ich muss noch einen Haufen Befragungen zusammentragen.«

Ein leichter Klaps, und sie war fort. Charlie blieb sitzen. Er war wie betäubt und hätte am liebsten Anna bei sich gehabt.

Dann stand Fay mit angespannter, erschöpfter Miene da. »Charlie, deinem Vater geht es nicht gut. Ich bringe ihn nach Hause.«

Er stand auf. »Muss er zum Arzt?«

»Er ist nur erschöpft.«

»Bleibt bei mir über Nacht.«

Sie schüttelte den Kopf. »Er braucht sein eigenes Bett«, entgegnete sie. Dann wies sie auf den Hauptausgang und fügte hinzu: »Außerdem wollen wir nicht, dass die Aasgeier uns bis auf deinen Vorderrasen verfolgen.«

Charlie nickte. Die Gelüste und Vereinnahmungen der Medien. »Ich helfe dir, ihn zum Wagen zu bringen.«

Dann traten sie hinaus in eine Flut von jungen Kameraleuten und Tontechnikern in kurzen Hosen und T-Shirts, mittelalten Reportern mit Bierbäuchen und Notizbüchern und jungen Fernsehtalenten in Sommerkleidern – alle mit dem Glanz des Jägers in den Augen ...

»Haben Sie Ihre Frau umgebracht, Mr Deravin?«

»Warum musste Billy Saul sterben?«

»Was dachten Sie, als man die Leichen fand?«

Charlie schob seinen Vater durch die Meute, Fay im Schlepptau, und bemerkte einen Augenblick später, dass Mark Valente, der ganz lebhaft und energiegeladen wirkte, ihnen behilflich war. Ein alter, durchsetzungsfähiger Bulle, fand Charlie, von der ausgestorbenen Art.

Sie kamen zu Rhys' und Fays Peugeot, saßen dort aber in der Falle. Charlie wurde gegen seinen Vater gedrängt, der wiederum gegen die Beifahrertür. Dann hielt jemand Rhys ein Mikrofon hin, und das süße kleine Gesicht dahinter sagte: »Manche würden es wohl unpassend finden, dass Sie es gewagt haben, bei der Trauerfeier für Ihre verstorbene Frau anwesend zu sein, Mr Deravin.«

Charlie bemühte sich, sie abzudrängen und die Wagentür zu öffnen. Wo war Valente? Und wo war Fay? Er sah über das Wagendach hinweg. Sie war noch ein paar Meter entfernt und vollzog einen kleineren Spießrutenlauf. Eine Reporterin, ein Fotograf – und die Podcast-Zwillinge. Charlie sah, wie sie etwas zu ihnen sagte. Deamer nickte; Nadal half ihr, zum Wagen zu gelangen.

Er richtete seine Aufmerksamkeit auf die Reporterin. »Bitte treten Sie beiseite, damit ich die Tür öffnen kann.«

»Wer sind Sie«, fragte sie. »Einer der Söhne?«

Ihre Augen leuchteten, als sie ihm das Mikro hinhielt. Dann sah er, wie sie den Mund aufriss, wilder Schmerz blitzte in ihren Augen, und sie klappte zusammen. Doch Valente stand mit rudernden Armen neben ihr und drängte sie mit gesenkter Schulter beiseite. »Machen Sie Platz für die Dame«, rief er, »ihr wird schlecht.«

Die Menge wich zurück. Der Druck ließ nach, Charlie öffnete die Beifahrertür und schob seinen Vater in den Wagen. »Bis bald.«

Fay öffnete die Fahrertür. Charlie rief ihr zu: »Bis bald.«

Sie nickte, stieg ein und schnallte sich an. Dann startete sie den Wagen und fuhr mit kleinen Sprüngen auf die Frankston-Flinders Road hinaus.

Valente trat zu Charlie und rieb die Hände aneinander. »Der größte Spaß, den ich seit Jahren hatte.«

»Du hast ihr einen Stoß in den Magen versetzt«, sagte Charlie.

Valente zuckte mit den Schultern. Er warf einen Blick hinüber zu der Reporterin, die immer noch gekrümmt dastand und sich an einer Kollegin festhielt. »Und sein Name ist Tod, und die Hölle folgte ihm nach.«

»Tja, ich finde, ein bisschen weniger davon wäre ganz gut«, meinte Charlie.

Er zählte: Achtundzwanzig Trauergäste waren für Sandwiches, Muffins und Tee geblieben, und während Charlie, noch immer durcheinander, sie alle pflichtbewusst grüßte, stand sein Bruder hilflos abseits. Schüchternheit? Ablehnung? Bei Liam konnte man nie wissen.

Er ging von Mrs Ehrlich zu Alby, dem Klimaanlagenmechaniker, zu Noel Saltash und einer lang verloren geglaubten Tante, zu Alan Wagoner und Pat, der Hundefrau. Herzliches Händedrücken, Küsse auf die Wange, Arme landeten auf seinen Schultern. Auch Valente durchforstete den Raum. Er kannte jeden. Er war freundlich zu Emma, Jess und Ryan. Saltash ignorierte er. Mrs Ehrlich gegenüber war er reserviert – so als wüssten sie zu viel vom anderen.

Keine Spur von Bekker, doch McGuire trat zu ihm.

»Sind Sie immer noch hier?«

»Ihre Manieren, Mr Deravin.«

»Wo ist denn Ihre Chefin?«

»Holt den Wagen.«

»Ich dachte, das sei Ihre Aufgabe.«

McGuire lächelte. Sie stand neben Charlie und sah sich ebenfalls im Raum um.

»Das hier ist privat«, sagte Charlie. »Am besten, Sie verpissen sich.«

»Eine der Reporterinnen hat einen wichtigen Punkt angesprochen«, sagte McGuire. »Es war nicht anständig von Ihrem Vater, hier aufzutauchen.«

»Sie sollen sich verpissen, hab ich gesagt.«

»Also wirklich«, fuhr McGuire fort, »Sie haben vielleicht Nerven.«

Charlie ließ sie stehen, und sie rief ihm hinterher: »Morgen um dreizehn Uhr.«

Er kehrte zurück. »Wie bitte?«

»So ist es mit Ihrem Dad und seiner Anwältin ausgemacht. Dreizehn Uhr morgen.«

Charlie ging wieder davon und suchte sich eine ruhige Ecke, von der aus er zusah, wie sich die Menge lichtete. Er beobachtete all die kleinen Dramen, die sich abspielten. Valente zum Beispiel, der den eintretenden Podcast-Zwillingen die kalte Schulter zeigte. Seine übliche Arroganz und sein Gepolter wirkten allerdings merkwürdig gedämpft.

45

Für Charlie war es weniger ein Aufwachen als die Feststellung, dass er seit einer Weile wach war. Und während er im Schein des Vollmonds dalag, verblich die Trauerfeier, die seine Träume in der letzten Nacht beherrscht hatte – hektisch, wirr –, und wurde durch Erinnerungen an die tatsächliche Feier verdrängt. Wobei die tatsächliche Feier auch nicht viel besser gewesen war. Zwei fürchterliche Stunden seines Lebens, dazu der Medienrummel, Mark Valentes gieriger Blick, das zischende Geflüster von Fremden. Er rührte sich unter der Bettdecke. Zwanzig Jahre lang hatte er es nicht gewagt, um seine Mutter zu trauern. Er hatte nicht gewusst, worum er trauern sollte, mal abgesehen von ihrer Abwesenheit. Jetzt wollte er einfach nur trauern, und die Mistkerle ließen ihn nicht.

Er sah auf den Wecker auf dem Nachttisch: vier Uhr. Er hatte dies schon oft genug miterlebt, um zu wissen, dass an Schlaf jetzt nicht mehr zu denken war. Außerdem war er ausgeruht, gewissermaßen; dazuliegen und in die Mondschatten zu stieren, würde nichts bringen.

Er stand auf, zog Shorts und T-Shirt an und stapfte in die Küche. Tee und Toast. Der Lehnstuhl neben der Stehlampe im Esszimmer. Emmas Vogelbuch im Schoß.

Statt zu lesen, ertappte er sich dabei, wie er durch den Newsfeed im Handy blätterte. Das tat er zu oft, es war nicht gut für ihn, und trotzdem tat er es – mehrmals am Tag stürzte er in die Kaninchenlöcher der Dummheit. Wie die Weltwirtschaft von jüdischen Bankern kontrolliert wurde, dass die britischen Royals Reptiloiden waren und China den Virus in die Welt gesetzt hatte. Und aus der näheren Umgebung, wie der durchschnittliche

Flachwichser es so richtig vermasselte – wie zum Beispiel letzte Nacht, als eine Junkie, die ungeduldig darauf wartete, etwas zu kaufen, in eine Gruppe von Drogenfahndern hineinspazierte, die gerade ihren Dealer in die Mangel nahmen.

Vor allem aber verfolgte Charlie die Storys über den Virus, eine immer stärker werdende Obsession, seit Rhys ins Krankenhaus gekommen war; wachsende Sorge in Italien; fünfzehn Fälle in Australien. Die Anfälligkeit von Kreuzfahrtgästen und Besatzungen – tagelang verbrachten sie auf engem Raum miteinander, an Bord und auf den täglichen Busfahrten. Die Buschbrände, der Virus: Ließ die eine Schreckensnachricht nach, trat die nächste in den Vordergrund.

Um halb sieben ging er mit seinem Longboard zum Meer; sein rechter Arm fühlte sich verkrampft und mies an. Er kam an den Strand und hielt sich nach links, dorthin, wo die niedrigen Wellen träger anrollten. Ein halbes Dutzend Köpfe waren im Wasser, darunter ein paar Helden auf breitnasigen, breitärschigen Shortboards. Charlie paddelte hinaus und wartete. Er ließ sich eine Weile dort treiben, brachte sich in Position, hielt sich bereit, warf immer wieder mal einen Blick über die Schulter und hielt Ausschau nach Brechern, die nicht kamen. Wie oft hatte er das schon gemacht, schon als Kind, als er mit Rhys und Mark aufs Wasser gegangen war. Die rollende See unter ihm hob und senkte sich trügerisch, träge und gutmütig. Er nickte den anderen Surfern zu. Die meisten kannte er vom Sehen. »Blödmann«, riefen sie alle, wenn ein Neuankömmling auf einem Schwell vorbeikam, der sich fast, aber doch nicht ganz lohnte, und schimpften, Charlie sei ein nutzloser alter Sack, der sich gefälligst verpissen solle.

Er watete an Land, als er Mark Valente in Badehose und Handtuch über einer Schulter sah, wie der sich mit Noel Saltash in seinem Dienstbuggy als Ranger unterhielt. Ein seltsames Paar, fand Charlie. Er kam näher, sie drehten sich zu ihm um, und er hatte wieder diesen vertrauten Eindruck von den beiden: eine raubtierhafte Tendenz bei Valente, Saltash leicht gekränkt und unter Druck.

»Guten Morgen, die Herrschaften.«

»Charlie«, nickten sie, doch ihre Begrüßung wirkte angesichts der Ereignisse des Vortags ein wenig steif. Als Nächstes würde einer der beiden gleich sagen: »Ein schöner Morgen.«

Charlie unterband das: »Danke, dass ihr gestern gekommen seid.«

Erleichtert meinte Saltash: »Das Mindeste, was wir tun konnten.«

»Sie gehörte zu unserem Leben dazu, Charlie«, fügte Valente an.

»Ich weiß das zu schätzen.«

Das war das Signal für ein linkisches Händeschütteln, dann tuckerte Saltash mit seinem Buggy weiter über den Strand, und Valente ließ sein Handtuch in den Sand fallen und warf die Schuhe von sich. Charlie winkte leicht zum Abschied und war schon ein paar Meter weiter, als Valente ihm hinterherrief: »Möchtest du zum Mittagessen kommen? Halb eins?«

Charlie blieb stehen. »Tut mir leid«, antwortete er, »um die Zeit hole ich Dad ab.«

»Ach. Wofür denn? Arzt?«

Charlie ging zu der Stelle zurück, an der Valente seine großen Füße ins Wasser steckte. »Die Mordkommission will mit ihm reden. Formell. Kann sein, sie stellen ihn unter Anklage.«

»Mist. Tut mir leid. Sag ihm, ich wünsche ihm viel Glück.«

»Mach ich«, meinte Charlie und sah Valente hilflos an, doch dessen Blick war derart von Neugier durchdrungen, dass Charlie am liebsten wieder ins Wasser gegangen wäre, um es zu durchfurchen und sich an den Felsen wundzuscheuern.

Um Viertel vor eins holte Charlie Rhys und Fay ab und fuhr sie zum Polizeipräsidium.

Jenna Baird wartete vor dem Gebäude auf sie. Sie war älter als Charlie; sie trug eine weiße Bluse, die halb aus dem Bund ihrer verknitterten Leinenhose hing, und ihr gerades, pechschwarzes Haar hielt sie mit großen, sich abmühenden Klammern halbwegs aus dem Gesicht. Die Unordentlichkeit täuschte. Baird wirkte stets zerstreut, so als habe sie verschlafen und sich schnell angezogen, bevor sie zur Tür hinausstürmte. Ob sie dahinter eine andere Person verbarg und dort etwas Dramatisches lauerte, hatte Charlie nie bemerkt. Und sie erledigte ihren Job, war eine Anwältin der scharfsinnigen, hart kritisierenden Art.

Baird gab ihnen kurz, fast flüchtig die Hand. »Danke, Charlie«, sagte sie, »ich schicke Ihnen eine SMS, wenn wir fertig sind.«

Fay war ganz aufgewühlt. »Ich dachte, ich könnte mich dazusetzen. Es geht ihm nicht gut.«

Baird schüttelte den Kopf. »Das ist nicht möglich. Man könnte Sie als Zeugin aufrufen.«

Was sie nicht sagte: *Und womöglich stehen Sie auf der Liste der Verdächtigen.*

Ich auch, dachte Charlie. »Wenn Sie weitere Informationen brauchen«, sagte er, »schreiben Sie uns einfach.«

»Das wird nicht nötig sein. Ich habe zwei lange Gespräche mit Ihrem Vater geführt, und ich weiß, was die Polizei gegen ihn vorbringen wird.« Woher, das sagte sie nicht. »Und: Wappnen Sie sich für den Fall, dass er heute verhaftet wird. In dem Fall werde ich darum bitten, eine Kaution festzusetzen. Was bedeutet, dass aus der einen Stunde schnell fünf oder sechs Stunden werden könnten.«

»Wir haben verstanden«, sagte Charlie, war sich aber nicht sicher, ob das auch auf Fay zutraf.

Dann nahm Rhys Fay beiseite. Ein Kuss, eine Umarmung, Beschwichtigungen. Baird stand daneben und wartete geduldig; eine Geduld von der Art, die ungeduldig wirkt.

»Bereit?«, fragte sie.

Dann führte sie Rhys davon.

Fay trat auf Charlie zu, und er konnte sie vor Anspannung zittern sehen. Er legte einen Arm um sie, und sie lehnte sich an ihn.

Er führte sie an einen schattigen Tisch vor einem Café in Southbank. Angespannt und lustlos saßen sie da und schauten, wie die Sonne auf dem Wasser glitzerte, sahen die Glastürme am Nordufer, spielten mit ihrem Eistee und dem Kuchen herum, den sie nicht wollten, und warum wimmelte es an einem Arbeitstag hier nur so vor Menschen?

Fay nahm ihr Glas und stellte es wieder ab. »Als wir nach Warrandyte zogen, konnte ich es kaum erwarten, dass unser neues Leben begann. Stattdessen wurde dein Vater krank, und das Leben blieb stehen. Klingt das irgendwie undankbar?«

Die Liebe und ihre Erwartungen, dachte Charlie. Er berührte sie am Handrücken. »Nein. Schade nur, dass du mir nie gesagt hast, wie krank er war.«

Sie schüttelte den Kopf, aber ob sie damit meinte, sie wisse nicht, warum sie nichts gesagt hatte, oder sie wolle nicht zur Rede gestellt werden, konnte Charlie nicht deuten.

Schließlich sagte sie: »Erst war es nur chronisch. Es ging ihm gut, wir konnten das meiste von dem tun, was wir gerne machen, er musste nur aufpassen und sich nicht überanstrengen. Im letzten Jahr dann wurde es schlimmer. Die Kreuzfahrt sollte eine Auszeit sein, bevor er …« Sie winkte kopfschüttelnd ab und sah ihn an; ihr Gesicht wirkte wund, und ihre Stimme wurde schriller und lauter: »Sag mir die Wahrheit. Kommt er ins Gefängnis?«

»So etwas darfst du nicht denken, ich – «

»Du brauchst mich nicht zu bevormunden.«

»Tut mir leid«, sagte Charlie. Er rang um Worte: »Es sieht so aus, als würde die Polizei annehmen, sie hätten einen Fall; gut möglich, dass er verhaftet wird, aber es gibt einen großen Unterschied zwischen einer Verhaftung und einer Gefängnisstrafe, und Jenna ist gut in ihrem Job.«

Fay nickte bedrückt. »Sie ist am Wochenende vorbeigekommen, um mit ihm zu sprechen, was sehr freundlich von ihr war …«

»Warte ab, bis du die Rechnung kriegst«, meinte Charlie.

Ein unterdrücktes Lächeln. »Und gestern Abend haben sie sich lange am Telefon unterhalten.«

»Hat er dir erzählt, worüber sie gesprochen haben?«

»Sie ging mit ihm die Dinge durch, die sie ihn vielleicht fragen werden. Wie er antworten soll, worauf er achten muss, wie er sie mit einbezieht.«

»Gut«, sagte Charlie. Rhys Deravin war ein gerissener alter Kauz, der alle Tricks des Befragens und Ausweichens kannte, aber das hier war etwas anderes. Er war krank. Er war das Zielobjekt. Und angesichts der Tatsache, dass ihm schnell die Sicherung durchbrannte, gab es keine Garantie, dass er nicht mit dem Falschen herausplatzte.

Fay hatte wohl an dasselbe gedacht. »Aber was, wenn er verwirrt ist oder sich unwissentlich selbst belastet?«

»Jenna wird sich schon darum kümmern.«

Fay befeuchtete sich den Finger und tupfte einen Krümel auf.

»Ihre Kenntnis von dem Fall«, sagte Charlie, »hat sie mit Dad über irgendwelche Einzelheiten gesprochen?«

Fay sah ihn an und wischte sich eine schweißnasse Strähne hinter das Ohr, während sie ihre Worte abwägte. »Nicht sehr viel. Sie meinte, sie wolle erst mal sehen, wie es heute läuft, bevor sie ausarbeiten könne, wie ihre Verteidigungsstrategie aussieht. Vielleicht haben sie ihn ja nicht mal ins Visier genommen – vielleicht wollen sie nur weitere Informationen.«

Charlie sah, wie Wellen von Emotionen seine Stiefmutter durchfuhren, doch bevor er etwas sagen konnte, fügte sie hinzu: »Aber eines hat sie erwähnt; an seinem Alibi stimmt etwas nicht.«

Liam, dachte Charlie.

»Und er habe sich im Coles Supermarket in Hastings eine Teppichreinigungsmaschine ausgeliehen.«

»Jeder reinigt mal seinen Teppichboden«, sagte Charlie. »Das beweist noch gar nichts.«

Halte dich ruhig an diesem Gedanken fest, Charlie. Er stocherte in seinen eigenen Krümeln herum.

Dann summte sein Handy. Er nahm es in die Hand und sagte: »Hoffen wir, dass wir ihn nach Hause bringen können.«

Eine SMS von Jenna. *Kommen Sie sofort.*

46

Sie folgten dem Krankenwagen, und Charlie wurde klar, dass er genug von Krankenhäusern hatte.

Diesmal das Cabrini Hospital. Eine halbe Stunde verging damit, Fay an der Tür abzusetzen, einen Parkplatz zu finden, zurück zum Krankenhaus zu gehen und sie zu suchen. Sie saß im Warteraum und zerknüllte ein Taschentuch. »Sie untersuchen ihn gerade.«

Charlie zog einen Stuhl näher. »Herzinfarkt?«

Fay nickte. »Wahrscheinlich nichts Großes, aber trotzdem ...«

In diesem Wissen saßen sie nebeneinander. Sie sprachen kaum ein Wort. Dann legte Fay ihre Fingerspitzen auf sein zappeliges Bein. »Hat doch keinen Zweck, hier herumzusitzen, Charlie. Wenn du noch etwas zu tun hast ...«

Das hatte er: Er wollte Informationen und Antworten haben.

Zwei Stunden später erhielt er von Fay eine Textnachricht und kehrte zurück, stand in der Tür zu einem Zimmer, in dem Rhys an Maschinen angeschlossen lag und ängstlich schaute. Selbst Fay konnte die Angst nicht zerstreuen, und wie sie da neben dem Bett saß und seine Hand hielt, schien sie das auch zu wissen. Als Charlie ins Zimmer trat, sagte sie mit einem Anflug von unsicherer guter Laune: »Jetzt schau dir nur mal an, was er diesmal wieder angestellt hat.«

Charlie bemühte sich um denselben Ton. »Hat sich mal wieder um die Verantwortung gedrückt«, sagte er und hörte die Wörter bleiern zu Boden fallen.

Rhys rührte sich. »Mein Junge.«

Fay klopfte mit der Hand aufs Bett. »Setz dich.«

Sie sind beide froh über die Abwechslung, dachte Charlie.
»Wie gehts dir, Dad?«
»Eine kleine Herzattacke, mehr nicht.«
Klein, dachte Charlie. Er wollte ihn schon schelten, doch Rhys' Gesicht war schlaff geworden; Augen halb geschlossen, schwerfällig hob und senkte sich die Brust.
»Schon okay, er wacht gleich wieder auf«, sagte Fay, die Charlies Gesichtsausdruck bemerkte.
»Hab mich einen Augenblick erschrocken.«
Fays Handy summte. Charlie sah zu, wie sie eine Textnachricht las, wegdrückte und einen Augenblick später die Hand ausstreckte und seinen Unterarm drückte. »Was hast du denn so unternommen?«
Charlie schüttelte den Kopf: Wie sollte er das allmähliche Dahinschwinden seiner Pläne erklären? Er war zur Mordkommission gefahren, wo ihm Bekker und McGuire eine Abfuhr erteilten, dann hatte er sich mit Jenna Baird in ihrem Büro in Richmond getroffen.
»Ich habe ein paar Worte mit der Anwältin gewechselt«, sagte er.
»Was hat sie gesagt?«
»Sie hat sich entschuldigt; sie hat nicht gewusst, wie angespannt Dad gewesen ist. Sie sind ihn offensichtlich hart angegangen und haben ihm sogar Fotos von Mums Leiche gezeigt. Und als sie ihn verhaften wollten, hat er sich an die Brust gelangt und ist zu Boden gestürzt. Sie hat sie aufgefordert, einen Krankenwagen zu rufen.«
Fay sah ihren Mann erneut an. »Armer alter Junge.«
Ein merkwürdiges Kosewort. Sah sie Rhys in diesem Zimmer voller Elektronik, Desinfektionsmittel und einer kaum kontrollierbaren Hoffnungslosigkeit als alt? Er war keine drei Jahre älter als sie. Und sah sie ihn als Jungen? Er war wohl noch etwas jungenhaft gewesen, als sie sich kennenlernten, aber das hatte sich als Folge von Mums Verschwinden in Luft aufgelöst. »Armer alter Junge« – merkwürdig, aber voller Liebe und Schmerz.

»Eine Wache haben sie nicht aufgestellt«, sagte Fay mit verbittertem Humor. »Sie rechnen wohl nicht damit, dass er abhaut.«

Charlie nickte. »Schätze, Jenna hat sie ziemlich ins Bockshorn gejagt. Sie hat mir gesagt, dass für nächsten Monat eine Anhörung beim Haftrichter einberaumt worden ist. Das könne sie verschieben lassen, meinte sie. Ist Dad denn überhaupt in der Lage, zu seiner eigenen Verteidigung beizutragen? Und ... hör mal, sie hat mir nicht viel erzählt, aber als kürzlich die Beweisstücke neu untersucht wurden, hat man weitere DNA-Spuren gefunden, meinte sie. Männlich. Nicht im Computer.«

Fay sah Rhys ängstlich an. »Ja, das hat er mir gesagt. Er sagte auch, sie hätten ihn gefragt, wer denn sein Komplize gewesen sei.«

»Das mussten sie ja fragen. Aber Jenna ist sich sicher, dass man es auch anders auslegen kann. Begründete Zweifel.«

Charlie erinnerte sich deutlich daran, was Baird gesagt hatte. Sie hatte ihm gegenüber argumentiert, wie sie es vor einem Friedensrichter gemacht hätte: »Angesichts der Tatsache, dass am Tatort die DNA einer anderen, nicht identifizierten männlichen Person gefunden wurde, habe ich den Eindruck, dass die Krone sich die Ansicht zu eigen machen sollte, noch einmal darüber zu befinden, ob ihr Fall gegen Ihren Vater überhaupt strafrechtlich haltbar ist.«

»Hoffen wir, dass sie recht hat«, meinte Fay.

Jenna Baird hatte noch etwas anderes gesagt: Falls sich die Sache mit dem Virus noch verschlimmerte, dürfte es Einschränkungen für öffentliche Versammlungen geben. In diesem Fall würden sich Prozesse und Anhörungen wahrscheinlich verzögern.

Eine Krankenschwester schwirrte umher, warf ihnen ein fahriges Lächeln zu, kontrollierte die Geräte und das Krankenblatt am Fußende des Betts und begutachtete Rhys' Liegeposition. Charlie wartete, bis sie wieder verschwunden war, und sagte: »Hat Dad noch etwas über die Befragung gesagt?«

»Nein. Er döst immer wieder weg. Und streng genommen darf er mit niemandem darüber reden, jeder könnte ja noch als Zeuge aufgerufen werden.«

Dann saßen die beiden da und beobachteten Rhys und seine flache Atmung.

»Fay«, sagte Charlie, »ich habe dich nie danach gefragt, aber bist du damals verhört worden?«

»Natürlich.« Sie berührte ihn am Handrücken. »Aber ich konnte ihnen gar nichts sagen. Ich war auf einer Konferenz in Sydney.«

»Und seitdem? Die Abteilung für ungelöste Fälle hat sich die Sache ein paarmal angeschaut.«

»Dasselbe. Ich konnte dem, was ich ursprünglich gesagt hatte, nichts hinzufügen.«

Charlie ließ peinlich berührt die Schultern kreisen. »Tut mir leid.«

»Ich gehe allerdings davon aus«, fuhr Fay fort, »dass die mich hinter den Kulissen schwer unter die Lupe genommen haben. Ungewöhnliche Banküberweisungen. Meine nächste Umgebung.«

»Das ist die übliche Vorgehensweise«, sagte Charlie. So habe ich das auch gemacht.

Dann versiegte ihre kurze Unterhaltung wieder, bis Fay auf die Uhr sah und sagte: »Ich mache mal einen kurzen Spaziergang. Ich sitze schon den ganzen Tag herum. Macht es dir was aus?«

»Natürlich nicht.«

»Ruf mich an, wenn sich etwas ändert.«

Sie schnappte sich ihre Tasche und ging; eine Minute später fragte Rhys: »Ist sie fort?«

Gerissener Kerl. »Du liegst also nicht in den letzten Zügen?«

»Kommt mir aber so vor«, antwortete Rhys. Er versuchte sich aufzurichten, ließ sich aber völlig erschöpft zurücksinken. »Ich muss dir was sagen.«

Beichte auf dem Totenbett? Charlie schluckte. »Okay.«

Rhys rang um Luft und sagte: »Sie haben es mir lang und breit erklärt. Ich hatte ein starkes Motiv, Rose umzubringen – ich wollte das Haus nicht verkaufen oder ihr irgendetwas zahlen. Ich habe mich sofort danach mit Fay zusammengetan und habe nicht den gebotenen Kummer gezeigt. Ich konnte mich nicht mal dazu aufraffen, der gerichtlichen Untersuchung beizuwohnen. Meine Kumpel haben für mich gelogen. Und mein Alibi war schwach.«

Dann verstummte er. Charlie wartete und sagte dann: »Alles nur Indizien.«

Das löste bei Rhys einen weiteren Ausbruch aus. »Aber stringent, wenn man einen guten Ankläger hat. Außerdem haben sie meine Handyanrufe von jenem Tag, darunter zwei interessante Nummern, aus ihrer Sicht. Ein Anruf bei deiner Mutter – ich habe sie angerufen, um herauszufinden, wo sie ist, um dann dorthin zu fahren und sie umzubringen, so ihr Argument.«

»Hast du sie angerufen?«

»Ja. Das ist kein großes Geheimnis. Wie ich dir die Tage schon mal gesagt habe, wollte ich ein paar Tischdecken vorbeibringen, ihr aber nicht über den Weg laufen, das wäre uns nur peinlich gewesen. Fünf Sekunden – dann sprang ihr Anrufbeantworter an.«

»Und der zweite Anruf?«

Rhys rutschte unbehaglich umher. »In der Schule, um herauszufinden, ob deine Mum bei der Arbeit war.«

Charlie wusste, dass so etwas auf verschiedene Weise ausgelegt werden konnte. »Glaubst du, jemand in der Schule hat sich daran erinnert?«

Rhys sah ihn niedergeschlagen an. »Die Sekretärin hat mich ins Lehrerzimmer durchgestellt, und dann hatte ich Karen Wagoner in der Leitung, erinnerst du dich an sie? Die letzte Person, mit der ich reden wollte. Jedenfalls sagte sie, Rose sei gerade nach Hause gefahren, um etwas zu holen, würde aber nach dem Mittag wieder zurück sein, also brachte ich noch ein paar Stunden herum, bevor ich die Tischdecken bei ihr deponierte.«

»Mist. Und du hast niemanden beim Haus gesehen? Mums Auto?«

»Nein.«

»Dad, wenn Liam dich in der Gegend gesehen hat, dann andere vielleicht auch.«

»Ich weiß, Bekker und McGuire wissen, dass ich dort war, aber nicht von Liam.«

»Karen Wagoner.«

»Gut möglich. Ich muss wohl erwähnt haben, dass ich die Tischdecken vorbeibringe, und sie sind die alten Fotos durchgegangen und haben den Karton auf der Veranda gesehen.«

»Das könnte man dir anhängen.«

»Ich weiß. Interessanterweise bin ich auch gefragt worden, ob *ich* irgendwelche Fahrzeuge gesehen habe. Vor allem ein Motorrad – es war eins gemeldet worden, das über die Kreuzung vor der Grundschule gerast ist – oder einen weißen Lieferwagen – es war einer in der Nähe von der Stelle gesehen worden, wo man Rose' Auto gefunden hat.«

Bekker hält sich alle Wege offen? »Na, wenigstens schauen sie sich andere Möglichkeiten an«, sagte Charlie.

Rhys schnaubte. »Sie schauen sich nach meinem sogenannten Komplizen um, aber deine Ms Baird versteht ihr Handwerk. Sie hat Bekker dazu gebracht zuzugeben, dass den ersten Ermittlern so etwas zugetragen worden war, aber niemand das jemals verfolgt hat.«

»Dad, Shane Lambert hatte ein Motorrad.«

Rhys schaute verwirrt wie ein alter Mann. »Tatsächlich?«

»Das weißt du doch. Er wird damit zu deinem Haus gekommen sein, als er die Sicherheitsüberprüfung durchgeführt hat.«

Durch die Tiefen von Raum und Zeit sagte Rhys: »Wenn ich so darüber nachdenke, könntest du recht haben.«

Dann schob er sich auf dem Kissen hoch und wirkte wieder hellwach. »Na, jedenfalls meinte Bekker, Lambert habe an jenem Tag eingesessen.«

»Ja.« Die beiden grübelten darüber nach. Charlie schaute auf die Uhr: Fay mochte jederzeit zurückkommen, Rhys wieder einnicken oder verstummen. Plötzlich schien die Zeit zu drängen. »Jenna hat mir gesagt, sie hätten eine zweite DNA-Spur gefunden, männlich, nicht in der Datenbank.«

Rhys nickte. Er wirkte noch hagerer als sonst. »Sie argumentierte, das würde deren Fall schwächen; die anderen beharrten auf der Geschichte mit dem Komplizen.«

»Ich hab vergessen zu fragen, was für eine Art von DNA«, sagte Charlie. Er schwieg kurz und fügte dann linkisch hinzu: »Samen?«

Rhys schüttelte den Kopf, ein schwaches Plumpsen links und rechts auf dem Kissen. »Die haben das Blut an ihren Schlüsseln noch einmal untersucht. Da haben sie die männliche Spur gefunden.«

Die Schlüssel ... ein großes Bund mit allen möglichen Schlüsseln. Charlie dachte völlig zusammenhanglos: Dad muss den Wagen mit dem Ersatzschlüssel verkauft haben. »Wie gut kanntest du Lambert?«

»So gut wie gar nicht.«

»Und seine Freunde?«

»Charlie, ich kannte ihn kaum. Sagen wir, er war von Nutzen. Meine Güte, bin ich müde.«

Er weicht mir aus, dachte Charlie. »Was ist mit der Teppichreinigungsmaschine, die du geliehen hast?«

»Du lieber Himmel, ich habe deiner Mutter am Tag ihres Auszugs ein Glas Wein über das Kleid gekippt und mich dann vergeblich bemüht, den Fleck wieder aus dem Teppich zu kriegen, okay?«

Er protestierte zu sehr. Charlie wollte sich diesen Wutausbruch lieber nicht vorstellen. »Hast du sie jemals geschlagen?«

Rhys Deravin war schockiert. »Niemals. Mir gefällt die Richtung nicht, die das Gespräch einschlägt. Jemanden mit Wein zu bekleckern ist ja nicht dasselbe, wie jemanden zu schlagen.«

Nicht allzu weit davon entfernt, fand Charlie. Er betrachtete bedrückt seinen Vater. Selbst unter diesen extremen Umständen war er noch immer in der Lage, sich aus dem Schlamassel zu winden.

»Darf ich fragen, warum du nicht in dem Haus geblieben bist?«

Er dachte, Rhys würde antworten: »Weil ich mit Fay leben wollte.« Stattdessen schien sein Vater all seine Reserven aufgebraucht zu haben. Er schrumpfte sichtlich im Bett zusammen und sagte: »Schau doch, was sie mit deiner Mutter gemacht haben. Dort konnte ich nicht bleiben.«

»Was? Was meinst du damit?«

Rhys' Brust hob und senkte sich, bewegte kaum die Bettdecke, er hatte die Augen geschlossen und der Mund war schlaff, ein schlafender alter Mann. Charlie schaute auf die Uhr: Fay war eine halbe Stunde fort. Er schrieb ihr eine Textnachricht und nahm den Fahrstuhl ins Erdgeschoss. Draußen auf der Straße zuckte er zusammen: Die Nachmittagssonne stach ihm in die Augen, spiegelte sich auf Windschutzscheiben und sogar im Chrom eines alten MG, der die Straße entlanggurgelte. Seine Sonnenbrille lag im Skoda, und er war schon auf halber Strecke, als er stehen blieb, in den schützenden Schatten einer Reklametafel trat und Fay sah, die von einem gelben VW aus die Wattletree Road überquerte und ins Krankenhaus eilte.

47

Als die Podcast-Zwillinge Charlie auf sich zustürmen sahen, stiegen sie aus und lehnten sich an den Wagen; sie verschränkten die Arme nicht, doch ihre Körperhaltungen deuteten Abwehr an. Am liebsten hätte er ihnen die Selbstgefälligkeit aus dem Gesicht geschlagen.

»Was machen Sie hier? Lassen Sie uns in Ruhe. Sie sind nicht erwünscht.«

Nadal, der sein Grinsen verstärkte, trat streitsuchend vom Wagen vor. »Machen Sie mal halblang.«

»Erst tauchen Sie bei der Trauerfeier für meine Mutter auf«, sagte Charlie, »und jetzt das? Fay hat schon genug um die Ohren.«

Deamer baute sich vor ihm auf. »Sie hat sich an uns gewandt, wenn Sie das unbedingt wissen müssen.«

Charlie wurde still. Er ließ sich Zeit, um sich zu sammeln, und fragte: »Was meinen Sie damit?«

Deamer hob abwehrend beide Hände und sagte: »Das sollten wir nicht hier draußen besprechen. Dazu ist es zu heiß. Springen Sie rein.«

»Und wohin wollen Sie? Sie sind verrückt.«

»In ein Pub«, antwortete sie. »Um die Ecke gibts eins.«

Charlie rechnete mit einem Hipsterladen, mit angeberischen Cocktails und einem Themendekor, stattdessen fuhren sie ihn zu einem alten Eckpub mit einer riesigen, schlecht beleuchteten Lounge und Inseln aus Clubsesseln auf einem blumengemusterten Teppichboden. Die beiden jungen Leute bestellten Zitronen-Limetten-Soda, Charlie ein Bier – was Nadal irgendwie passend fand.

Sie waren wortlos hergefahren und hatten mit kargen Worten bestellt. Nun war es Zeit zu reden.

»Was meinen Sie damit, Fay hätte Sie kontaktiert?«

»Sie möchte die Wahrheit wissen«, sagte Deamer. »Genau wie Will und ich.«

Charlie wischte das beiseite. »Die Wahrheit worüber?«

Ashleigh Deamer schob ihren Stuhl herum, bis sie neben ihrem Freund saß, und nahm seine Hand. »Sie wissen nicht, wer ich bin, richtig?«

»Klären Sie mich auf.«

»Sie haben doch vor einer Weile Karen Wagoner aufgesucht?«

»Und?«

»Sie ist meine Großmutter.«

Langsam kamen die Dinge an ihren Platz. »Ach. Und?«

»Meine Mum und sie kommen überhaupt nicht gut miteinander aus.«

Charlie starrte Deamer an, ohne sie zu sehen. Stattdessen sah er Verbindungen aus familiären Zu- und Abneigungen. »Und Sie kommen ebenfalls mit Ihrer Mutter nicht gut aus, dafür aber mit Ihrer Großmutter.«

Deamer zuckte mit den Schultern. »Als ich klein war, hat sie oft auf mich aufgepasst. Und Mums Bi-Neigung ...« Sie verzog das Gesicht zu einer Miene, die Verachtung und verbitterte Amüsiertheit angesichts der üblichen Nachwehen familiärer Zerwürfnisse ausdrückte.

Bi-Neigung. Großmutter und Enkeltochter vereinte die Missbilligung, dachte Charlie. Er erinnerte sich an seine Unterhaltung mit Wagoner und hätte sich am liebsten selbst in den Hintern gebissen. Voller Stolz hatte sie eine Enkeltochter erwähnt, Ash. Beim Fernsehen.

»Okay, Ihre Großmutter hat Ihnen also irgendetwas erzählt, wollen Sie mir das damit sagen?«

Deamer riss Nadals Hand energisch auf und ab, so als habe sie vergessen, dass sie sie immer noch festhielt. »Vor allem über ihre Freunde in Menlo Beach.«

Charlie beobachtete eine Frau in einer benachbarten Gruppe von Clubsesseln, die sich unsicher erhob, den dicken Teppichboden überquerte, eine Hand auf die Jukebox stützte, mit dem Hintern wackelte und über ihre Musikauswahl grübelte. Dann tropfte John Denver in den Raum. Ich lebe in einer Zeitschleife, dachte Charlie – in mehr als nur einer Hinsicht.

»Was ist mit ihnen?«

»Korrupte Bullen«, warf Nadal auf seine schläfrige Art ein.

Deamer bedeutete ihm zu schweigen und warf Charlie einen entschuldigenden Blick zu. »Wir sind uns nicht sicher, aber wir versuchen das herauszufinden.«

»Was meinen Sie mit korrupt?«

»Es geht um einen bewaffneten Raubüberfall auf die Zweigstelle der Krankenversicherung Medicare in Rosebud. Eine halbe Stunde vor Öffnung wurde das Sicherheitssystem geknackt, und zwei Männer drangen durch die Hintertür ein.«

»Und wie kommt da Polizeikorruption ins Spiel?«

»Die Polizei hat den Überfall durchgeführt, dieselbe Polizei hat in dem Fall ermittelt.«

Charlies erster Schluck Bier war äußerst angenehm gewesen, Balsam für die Seele. Er hätte vor Genuss geseufzt, wenn er nicht mit den Podcast-Zwillingen zusammen gewesen wäre. Jetzt schmeckte es schal und abgestanden, und er schob das Glas beiseite. »Ist das wahr?«

Mit einem hübschen Schürzen der Lippen fügte Deamer hinzu: »Ihr Dad hat ermittelt.«

»Tatsächlich.«

»Und wir glauben, bei dem anderen Mann handelt es sich um Mark Valente«, sagte Nadal.

»Wirklich.«

»Ja, wirklich.«

Deamer ging dazwischen. »Gehen wir einen Schritt zurück. Meine Oma meint, das sei eine wilde Zeit gewesen. Trinken, Spielen, Herumhuren.«

Sie beobachtete Charlie eingehend. Er blieb regungslos und

dachte nur: Sie vermutet, dass ihre Großmutter bei alldem mitgemacht hat.

»Und?«

»Eine besondere Kultur«, fuhr Deamer fort. »Alte Schule. Typisch männlich.«

Nadal beugte sich vor. »Wir haben zwei Frauen gefunden, die Junior Constables waren, als Valente in Rosebud stationiert war. Sexuelle Belästigung und Missbrauch, sagten sie, seien gang und gäbe gewesen.«

»Nun, das hätte mit meinem Vater schon mal nichts zu tun«, knurrte Charlie. »Als Valente in Rosebud war, war er in der Stadt stationiert.«

»Wir sagen ja nicht, dass Ihr Vater mit alldem etwas zu tun hatte«, sagte Deamer. »Wir versuchen nur ein allgemeines Bild zu zeichnen. Machokultur: Regeln zählen nicht.«

Wenn Karen Wagoner mitgespielt hat, dachte Charlie, dann hat sie vielleicht versucht, bei meinem alten Herrn zu landen oder bei Valente, und ist abgewiesen worden. Das hat ewig vor sich hin geköchelt, und jetzt ist sie auf Rache aus. »Vor zwanzig Jahren war die gesamte verfluchte Kultur Macho. Das läuft ja nicht gleich auf bewaffneten Raubüberfall hinaus.«

»Ich bin noch nicht fertig. Es ging um mehr als nur Trinken, Spielen und was nicht alles. Wir glauben, dass sie offen korrupte Dinge getan haben. Wie das Fälschen von Beweisen.«

»Glauben Sie das, oder wissen Sie es?«

»Sie waren mit einem Mann namens Shane Lambert befreundet. Der Untermieter Ihrer Mutter, richtig? Er wusste, wie man einbricht und Alarmanlagen umgeht.«

Charlie kribbelte es. »Hat Ihre Großmutter Ihnen das erzählt?«

»Er ist ein paarmal verhaftet worden und immer davongekommen.«

»Ich wiederhole, hat Ihre Großmutter Ihnen das erzählt?«

»Sie meinte, manchmal sei da ein wenig Geld herumgeschwirrt, verbunden mit ein wenig Geheimnistuerei, woher das wohl stammen mochte. Dann ging es plötzlich um viel Geld.

Genug, dass Ihr Dad die Hypothek bezahlen konnte und Mark Valente sich ein Haus in Noosa leistete. Sie hätten beim Pferderennen gewonnen, meinten sie.«

»Sie sagten doch gerade, sie seien Spieler gewesen. Vielleicht haben sie tatsächlich groß gewonnen. Haben Sie das überhaupt kontrolliert?«

»Meine Oma meinte, das sei zu der Zeit des Überfalls gewesen.«

»Eine Zweigstelle, in der genug Geld liegt, um ein Haus zu kaufen oder eine Hypothek zu bezahlen? Kommen Sie.«

»Vielleicht genug für eine Anzahlung«, entgegnete Deamer. »Tatsache ist, sie waren mit einem Kerl befreundet, der wusste, wie man Alarmanlagen umgeht, und eines Tages schwimmen alle im Geld.«

Nadal bleckte verächtlich die Zähne. »Es geschah in Valentes Revier. Und Ihr Vater bekam die Ermittlungen zugeordnet.«

Ermittlungen, dachte Charlie, oder »Ermittlungen«? Als Mum verschwand, ermittelte er im Fall eines Überfalls auf einen Geldtransporter. Eine nützliche Tarnung?

Er schluckte und sagte: »Mich überzeugt das alles nicht, und es wird auch niemanden überzeugen, der sich Ihren schäbigen kleinen Podcast anhört.«

»Seien Sie doch nicht so ein Arschloch«, meinte Nadal. Er sah von oben auf ihn herab. »Ash hat einen Master in Medienkunde.«

Deamer berührte ihn am Unterarm und wendete sich dann wieder an Charlie. »Manchmal können Zusammenhänge ziemlich überzeugend sein. Meine Großmutter hatte das Gefühl, dass etwas nicht stimmt. Und plötzlich gab es bei dem vielen Geld, das da herumschwirrte, Spannungen, vielleicht ein Zerwürfnis. Dann verschwand Ihre Mutter, und meine Großmutter bekam es mit der Angst und wechselte den Wohnort. Seitdem denkt sie immer und immer wieder darüber nach und zählt zwei und zwei zusammen.«

»Kommt aber auf fünf. Zusammenhänge sind nicht genug, alles, was Sie haben, sind vage Vermutungen. Gehört es nicht zu den Grundregeln des guten Journalismus, die eigenen Quellen gegenzuchecken? Haben Sie sich mal gefragt, warum Ihre Großmutter möchte, dass Sie nachforschen? Für das Allgemeinwohl? Oder weil sie noch ein Hühnchen zu rupfen hat?«

Deamer wurde rot. »Zusammenhänge sind wichtig. Ein Teil davon sind gewisse Fertigkeiten – Ihr Vater gehörte einer Spezialeinheit an, er wurde von Mark Valente ausgebildet, und sie waren mit Shane Lambert befreundet.«

Nadal schaltete sich ein. »Wir sind nicht der Feind, Charlie.«

»Sie sind irgendjemandes Feind. Meines Vaters zum Beispiel.«

»Vielleicht wurde er beeinflusst oder reingelegt«, sagte Deamer. »Es könnte von Vorteil sein, mit ihm zu reden.«

»Hat Fay Ihnen das versprochen?«, fragte Charlie und kam sich treulos vor.

Kopfschütteln. »Eigentlich wollte sie uns nur ausfragen. Sie meinte, wir sollten Ihren Vater in Ruhe lassen und uns auf andere Personen in dem Umfeld konzentrieren.«

»Gut gemacht. Mein Vater ist krank, und er wird sowieso nicht mit Ihnen reden.«

»Wir hätten nur ganz gern seine Seite der Geschichte gehört.«

Olle Kamellen, dachte Charlie. »Und wie lautete Mark Valentes Seite der Geschichte, als Sie dort auftauchten und meinten: ›He, Mr Valente, haben Sie vor zwanzig Jahren die Medicare-Zweigstelle überfallen?‹«

Charlie sah ihnen in die Gesichter und erkannte, dass sie genau dies getan hatten. Und dass Valente ihnen gesagt hatte, sie sollten sich verpissen. Doch dann fiel ihm Valentes Nervosität vom Vortag wieder ein. Vielleicht hatten sie ihn erneut in ein Gespräch verwickelt. Und vielleicht hatten sie diesmal den Nerv getroffen.

»Ashleigh«, fragte Charlie, »was genau hat Ihre Großmutter gesagt? Wie sollten Sie irgendetwas herausfinden?«

»Sie meinte, Shane Lambert sei der Schwachpunkt. Wenn wir ihn finden, würden wir das Ganze ins Laufen bringen.«

Charlie wollte ihnen schon fast sagen, wo sie Lambert finden konnten, überlegte es sich aber anders. »Sie sind überall vor die Wand gelaufen, richtig? Seine Cousine? Der Typ, mit dem er gearbeitet hat?«

Deamer war irritiert. »Woher wissen Sie das?« Dann klärten sich ihre Gesichtszüge. »Na, egal. Jedenfalls sollte er unser Zugang zu der ganzen Geschichte werden.«

Sie hatten tatsächlich gehofft, dass Shane Lambert, Schlüsseldienst und Sicherheitsexperte, Rhys Deravin und Mark Valente verraten würde? Charlie fragte sich, warum er überhaupt mit den beiden redete. Weil er den Verdacht hatte, dass an ihrer Theorie etwas dran war? Weil sein Vater sich in Ausflüchten erging?

Mit mehr Nachdruck als beabsichtigt sagte er: »Vergessen Sie für einen Augenblick mal den Überfall: Hat irgendetwas von dem, was Sie gehört oder entdeckt haben, mit der Ermordung meiner Mutter zu tun? Oder mit der Ermordung von Billy Saul?«

Deamer schüttelte den Kopf, und als sie mit beiden Händen ihr Glas nahm und trank, wirkte sie wie eine Zehnjährige. Sie stellte das Glas wieder auf den Untersetzer und griff erneut nach Nadals Hand. »Unser Hauptaugenmerk liegt auf der Beteiligung der Polizei bei dem Überfall. Wir glauben, dass Lambert die Alarmanlage umgangen hat, damit die anderen eindringen konnten. Wir wissen nicht, was er mit Ihrer Mutter oder dem kleinen Jungen zu tun hat.«

Nadal beugte sich vor. »Sie ist nicht unser Zugang zu der Geschichte«, betonte er.

»Mein Vater ebenfalls nicht«, entgegnete Charlie. »Lassen Sie ihn in Ruhe.«

»Das ist vielleicht nicht möglich«, sagte Deamer.

»Sie sind hinter einem kranken Mann her?«, fragte Charlie und sah, wie sie zusammenzuckte. Schuld? Beschämung? Sie ist diejenige mit Prinzipien, dachte er und warf Nadal, der immer noch zutiefst blasiert wirkte, einen Blick zu.

»Er wird nicht mit Ihnen reden«, fuhr er fort, »und Mark

Valente auch nicht. Wenn es eins gibt, was man bei der Polizei lernt, dann, sich nicht in die Karten schauen zu lassen. Sie brauchen schon handfeste Beweise.«

»Wie diesen?«, fragte Deamer, ließ Nadals Hand los und fummelte an ihrem Handy herum.

Sie legte es hin und schob es über den Tisch. Charlie warf einen Blick auf ein Foto: ein zweistöckiges Haus an einer Wasserstraße. Palmen, ein Steg, ein Motorboot. »Mark Valentes bescheidene Hütte in Noosaville.«

»Heutiger Wert circa 2,4 Millionen«, fügte Nadal hinzu.

Charlie schob das Handy zurück. »Vor zwanzig Jahren war es vielleicht mal erheblich weniger wert. Oder er hat noch immer zwei Millionen Schulden.«

»Es gehört ihm ganz und gar.«

»Das beweist gar nichts. Ein Gewinn auf der Rennbahn, ein Kauf, als der Immobilienmarkt gerade im Keller war ...«

Doch Charlie war plötzlich beunruhigt. Rhys und Fay hatten nie sonderlich reich gewirkt – aber arm auch nicht. Das Haus in Warrandyte dürfte nicht billig gewesen sein. Zwei Einkommen – oder eine Reihe von bewaffneten Überfällen? Er erinnerte sich an die Szene außerhalb der Balinoe Hall, der offensichtliche Kontakt zwischen Fay und den Zwillingen. Hatte sie sich Gedanken gemacht, woher all das Geld stammte?

»Zeigen Sie mir noch mal das Foto.«

Deamer reichte ihm wortlos das Handy, wohl im Glauben, ihn überzeugt zu haben, doch Charlie wischte nur das Bild beiseite und schaute sich die Textnachrichten an. »Sie haben Fay heute Nachmittag geschrieben.«

»Geben Sie mir das Handy zurück!«

Charlie schüttelte den Kopf und ging den Verlauf durch. »Woher hatte sie Ihre Nummer?«

Deamers Hand schwebte wartend in der Luft. »Wir sind letzten November in Kontakt getreten; ob sie irgendwelche Gerüchte aufgeschnappt hatte und so weiter, aber sie meinte nur, wir sollten verschwinden.«

»Gut gemacht«, meinte Charlie und reichte ihr das Handy zurück.

»Nun ja, sie muss wohl unsere Visitenkarte aufgehoben haben«, meinte Nadal auf seine träge Art. »Sie hat uns am Sonntag angerufen.«

»Wir hatten allerdings ein Familientreffen«, fuhr Deamer fort, »deshalb haben wir gestern versucht, mit ihr zu sprechen.«

»Bei der Gedenkfeier für meine Mutter«, sagte Charlie. »Wie taktvoll.«

Deamer wurde wieder rot. Aber sie blieb trotzig. »Wie schon gesagt, Charlie, sie hat uns angerufen.«

Wenn ich doch jung und dumm wäre, dachte Charlie und fühlte sich alt, zumindest ein wenig alt und ein wenig weise. »Also gut, was hat sie gewollt?«

»Uns aushorchen, wie schon gesagt. Sie wirkte ein wenig verloren, so als habe sie etwas aufgeschnappt. Sie fragte, was wir denn letztes Jahr gemeint hätten, als wir sie fragten, ob sie irgendwelche Gerüchte gehört hätte.«

Vielleicht hatte Rhys – der plötzlich so gebrechlich geworden war und sich seiner eigenen Sterblichkeit bewusst wurde – sein Gewissen erleichtern wollen?

»Wir haben ihr gesagt, was wir Ihnen gerade gesagt haben«, sagte Nadal. »Sie wollte nichts davon hören und meinte, wir sollten uns auf andere Personen konzentrieren.«

Charlie schauderte es in dem klimatisierten Raum. Das Pub wirkte weniger wie eine trübe, heimelige Höhle, sondern eher wie eine eisige Zelle mit immer näher kommenden Wänden. Die Gedanken rasten ihm durch den Kopf: die Möglichkeit, dass Valente und sein Vater einen bewaffneten Raubüberfall verübt hatten – oder mehrere. Die Möglichkeit, dass seine Mutter das herausbekommen hatte – und deshalb beseitigt werden musste. Aber hätte Rhys einem Kind etwas angetan? Oder Valente? Und warum war Billy Saul überhaupt dort?

»Tatsache bleibt«, sagte er und starrte Nadal an, »niemand wird plaudern. Sie brauchen Beweise.«

Dann ertappte er sich selbst: Half er diesen Trotteln jetzt etwa?

Deamer sah ihn nachdenklich an. »Charlie, wir verfolgen unterschiedliche Ziele. Sie wollen wissen, wer Ihre Mutter umgebracht hat, wir wollen wissen, ob man Ihrem Vater und anderen Personen zum Zeitpunkt ihres Verschwindens kriminelles Verhalten vorwerfen kann. Vielleicht haben beide Dinge miteinander zu tun, ich weiß es nicht. Aber mir scheint, dass Shane Lambert über Informationen verfügen könnte, die uns beiden helfen könnten. Warum zum Beispiel ist er verschwunden? Ist er tot? Hat ihn jemand zum Schweigen gebracht, und wenn ja, wer?«

Charlie hatte nicht die Absicht, ihr Klarheit zu verschaffen. Aber er hatte ein paar harte Fragen an Lambert, und eine Sache, die Deamer gesagt hatte, hallte in ihm nach: das Gerücht von einer Polizeikultur, die sie in die Lage versetzte, wegzuschauen, Beweise zu vertuschen und Personen zu verhaften, nur um sie später wieder freizulassen. Er musste sich noch einmal die Unterlagen anschauen.

Ach ja: Er war vom Dienst suspendiert.

48

»Mein Mitgefühl ist nicht grenzenlos«, sagte Susan Mead.

»Ich weiß.«

»Eigentlich ist es schon aufgebraucht«, fügte sie hinzu, wenn auch nicht unfreundlich.

»Ich weiß, danke, Sergeant.«

Sie saßen in einer Bar in den Docklands vor ihren Gläsern mit Zitronen-Limetten-Soda. Sechzehn Uhr, langsam trudelten die ersten Gäste für einen Feierabenddrink ein. Charlies altes Team Sexualdelikte und Kindesmissbrauch hatte in der Nähe sein Hauptquartier, und es bestand durchaus die Möglichkeit, dass einer seiner Kollegen vorbeikam, doch wie ihm Sergeant Mead mitgeteilt hatte, waren sie jetzt nicht mehr so sehr darauf aus, ihn den Fischen zum Fraß vorzuwerfen. Der Skandal war großteils verblasst, Luke Kessler hatte am Vormittag auf schuldig plädiert, und Allardyce war arbeitsunfähig geschrieben worden.

»Ich nehme an, Sie fühlen sich jetzt bestätigt?«, fragte sie.

»Ich bin da großherzig«, antwortete Charlie. »Ich habe nicht die Absicht, es Ihnen unter die Nase zu reiben.«

»Wie edelmütig.«

»Ich habe mich auch nicht gerade mit Ruhm bekleckert, Sergeant.«

»Hintergrundrecherche unter Zuhilfenahme des Dienstcomputers? Den Boss über den Schreibtisch schubsen? Könnte man so sagen.«

Charlie merkte wie sie darauf wartete, dass er auf den Punkt kam. In dem trüben Licht wirkte sie ausdruckslos, am Ende des langen Arbeitstages entfloh ihr Haar den Nadeln und Klammern, doch wenn sie einem dieses ausdruckslose Gesicht zeigte – Untergebenem, Opfer, Täter –, dann holte sie fast immer die Wahrheit ans Licht.

»Ich denke daran, zu kündigen«, sagte er.

Sie nickte wenig überrascht. »Ihr Leben bietet Ihnen anscheinend eine Menge Ablenkung.«

Das ist nicht der Grund, wollte Charlie sagen, aber Sue Mead fuhr fort: »Ein günstiger Augenblick. Wir haben Kessler.«

»Ein Großteil davon haben wir Anna Picard zu verdanken. Sie hat etwas getan, das wir schon von Anfang an hätten tun sollen.«

»Und das wäre?«

»Sie hat ein weiteres Opfer gefunden.«

»Und?«

»Kesslers Teamkollegen und Familienfreunde und selbst seine alte Freundin sagten doch über seinen Charakter aus, richtig? Das haben wir akzeptiert, wie es in diesen Fällen von Aussage gegen Aussage üblich ist. Was bedeutete, dass wir uns auf Gina Lascelles konzentrieren mussten, die ja vor Gericht auseinandergenommen wurde.«

»Charlie, an den Ermittlungen war noch mehr dran als nur Ginas Geschichte. Wir haben angestrengt nach Anzeichen weiterer Vergewaltigungen in diesem Club Ausschau gehalten.«

»Ich weiß, ich war dabei. Aber alle hielten den Mund, und wir konnten nichts finden. Anna wiederum hat etwas getan, was sich bezahlt gemacht hat. Sie hat *Feinde* der Exfreundin ausfindig gemacht.«

Darunter eine, die ebenfalls mit dem Team Partys gefeiert hatte und bereit war, die eigene Vergewaltigung zu bezeugen. Ihre Geschichte unterschied sich von der Gina Lascelles, war aber nicht weniger entsetzlich: Sie war auf einer der Partys zu Bewusstsein gekommen, nackt, mit Kesslers Penis im Mund, wie er sie würgte, »Schlampe« und »Fotze« titulierte und seine Kumpel zuschauten und johlten. Charlie hätte sein bestes Surfbrett darauf verwettet, dass einer der Zuschauer Jake Allardyce gewesen war.

In der Bar war es laut geworden. Charlie fuhr geistesabwesend mit den Fingern über das angenehm kühle Kondenswasser am Glas und sah zu, wie Mead all das aufnahm, was er gesagt hatte. Vielleicht würde sie es in zukünftigen Ermittlungen bei Vergewaltigungen zur Pflicht machen, nach Feinden der Hauptfiguren zu suchen.

Dann fischte sie ein iPad aus der Tasche. »Der Gefallen, um den Sie mich bitten wollten«, sagte sie abrupt.

Charlie nannte ihr die Einzelheiten: Shane Lambert, verhaftet am 4. Februar 2000 wegen Trunkenheit in der Öffentlichkeit, verbrachte die Nacht in der Arrestzelle des Reviers. »Wenn Sie alle weiteren Umstände ausgraben könnten«, fügte er hinzu, »darunter die alten Aufzeichnungen, wenn sie noch existieren – alles, was nicht auf einem gewöhnlichen Verhaftungsprotokoll zu finden ist.«

»Wer ist er?«, fragte sie, während die Finger über den Bildschirm huschten.

»Er war eine Zeit lang der Untermieter meiner Mutter.«

Mead hielt inne und sah ihn an. »Ich bin in der Abteilung Sexualdelikte, Charlie. Wie sichere ich mich ab, falls das nachkontrolliert wird?«

Charlie hatte mit so etwas gerechnet. »Der Pädophilenring auf der Peninsula, hinter dem wir her sind?«

Sie legte den Kopf schräg und dachte nach. »Ich sage also der Abteilung Corporate Governance, ich hätte mich gefragt, ob Shane Lambert sich vielleicht den Jungen geschnappt hat, der zusammen mit Ihrer Mutter verscharrt worden ist?«

»Ja.«

»Könnte klappen«, murmelte sie und schaute wieder aufs iPad.

Er schaute zu, wie sie auf den Bildschirm linste, nach unten und wieder nach oben scrollte. »Wie Sie schon sagten, er wurde festgenommen und über Nacht in Arrest genommen. Aber wenn Sie das schon wussten, warum interessieren Sie sich dann für ihn?«

»Nur zur Vorsicht.«

Sie sah ihn eine Weile an. »Hmhm. Ich könnte mir denken, dass die Mordkommission das auch schon getan hat.«

Charlie deutete wieder auf das iPad. »Irgendwelche anderen Einzelheiten? Lassen Sie sich Zeit.«

Ein Fehler. Sie schob das Gerät von sich. »Nein, Charlie, ich lasse mir keine Zeit. Ich habe ein Leben neben der Arbeit.«

»Tut mir leid«, sagte Charlie. Sich andauernd zu entschuldigen war wohl seine Grundhaltung.

Schließlich seufzte sie und schaute wieder auf den Bildschirm. »Es gibt nicht sonderlich viel über ihn. Ein paar frühere Verhaftungen, eine kurze Haftstrafe in der Jugend, und seine DNA ist im System, das ist schon alles.«

»Und am Tag der Verhaftung ...«

Sie schüttelte den Kopf, hatte ihn über und scrollte auf und ab. »Er ist verhaftet worden wegen Trunkenheit und ungebührlichen Verhaltens – er hat sogar versucht, einen Uniformierten zu schlagen, wurde aber nicht unter Anklage gestellt.«

»Wer hat ihn verhaftet?«

Sie schaute erneut auf den Bildschirm. »Ein ortsansässiger Polizist.«

Charlie war angespannt. »Mark Valente?«

»Nein. Ein Constable Riggs.« Sie scrollte nach unten. »Hat ihn in der Bar des Rosebud Hotel aufgegabelt und ihn ... ja, gegen sechzehn Uhr aufs Revier gebracht.«

Charlie wiegte sich; das bemerkte er gar nicht. Warum war das noch niemandem vorher aufgefallen? Warum war *ihm* das nicht aufgefallen?

»Erde an Charlie: Was ist los?«

»Er ist von jedem Verdacht freigesprochen und nie wieder durchleuchtet worden, weil er in der Arrestzelle gesessen hat, ein besseres Alibi gibt es nicht. Allerdings fanden die Morde lange vor sechzehn Uhr statt.«

49

Ohne diese Neuigkeit wäre Charlie vielleicht wieder ins Krankenhaus zurückgekehrt. Stattdessen steckte er nun im Feierabendverkehr auf dem Monash Freeway. Er hatte das mit Fay abgeklärt: Rhys war bei guter Laune und in guten Händen. Er solle nach Hause fahren und am nächsten Tag wieder vorbeikommen.

Charlie gab Gas, rollte vier Meter, bremste; die Welt bestand nur noch aus Nahaufnahmen von Bremslichtern. Charlie rief Bekker an.

Diesmal erteilte sie ihm keine Abfuhr. »Sind Sie auf Lautsprecher?«

»Ich sitze im Auto«, antwortete Charlie.

»Hören Sie, Charlie, es tut uns wirklich leid mit Ihrem Vater. Wir haben heute zu viel Druck ausgeübt; wir hätten noch ein paar Tage warten sollen.«

»Das können Sie laut sagen. McGuire hat ihm Fotos von der Leiche meiner Mutter unter die Nase gehalten.«

Charlie hatte sich das vor seinem geistigen Auge vorgestellt, nicht nur die Augenhöhlen, die Erde und die verrottenden Kleidungsstücke an den Knochen, sondern auch das kalte, zufriedene Strahlen von McGuire. Und Bekker hatte das zugelassen. So langsam verstand er, wie die beiden arbeiteten.

»Es tut uns leid, wie schon gesagt. Wie geht es ihm?«

»Ist er verhaftet worden?«

»Wir haben das Prozedere noch nicht abgeschlossen. Wie geht es ihm?«

»Nun, dank Ihnen ist er im Krankenhaus.«

»Wir haben natürlich nicht die Absicht, ihn zu belästigen, solange es ihm nicht gut geht. Aber die Ermittlungen gehen weiter, und wenn er wieder auf den Beinen ist, werden wir noch mal mit ihm reden müssen.«

»Ach, Sie wollen ihn also nicht mehr verhaften?«

Sie fauchte heftig zurück. »Hören Sie, Sie haben mich angerufen, schon vergessen? Wollen Sie mir nur Saures geben, oder gibt es noch etwas?«

Charlie rollte ein paar Meter voran, bremste, rollte wieder. Gut möglich, dass es keinen Unfall gegeben hatte, das war einfach nur der Monash Freeway. »Der Grund, warum ich anrufe«, sagte Charlie, »ich glaube, man sollte sich noch mal Shane Lambert vornehmen.«

»Das hatten wir doch schon mal. Er ist damals abgeklärt worden – ungefähr das Einzige, was die ursprünglichen Ermittlungen richtig gemacht hatten –, und auch diesmal ist es nicht anders. Er hat keinerlei DNA hinterlassen, und außerdem hätte er es gar nicht machen können, er saß in der Zelle.«

»Ja, das tat er, aber haben Sie das Haftprotokoll kontrolliert?«

»Das hat Bev McGuire getan. Sie hat alles bestätigt.«

»Nun, dann hat sie einen lausigen Job gemacht«, meinte Charlie. »Lambert war bis sechzehn Uhr auf freiem Fuß. Für die Zeit davor hat er kein Alibi. Die Morde geschahen wahrscheinlich irgendwann zwischen eins und halb zwei. Das passt zum Fund von Billy Sauls Sachen am Strand am Nachmittag, ungefähr zu der Zeit, als der Wagen meiner Mutter gefunden wurde.«

Stille; Charlie stellte sich vor, wie es in Bekkers Gehirnkasten arbeitete. Schließlich sagte sie: »Ich werde Sie nicht fragen, wie Sie an diese Information gekommen sind.«

»Das wäre wohl am besten.«

»Seien Sie versichert, das schaue ich mir an, Charlie.«

Charlie schüttelte den Kopf, dann ließ er den Skoda eine Kricketfeldlänge weiterrollen und landete zwischen zwei Sattelschleppern, die die Sonne aussperrten. »Seien Sie versichert«: Eine Phrase, bei dem einem die Zuversicht verdorrt, zusammen mit »Machen Sie sich keine Sorgen« und »Ich kümmere mich gleich darum«.

»Kann ich denn auch versichert sein, dass Sie McGuire anschnauzen?«

Kalt erwiderte Bekker: »Lambert wurde wegen Trunkenheit verhaftet, vergessen Sie das nicht. Wahrscheinlich hat er schon stundenlang getrunken, bis er einen Zustand erreicht hatte, bei dem die Polizei ihn zu seinem eigenen Besten eingesperrt hat. Erklären Sie mir mal, wie er da zwei Personen ermorden und verscharren konnte, mal ganz abgesehen von der falschen Fährte, die er gelegt haben soll.«

Er hat die Trunkenheit nur gespielt, dachte Charlie, oder sich eine Stunde lang mit Schnaps zugeschüttet. Er mag ja heute wie ein alter, heruntergekommener Alkoholiker ausschauen, aber er ist ganz schön herumgekommen. Er hat darauf gesetzt, dass die Psychologie für ihn arbeitet: Wenn in der Polizeiakte steht, dass er verhaftet und eingelocht wurde, warum dann noch tiefer buddeln?

»Okay«, sagte Charlie und beendete das Gespräch. Vielleicht würde Bekker noch mal nachschauen. Vielleicht auch nicht. Vielleicht würde sie nachschauen, und die Mühlen der Justiz würden so langsam mahlen wie immer. Charlie selbst hatte eine Menge zu grübeln; der stockende Verkehr diente da durchaus als umfassende Metapher seiner eigenen Schlussfolgerungen und Widersprüche.

50

Eine Stunde verging auf dem Freeway.

Angenommen, Lambert hatte nichts mit den Morden zu tun. Er hatte sich einfach die Hucke vollgesoffen und war wegen Trunkenheit in der Öffentlichkeit eingebuchtet worden.

Blieben noch Rhys oder Valente oder beide; aber Charlie konnte sich keinen von ihnen als Killer vorstellen.

Eigentlich nicht. Noch nicht.

Ganz zögerlich – vorausgesetzt, die Podcast-Zwillinge hatten recht – konnte er sich allerdings vorstellen, wie sie einen bewaffneten Raubüberfall durchzogen. Oder mehrere.

Aber was, wenn keiner von ihnen dafür verantwortlich war, sondern ein Fremder, oder mehrere? Aber das fühlte sich hier nicht so an. Fremde würden sich nicht all die Mühe machen, die Leichen zu verscharren und falsche Fährten zu legen. Dazu hätten sie keinen Grund.

Oder Lambert hatte mit den Morden zu tun. Da er wusste, dass man ihn verdächtigen würde, hatte er die Trunkenheit und das Aufsehen inszeniert, um sich einsperren zu lassen – das Spielchen war zwanzig Jahre lang gut gegangen. Aber hatte er das alles ganz allein durchziehen können? Er hätte Hilfe von jemandem gebraucht, der wusste, wie man eine Nebelwand aufzog und falsche Fährten legte. Die mysteriöse DNA-Probe.

Doch Charlie kam immer wieder auf eine einfache Überzeugung zurück: Weder Valente noch sein Vater würden jemanden umbringen. Er konnte schon fast Valentes Stimme sagen hören: »Ich und das Brot mit den Gottlosen brechen? Mich dem Willen und den Wegen des Bösen beugen?«

Andererseits war er sicher, dass Valente verantwortlich war für den Unfall mit Fahrerflucht bei Jake Allardyce. Valente war ein Mann, der sich um seine Schäfchen kümmerte. Hatte er sie auch gegen Rose Deravin schützen müssen? Vielleicht hatte Fays Auftauchen und die daraus resultierende Trennung Rachsucht in Rose geweckt oder ihren Gerechtigkeitssinn von der Leine gelassen. Vielleicht hatte sie gedroht zu reden, und Lambert, von Valente als Untermieter eingeschmuggelt, sollte auf sie aufpassen. Doch dann tauchten Liam und ich auf und warfen ihn raus.

Aber warum sollten Lambert und Valente am helllichten Tag bei ihrem Haus auftauchen?

Charlie fiel nur ein Grund ein: um das Geld aus dem Raubüberfall auf den Geldtransporter zu holen – oder aus einem anderen Überfall oder gar einer ganzen Reihe. Jede Menge guter Verstecke in dem alten Haus. Sie wollen das Geld holen, Rose taucht unerwartet auf, und Billy Saul spaziert aus Versehen in die Szene. Die Bodenplatte auf dem unbebauten Grundstück ist ein passender Ort, um sie zu verscharren, denn Valente weiß, wem sie gehört, und er weiß auch, dass die Besitzer nicht zurückkommen.

Oder aber Lambert war allein hingegangen, alles war schiefgelaufen, und er hatte in seiner Panik Valente angerufen.

Wenn Valente beteiligt war, dann gehörte die unbekannte DNA zu ihm. Er dürfte vorsichtig mit Billy Sauls Habe umgegangen sein, und in Rose' Auto hatte er sicherlich Handschuhe getragen, war aber irgendwie bei den Schlüsseln unvorsichtig gewesen. Hatte er sein Fahrrad im Kofferraum verstaut und war zurückgefahren? Nein – zu langsam. Lambert war ihm auf seiner Ducati gefolgt und hatte ihn nach Rosebud und zur nächsten Szene der Geschichte zurückgefahren.

Oder nichts von alledem. Vielleicht hatte Lambert, oder Valente, versucht, bei Rose Deravin zu landen und war abgewiesen worden.

Oder alles war nur Blödsinn, alles falsch, weil Karen Wagoner wegen der vor so vielen Jahren verletzten Gefühle Unheil angerichtet hatte.

Charlie dachte also wie ein Polizist, während der Verkehr auf dem Eastlink langsam nachließ, sich am Peninsula Link wieder ballte und auf der Balinoe Road auf eine Handvoll Fahrzeuge schrumpfte. Doch alte Gewohnheiten der Liebe, Loyalität und Treue zur Vergangenheit lassen sich nicht so einfach abschütteln. Charlie war zu einem gewissen Teil von Mark Valente geformt worden, Quell der Einschüchterungen und Ermutigungen für einen jungen Burschen. Der besondere Nervenkitzel, angestachelt und anderen vorgezogen zu werden: Man fühlte sich geliebt, gemocht, verstanden. Wir gegen die. Ein großer Mann mit starker Präsenz. Charlie erinnerte sich an Sommerabende, an denen er im Bett hätte sein müssen, stattdessen aber unbemerkt im Schatten des Gartens saß, während der Grill abkühlte und Kronkorken durch die Gegend flogen: Mark Valente erzählte eine Reihe von irischen Witzen oder stimmte ein Lied an, wenn ein Geburtstag zu feiern war. Oder aber – und das gefiel Charlie am meisten – er erzählte seine halbstündige Entenjagdgeschichte, nur dass sich die in Valentes Version so anhörte: »Ebentebenjabagd mibit meibeinebem treubeubenem Hubund Roboveber.« Charlie musste fast grinsen, war beinahe wieder das Kind, das in der Ecke kicherte.

Eine Art Liebe. Eine Art Furcht – respektvolle Furcht vor einem Mann, der auf einen aufpasste.

Der König von Menlo Beach. Gerissen, elegant, arrogant, reich.

Er half dir, wenn es Ärger gab. Rettete dich. Rächte dich. Man fühlte sich geliebt, gemocht, verstanden. Wir gegen die.

Bis man einen Ball fallen ließ, weinte, wenn man einen Schlag auf die Hand bekam, aufgab und sich zusammenrollte. War es Valente gewesen, der gebrüllt hatte: *Himmel, was für eine Memme. Geh doch nach Hause zu deiner Mami, du Weichei. Ich geb dir gleich was, worüber du weinen kannst.* Oder war es Dad gewesen, oder einer der anderen Männer? Liam hatte das meiste davon abbekommen, aber auch Charlie war auf rohen Eiern gelaufen. Ganze Sommer lang. Jahr für Jahr.

»Schau doch, was sie mit deiner Mutter gemacht haben«, hatte Rhys gesagt.

Was bedeuten sollte: Sie hatten sie zum Schweigen gebracht. Und Rhys hatte die Warnung verstanden. Er hatte die Peninsula verlassen und war nie wieder zurückgekehrt.

Gott bewahre, dass sie ihn gezwungen hatten, alles mit anzusehen, dass sie – Valente, Lambert? – zu ihm gesagt hatten: »So gehen wir mit Schwachstellen um.«

Die nicht identifizierte DNA. Mit DNA kann man beweisen, aber auch ausschließen. Dazu brauchte Charlie nur ein paar Beweisbeutel, dazu würden braune Papiertüten genügen und Zugang zu Valentes Müll- und Recyclingtonnen.

Um zwanzig nach sechs kam er nach Menlo Beach. Die Sonne stand tief über dem Wasser, brauchte aber noch ein paar Stunden, bis sie am Horizont verwischte. Er fuhr in seine Einfahrt, schloss das Haus auf und ging eine Weile grübelnd hin und her. Bring Valentes DNA in ein Privatlabor, dachte er. Leg Bekker die Ergebnisse vor und mach Rabatz, wenn sie das Ergebnis nicht mit der unbekannten Spur an Rose' Autoschlüsseln abgleicht.

Während die Eukalyptusbäume, Sträucher und Teebäume ihre klaren Umrisse verloren, zog er eine dunkle Wanderhose, Laufschuhe und ein langärmliges Hemd von der Farbe des Zwielichts an und steckte sich ein paar braune Papiertüten in die Tasche. Dann trat er hinaus auf die Tidepool Street, und der Abend verschluckte ihn.

Er ging nach links, weg vom Strand, dann nach links und rechts, bis er zur Sargasso Lane kam. Dort blieb er an einem Gestrüpp aus Hakeas und Banksien stehen und schaute zu Valentes Haus hinüber, einem großen Cape-Cod-Haus auf einem Eckgrundstück. Gute Lage: Charlie konnte die Vorderseite und die linke Seitenwand überblicken. Zwei Lichter brannten, eins nach hinten, das andere im ersten Stock. Küche und Schlafzimmer, nahm er an.

Er ging über die Kreuzung und trat in den dunkleren Schatten zwischen den Teebäumen und dem blühenden Eukalyptus in Valentes Vorgarten. Dann eilte er leichtfüßig zur Seitenwand und weiter zur Rückseite des Grundstücks. Er schaute um die Ecke und versuchte, Valentes Mülleimer zu entdecken, doch sie standen nicht an der Rückwand, und das Licht eines Bewegungsmelders sprang an.

Sein Herz raste, und er huschte zurück zu seinem Beobachtungsposten an der Ecke. Nebenan bellte ein Hund, jemand ließ Norah Jones laufen, jemand anderes sah fern. Gerüche wehten herüber: Würstchen auf einem Grill. Die Sinneseindrücke des Sommers, und schon wurzelte Charlie wieder in der Vergangenheit und hatte keine Zukunft.

Gerade als er sich wieder rühren wollte, bemerkte er vor dem Haus auf der anderen Seite zwei Mülltonnen am Straßenrand. Morgen früh kam die Müllabfuhr. Charlie hatte sich auf Valentes seitliche Hauswand und die Rückseite konzentriert, nicht auf den belaubten Straßenrand vor dem Haus.

Er rannte geduckt über die Straße und rechnete schon damit, dass ihn jemand ansprach. Doch niemand kam vorbei, niemand öffnete eine Haustür, und er erreichte den Gehweg und die Einfahrt.

Erst der Mülleimer. Er öffnete eine Papiertüte, deren lautes Rascheln Tote geweckt hätte, schlug den Mülltonnendeckel auf und steckte die Hand in das Chaos aus zerrissenen Plastiktüten, aus denen Eierschalen, Cellophan, Plastikfolie und Hühnerknochen rieselten. Dazwischen ein Taschentuch. Das steckte er in die Papiertüte.

Dann zur Recyclingtonne. Diesmal eine Mineralwasserflasche, ein Kaffeebecher vom Tulum Store und eine Fanta-Dose.

All dies in getrennte Beutel. Genug DNA, um einen Killer zu schnappen. Dann erschrak er: Sein Handy summte in der Hosentasche.

Mit laut klopfendem Herzen zog er es heraus. »Sergeant?«, murmelte er.

»Sie schulden mir einen Drink oder zwei«, sagte Susan Mead. »Ich habe Riggs für Sie aufgespürt. Er erinnert sich an die Sache mit Lambert, weil ein Polizist von außerhalb die Verhaftung vorgenommen hatte. Ein Sergeant, der dienstfrei hatte und sich nun im Ruhestand befindet: Noel Saltash.«

51

Charlie war ganz erleichtert. Er legte Valentes Müll zurück und schaute in den Taschen nach, ob er noch genügend Papiertüten hatte, um in Saltashs Tonne zu wühlen; gleichzeitig setzte er in der Geschichte, die er um Valente gestrickt hatte, Saltashs Namen ein.

Saltash war damals Waffenausbilder an der Polizeiakademie gewesen, hatte also Zugang zu Handfeuerwaffen gehabt. Und sein Job erlaubte Bewegungsfreiheit bei der Arbeit: kein Kollege, der seinen Verbleib kontrollierte, dazu mehrere Zeiten am Tag, an denen er keinen Unterricht gab. Jede Menge Gelegenheiten zu bewaffneten Raubüberfällen.

Mit Rhys? Oder Valente? Charlie hoffte, nicht. Eher wohl mit Lambert, einen Kerl, der ihn an den Alarmanlagen vorbeischleusen konnte und die Beute versteckte, um sie später aufzuteilen; bis sie eines Tages den direkten Zugriff auf die Beute verloren und die Lösung des Problems in Mord endete – gefolgt von den Tarnmanövern eines gerissenen Polizisten.

Lambert war ein paar Tage später verschwunden. Charlie wettete darauf, dass Saltash ihm Geld gegeben hatte, um auch ja wegzubleiben, weil er ihn für unzuverlässig hielt. Aber er war zurückgekehrt. Hatte er die Hand ausgestreckt und mehr Geld verlangt? Wollte er den alten Polizisten erpressen?

Charlie klappte die Mülltonne zu und wischte sich die Hände an der Hose ab. Es war nicht leicht, Saltash den Killer mit dem Saltash seiner Kindheit in Einklang zu bringen und dem Mann in den letzten Monaten. Der mürrische graue Mann, den er als Kind gekannt hatte, hatte sich ohne große Veränderungen in den mürrischen grauen Ranger verwandelt.

Damals hatte Charlie ihn kaum wahrgenommen, und das war auch heute noch so. Ein Mann, der sich stets am Rand des Alltags bewegte, ein Tollpatsch, der mit allem unzufrieden war. Er war nie verheiratet gewesen, ein Mann, der unentschlossen in einem Durchgang stand oder in einer Ecke des Gartens, ein Glas in der Hand, aus dem er nur selten trank. Vorsichtig und langweilig im Vergleich zu ironischen Charmeuren wie Rhys Deravin und Mark Valente. Sprach man ihn an, zuckte er zusammen. Seine Ansichten, wenn sie denn mal gefragt waren, hörten sich nie tief empfunden oder hart erarbeitet an und wurden mit dem ganzen Elan einer Leiche vorgebracht. Selbst Charlies Mutter, die immer tolerant und nachsichtig war, hatte vernichtend geäußert: »Ein ziemlich netter Mann.«

Ha. Dabei war er die ganze Zeit über ein verschlagener, von Panik und Gier getriebener Killer gewesen.

Charlie wollte verschwinden, blieb aber stehen, als ihm auffiel, wie sehr ihn die Stille von Valentes Haus beunruhigte. Die Stille eines Mannes, der ihn aus dunklen Fenstern beobachtete, die Stille leerer Räume, die Stille von irgendeinem Mist, der gleich passieren würde.

Also lauschte er angestrengt und hörte einen dumpfen Aufprall. Glas zerbrach, gefolgt von Stille. Dann ein verzweifelter Trommelwirbel, so als würde jemand mit den Fersen auf den Boden hämmern.

Erst wagte er einen Blick durch die Fenster im Erdgeschoss. Die dunklen Zimmer waren voller Schatten, die sich schwerfällig bewegten, wenn man zu lange hinsah, aber die grell ausgeleuchtete Küche erzählte eine vielsagende, wenn auch banale Geschichte: Valente war beim Essen gestört worden. Ein Zentimeter Wein in dem einen Glas, Wasser in dem anderen; eine Gabel steckte in einem Omelett; eine Serviette war zur Seite geworfen worden; der Stuhl stand schräg.

Jemand hatte angeklopft, nahm Charlie an. Das Telefon hatte geklingelt, oder er hatte die CD wechseln müssen. Nein, keine

CD: Farben flackerten in der Küche; Valente hatte während des Essens in einen kleinen Küchenfernseher geschaut. Unterbrechung eines einsamen Lebens.

Charlie wartete: eine Minute, noch eine, doch als Valente nicht zum Tisch zurückkehrte, ging er noch einmal ums Haus, und noch immer hörte er das Trommeln, wenn auch weniger ungestüm. Leise, hilflos.

Die Hintertür war nicht abgeschlossen. Charlie öffnete sie und trat lautlos ins Haus, fand sich in einem Vorraum voller Mäntel wieder, die Tür zur Waschküche zu einer Seite, die zur Küche zur anderen. Shane Lambert lag ausgestreckt auf dem Boden. Er war in den Rücken geschossen worden, das Blut färbte seine Jeansjacke dunkel. Charlie kniete hin, suchte nach einem Puls, fand aber nichts.

Ganz zittrig schlich er durch die Küche, bemerkte in der von der blendenden Sonne des Tages noch warmen Luft den alten vertrauten Geruch eines Polizeischießstands und trat in den Flur. Valente saß an die Wand gelehnt da, eine Hand drückte auf den Bauch, die andere hielt ein Handy umklammert. Er hatte einen schmalen kleinen Flurkleiderständer zu Fall gebracht und eine Glasvase umgeworfen, die nun in Scherben auf dem Boden lag.

»Hab dich da draußen gesehen«, wisperte Valente mit einem letzten Hauch von Leben in der Stimme.

Charlie sah zur Eingangstür. Glas. Dahinter der Vorgarten, die schütteren Sträucher und die Mülltonnen im Schein einer weit entfernten Straßenlaterne. »Ich wollte deine DNA.«

»Hab ich mir schon gedacht.«

»Sollte wohl eher nach der von Noel suchen.«

»Ja und nein«, wisperte Valente.

Charlie kauerte sich hin und streckte eine Hand aus. »Lass mal sehen.«

Leiser Widerstand; Valente sagte: »Bauchschuss – zwei. Ist nichts mehr zu machen.«

»Blödsinn, Mark. Ich wähle den Notruf.«

»Hab ich schon gemacht«, meinte Valente, hob die Hand und ließ das Handy auf die Dielen plumpsen.

Charlie sah in die Richtung, aus der er gekommen war. Er bemerkte den fahlen Schein eines Lichts, das oben an der Treppe brannte. »Noel? Ist er immer noch hier?«

»Nein.«

»Ich schau mal besser nach.«

»Er ist weg. Bleib hier, mein Junge. Bis der Krankenwagen kommt.«

Charlie kauerte sich hin. »Wie ist er bewaffnet?«

»Sportpistole. Schalldämpfer.«

»Ich habe Lambert an der Hintertür entdeckt.«

»Tot? Er wollte abhauen.«

Charlie stand auf. »Ich hole dir ein Handtuch, das wird die Blutung stoppen.«

Valente griff schwach nach ihm. »Bleib. Bleib hier. Bitte?«

Charlie kauerte sich wieder hin und kam sich nutzlos vor. »Mark, mir ist zu Ohren gekommen, Dad und du hättet eine Zweigstelle von Medicare überfallen. Gab es eine ganze Bande? Geht es darum?«

Nach langem Schweigen und flachen, keuchenden Atemzügen sagte Valente: »Ich habe das Brot mit den Gottlosen gebrochen.«

»Schluss damit, Mark. Spucks aus.«

Valente hob die Hand, so als seien die blutnassen Wunden all die Information, all der Beweis, den Charlie benötigte. »Requiem für einen Dummkopf.«

»Schluss damit, hab ich gesagt.«

Valente mühte sich und sagte: »Noel hat deine Mutter erschossen, und ich habe ihm dabei geholfen, es zu vertuschen.«

»Warum hast du ihn nicht davon abgehalten?«

Valente schüttelte den Kopf. »Ich war nicht dabei. Sie riefen mich voller Panik an.«

»Noel und Lambert?«

»Ja.«

»Nicht Dad?«

»Dein Dad hatte nichts damit zu tun«, sagte Valente und hustete. Er berappelte sich wieder und fügte an: »Noel auf der ganzen Linie. Kein netter Kerl.«

Draußen bewegte sich etwas. Charlie spannte sich an. Dann sah er überrascht, wie eine alte Frau Müll in Valentes Tonne warf.

»Mrs Oliphant«, murmelte Valente. »An ihrer Tonne ist ein Rad kaputt.«

Der Puls des Lebens in den Seitenstraßen, dachte Charlie. »Mum ist hereingeplatzt, richtig? Als sie das Geld von dem Überfall auf den Geldtransporter holen wollten?«

Valente schnaubte schwach. »Wir? Einen Geldtransporter? Eher nicht. Damals war es ein Bordell in Cranbourne. Siebzigtausend.«

Man merkte, wie schwer ihm das Sprechen fiel, und er kippte vornüber gegen Charlie. Charlie richtete ihn wieder auf. »War Dad bei den Überfällen dabei?«

Valente nickte und hustete. Die feuchte Hand fiel zu Boden, und er sah sie an, als wolle er sie zurück an den nassen Bauch schweben lassen.

»Ich hole ein Handtuch.«

»Nein«, krächzte Valente. »Bleib hier.«

Ein Handtuch zu holen hätte Charlie dabei geholfen, die Bilder in seinem Kopf auszublenden. Bilder von dem Augenblick, als für seine Mutter alles falsch lief.

Sie fährt in die Longstaff Street, hält am Straßenrand, erkennt Lamberts Ducati, vielleicht auch Saltashs Wagen, stürmt ins Haus und will wissen, was sie da eigentlich machen.

»Wo war das Geld?«

»Weiß nicht«, wisperte Valente.

Liam und ich haben nur Lamberts Sachen zusammengepackt, dachte Charlie. Nach Verstecken haben wir nicht gesucht. In der Decke? Unter einer Diele? Hinter der Badewannenabdeckung? Im Werkzeugschuppen?

»Und warum war Billy Saul dort?«

Valente zuckte zusammen; ob wegen der Schmerzen oder wegen dem, was er nun sagte, konnte Charlie nicht erkennen. »Der falsche Ort zur falschen Zeit. Noel meinte, sie sind deiner Mum auf die Straße hinterhergejagt, und da hat er gestanden.«

Billy Saul, der vor Rabauken wegläuft oder wahrscheinlich zu dem Zeitpunkt unglücklich und durstig daherstapft, Rose Deravin, die vor lauter Angst aus dem Haus stürmt. Charlie stellte sich die beiden Angriffe vor, schwankte und legte sich unbewusst eine Hand auf den Kopf.

»Sie sind in Panik geraten und haben dich angerufen.«

»Ja.«

»Und es war deine Idee, sie zu verscharren und das Ertrinken und all das zu inszenieren?«

»Ja«, antwortete Valente.

Er mühte sich, das weiter auszuführen, überlegte es sich anders und raffte sich dann schwach auf: »Wir konnten ja nicht einfach zwei Leichen herumliegen lassen, und Lambert war der Erste, nach dem die Polizei gesucht hätte.«

Meine Schuld, dachte Charlie. Meine und die von Liam. Wenn wir Lambert nicht aus dem Haus geworfen hätten, dann hätte er nicht noch mal vorbeikommen und das Geld holen müssen. »Nicht Ihre Schuld, Charlie«, würde Dr Fiske sagen, »Sie haben niemanden umgebracht.« Oder sie würde sagen: »Wenn Ihre Mutter irgendeinen Verdacht geschöpft hätte, dann hätten sie andere Wege gefunden, sie zu ermorden. Nicht Ihre Schuld.«

Ja, Doc, reden Sie nur.

»Und warum die Bodenplatte?«

Valente mühte sich schwach ab, noch im Sterben ganz spöttisch. »Was glaubst du denn, wie Ken Wilson sich das leere Grundstück in Swanage kaufen konnte? Er gehörte dazu. Dann kam er ums Leben, seine Familie verduftete und ... das Fundament war ja schon fertig. Besser, als ein paar Leichen in den Busch zu schleppen.« Pause. »Bin nicht auf die Idee gekommen, dass sie die Bodenplatte erweitern würden.«

Eine ziemlich lange Rede für einen sterbenden Polizisten. Wieder schwankte er. Charlie richtete ihn auf. »Hast du Dad irgendetwas davon erzählt?«

»Nichts.«

»Vor einer Weile meinte er mal: ›Schau doch, was sie mit deiner Mutter gemacht haben.‹ Wie kommt er auf so etwas?«

Valente wendete schamvoll den Blick ab. »Wir ließen ihn in dem Glauben, dass es sich um eine Warnung handelt.«

Charlie sah das ganze Ausmaß vor sich: Valentes Würgegriff, in dem er sie alle hatte. »Hast du dafür gesorgt, dass Lambert bei Mum ein Zimmer gemietet hat?«

Valente nickte.

Nichts davon reicht, um meinen Vater vom Haken zu lassen, dachte Charlie. Ich habe seine tönernen Füße gesehen, würde Mark Valente wohl sagen.

»Der Krankenwagen braucht ganz schön lang«, murmelte er.

Keine Reaktion – das machte Charlie unruhig. Er nahm Valentes Handy und sah sich den Verlauf an. Kein Notruf; zwei Anrufe am letzten halben Tag. Einer vom Cabrini Hospital, der andere von Noel Saltash.

»Du hast den Notruf nicht gewählt.«

Valente hatte feuchte Augen, seine Haut wirkte ganz schlaff, alles an ihm schwand. »Charlie, er hat eine Waffe, er ist auf der Flucht, und ich bin erledigt.«

Charlie hörte nicht zu. Er wechselte zum Tastenfeld und wählte den Notruf. Drei Balken Empfang. Doch kaum hatte er die erste Ziffer gedrückt, wurde ihm das Handy aus den Händen gerissen und schlug gegen den bauchigen Fuß der zersplitterten Vase.

»Lass es.«

»Mark, du brauchst einen Rettungswagen.«

»Ich sterbe, Junge«, wisperte Valente. »Bleib bei mir, mehr will ich gar nicht, es gibt sonst niemanden.«

Ich bleibe, bis er gestorben ist, dachte Charlie mit einer kühlen Klarheit, die er im Laufe der Zeit verloren hatte. »Okay.«

»Ich habe immer auf dich achtgegeben«, sagte Valente.

Hier geht es nicht um Gegenleistungen, fand Charlie. »Hast du Jake Allardyce umgefahren?«

»Ja. Ich habe ein wertloses Leben gelebt, aber ich habe mich nicht immer dem Willen und den Wegen des Bösen gebeugt.«

Charlie fragte sich, welche Erziehung der alte Polizist genossen hatte. Draußen senkte sich die Abenddämmerung und verwischte die kleinen Straßen, Häuser und Schuppen und den fliehenden Noel Saltash.

Charlies Handy summte, doch er ging nicht dran, weil seine Hände klebrig waren. Er wischte sie sich an der Hose ab, doch das, mehr als alles andere, ließ ihm die Seele gerinnen. »Sag mir, was heute Abend passiert ist.«

Valente schüttelte leicht den Kopf. »Dein Dad ... zwei und zwei ... Sachen, die beim Verhör erwähnt wurden. Er wusste, dass die DNA nicht mir gehörte. Bei einem Fall sind uns beiden zum Ausschluss DNA-Proben genommen worden.«

»Also hat er Noel angerufen?«

»Noel kam mit Shane ... zum Reden, aber das ging schief ... Fäuste flogen ... er schoss. Aus Panik, aber vielleicht auch, um mich abzuservieren.«

»Ich kriege selber langsam Panik«, sagte Charlie und stand auf. »Er will doch nicht ins Krankenhaus, oder? Ich muss –«

Valente packte ihn am Arm. »Er ist auf der Flucht.«

Charlie hockte sich zögernd wieder hin. »Er hat Mums Auto zu der Stelle gefahren, wo man es gefunden hat?«

»Ja.«

Er hat sich verletzt, als er meine Mutter getötet hat, dachte Charlie. Ihr Blut hat sich vermischt, und er ist an die Autoschlüssel gekommen. »Und Lambert ist ihm auf dem Motorrad gefolgt?«

»Ja.«

Charlie wollte weg. Er brauchte ein Telefon. Doch Valente schien das zu spüren und krallte sich an Charlies Handgelenk fest. »Bleib.«

»Was hast du den Podcast-Leuten erzählt?«

»Nichts.«

»Wusstest du, dass Karen Wagoner die Großmutter der Frau ist?«

Valente rutschte langsam nach links zu Boden, und seine Hose löste sich mit einem leichten Schmatzen von dem Blut.

Charlie ging eilig auf Hände und Knie. Er schlug Valente auf die Wange.

»Mark!«

»Sie hatte was für uns übrig«, lallte Valente. Er hustete Blut. »Sie stand auf böse Jungs.«

»Auch auf Lambert?«

»Er hat ihr eine Rolex geschenkt ... so ein Blödmann.«

Und du hast ihr einen Schrecken eingejagt, nahm Charlie an, der zwanzig Jahre lang vor sich hin geköchelt hat. Er setzte sich hin, sah auf die Uhr und fragte sich, ob Valente wohl einen Festnetzanschluss hatte.

»Mark?«, fragte er, doch das Wort hatte keine Bedeutung mehr.

52

Die Straßenbeleuchtung war angesprungen, doch als Charlie sich Valentes Fahrrad schnappte und wie wild den Hügel hinab zur Tidepool Street fuhr, hing noch ein letzter Rest Tageslicht am Himmel. Er rutschte in die Einfahrt, ließ das Rad auf den Rasen fallen und rannte los, um den Wagenschlüssel zu holen und den Notruf zu wählen.

Dann zögerte er ein paar Sekunden. Wenn er im Skoda auftauchte, würde das nur Saltash alarmieren. Und musste er denn einen Rettungswagen rufen? Valente war tot.

Musste er denn die Polizei rufen? Wahrscheinlich. Irgendwann. Wenn er ein braver Bürger war. Im Augenblick passte ihm dieser Anzug nicht.

Er hielt das Handy in der Hand. Durch seine Bewegungen wurde der Bildschirm geweckt. Vier verpasste Anrufe von Fay, dazu eine Textnachricht. *»Charlie«*, las er, *»es geht ihm schlechter, und der Arzt meint, es ist nur eine Frage der Zeit, du solltest also besser ...«*

Charlie las nicht weiter. Er steckte das Handy ein, rannte aus dem Haus, stieg wieder aufs Rad und raste über die mit Schlaglöchern übersäten Straßen hinter den Anwesen oberhalb der Klippe hinunter nach Balinoe Beach.

Noel Saltash wohnte im Diensthaus des Rangers am Rand des Campingplatzes, ein paar Meter vom Bach entfernt auf der anderen Straßenseite des Gemischtwarenladens. Charlie jagte auf eine Lichtung, wo Kinder aus Stöcken, Rinde, Plastiktüten und anderen Resten der modernen Zivilisation Tipis errichtet hatten, und ließ das Rad fallen. Die abendlichen Schatten beschützten ihn, je weiter er zwischen den Bäumen und dem Gestrüpp verschwand, das die Zeltplätze voneinander und vom Waschhaus trennte. So spät im Jahr zeltete niemand mehr, was Charlie erleichterte, so musste er nicht von Zelt zu Zelt und die Bewohner bitten, den Ort zu verlassen.

Er näherte sich der Hecke, die das Haus des Rangers, den Hof und Geräteschuppen umgab. Versteckt hinter Teebäumen sah er sich um: ein hochpreisiger Mercedes im Carport, ein Pick-up mit Doppelkabine und Beschriftung als Dienstfahrzeug, daneben der Strandbuggy. Im Haus brannte Licht.

Wie schon bei Valente huschte Charlie durch die Schatten zur Seitenwand, ging von Fenster zu Fenster, schaute hinein und entdeckte auf einem einsamen Bett einen Haufen Wäsche und zwei offene Koffer. Er kam um die hintere Ecke, schlich ans Küchenfenster, als Saltash aus dem Haus kam und auf ihn schoss.

Die Weisung beim Schusswaffentraining lautete, auf den Körper zu schießen, nicht auf Bein oder Kopf, und genau das tat Saltash – doch Charlie duckte und drehte sich, als er den flackernden Schatten an der Hintertür sah, und die Kugel riss ihm ein Stück Ohr ab. Er fiel auf die Hüfte, rollte sich aus dem Lichtfleck hinaus, suchte nach den Mondschatten und ihrem Spiel aus Täuschungen und falschen Zielen.

Doch er machte einen ziemlichen Lärm im Unterholz, Saltash folgte ihm, und die Pistole spuckte erneut. Charlie wurde vom Schmerz erfasst, und das Blut floss ihm dick, warm und feucht den Hals hinunter ins Hemd. Er rutschte tiefer in die Falle, die er sich selbst gestellt hatte, wurde von Zweigen und Blättern gepeitscht, dann hielt er an und lauschte. Nichts. Aber Charlie machte sich nichts vor: Auch Saltash spitzte die Ohren.

Saltashs Labrador bellte tief und müde, und Charlie suchte nach seinem Handy. Es steckte nicht mehr in der Tasche. Himmel, sein Ohr tat weh. Sollte er zu einem der Nachbarhäuser rennen und anklopfen? Das würde nur Unschuldige in Gefahr bringen ...

Charlie hatte keinen Plan im Kopf, nur wirre Gedanken und Blödsinn, dann hustete ein kleiner Motor. Charlie machte sich instinktiv klein und schaute durch das Blattwerk: Saltash holperte auf seinem Strandbuggy vom Hof über die Straße zum Strand.

Dann war er verschwunden, und Charlie stolperte auf einen Pfad hinaus, der ihn zu der Lichtung und Valentes Fahrrad zurückbrachte. Eine Verfolgungsjagd in Zeitlupe, dachte er – nur dass er das nicht sonderlich witzig fand und er wund, klebrig, verwirrt und unbewaffnet war. Er fuhr den Pfad zum Strand entlang, stieg ab, um das Rad durch den aufgewühlten Sand zu schieben, und kam durch den Randbewuchs aus Teebäumen ans Wasser. Die letzten paar Minuten waren völlig verrückt gewesen, doch der Strand wusste nichts davon. Freundliche Stille; die schläfrigen Rosa- und Grautöne des Abends; eine Handvoll Menschen, Liebespaare, die miteinander flüsterten, Großmutter mit Enkel, Vater mit Sohn, alles umgeben von friedlicher Ruhe.

Charlie schob das Rad weiter bis zum festeren Sand und wollte wieder aufsteigen. Er sah nach links durch das Schummerlicht. Drei Gestalten, eine, die langsam in Richtung Swanage ging, zwei, die Schulter an Schulter auf einem kleinen Sandhügel saßen und Fish and Chips aßen. Er schaute nach rechts: fünf Personen, eine Dreiergruppe, ein Stück weiter eine Erwachsene und ein Kleinkind. Hundert Meter vor ihnen Saltash. Die Scheinwerfer des Buggys bohrten schwach voraus, der Motor protestierte laut in der stillen Luft. Es herrschte Ebbe, also konnte Saltash bis über Point Leo hinausfahren, wenn er wollte. Eine Flucht über den Strand war durchaus sinnvoll. So konnte er Straßensperren der Polizei umgehen.

Charlie fuhr langsam und wacklig los, dann nahm er Fahrt auf, hielt sich aber mit einer Hand das Ohr. So viel Blut. Es tat höllisch weh. Und wie konnte er denn sein ganzes Selbst wieder aufrichten, wenn ein Teil von ihm zerfetzt war? Solche verrückten Gedanken gingen ihm durch den Kopf.

Mit pumpenden Beinen holte er die lächerliche Gestalt in dem lächerlichen Gefährt langsam ein. Mit zischenden Reifen überholte er die Menschen, die am Strand spazieren gingen, holperte über den Sand, der sich an den Wellenbrechern gesammelt hatte, und umfuhr die Ecke, die auf den sichelmondförmigen Strand in Richtung Menlo Beach hinausging. Mondlicht schimmerte auf dem glasigen Meer, die vom Tag noch warme Luft umgab ihn. Saltash war nicht mehr weit weg, der Motor schrie noch immer – und er fuhr auf einen Mann mit einem Spaniel zu, der sich mit Pat und ihrem Trio klappriger Hunde unterhielt.

Saltash riss das Lenkrad herum, hielt sich links, um zwischen den beiden und der Wasserkante hindurchzufahren und dann geradeaus auf den offenen Strand dahinter zu kommen – doch Pat trat ihm in den Weg, ruderte mit den Armen und rief so laut, dass Charlie es hören konnte: »Langsamer, Sie Irrer!«

Bremslichter. Saltash hielt an und stieg ab.

Charlie spürte Panik in sich aufsteigen. Er raste über den Sand. Und Pat war noch nicht fertig. »Ich darf um diese Uhrzeit mit meinem Hund spazieren. Kein Grund, sich derart auf mich zu stürzen.«

Einen Augenblick später kam Saltash auf sie zu und wedelte mit der Waffe, sie wich zurück, hob beide Hände und sagte: »He, also, das ist doch wirklich nicht ...«

Charlie stürzte sich dazwischen. »Pat, gehen Sie weg!«, rief er. »Noel, kommen Sie. Es muss doch niemand zu Schaden kommen.«

Saltash drehte sich um und schoss auf Charlie, dann drehte er sich wieder zu Pat, drohte ihr und stieg in den Buggy. Der Motor hustete dreckige Abgase aus und beschleunigte langsam auf den anderen Hundehalter zu, der davonstolperte und eine Vordüne am Fuß der Klippe erklomm, wobei er einen verwirrten Spaniel zurückließ.

Der Hund rannte auf den Buggy zu. Saltash fuhr langsamer und schoss auf ihn.

Der Hund fiel um, strampelte mit den Läufen, der Mann heulte auf und Pat schrie.

Charlie hatte noch nicht entschieden, was er tun würde, wenn er Saltash eingeholt hatte: neben ihm fahren und auf ein fahrendes Fahrzeug springen, das von einem Bewaffneten gelenkt wurde? Er konnte nichts anderes tun, als ihn weiter zu verfolgen; doch dann ersparte ihm Pat die Suche nach einer besseren Lösung, als sie an Saltashs abgewandter Seite auftauchte und ihm eine Plastiktüte voller Hundescheiße mitten ins Gesicht schlug. Die Tüte platzte.

Saltash bremste und griff sich an die Augen. Der Buggy rollte ins Wasser, stotterte, ging aus, und dann hatten sie ihn.

Charlie riss ihn vom Sitz bäuchlings in den Sand, der Besitzer des toten Hundes rief: »Ich hole die Polizei«, dann warteten sie. Charlie kam es lange vor. Er blutete nicht mehr, war aber ganz benommen vom Schmerz und dankbar dafür, dass Pat sich fassungslos auf Saltashs Beine setzte.

»Ich sage kein Wort«, meinte Saltash irgendwann und spuckte Sand aus.

»Gut«, meinte Charlie und bohrte seine Knie in Saltashs Rücken.

Dieser Wortwechsel schien Pat zu beleben; ihr Schock ließ nach. Sie spuckte eine ganze Reihe sprachgewandter Anschuldigungen aus: Saltash sei ein Provinzdiktator, ein Rüpel, ein Loser, der auf ein harmloses Tier schießt. Sie sammelte ihre Hunde um sich und schimpfte immer so weiter – auf die Regierung, die Urlauber, die Bezirksverordnungen –, das Ganze im Ton einer Person, die um anderer Leute willen gelitten hatte und wusste, dass sie dafür keinen Dank zu erwarten hatte.

Charlie hörte nicht mehr zu. Dann machte sie eine Pause und fragte ihn, woher denn all das Blut an Hals und Schulter stammte, doch er schüttelte nur den Kopf und dachte an seinen Vater, der im Krankenhaus im Sterben lag. Dann sah er auf den Mondschein hinaus, der sich zwischen Küstenlinie und Phillip Island kräuselte. Sein altes Revier. Was wohl jetzt kommen wird, dachte er. Entweder man stellt sich auf jedes neue Stück Wissen ein, das einem unterkommt, oder man stirbt. Und stets stirbt man ein wenig.

Im Mondschein glänzte etwas: die Sportpistole. Er packte sie am Lauf und hätte sie beinahe ins Meer hinausgeschleudert, so sehr wollte er sehen, wie sie die Wasseroberfläche durchschlug und den Mond zersplitterte, doch er hielt sich zurück.

Die Zeit wurde immer langsamer. Er seufzte und steckte sich die Waffe in den Hosenbund.

»Sollen wir einfach nur warten?«, fragte Pat. »Du meine Güte, wie er stinkt.«

Charlie ging gar nicht darauf ein. »Darf ich mal Ihr Handy benutzen?«

Er war ein hoffnungsloser Fall, wenn es darum ging, Telefonnummern zu behalten, aber die von Anna hatte er im Kopf. Sie begann mit 0406. Genau wie seine.

Garry Disher im Unionsverlag

INSPECTOR-CHALLIS-ROMANE
»Disher ist ein Meister der modernen Krimikomposition. Er entwickelt ein faszinierendes Erzähltempo, das flott und schnell, aber niemals atemlos oder gehetzt erscheint. Disher zu lesen, ist ein literarischer Genuss erster Güte.« *krimiblog.de*

Drachenmann *Rostmond*
Flugrausch *Leiser Tod*
Schnappschuss *Funkloch*
Beweiskette

CONSTABLE-HIRSCHHAUSEN-ROMANE
»Hirsch (fast) allein gegen Sheriff, Vorgesetzte, Dorfbonzen. Weizen, Wolle, früher Kupfer, leeres Land. Ganz, ganz fein, staubtrocken und herzenswarm.« *Tobias Gohlis, KrimiZeit-Bestenliste*

Bitter Wash Road
Hope Hill Drive
Barrier Highway

Hinter den Inseln
Liebe, Krieg und Verrat vor dem Hintergrund der zusammenbrechenden Kolonialreiche in Südostasien.

Kaltes Licht
Ein Skelett, ein jahrealter Mordfall und vergessene Geheimnisse – ein Fall für Sergeant Alan Auhl.

Stunde der Flut
Eine nagende Ungewissheit treibt Charlie Deravin in Ermittlungen gegen seine eigenen Familie.

Mehr über Autor und Werk auf *www.unionsverlag.com*